Mujer soltera busca pianista

KAT FRENCH

Editado por Harlequin Ibérica.
Una división de HarperCollins Ibérica, S.A.
Núñez de Balboa, 56
28001 Madrid

© 2015 Kat French
© 2016 Harlequin Ibérica, una división de HarperCollins Ibérica, S.A.
Título español: Mujer soltera busca pianista, 201
Título original: The Piano Man Project
Publicado originalmente por HarperCollins Publishers Limited, UK

Todos los derechos están reservados, incluidos los de reproducción total o parcial en cualquier formato o soporte.
Esta edición ha sido publicada con autorización de HarperCollins Publishers Limited, UK.
Esta es una obra de ficción. Nombres, caracteres, lugares, y situaciones son producto de la imaginación del autor o son utilizados ficticiamente, y cualquier parecido con persona, vivas o muertas, establecimientos de negocios (comerciales), hechos o situaciones son pura coincidencia.

® TOP NOVEL es marca registrada por Harlequin Enterprises Limited.
HarperCollins Ibérica es marca registrada por HarperCollins.
® y TM son marcas registradas por Harlequin Enterprises Limited y sus filiales, utilizadas con licencia. Las marcas que lleven ® están registradas en la Oficina Española de Patentes y Marcas y en otros países.

Traductor: Carlos Ramos Malave
Imagen de cubierta: Dreamstime.com

I.S.B.N.: 978-84-687-7633-0
Depósito legal: M-34671-2015

Para James, con todo mi amor. Ser un gruñón es lo más sexy ahora, ¿verdad? Tienes que ponerte con eso de la cocina… Un beso.

CAPÍTULO 1

—¿No te parece que es un poco triste comprarte un vibrador nuevo por San Valentín? —Honey agarró el estridente modelo rosa y lo miró con asco.

—¿Por qué? —Tash se rio—. El último fue el mejor novio que he tenido nunca. Cuando se me estropeó, lo enterré en el jardín de atrás y planté encima un cactus fálico a modo de tributo.

—¿Cómo diablos lo rompiste, por cierto? —Honey frunció el ceño mientras contemplaba el trozo de plástico rosa que tenía en la mano. Parecía indestructible.

—Exceso de uso, probablemente —intervino Nell, situada a su otro lado. Con sus enormes ojos marrones y su elegante moño, era la viva imagen de la ordenada perfección.

—No todas nos pasamos la vida horneando galletas, Nellie —respondió Tash.

Nell resopló.

—No te oigo quejarte cuando esas galletas acaban en tu cocina.

—Cierto —Tash se rio—. Pues no esperes encontrar un nuevo cortapastas aquí. Aunque tal vez deberías. Pagaría mucho dinero por ver a tu suegra mojando en el té galletas con forma de pene.

Nell le dirigió una sonrisa sarcástica, aunque en el fondo le afectaba la broma inocente de Tash. ¿Su vida se reducía a preparar galletas? Contempló los extraños objetos que poblaban las estanterías y pensó que era probable. Frunció el ceño, concentrada. Había leído suficientes libros y revistas para saber que un matrimonio rancio estaba a un paso del desastre.

Tanto en la vida como en el aspecto físico, Nell y Tash eran polos opuestos, y Honey sabía que su lugar en el mundo estaba entre ellas. Si fueran un semáforo, Tash sería el verde; con sus ojos color esmeralda y esas sonrisas que hacían que los hombres cayeran rendidos a sus pies. Nell sería el rojo; stop, no cruzar, clara y directa. Para Honey el ámbar. Cálida, sin estar nunca segura, a la que había que aproximarse con cuidado. O mejor no aproximarse en absoluto, a juzgar por la ausencia absoluta de hombres decentes en su vida.

—Se oxidó —Tash escudriñó las estanterías con mirada de experta mientras sus caóticos mechones pelirrojos se agitaban sobre sus hombros—. No preguntes. Oh, gracias a Dios, uno resistente al agua —agarró un vibrador brillante color turquesa y le dio un beso a la caja—. Hola, guapo. Te necesito en mi vida —lo dejó caer en su cesta con una sonrisa.

—¿Qué me dices de ti, Honey, bonita? ¿Algo para el fin de semana? —Tash señaló el ejército de vibradores alineados en la estantería como un pelotón de solados dispuestos a entrar en acción.

—No es mi estilo —respondió Honey mientras dejaba el vibrador rosa de nuevo en su lugar.

—No tienes por qué ser tan estirada —dijo Tash—. Quiero decir que hace ya bastante desde la última vez que...

—No hace tanto, gracias —respondió Honey. Hacía más de doce meses que había roto con su último novio; aunque Mark nunca había estado realmente cualificado para el título. Honey parecía tener un don para atraer a los hombres equivocados, hombres a los que les interesaba más el fútbol y la cerveza que el romanticismo y las flores. O los orgasmos, más allá de los suyos propios.

Su único novio duradero e importante había sido Sean, un estudiante de Biología que había tratado su cuerpo como si fuera una extensión de sus libros de texto, algo que estudiar en busca de la causa y el efecto. No era de extrañar que su cuerpo se hubiera negado a funcionar bajo tan intenso escrutinio. Había acabado por darle la patada cuando sacó una lupa del cajón de su mesilla antes de desabrocharle los vaqueros.

—¿Honey? —dijo Nell, y Honey se dio cuenta de que tanto Tash como ella estaban mirándola y esperando una respuesta.

—No lo sé. Un año o así, quizá —se encogió de hombros y desvió la mirada de las cejas arqueadas de su amiga.

—¡Joder! ¿Un año entero sin sexo? —Tash echó un segundo vibrador en su cesta—. Te compro este. Es un regalo. Tú lo necesitas más que yo.

—Ja-ja —Honey volvió a sacarlo de la cesta—. Gracias, pero no malgastes tu dinero. A mí no me funcionan.

—Le funcionan a todo el mundo, Honey.

—A mí no.

—¿Lo has probado alguna vez? —preguntó Tash.

—No me hace falta, ¿de acuerdo? —Honey se dio la vuelta, incómoda por el giro que había dado la conversación—. Es solo que no... bueno, ya sabéis.

Tash y Nell la agarraron cada una de un hombro y le dieron la vuelta para que las mirara.

—¿Que no qué? —preguntó Nell con el ceño fruncido—. ¿No llegas al orgasmo? —susurró.

—No me mires como si fuera una delincuente —murmuró Honey. Un sex shop no era el lugar para hablar de eso. Se sentía como una atea en la catedral de St. Paul—. No soy una mojigata, me gusta el sexo. Pero nunca llego al orgasmo. Tampoco es para tanto.

Tash se quedó mirándola como si le hubiese salido una segunda cabeza.

—¿Que no es para tanto? ¡Claro que lo es! Yo me moriría si no me corriese al menos una vez al día.

—¿Incluso cuando no sales con nadie? —preguntó Nell. Su alianza de bodas brillaba mientras jugueteaba con los botones de su blusa de seda de lunares, recién salida de las páginas de «profesoras glamurosas a las que todos los padres desean» del catálogo de Boden.

Tash acarició con los dedos el paquete de su cesta.

—Os presento a mi nuevo novio.

Honey apartó la mirada. A su alrededor colgaban corazones rojos y brillantes que daban a la tienda el aspecto de una gruta del amor, aunque los maniquíes ataviados con bragas con abertura y sujetadores con los pezones al aire hacían que pareciera más una cueva del sexo que un entorno romántico.

—¿Qué son todas estas cosas? —murmuró Nell con los ojos muy abiertos al atravesar una pesada cortina de terciopelo. Agarró una cuerda con cuentas ensartadas y se la enrolló en la muñeca—. No sabía que también vendieran joyas —giró el brazo para contemplarlas—. Me irían perfectas con mi nuevo vestido morado.

Tash se rio.

—Sí. Es muy considerado por su parte que fabriquen bolas anales multiusos.

Nell se las quitó de golpe y las mejillas se le pusieron del mismo color violeta que las bolas que acababa de soltar.

—Eso es asqueroso.

—No lo descartes hasta que no lo hayas probado, amiga —dijo Tash arqueando una ceja.

Nell se sentó y cruzó los tobillos; era la viva imagen de una recatada maestra de escuela.

—Creo que os esperaré aquí.

—De acuerdo. Pero que sepas que estás sentada en un sillón del sexo —respondió Tash.

—¡Dios! —Nell se puso en pie de un brinco y se alisó con las manos la falda de tubo azul marino—. ¿Es que no hay nada normal en este sitio?

—Esto es normal, Nell. Probablemente a Simon le encantaría verte con unas bragas con abertura.

—Desde luego que no. Me diría que las devolviera porque les faltaba una parte.

Tash sacudió la cabeza y resopló.

—Pues sí, seguramente sí.

Honey se quitó de las muñecas las esposas que había estado examinando y sonrió. Simon y Nell eran la pareja perfecta. Novios desde pequeños. Probablemente a Simon le diese un ataque al corazón si Nell se pusiera algo más provocador que las clásicas bragas blancas de algodón.

—Venga, Nell, vamos a sacarte de aquí. Tash, te veremos dentro de cinco minutos en el sitio de al lado.

—Bueno, Honey, sobre lo de los orgasmos —dijo Tash al sentarse a la mesa en el abarrotado bar diez minutos más tarde.

Honey suspiró.

—Dios, Tash, no empieces. No me hace falta hablar de esto.

—De acuerdo, de acuerdo, tienes razón —intervino Nell—. Pero... cuando has dicho que no llegas al orgasmo, no querías decir que nunca has... ¿verdad?

Honey alcanzó su copa de vino con resignación.

—En realidad no me importa.

—Pues debería. Es malo para tu salud, cuanto menos.

—No, Tash. Sería malo para tu salud. Yo no echo de menos algo que nunca he tenido.

—¿Estás cien por cien segura de que nunca has tenido uno? —preguntó Nell.

—Dios, Nell. Si alguna vez ha tenido uno y no se ha dado cuenta, entonces sí que le pasa algo.

Honey se aclaró la garganta.

—Eh, sigo aquí, ¿os acordáis?

—Es que, para ser sincera, no entiendo cómo puedes no tenerlo cuando estás en el momento álgido de la pasión —dijo Tash, que parecía verdaderamente perpleja—. Debes de haberte acostado con los hombres equivocados, Honey.

—No es culpa de nadie —dijo Honey encogiéndose de hombros.

—¿Crees que te preocupas demasiado por ello y entonces te resulta imposible relajarte lo suficiente para que suceda? —preguntó Nell con el ceño fruncido.

Honey negó con la cabeza.

—Por favor... dejadlo ya. No me preocupa y estoy relajada. No espero que ocurra y no ocurre, así que pasemos a otro tema, ¿de acuerdo?

—No puedo creerme que seamos amigas desde hace diez años y nunca lo hayas mencionado.

—Porque realmente no es para tanto.

Nell y Tash alcanzaron sus copas con algo muy parecido a una cara de pena.

Tash entornó los párpados.

—¿Cuándo fue la última vez que flirteaste con un hombre?

Honey hizo girar sus pulseras, un conjunto de metales dorados y coloridos. Los hombres con los que merecía la pena flirtear escaseaban en su día a día. Contempló brevemente la idea de flirtear con Eric el Baboso, que se pasaba de vez en cuando por la tienda benéfica que regentaba, pero la idea le produjo náuseas. Ya intentaba agarrarle el culo casi todos los días sin que ella hiciera nada. Si encima lo alentaba, la invitaría a ver sus viejos calzoncillos mientras veían un episodio de *Cazatesoros* en su vivienda especial para incapacitados.

—No te acuerdas, ¿verdad?

Honey negó con la cabeza y suspiró.

—Es que no conozco hombres con los que poder flirtear. Me paso el día atendiendo a ancianos y las pocas veces que conozco a alguien atractivo siempre acaba siendo un imbécil.

—Es que has estado con los hombres equivocados —dijo Nell.

Honey no podía quitarle la razón. Los pocos hombres con los que se había acostado no ganarían ningún premio a la mejor técnica, pero en el fondo sabía que era más que eso. Simplemente había nacido sin el gen del orgasmo. Era un hecho.

—Vamos a elegirte a alguien —dijo Tash.

—¡Ni hablar! —Honey se imaginaba el tipo de hombres que le propondrían sus amigas; playboys de la jet set con bronceados artificiales por un lado, profesores en prácticas con sandalias por el otro.

—¿Sabes lo que necesitas? —preguntó Tash apuntándola con su copa—. Un rasgo específico. Algo que separe a los hombres de los niños.

—No te sigo.

—Bueno, mírame a mí. Mi rasgo específico es el dinero. Sin dinero no hay nada que hacer.

—Eres muy superficial —dijo Nell riéndose.

Tash se encogió de hombros.

—Prefiero decir realista.

—Bueno, a mí no me van los ricos.

—No, pero tiene que haber algo —insistió Tash.

—Un buen padre. Ese era mi rasgo específico —dijo Nell con una sonrisa distante, pensando sin duda en Simon y en su hija de un año. Ella nunca había conocido a su padre, así que Simon era su amante, su amigo y su héroe en una sola persona.

Michael Bublé cantaba algo sentimental por el altavoz situado detrás de la oreja de Honey.

—¿Crees que puedes organizarme una cita con Michael Bublé?

—Eso es mucho pedir, amiga —Tash se irguió en su silla—.

Pero... eso me acaba de dar una idea de cuál es tu rasgo específico —se detuvo y le brillaron los ojos—. Necesitas un pianista.

Nell se rio.

—¿Dónde diablos va a encontrar un pianista por aquí?

—Oye, si puedes encontrarme a un Bublé o a un Robert Downey Jr, me apunto —dijo Honey.

—Piénsalo. Todas esas horas practicando escalas harán que tenga unas manos talentosas —Tash se entusiasmó con el tema—. Y solo los hombres listos y sensibles se molestarían en aprender a tocar el piano —parecía demasiado segura como para que alguien cuestionara su lógica.

—Tash tiene razón, Hon —intervino Nell—. Necesitas un pianista.

—Pues no conozco a ninguno.

—Todavía —contestó Tash guiñando un ojo—. Pero lo harás.

—¿Cómo? —Honey alcanzó la botella de vino.

—Ni idea —dijo Tash acercándole su copa.

Nell sonrió.

—Tenemos que buscar en páginas de citas.

—¡Ni hablar! —a Honey le entró el pánico y derramó el vino sobre la mesa—. No pienso registrarme en una web de citas.

Tash y Nell se miraron.

—Claro que no —dijo Nell. Tash tosió.

Honey entornó los párpados.

—¿Tenéis los dedos cruzados en la espalda?

Nell negó con la cabeza y descruzó los dedos.

—No se me ocurre ningún otro pianista famoso, y mucho menos tipos normales —dijo Honey frunciendo el ceño.

—¿Elton John? —sugirió Tash.

—Es gay. Y está casado. No quiero hombres casados. Ni gays.

—¿Liberace?

—Genial. También gay y además está muerto.

—De acuerdo —dijo Nell—. Así que buscamos pianistas vivos y heteros a los que les gusten las rubias bohemias.
—Y guapo —dijo Honey—. Tiene que ser guapo.
—Bueno, a mí me parece perfecto —intervino Tash—. De un solo plumazo has logrado eliminar al noventa y nueve por ciento de la población masculina, dejando solo un pequeño estanque en el que echar la caña y obtener la captura del día.
Honey se rio y negó con la cabeza para borrar de su mente la imagen de sí misma con botas de pescador sacando del agua a un reticente Michael Bublé.
—Un pianista con pinta de pescado. El sueño de cualquier chica.

Hal oyó las risas de mujer y las puertas que se cerraban de golpe en el recibidor bien pasada la medianoche y se tapó la cabeza con aquella almohada dura con la que no estaba familiarizado.
Genial. Su nueva vecina tenía una risa estridente y no respetaba al resto de habitantes del edificio. Si hubiera estado de buen humor, tal vez hubiera reparado en el hecho de que ella no tenía ni idea de que se había mudado esa misma tarde, pero su risa le molestaba demasiado como para ser razonable. La risa le molestaba. Igual que la gente. La gente que se reía era particularmente insufrible. Llevaba allí menos de un día, pero ya odiaba aquel edificio.

CAPÍTULO 2

Honey entornó los párpados como un gremlin para protegerse del brillo del sol de la mañana. ¿O era por la tarde? Tras pasar la mañana tirada en el sofá, la resaca había sido reemplazada por la necesidad de tomarse un sándwich de beicon y una jarra de café. Tras encender el fuego y poner el beicon en la plancha, empezó a sentirse un poco mejor y corrió a descolgar el teléfono antes de que saltara el contestador.

—¿Diga?

—Suenas tan mal como yo me encuentro —murmuró Tash—. ¿Qué bebimos anoche? ¿Alcohol de quemar?

—Lo del tequila fue idea tuya —contestó Honey—. ¿Llegaste bien a casa?

—Claro. El taxista me hizo sacar la cabeza por la ventanilla por si acaso vomitaba, pero sí.

Honey se rio al imaginarse a Tash como un perro en unas vacaciones familiares.

—Me pregunto cómo estará Nell.

—Bien, sin duda. Se bebería un litro de agua antes de irse a la cama y tendrá a Simon a mano con Alka-Seltzer y un cuenco de muesli. ¡Qué suerte tiene esa bruja!

Honey conocía a Tash lo suficiente para saber que había cariño tras sus quejas.

—Es culpa nuestra —dijo Honey riéndose—. Nell no tomó tequila. Lo malo es mezclar.

—¿Por qué tiene que ser siempre tan sensata?

—Sí, pero ¿quién preferirías ser esta mañana?

—¿Despertarme junto a Simon, el hombre más aburrido del planeta? —preguntó Tash—. Me quedo con el tequila y el dolor de cabeza, muchas gracias.

Honey soltó un grito cuando un chillido insoportable se le metió en los oídos.

—¿Qué coño es ese ruido? —preguntó Tash a gritos.

—¡Mierda! ¡El detector de humo! Tengo que colgar, Tash. Te quiero.

Honey entró corriendo en la cocina. Humo y beicon quemado. Doble mierda. Al menos todavía no había llamas. Metió la plancha en el fregadero y se estremeció mientras la desesperante alarma le martilleaba en la ya de por sí dolorida cabeza. Se subió a una silla, pulsó el botón de reinicio y se sintió aliviada cuando el ruido cesó. Después ladeó la cabeza. No se había detenido por completo. Triple mierda. Había liado una buena. Cuando abrió la puerta de la casa, la alarma del recibidor estaba sonando a todo volumen y el maldito trasto estaba demasiado alto para alcanzarlo.

Se tapó los oídos con las manos y dio un respingo cuando se abrió de golpe la puerta del piso situado frente al suyo, que en teoría estaba vacío.

—¿Está ardiendo el puñetero edificio?

Vaya. ¿De dónde había salido ese hombre?

—No, perdón. Se me ha quemado el beicon. Dame un minuto...

Honey trató de ocultar su sorpresa al encontrarse a un hombre despeinado tipo Johnny Depp gritándole en su propio recibidor. Bueno, técnicamente era un recibidor compartido, pero, como el piso de enfrente llevaba meses vacío, ya lo consideraba su territorio.

Lo miró con los párpados entornados. Las gafas de sol a la hora de la comida insinuaban que podía tratarse de otro pobre resacoso. Tal vez fuera una famosa estrella del rock intentando pasar desapercibido. Soñar era gratis. Fuera quien fuera, la camiseta negra gastada que llevaba se pegaba a su cuerpo dejando entrever que estaba en forma, y los tatuajes que tenía en los brazos resultaban sexys. Era una pena que su personalidad le convirtiera en un ser repelente.

—Apaga ese jodido trasto, ¿quieres? Estoy intentando dormir.

—Eh... —Honey se quedó mirando la alarma y le entró el pánico. La cabeza le palpitaba y allí fuera el ruido era aún más fuerte que en su cocina—. Lo haría, pero no llego. ¿Tú podrías alcanzarlo?

Medía bastante más de metro ochenta; si se estiraba, lo conseguiría sin problemas.

—No, no puedo. ¿Qué clase de adulta no sabe preparar beicon? Resuelve tú tus propios problemas —sonrió con desprecio y cerró de un portazo.

Honey se quedó atónita. Su vida estaba llena de personas que, en general, eran seres humanos decentes. Era sorprendente encontrarse con alguien tan odioso.

—¡Está bien! —gritó—. De acuerdo. Lo haré yo sola —saltó para intentar golpear el cajetín de la alarma. Fue inútil. Con su metro sesenta y tres, y sin ser muy atlética, resultaría imposible.

Necesitaba un plan B. Se quitó la zapatilla y la lanzó hacia el techo, pero aun así no logró impactar en la alarma. Entonces vio su paraguas de lunares rojos apoyado en un rincón del recibidor. ¡Bingo! ¿Podría alcanzar el botón de reinicio con la punta metálica? Lo intentó, pero el maldito chisme se tambaleaba demasiado para lograr acertar y la proximidad del ruido amenazaba con reventarle los tímpanos.

Dios. La próxima vez que quisiera comer beicon se iría a la cafetería de la esquina.

Honey suspiró y optó por la única línea de acción que le quedaba. Agitó el paraguas por encima de su cabeza y arrancó la alarma del techo. El aparato golpeó con fuerza la puerta de su nuevo vecino y después aterrizó en el suelo con un quejido lastimero antes de apagarse por completo. Ella cerró los ojos aliviada.

Johnny Depp volvió a abrir su puerta.

—¿Qué? —gruñó.

—¿Qué de qué?

—Has llamado a mi puerta.

—Ah —Honey se agachó para recoger la alarma destrozada. Él retrocedió cuando se enderezó, como si su cercanía le ofendiera.

—No he llamado. La alarma ha golpeado tu puerta al caer.

—La has roto.

«¿No me digas, Sherlock?».

—Te sugiero que no intentes volver a cocinar. Podrías reducir a cenizas el maldito edificio.

Su mirada gélida indicaba que no le hacía gracia. Al igual que la puerta que le cerró en las narices. Otra vez.

Imbécil.

—Sé cocinar perfectamente, gracias —gritó, molesta por la suposición. Aquella era su casa. Él estaba en su territorio. Si pensaba que podía llegar e imponerse, estaba muy equivocado.

Como último desafío, el cajetín de la alarma se abrió y la batería cayó patéticamente a los pies de Honey. Soltó una carcajada. Había asesinado al aparato.

Miró hacia la puerta de enfrente.

«Hola, nuevo vecino. Yo también me alegro de conocerte».

Una cosa era segura. Aquel tipo no era como Simon. No tenía un ápice de docilidad o suavidad en su cuerpo. A Tash le encantaría... siempre y cuando estuviera forrado. Recordó entonces la conversación inducida por el vino de la noche anterior. Su rasgo específico. Llamó a su puerta.

—Eh, por casualidad no tocarás el piano, ¿verdad? —gritó, sabiendo que a Nell y a Tash les parecería divertidísimo cuando se lo contara.

No le hizo falta que abriera la puerta para oírle responder «que te den».

Al otro lado de la puerta, Hal caminó por el pasillo. Diez pasos hasta llegar a la encimera de la cocina, donde había dejado la botella de whisky medio vacía la noche anterior. El cristal frío contra sus palmas sudorosas le ayudó a calmar los nervios. El chillido de la alarma le había hecho ponerse alerta de inmediato.

Estúpida cabeza hueca. «¿Tú podrías alcanzarlo?». Seguía dándole vueltas a su pregunta. Se llevó la botella a los labios y el ardor del whisky hizo que disminuyera su rabia.

La mujer olía a champú de fresas y a beicon quemado al acercarse, y esa risa siempre presente en su voz indicaba que no se tomaba la vida en serio.

Pues debería.

Se tambaleó hacia el dormitorio y caminó hasta golpear con las espinillas el borde del colchón. Las sábanas revueltas le arañaron la piel cuando se dejó caer, con una mano agarrando la botella y la otra con el puño apretado por la frustración. Odiaba aquella casa, y ahora también odiaba a la Chica con Olor a Fresa.

CAPÍTULO 3

Honey vació las últimas bolsas de basura el lunes por la mañana y examinó las blusas de poliéster gastadas y las faldas elásticas sin entusiasmo. Al empezar a trabajar en la tienda benéfica, aquel había sido uno de sus momentos favoritos del día; vaciar las inocuas bolsas negras con la esperanza de encontrar algún tesoro vintage, o de que alguna víctima de la moda hubiese hecho limpieza en su armario de verano y se hubiese deshecho de todos los Prada de la temporada anterior para hacer sitio a su colección de invierno.

Pero su esperanza no había tardado en desvanecerse. Honey se había dado cuenta enseguida de que la media de edad de las personas que donaban ropa rondaba los ochenta años. O eso o familias que se deshacían de las posesiones de algún ser querido fallecido. Trajes de dos piezas de alguna cadena de ropa. Vestidos devorados por las polillas o trajes que habían guardado por razones sentimentales que habían muerto junto con los dueños. Joyas de segunda mano con los cierres rotos. Tacitas de té desconchadas que hacía tiempo se habían separado de sus platitos correspondientes. Rígidos bolsos de cuero sintético con las asas de metal y tarjetas de bingo en el fondo, o una carta amarillenta que los parientes no se habían molestado en guardar. Honey nunca lograba deshacerse de todos esos recuerdos, de modo que los almacenaba en un cajón del viejo escritorio que le servía de mesa en la trastienda.

—El té —Lucille se asomó por la puerta de la cocina; llevaba unas medias de compresión y un vestido veraniego de color amarillo con un cinturón de diamantes de imitación. Lucille y su hermana Mimi eran el alma de la tienda benéfica, voluntarias a tiempo completo que no pedían nada a cambio de sus servicios, salvo la compañía y alguna bonita pulsera de forma ocasional. Eran como urracas con el color y el brillo; o más bien un par de coloridos canarios que canturreaban éxitos de la guerra mientras iban de cliente en cliente y batían sus pestañas excesivamente pintadas para estimular una venta. Honey las adoraba a ambas; unas tías fabulosas que ella había elegido a falta de parentesco.

—Gracias, Lucille —dijo mientras aceptaba la delicada taza y el platito—. ¿Mimi aún no ha llegado?

Lucille se agachó para sacar un vestido de lentejuelas de una pila situada a los pies de Honey y lo estiró frente a ella para contemplarlo.

—Anoche tenía visita —sus labios perfectamente pintados se convirtieron en una pequeña frambuesa mientras daba la vuelta al vestido para ver la etiqueta.

—¿De verdad? —Honey dio un silbido—. ¿Otra vez con Billy el de los calcetines tobilleros?

Lucille resopló. Su hermana estaba demasiado encariñada con Billy para su gusto. No entendía qué veía Mimi en él, con su ridículo tupé y esos pantalones morados indecentemente ajustados para alguien que tenía más de ochenta años.

Honey agachó la cabeza para disimular su sonrisa. Tanto Lucille como Mimi vivían temiendo que la otra se marchara, cuando la historia debería haberles enseñado lo contrario. Los hombres habían entrado y salido de sus vidas, pero su vínculo fraternal había permanecido inmune a las relaciones románticas. Era un vínculo que Honey entendía bien, pues había pasado su infancia en ese cómodo lugar entre su hermana mayor Bluebell y su hermana pequeña, Tigerlily, que también tenía un nombre fantástico. Su madre, Jane, una actriz frustrada que se había quedado para siempre con el apodo de «Jane la sosa», se había asegurado de que sus hijas nunca sufrieran la misma indignidad del anonimato.

Honey terminó de distribuir la ropa entre la pila para lavar y la pila para planchar y pasó a quitarle la cinta adhesiva a una caja de cartón medio rota. El olor a humedad de las posesiones almacenadas hace tiempo se le metió por la nariz al levantar la tapa y, justo cuando estaba a punto de meter la mano para retirar la capa superior de papel de periódico amarillento, sonó el teléfono en el despacho.

—Probablemente sea Mimi, que llama para decir que sigue indispuesta —dijo Lucille arqueando las cejas como si estuviera escandalizada.

Honey sonrió ante la idea encontrarse demasiado consumida por la pasión como para ir a trabajar a la edad de ochenta y tres años.

—Espero que así sea.

Pero, cuando descolgó el auricular, se sintió doblemente decepcionada. Primero, no era Mimi enamorada y, segundo, era Christopher, el gerente de la tienda y de la residencia de ancianos asociada. Un hombre con mucha influencia y ningún carisma, cosa que disimulaba con una oficiosidad extrema y agotadora.

—Reunión de personal. A las diecisiete horas. No llegues tarde o empezaré sin ti.

—Pero si no cerramos hasta las cinco.

—Pues cerrad antes. Tampoco es que seáis Tesco, ¿no? Y no traigas a esas dos ancianas. Solo personal con un sueldo. ¿Queda claro?

—Como el agua, Christopher. Como el agua.

Honey suspiró al oír que se cortaba la conexión.

—Sí. Adiós a ti también —murmuró a la nada. ¿Tanto le costaría a ese hombre fingir un poco de amabilidad? No entendía cómo lograba que la gente le confiara el cuidado de sus ancianos. Ella no le dejaría cuidar ni de un hámster. Era una pena que su seguridad económica estuviera en sus manos pequeñas y sudorosas.

Varias horas más tarde, en las que apenas pasó nada, Honey dejó las bolsas de plástico frente a la puerta de entrada y suspiró aliviada mientras flexionaba los dedos, doloridos por las bolsas. Las alubias cocidas y los tomates en lata pesaban, pero eran esenciales en la lista de la compra de alguien que no cocinaba.

El corazón le dio un vuelco al oír el ruido de los cristales rotos cuando empujó la puerta con el hombro. Mierda. ¿Habrían entrado a robar? Honey examinó los paneles intactos de la puerta de cristal, confusa, hasta que se fijó en los tulipanes rosas tirados por el suelo del recibidor. Los mismos tulipanes rosas que había colocado en su jarrón de cristal favorito en el recibidor un par de días antes para verlos al llegar a casa. O al menos era su jarrón favorito hasta ahora. No había manera de arreglarlo; quien fuera que lo hubiera roto había hecho un buen trabajo.

A jugar por el rocío de las flores y la enorme mancha de humedad en el suelo, había ocurrido recientemente y, dado que el resto de cosas del recibidor estaba en perfecto estado, solo había un posible culpable. Solo una persona podría pasar por allí, tirar su jarrón y ni siquiera molestarse en limpiarlo o dejarle una nota disculpándose.

Muchas gracias, Johnny Depp.

Honey cerró de golpe la puerta del recibidor y se quedó apoyada en ella. Había acabado siendo un día infernal. Las palabras de Christopher durante la reunión de personal seguían pasando por su cabeza como esa cinta informativa en los canales de noticias veinticuatro horas. «Recorte en la subvención. Amenaza de cierre. Seis meses. Periodo de consulta».

La tienda estaba en la cuerda floja y, a no ser que consiguieran más subvenciones pronto, cerrarían en cuestión de meses. Y no era solo la tienda benéfica; la residencia de ancianos también pendía de un hilo y dejaba a treinta residentes en la calle. ¿Qué haces cuando te encuentras de pronto en la calle a los noventa y siete años? Honey no tenía ni idea y Christopher no le había ofrecido prácticamente ninguna respuesta. El día había ido de mal en peor al volver a casa con las bolsas de la compra en el autobús abarrotado, de pie junto a un adolescente borracho que le había tocado el culo al menos dos veces. Había tenido suerte de no haber acabado con una lata de alubias estampada en la cabeza, pero Honey se había quedado sin ganas de pelear. Hasta ahora.

Ver su bonito jarrón roto y las flores marchitas en el suelo resultó ser la gota que colmó el vaso.

—¡Eh, estrella del rock! —gritó en dirección a la puerta de su vecino mientras se abría paso entre los cristales rotos—. ¡Gracias por nada! —dejó caer las bolsas de la compra frente a su puerta y se apoyó en ella—. Ese era mi jarrón favorito. Para que lo sepas.

Se quedó callada. Silencio, a pesar de estar segura de haber oído movimiento al otro lado de la puerta.

—Muy bien. Entonces te enviaré la factura, ¿de acuerdo?

En realidad lo había comprado en el trabajo por cincuenta peniques, pero era bonito y el silencio de su vecino la enervaba. Estaba ahí dentro, de eso estaba segura. Aunque, pensándolo bien, Honey no recordaba haber visto sus luces encendidas al pasar frente a sus ventanas. Un día más, una resaca más. Una pena.

—No eres el único que ha tenido un mal día, ¿sabes? Yo he estado a punto de perder mi trabajo —se arrepintió de aquello nada más decirlo. ¿Por qué estaba contándole sus problemas a un completo desconocido? Peor aún, gritándoselos a alguien que obviamente era demasiado arrogante para preocuparse por ello.

Hal estaba tumbado en el sofá, con las gafas de sol y los ojos cerrados pese a estar completamente despierto, haciendo un gran esfuerzo por estarse quieto en vez de salir ahí fuera y estrangular a la Chica con Olor a Fresa. Flores. Malditas flores.

¿Salir ahí fuera? ¿A quién pretendía engañar? Le había llevado casi diez minutos salir al recibidor aquella tarde. Lo único que había querido era abrir su maldita puerta. Impedir que el vendedor a domicilio la aporreara y los golpes se le metieran en la cabeza.

¿Quién diablos ponía flores frescas en un recibidor común? ¿Cómo iba a saber él que estaban allí? La primera norma de vivir con una persona ciega; no colocar objetos inesperados en su camino. Claro que la Chica con Olor a Fresa no se había dado cuenta aún de que estaba ciego, ¿verdad? Gracias a Dios, porque, cuando se diera cuenta, adoptaría de inmediato la misma actitud que adoptaba la gente con él últimamente, una mezcla vomitiva de compasión y desesperación por hacerle las cosas más fáciles. No deseaba oír ese titubeo en su voz cuando se diera cuenta de que no podía ver, así que se quedó tumbado en el sofá escuchando cómo le regañaba. Aunque tampoco habría podido salir ahí fuera si hubiera querido. No con la entrepierna empapada y las manos pegajosas aún por la sangre después de haberse cortado las manos al intentar recoger los cristales rotos.

Sabía exactamente lo que ella pensaría. Apestaba a whisky y sin duda parecería que había intentado cortarse las venas. Y además probablemente diera la impresión de que se había meado encima.

Otra humillación más en su nuevo mundo.
Y ella pensaba que había tenido un mal día. No tenía ni idea de lo que significaban esas palabras.

Honey dejó las bolsas sobre la encimera de la cocina y volvió al recibidor con el cepillo y el recogedor. Había albergado una mínima esperanza de que su discurso le hubiera hecho sentir culpable y hubiera salido a recoger el destrozo, pero no hubo suerte. Su puerta permanecía cerrada y las flores seguían tiradas por el suelo. Las rescató una a una y después se puso a barrer los pedazos de cristal. El agua del suelo hacía que fuese una tarea complicada, y unos hilillos rojos llamaron su atención al mezclarse con el cristal y el agua. Frunció el ceño y se detuvo un instante. Si era sangre, entonces tal vez el vecino hubiera tratado de recogerlo después de todo. O tal vez hubiera sufrido un accidente y hubiera tirado las flores por accidente, o quizá hubiese tenido alguna especie de ataque, o se hubiese cortado una arteria con el cristal y en aquel instante yaciera muerto en su piso y sería todo culpa de sus tulipanes. A juzgar por como iba su día, asesinar accidentalmente a su vecino estaba dentro de lo posible. Tras limpiar el suelo, dio unos pocos pasos hacia su puerta y acercó la oreja para escuchar. Nada. Levantó la mano para llamar, pero se detuvo justo antes de que sus nudillos tocaran la superficie. ¿Qué iba a decir si le abría? ¿Si estás muerto o herido, entonces lo siento, pero, si no lo estás, entonces no lo siento en absoluto?

—Hola —gritó con indecisión. Se encontró con el silencio como respuesta y sintió que empezaba a entrarle el pánico—. Hola —volvió a intentarlo con un poco más de fuerza y más firmeza en la voz.

Nada. Apretó el puño y aporreó su puerta.

—¿Estás bien?

En esa ocasión pegó la oreja a la puerta y escuchó con atención. ¿Eran unos pies arrastrándose lo que oía?

Hal blasfemó en voz baja y se incorporó sobre el sofá. La Chica con Olor a Fresa se estaba convirtiendo en su némesis a toda velocidad. ¿Por qué estaba aporreando su puerta? ¿De verdad quería que le pagase el maldito jarrón?

—Mira, sé que estás ahí. Acabo de oír como te movías.

Hal negó con la cabeza. Era como vivir junto a la nieta superentusiasta de la señorita Marple. Debía de tener la oreja pegada a su puerta.

—Contéstame, ¿quieres? ¿Estás bien?

Joder. Ya estaba intentando cuidar de él y ni siquiera sabía que estaba ciego. Se recordó a sí mismo que debía seguir siendo así durante el mayor tiempo posible. Frunció el ceño por el dolor al girar los hombros y flexionar las palmas lastimadas de las manos.

Debía de haberle oído, porque empezó a golpear la puerta con más fuerza aún.

—¿Necesitas ayuda? —preguntó mientras él caminaba hacia el recibidor, como si estuviera vigilando a un vecino anciano que hubiera tropezado con su andador. Experimentó un agrio resentimiento.

—¿Qué tengo que hacer para que te vayas? —gruñó a través de la puerta cerrada, y la oyó resoplar con fuerza como si hubiera estado aguantando la respiración. Reina del drama.

—¿Siempre eres así de grosero? —al instante su tono pasó de preocupado a sarcástico.

—Solo con la gente que me molesta —su resoplido de respuesta le hizo sonreír por primera vez desde que se había mudado.

—¿Yo te molesto? ¿Por eso has tirado mi jarrón y has dejado las flores en el suelo? ¿Porque te molesto? —el hecho de que estuviera gritándole hacía que Hal experimentase un placer perverso. Ya nadie le gritaba.

—Más o menos es eso, sí.

En esa ocasión fue su pie el que golpeó la puerta en vez de la mano, y fue con rabia más que con preocupación.

—Cerdo. ¿Qué te he hecho yo? Además de cometer la osadía de hacer saltar el detector de humos e interrumpir tu maldita resaca —su respiración extrañamente acelerada indicaba lo alterada que estaba—. Pues has elegido un mal día para meterte conmigo, tío.

Hal estuvo a punto de reírse. La señorita Marple Jr. acababa de convertirse en Rambo. Se cruzó de brazos, se apoyó en la puerta y esperó a que continuara.

—Al contrario que tú, mi vida no es un sinfín de fiestas y resacas. Yo tengo responsabilidades. Tengo un trabajo. Gente que depende de mí.

La súbita rabia que le provocaron sus palabras hizo que Hal agarrara el picaporte y abriera la puerta de golpe.

—¿Una gran fiesta? ¿Eso es lo que te crees que es esto? —escupió las palabras y señaló con el brazo hacia su propio recibidor.

—No —respondió ella—. Yo diría que es tu guarida. Un lugar en el que descansar y recuperarte de tus resacas —Hal oyó el desdén en su voz y supo que debía de estar fijándose en los detalles de su aspecto desaliñado—. Mírate. Apestas a alcohol y Dios sabe a qué más. Necesitas afeitarte y cambiarte de ropa... —se quedó callada y él supo que estaría sacando conclusiones equivocadas.

Le molestaba enormemente. Antes del accidente no era un hombre dado a los histerismos, pero últimamente le costaba mucho más trabajo mantener la compostura. Las acusaciones de la Chica con Olor a Fresa eran como una granada que alguien le hubiera metido en el cerebro antes de tirar de la anilla.

—¿Mi guarida? —preguntó él—. ¿Mi jodida guarida? —notó que una risa le nacía de las tripas, aunque parecía más bien algo oscuro y feo que intentaba salir de su cuerpo. Sacudió todo su cuerpo y oyó como le salía de la boca; un sonido áspero y extraño a camino entre una carcajada y un grito de rabia—. Esta no es mi guarida —gruñó cuando recuperó el habla—. Es mi puñetera cárcel.

La Chica con Olor a Fresa se quedó callada, pero su respiración le decía que seguía allí, mirándolo.

—¿Qué? —preguntó al fin. Su voz ya no sonaba enfadada, sino asombrada y tal vez temerosa. Hal la oyó y supo que la tenía contra las cuerdas. Sería muy fácil entrar a matar, revelar su ceguera y hacer que se deshiciera en disculpas. En su vida anterior había disfrutado teniendo el control, y la necesidad de tener el control sobre ella resultaba acuciante. Su vena agresiva había ayudado a convertirlo en una de las mayores estrellas del país en la industria de la restauración. Y le encantaba. El dinero. Los coches. Los clientes famosos. Las chicas. Una chica en particular. Y lo había perdido todo en un segundo de distracción.

Ahora la vida era distinta. Se componía de las cuatro paredes de aquel piso, de la tele que casi se alegraba de no poder ver y deseaba no poder oír y de las cenas precocinadas que sabían a las cajas en las que venían.

Frunció el ceño y suspiró con fuerza. Todo se había ido al infierno, pero la Chica con Olor a Fresa no tenía la culpa de eso. Tal vez todo lo demás hubiera cambiado en su vida, pero asustar a las mujeres nunca había sido su estilo y no pensaba empezar ahora.

—No —respondió—. Tienes razón. No lo comprendes y espero por tu bien que nunca tengas que hacerlo. ¿Puedo irme ahora que ya has sido una buena scout y has venido a ver cómo estaba tu vecino necesitado?

Hal la oyó tomar aire para responder, pero cerró la puerta para no tener que escucharla.

CAPÍTULO 4

—Fue muy extraño, Nell. Tenía sangre en las manos y un aspecto horrible.

Honey se sentó en uno de los taburetes de la barra del desayuno de Nell, con la pequeña Ava dormida en brazos.

—Tal vez sea un vampiro —Nell cerró el lavavajillas y se dio la vuelta con una mirada de sobresalto—. Dios, no pensarás que había estado intentando...

Honey negó con la cabeza.

—No tenía cortes en las muñecas, si es a eso a lo que te refieres. Me fijé. Era en las manos, pero en las dos. Es raro, ¿no? Creo que había intentado recoger los trozos de cristal del jarrón, pero entonces, ¿por qué iba a ser tan torpe? ¡Y encima no terminó el trabajo!

—Es raro que llame cárcel a su casa —dijo Nell.

Honey miró a su alrededor y contempló aquella cocina cálida y acogedora. El bonito y ordenado hogar de Nell recibía con los brazos abiertos a cualquiera que entrara por su puerta. Solo estar allí era un bálsamo para sus nervios alterados.

—Estaba enfadado, Nell. Muy enfadado.

Nell frunció el ceño.

—No me gusta que vivas sola junto a él, Honey.

—Esa es otra cosa que me extraña —Honey alcanzó su taza

de café—. No me da miedo, al menos en ese sentido. En todo caso siento pena por él.

Nell se apoyó contra la encimera de la cocina con su taza de café humeante entre las manos.

—Pues creo que yo no. Desde que se mudó solo ha sido grosero contigo.

—Bueno, no voy a nominarlo al mejor vecino del año, eso seguro —Honey acarició los frágiles deditos del bebé y le conmovió ver lo vulnerable e inocente que era. No podía imaginarse que el hombre con el que ahora compartía casa hubiera sido así alguna vez. No tenía ni idea de quién era, pero algo le había ocurrido. Algo horrible, y eso le había convertido en la persona más enfadada y amargada que había conocido jamás.

—Tash me ha escrito esta mañana desde Dubái —dijo Nell para cambiar de tema.

Honey contempló la lluvia que caía al otro lado de la ventana y su hilo de pensamiento se vio interrumpido.

—¡Qué afortunada! No hace más que quejarse de ese trabajo, pero al menos ella puede ver el sol de vez en cuando.

—Te ha encontrado un pianista.

Honey levantó abruptamente la mirada.

—Dios, Nell. Era una broma. ¿Habla en serio?

Nell se encogió de hombros y disimuló una sonrisa.

—Yo creo que sí. Te llamará mañana cuando llegue a casa.

—Nell, estoy a punto de perder mi trabajo y Freddy Krueger acaba de mudarse al piso de enfrente. ¿Crees que necesito más complicaciones en mi vida ahora mismo?

Ava se agitó, inquieta por los nervios de Honey.

—Probablemente no —admitió Nell—. Pero ¿y si se parece a Michael Bublé?

Honey sonrió.

—Entonces dejaría que me invitara a cenar.

Nell le quitó a la niña de encima, la acunó entre sus brazos y Ava volvió a quedarse dormida.

—Entonces espera a ver, ¿de acuerdo? —su amiga le guiñó un ojo mientras se dirigía hacia el piso de arriba para acostar al bebé. Honey suspiró. El tiempo plomizo del exterior era un reflejo de su estado de ánimo, y la idea de tener que soportar una cita a ciegas con un desconocido para satisfacer a Tash y a Nell no era algo que quisiera sumar a sus preocupaciones.

Honey pasó por delante de la farmacia de camino a casa, pero retrocedió y entró. Minutos más tarde, salió con una bolsa. Cuando entró en la casa, se dirigió hacia la puerta de su vecino en vez de hacia la suya.
—Eh... ¿hola? —dijo sin llamar, pues seguramente la habría oído entrar. Distinguió el sonido distante de la música, algo que parecía heavy metal. Tal vez no la hubiera oído después de todo. Llamó a la puerta con la fuerza suficiente como para que pudiera oírla, aunque esperaba que no con la demasiada como para resultar molesta. Esperó y volvió a llamar al no obtener respuesta.
—Tengo una cosa para ti —gritó. Como respuesta él subió considerablemente el volumen de la música, tanto como para ahogar cualquier otro intento de conversación por su parte. Honey negó con la cabeza y gruñó frustrada. Realmente era una pesadilla de vecino. Se agachó y dejó la bolsa apoyada contra su puerta. Transcurridos unos segundos de incertidumbre, se dio la vuelta y lo dejó solo regodeándose en su tristeza.

Hal se sentó en aquel sillón duro e incómodo con los antebrazos pegados a los laterales de la cabeza para intentar ahogar el ruido de la MTV y de los golpes en la puerta de la Chica con Olor a Fresa. Cuando estuvo seguro de que no podría soportarlo por más tiempo sin darle una patada a la televisión, la apagó. El súbito silencio fue casi tan ensordecedor como la música. ¿Seguiría ahí fuera, esperándolo? Se quedó muy quieto, y escuchó con atención durante un rato hasta asegurarse de que se había ido, después se quedó allí sentado un rato más con las manos en la cabeza, durante un tiempo considerable. Quería beber algo. Necesitaba whisky, pero sobre su mesilla de noche se encontraba la botella vacía después de que se la hubiera terminado la noche anterior. Sopesó las opciones que tenía. Pasar sin alcohol. Esa no era una opción. Podría llamar a alguien, pero ¿a quién?

Sus amigos cercanos considerarían que era su deber informar a su familia de su paradero, y cualquiera que no se preocupara mucho por él valoraría el cotilleo por encima de su amistad. El pobre Hal, viviendo en un piso asqueroso con una botella de whisky como única compañía. Qué lástima.

No, llamar a alguien que conociese tampoco era una opción. Tal vez pudiera salir a la calle con la esperanza de que algún amable viandante se apiadara de él lo suficiente como para aceptar su billete de veinte libras e ir a comprarle el whisky. Golpeó el brazo del sillón con rabia. ¿Hasta dónde iba a rebajarse con ese jodido asunto? Le daba miedo pensar que todavía podía caer más bajo de donde se encontraba. Solo había una opción disponible; lo había sabido a pesar de que su mente buscase alternativas. La Chica con Olor a Fresa. Se pasó las manos por la cara y se puso las gafas de sol, después se levantó del sillón y atravesó el recibidor, que había tardado poco en convertirse en un territorio familiar.

Hal se detuvo con los dedos en el picaporte de la puerta. No había vuelto a poner un pie fuera del piso desde que tirase sus flores. El temor invadió su cerebro, pero lo ignoró. No estaba dispuesto a convertirse en ese tipo de hombre.

Abrió la puerta y salió, pero entonces perdió el equilibrio al tropezar con algo y cayó con fuerza contra el suelo.

Honey oyó el estruendo cuando salía del cuarto de baño con la bata y el pelo envuelto en una toalla, acalorada aún después de la ducha. Corrió sin pensar hacia la puerta de entrada, la abrió y encontró a su vecino tirado boca abajo en el suelo, rodeado de la crema antiséptica y las vendas que le había dejado.

—¡Vuelve a entrar y cierra la jodida puerta ahora mismo! —exclamó él sin levantar la mirada mientras buscaba con las manos algo a su alrededor.

—¿Qué? No, deja que te ayude... —Honey se llevó las manos a las mejillas. Iba contra su personalidad dejarlo allí tirado, pero tampoco se engañaba; aquel hombre hablaba en serio al decir lo que decía. Se acercó y tocó con los dedos del pie algo inesperado. Cuando miró hacia abajo, encontró sus gafas de sol a punto de desaparecer bajo su pie. Se agachó, las recogió y respiró aliviada al ver que seguían intactas.

—Toma —se las ofreció y, al oír su voz, su vecino dejó de palpar el suelo con las manos y se quedó completamente petrificado.

—¿Mis gafas?

Honey asintió y, tras unos segundos, dejó escapar un suave suspiro al entender por qué tenía que hacer aquella pregunta.

—Ah.

Él estiró el brazo hacia ella sin levantar la mirada.

—Dámelas.

Honey se apartó de su puerta y se las puso en los dedos. Él las agarró, se las puso, después se dio la vuelta y retrocedió hacia la pared con los codos en las rodillas y la cabeza entre las manos.

Honey se movió con sigilo a su alrededor recogiendo los productos de la farmacia para meterlos de nuevo en la bolsa y dejarlos sobre la mesa de la entrada. Mierda. ¿Por qué no los habría dejado ahí desde el principio?

—Te he traído vendas y una crema antiséptica. Era para tus manos —murmuró, sabiendo que era insignificante—. Lo siento.

Él emitió un sonido gutural y se revolvió el pelo con los dedos.

—Me equivocaba al llamarte scout. Eres más que eso. Eres una auténtica Madre Teresa.

Honey vaciló sin saber si quedarse o irse.

—¿Qué quieres que haga?

—No preparar más pistas de obstáculos en el recibidor sería un buen comienzo.

—Hecho —Honey se dio cuenta en ese instante de que ni siquiera sabía cómo se llamaba—. Me llamo Honey, por cierto.

—Eso es ridículo. ¿Cuál es tu verdadero nombre?

—Honey es mi verdadero nombre. Bueno, en realidad es Honeysuckle, que significa madreselva.

—Joder, eso es todavía más ridículo.

Honey estaba más que acostumbrada a que su nombre fuera motivo de comentarios, pero aun así su evidente desprecio le molestó.

—Ahí tienes otra cosa más que te molesta de mí, estrella del rock.

—¿Estrella del rock?

—Sí. Así te llamo en mi cabeza. Principalmente porque eres un imbécil arrogante que dice tacos a todas horas y bebe whisky para desayunar.

—Me vale —dijo él—. O también Hal. Por si alguna vez crees que tienes que cambiar de opinión.

—¿Adónde ibas?

—A llamar a tu puerta.

—¿Para disculparte por lo de las flores?

—Ni hablar. ¿Tienes whisky?

Honey pensó en su respuesta. No tenía. Pero sí que tenía una botella casi llena de tequila al fondo del armario, aunque dar de beber a un borracho le parecía mal. ¿Sería un borracho? Desde luego parecía beber lo suficiente para ganarse el título.

—No, whisky no tengo.

—Pero ¿tienes algo?

Honey suspiró. Tal vez no fuera capaz de ver su expresión, pero obviamente su voz la había delatado y mentir no era su punto fuerte.

—Tengo tequila.

—Gracias a Dios. ¿Me lo das?

—La Madre Teresa no te lo daría.

—¿Me lo darías si me disculpo?

—¿Por romperme el jarrón o por llamarme Madre Teresa?

—Por las dos cosas. Dios, si me das tequila hasta me disculparé porque tu madre te pusiera de nombre Honeysuckle.

—¿Tienes limón y sal?

Él alzó la cabeza hacia ella y, aunque tenía los ojos escondidos detrás de las gafas, advirtió su cara de incredulidad. Por un segundo pensó que iba a volver a gritar, pero entonces empezó a reírse. Y no fue una simple risita. Fue una carcajada profunda que primero le hizo agitar los hombros, después el cuerpo entero, y continuó de manera incontrolada hasta que empezaron a resbalarle las lágrimas por la cara.

Honey no se rio con él porque era evidente que, a pesar de su actitud, a su misterioso vecino no le hacía gracia.

Volvió a su piso para sacar el tequila del armario. Cuando regresó al recibidor, Hal se había levantado y casi había logrado recomponerse, aunque todavía tenía las mejillas mojadas por las lágrimas.

—El tequila —dijo ella, y se acercó lo suficiente para tocarle el brazo. Él agarró la botella que le puso en la mano y murmuró su agradecimiento—. ¿Hay algo más que pueda hacer por ti? —preguntó Honey—. Ya sabes, ayudarte con... algo.

Hal resopló.

—No empieces otra vez con el papel de la Madre Teresa solo porque sabes que estoy ciego.

—No lo haré. Sigo pensando que eres un imbécil arrogante que bebe demasiado.

Hal sonrió muy levemente con cierto sentido del humor.

—Y yo sigo pensando que eres una scout frustrada con un nombre estúpido.

—Bien. Entonces nos entendemos.

—No vuelvas a aporrear mi puerta.

Honey lo vio darse la vuelta y alejarse, manteniéndose pegado a la pared hasta llegar a su puerta.

—De acuerdo. Pero grita si necesitas algo.

—No necesitaré nada que tú puedas darme, Honeysuckle —dijo él en voz baja y grave. Cerró la puerta y dejó a Honey sola en el recibidor; un poco informada, un poco inquieta y, curiosamente, un poco excitada.

CAPÍTULO 5

Lucille y Mimi se quedaron mirando a Honey con las mandíbulas desencajadas y las manos temblorosas.

—Así que me temo que, a no ser que aparezca alguien que compre la tienda, tendremos que cerrar. Y la residencia también —concluyó Honey. Había esperado a finalizar el día para contárselo a las mujeres, sabiendo que necesitarían tiempo a solas para procesar la noticia.

—¡No pueden hacernos esto! —exclamó Lucille con cara de angustia.

Honey sonrió con tristeza.

—Todavía tenemos seis meses, Lucille. Esperemos que suceda un milagro.

—Cerrarán nuestra tienda por encima de mi cadáver —Mimi estiró sus frágiles hombros, que aquel día iban envueltos en un conjunto de cachemira de color verde lima. Como era habitual, Lucille había coordinado su atuendo con el de su hermana y esa mañana había llegado ataviada con un conjunto idéntico en color limón. Merengue de limón y tarta de lima. Ambas mujeres llevaban largos collares de cuentas en el cuello y enormes anillos que resplandecían en sus dedos frágiles. Su indumentaria recordaba a la luz del sol, a los días de verano y al caramelo hilado, pero sus rostros contaban otra historia mucho más melancólica.

Los ojos grandes y azules de Lucille brillaban con las lágrimas no derramadas y Mimi tenía una mirada desafiante que habría enorgullecido a Emmeline Pankhurst.

Lucille se volvió hacia su hermana con un brillo de esperanza.

—¿Crees que deberíamos luchar por ello?

—¿Por qué no íbamos a hacerlo? —preguntó Mimi, y después miró a Honey.

Honey frunció el ceño. Por poco que le gustara la idea de cerrar la tienda, la idea de protestar activamente no se le había pasado por la cabeza hasta ese momento. ¿Serviría de algo? A pesar de hablar de periodos de consulta, la noche anterior Christopher había hecho que sonara como una decisión en firme. Probablemente le hubieran sobornado para que se pusiera de su parte, le habrían ofrecido una jugosa indemnización para asegurarse de que no permitiese que nadie pusiera impedimentos. A Honey no le había parecido excesivamente preocupado por la situación de los ancianos. «Dispersados» era la palabra que había empleado, una palabra que Honey había evitado al tratar de explicarles a Mimi y a Lucille cómo serían realojados los ancianos.

—Realojados. Es como si fuéramos un puñado de perros callejeros —dijo Lucille retorciéndose las manos en el regazo—. Nadie quiere animales viejos, así que los sacrifican. ¿Es eso lo que va a ocurrirnos, Honey?

La expresión de horror en la cara de Lucille le provocó a Honey un vuelco en el corazón. Deseaba poder ofrecerle a su amiga alguna esperanza, pero en aquel momento no había mucho que ofrecer salvo un abrazo y una taza de té.

—¿Y si no pueden ponernos juntas, Mimi? —preguntó Lucille, y Honey le quitó la taza y el platito a la anciana temblorosa por miedo a que derramase el té sobre los pliegues de su falda. Las hermanas habían ocupado habitaciones contiguas en la residencia con su propio cuarto de baño durante los últimos siete años, construyéndose una vida entre los residentes y el trabajo voluntario en la tienda. La idea de que pudieran acabar separadas era horrible, como los gemelos adoptados a los que separaban para maximizar su atractivo.

—Estoy segura de que no llegará a tanto —dijo Honey con la esperanza de que así fuera.

—Eso no pasará —dijo Mimi—, porque no lo permitiré, Lucie. Lo prometo —a sus ochenta y tres años, Mimi seguía siendo la hermana mayor protectora. Se sentó junto a Lucille y le pasó un brazo por los hombros—. Y Honey nos ayudará a organizarnos, ¿verdad, cielo? La gente te escuchará más a ti que a nosotras.

Ambas se quedaron mirando a Honey; los ojos azules de una brillaban con lágrimas y los marrones de la otra estaban cargados de rebeldía. Algo se removió en su interior, la determinación de ponerse en pie y luchar por sus amigas.

—Claro que sí —declaró. Se sentó al otro lado de Lucille, colocó una mano sobre las de la anciana y trató de no advertir su fragilidad—. Claro que sí. Tenemos seis meses. Es tiempo suficiente para idear algo.

—Nuestro ángel —dijo Lucille con una sonrisa—. ¿Dónde estaríamos sin ti?

—No pienses en eso —respondió Honey—. No voy a ninguna parte, y vosotras tampoco sin luchar antes con todas nuestras fuerzas.

Honey entró en la casa una hora más tarde, recordando aún la conversación con Lucille y Mimi. No había pensado en la idea de intentar luchar para salvar la residencia, y desde luego no había imaginado que ella sería la representante de la lucha; aun así parecía que tendría que hacerlo, porque los demás afectados tenían al menos ochenta años y le pedían ayuda a ella. La responsabilidad pesaba tanto como las bolsas de la compra que llevaba en las manos mientras cerraba la puerta de entrada con el trasero y examinaba el recibidor con la mirada en busca de nuevas señales de la presencia de Hal. Miró hacia la puerta de su vecino medio esperando que la abriera y le gritara por algo, pero permaneció cerrada y en silencio. Resopló suavemente, abrió su puerta y llevó la compra hasta la encimera de la diminuta cocina. El exiguo tamaño de la cocina no le había preocupado lo más mínimo al ver el piso, principalmente porque su repertorio culinario no iba más allá de los sándwiches de queso y la sopa de tomate para microondas. Rebuscó en las bolsas y sacó el único producto que había planeado comprar en un primer lugar. Whisky. Siendo alguien que nunca había probado ese licor, la pared de botellas con la que se había encontrado le había resultado asombrosa. ¿Tendría Hal una marca preferida? ¿Le gustaría el whisky de malta? Dada la cantidad que parecía beber y el precio de un whisky decente, Honey se decantó por la marca del supermercado. Probablemente Hal ni siquiera lo saborease cuando se lo tomase de un trago. Parecía usarlo más como anestésico que como fuente de placer. Agarró la botella y reunió todo su coraje. Abrió su puerta, atravesó el recibidor y llamó a la de Hal. Nada. No le sorprendió.

—Hal —gritó su nombre suavemente. En tono vecinal—. Hal, soy yo, Honey.

Él no respondió y no se oían ruidos tras la puerta, pero estaba segura de que se encontraba allí. A juzgar por su manera de rogarle que le diera tequila el día anterior, era evidente que no tenía planeado abandonar la casa próximamente. Honey se sintió inquieta. ¿Acaso no podía gruñir o algo, hacerle saber que seguía vivo al menos? ¿Y si se había bebido todo el tequila y estaba inconsciente? Dios, ¿y si se había golpeado en la cabeza?

—Hal —repitió con más energía, intentando ser amable, pero inmediatamente se dio cuenta de que no lo había logrado y había vuelto a su tono de scout solícita. Volvió a mirar hacia su puerta abierta, suspiró con resignación y se quedó apoyada en la pared—. No pienso irme hasta que no me contestes, así que será mejor que nos lo pongas fácil a ambos, estrella del rock.

Silencio absoluto, así que Honey deslizó sus huesos cansados por la pared hasta quedar sentada junto a su puerta con la botella de whisky a su lado.

—Pues entonces me quedaré aquí sentada —dijo, apoyando los codos en las rodillas y la barbilla en las manos—. Supongo que me beberé yo el whisky —añadió transcurridos unos minutos. No le gustaba la naturaleza manipuladora de su comentario, pero se alegraba de no haberse convertido otra vez en scout. Y además le funcionó. Dejó escapar un largo suspiro de alivio al oír movimiento al otro lado de la puerta y saber que al menos seguía vivo.

Ya estaba cerca de la puerta, le oía respirar.

—¿Qué voy a tener que hacer para que me des ese whisky? —murmuró él.

Honey enarcó las cejas y asintió filosóficamente contra sus manos. Así que las cosas iban a funcionar de ese modo.

—Oh, bueno, ya sabes, poca cosa. Un poco de charla vecinal, quizá.

Se oyó otro movimiento tras la puerta y volvió a sonar su voz de cigarrillos y whisky, solo que a menos volumen. Más cercana. Como si estuviera sentado al otro lado de la puerta.

—Yo no charlo.

—¿No? —preguntó Honey con despreocupación, sin siquiera estar segura de por qué estaba intentando hablar con él. Se sentía como alguien que trataba de atraer a un gatito hasta su casa con un plato de leche—. Entonces tal vez podrías escuchar, porque he tenido un mal día y me vendría bien desahogarme.

—¿Así que has pensado sobornar a tu vecino ciego con whisky para que te escuche? ¿Es que no tienes amigos?

Honey sonrió levemente. ¿Sería una masoquista por disfrutar con sus gruñidos? Miró el reloj y golpeó la cara con la punta del dedo.

—Diez minutos de tu tiempo y tendrás tu whisky.

Su suspiro de exasperación fue evidente.

—No pienso abrir la puerta.

—Como quieras. Pero no te vayas a hacer otra cosa mientras hablo.

Su carcajada sarcástica indicó que le había tocado una fibra sensible.

—¿Quieres decir que no puedo volver al dormitorio a seguir tirándome a esa rubia despampanante? Podría hacerlo en silencio.

—En tus sueños, estrella del rock —Honey se envolvió las rodillas con los brazos—. Pues... el caso es que he tenido que decirles a dos ancianas que puede que se queden sin casa dentro de poco.

Silencio.

—Así que no es mi vida la única que intentas joder —dijo Hal.

—No es culpa mía —Honey sabía que no le importaba, pero sentía la necesidad de hacérselo entender de todos modos—. Llevo una tienda benéfica asociada a la residencia de ancianos en la que viven. Trabajaban como voluntarias en la tienda. Son amigas mías y me siento fatal.

—¿Y me has dicho ya por qué vas a dejarlas sin hogar?

—No soy yo la que las deja sin hogar. Amenazan con cerrar la residencia dentro de seis meses por falta de fondos, y la tienda también. Yo perderé mi trabajo y los residentes perderán su hogar. Ninguno baja de los ochenta años.

—Míralo por el lado positivo. Son viejos. Puede que no lleguen a vivir seis meses.

Honey tomó aliento, desconcertada por su crueldad.

—No bromeabas al decir que no charlas, ¿verdad?

—Si buscabas a Oprah, has llamado a la puerta equivocada, cariño.

Aquella palabra cariñosa fue como una caricia y un puñetazo al mismo tiempo. Hal había logrado pronunciarla con cierto sarcasmo que la despojaba de toda amabilidad. Pero hubo algo que hizo que Honey se preguntara cómo sería oírsela decir en otras circunstancias, con otro tono de voz.

—¿Es demasiado pronto para pedirte ese whisky? —preguntó para romper el largo silencio que siguió a su último comentario.

Honey miró el reloj. Tres minutos. Le quedaban siete.

—Sí. ¿Quieres hablarme tú de tu día?

—Que te den, Honeysuckle —respondió él, como había imaginado que haría.

¿Le había provocado a propósito? Tal vez, pero en cualquier caso le había salido mal, porque la manera que había tenido de decir su nombre había sido... Dejó que la pausa se prolongara en esa ocasión.

—Vamos, Madre Teresa. Cuéntame algo más sobre ese trabajo que estás a punto de perder.

—No es tanto el trabajo lo que me preocupa. Bueno, sí, claro, pero sobre todo es por Lucille y Mimi, y los demás ancianos —hizo una pausa y se mordió la parte interna del labio—. Quieren que encabece una campaña para luchar contra el cierre.

Creyó oírle reír.

—Espero que seas fotogénica para los periódicos. ¿Llevarás tu uniforme de scout?

—¿Por qué tienes que ser siempre tan imbécil? Esto es lo más serio que me ha ocurrido jamás.

Le oyó suspirar profundamente y con melancolía, y después el golpe de algo contra la puerta, probablemente la frente al apoyarla contra la hoja.

—No sabes lo afortunada que eres si este es el peor día de tu vida, Honeysuckle.

Oía su voz cercana al oído y dejó que el lateral de su cara se apoyara en la puerta. Junto a su voz. Si la puerta desapareciera por arte de magia, se habrían encontrado sentados hombro con hombro, con la boca de él pegada a su pelo.

—Lo siento. No pretendía ser insensible —susurró Honey, sintiéndose como una idiota. Miró el reloj y vio que les quedaban aún cinco minutos que rellenar.

—No has sido insensible. Yo estaba siendo un imbécil. Ha sido así desde el accidente.

Era la cosa más auténtica que le había dicho desde que lo conociera.

—¿Quieres ya el whisky?

—¿Significa eso que nuestra sesión de terapia se ha terminado?

Una leve sonrisa se dibujó en sus labios.

—Esta corre a cuenta de la casa, estrella del rock.

—¿Eso significa que me has dejado por un caso imposible, Honeysuckle?

Honey sintió que de pronto se le erizaba el vello de la nuca. Prácticamente le había susurrado al oído, unas palabras sexys y aterciopeladas suavizadas por la insinuación de una sonrisa. Si alguna vez le apetecía, aquel hombre podría tener mucho éxito en la radio, ya que su voz tenía la capacidad de frenar en seco a una mujer. Incluso a una mujer a la que no le cayera especialmente bien.

Ella también sonrió.

—Se levanta la sesión, Hal. Tal vez vuelva mañana para seguir contándote algo más sobre mi vida de culebrón.

—Seguro que es mejor que *Coronation Street*. ¿De verdad la gente ve esas chorradas?

Honey se rio suavemente.

—¿Quieres decir que tú no? —en cuanto lo dijo, quiso tragarse las palabras—. Mierda, Hal, lo siento —murmuró—. Dos veces en cinco minutos es demasiado, ¿no?

—Tú dame el whisky y te perdonaré.
Honey advirtió aún el humor en su voz y respiró aliviada. Era un hombre difícil de interpretar; enfadado cuando no parecía tener razón para ello y sin embargo tranquilo con las cosas que podrían haber provocado a cualquier otro en su situación. Le oyó moverse detrás de la puerta y se puso en pie con el whisky en la mano. No cometería el error de dejar obstáculos en su camino por segunda vez.

Cuando abrió la puerta y se apoyó en el marco, ella se quedó contemplando su apariencia. Estaba tan desaliñado como el día anterior, quizá incluso más. Llevaba una camiseta gris vieja y arrugada que en ciertos lugares no le llegaba hasta la cintura de los oscuros vaqueros. Su barba incipiente y oscura indicaba que aquel día tampoco había tenido una cita con la maquinilla de afeitar, y daba la impresión de haber estado pasándose las manos por el pelo todo el día, o de haber pasado el día en la cama con esa rubia despampanante de la que hablaba.

—Hola, estrella del rock.

Hal no dijo nada durante unos segundos, se quedó callado e inescrutable hasta que ella comenzó a sentirse desconcertada, como si estuviera mirándola tras esas gafas, cosa que por supuesta sabía que era imposible. ¿Qué estaría pasándosele por la cabeza? ¿Tenía que hacer algo?

—Hueles otra vez a fresas.

De todas las cosas que había esperado que dijera, esa no era una de ellas.

—Debe de ser el champú —murmuró, asombrada, tocándose el pelo en un acto reflejo con la mano vacía—. Tiene aroma a fresas.

Él asintió ligeramente como si ya lo hubiese imaginado.

—¿De qué color es?

—¿Mi champú? —preguntó ella—. Rosa, creo.

Él suspiró y, si hubiera podido poner los ojos en blanco, estaba segura de que lo habría hecho.

—Tu pelo, Honey —aclaró—. ¿De qué color es?

—Ah… rubio. Soy rubia —pese a ser un dato disponible para cualquier persona capaz de ver, le resultaba absurdamente íntimo.

Él volvió a asentir y esbozó una sonrisa de suficiencia.

—Tiene sentido.

—Eso ha sido un golpe bajo, estrella del rock.

Él se encogió de hombros.

—Me lo has puesto demasiado fácil.

—Estoy pensando en llevarme el whisky.

—Sé dónde vives.

La idea de que abandonara su piso y fuese al de ella le produjo cierto pánico, así que estiró el brazo con la botella hasta que el cristal le tocó la mano.

—Toma.

Él agarró la botella, le rozó los dedos con los suyos y ambos se quedaron callados.

—Gracias —murmuró él con descortesía antes de pegarse la botella al cuerpo como si Honey fuese a quitársela.

—Bueno pues… me voy —dijo ella señalando hacia su piso, aunque Hal no pudiera ver el gesto.

Él asintió de aquella manera silenciosa y sombría que empezaba a convertirse en su rasgo característico.

Mientras caminaba hacia atrás, tambaleándose por aquella tierra de nadie entre las dos viviendas, Honey observó su quietud y volvió a preguntarse en qué estaría pensando.

Al llegar a su puerta, levantó la mano en un gesto automático para despedirse aunque él no pudiera verlo.

—Nos vemos mañana —dijo con suavidad y, por tercera vez aquella tarde, deseó haber sido más considerada con sus palabras. Estar cerca de aquel tipo estaba resultando ser un campo de minas.

Él levantó la botella e inclinó la cabeza como respuesta a sus palabras antes de que Honey cerrara su puerta.

Hal se quedó de pie unos segundos más en el recibidor, contento de tener una nueva botella de whisky. El aroma de Honey se había quedado en el recibidor y tomó aire hasta que se le llenaron los pulmones. Era caótica y rubia, y además era la primera persona que no andaba de puntillas a su alrededor desde el accidente ocho meses atrás. Empujó la puerta para cerrarla y abrió la botella de whisky.

CAPÍTULO 6

—¡Te he encontrado un pianista!

Honey miró a Tash por encima del mostrador de la tienda benéfica. Había entrado por la puerta un par de segundos antes, con sus rizos pelirrojos recogidos y brillo en la mirada por la noticia. Vestida con un chaleco, unos pantalones de chándal y una sudadera sin mangas, estaba a años luz de la glamurosa auxiliar de vuelo que era. Sonrió al apoyar ambos codos sobre el mostrador de cristal y la barbilla en las manos.

Honey le dirigió una mirada nerviosa e inclinó la cabeza disimuladamente hacia Mimi, que estaba examinando una bolsa de broches junto a ella. Demasiado tarde.

—¿Por qué necesitas un pianista, Honey? —preguntó Mimi, y le dirigió una sonrisa a Tash con su blanquísima dentadura postiza.

—En realidad no lo necesito —respondió Honey con la esperanza de parecer despreocupada y de que Tash cambiara de tema. Había imaginado que la idea del pianista se olvidaría cuando estuvieran todas sobrias, y lo último que necesitaba era que Mimi y Lucille estuviesen también al corriente de su poco excitante vida sexual.

—Mi Billy es un experto tocando las teclas —dijo Mimi mientras sacaba brillo a un broche en forma de flor y después lo acercaba a la luz para inspeccionarlo—. Estoy segura de que te ayudaría si estás en apuros, querida.

Tash soltó una carcajada ahogada sobre el café que Lucille acababa de colocarle delante y Honey cerró los ojos para ahuyentar la imagen del novio octogenario de Mimi tocándole las teclas.

—Tiene unos dedos mágicos y hace que todas las mujeres de la residencia caigan rendidas a sus pies —intervino Lucille mientras ocupaba un taburete al otro lado de Honey. Esta se llevó la mano a los labios por miedo a vomitar un poco con la idea de Billy y sus dedos mágicos. Quería matar a Tash por mencionar el tema delante de Mimi y de Lucille.

—No creo que Billy sea adecuado para esta actuación en particular —dijo Tash riéndose.

—No lo descartes por su edad —insistió Mimi—. Es muy moderno para ser mayor. Y conoce algunos temas actuales.

—¿Cómo puedo explicároslo, chicas…? —Tash suspiró y dejó su taza sobre el mostrador con delicadeza—. Se trata de una actuación muy… íntima. Digamos que para un público compuesto por una sola persona.

Mimi y Lucille fruncieron el ceño al tiempo.

—¿Quieres decir que buscáis un pianista que toque solo para Honey? —quiso saber Lucille.

—Eh, hola, sigo aquí —murmuró Honey—. ¿Podemos cambiar ya de tema, por favor?

—No que toque para Honey —aclaró Tash, ignorando por completo a su amiga—. Que toque con Honey.

—¿Tú tocas el piano, querida? —preguntó Mimi mirándola fijamente—. ¿Cómo es que no lo sabía? A Billy le encantará. Podéis hacer un dueto.

—Mirad, yo no toco el piano, ¿de acuerdo? —explicó Honey. Después recogió las tazas vacías y las llevó a la cocina para terminar con la conversación. Se dio cuenta de su error táctico pocos minutos más tarde, cuando el trío en cuestión se quedó sospechosamente callado a su regreso; era evidente que la conversación había continuado sin ella. Esperaba que Tash no hubiese entrado en detalles con Lucille y Mimi sobre la misión del pianista.

Lucille le dio una palmadita en la mano.

—Nos parece maravilloso que vayas a hacer algo para solucionar tu problemilla —le susurró las últimas palabras con complicidad y Mimi le estrechó la otra mano al mismo tiempo.

—Los pianistas son muy buenos con las manos. Te lo dice alguien que lo sabe bien. Incluso a nuestra edad, mi Billy sabe... —se quedó callada, se encogió de hombros y por suerte se ahorró los detalles antes de irse con Lucille a atender a los clientes.

Honey le dirigió a Tash una mirada asesina, que su amiga ignoró con una sonrisa descarada.

—Bueno, como iba diciendo, te he encontrado un pianista.

—Tash, no quiero un pianista. En serio. Era una broma.

Tash frunció el ceño y negó con la cabeza.

—No lo era y no lo es. En cualquier caso, ya no puedes echarte atrás porque te he organizado una cita con él.

—¿Qué? No —a Honey no le gustaba el rumbo que estaba tomando la conversación—. ¿Quién es, por cierto?

—Deano. Te encantará —dijo Tash—. Es el compañero de piso del hermano de una de las chicas con las que trabajo. ¿O era el compañero de piso del amigo de su hermano?

—O sea que ni siquiera lo conoces, ¿verdad?

Tash puso una cara sospechosa.

—Bueno, yo en concreto no, pero mi amiga me ha enseñado una foto y está muy bueno.

—Así que me has organizado una cita con un tipo llamado Deano al que no conoces. Ni siquiera me parece que sea pianista.

—Oh, sí que lo es. Sin duda. Bueno... con un sintetizador,

pero es prácticamente lo mismo, ¿no? —Tash levantó la mano para silenciar las protestas de Honey—. Y ahora viene lo mejor. Toca en un grupo.

Honey se quedó mirando a su amiga.

—Así que, en resumen, me has organizado una cita a ciegas con un tío al que nunca has visto que toca en un grupo y que ni siquiera es pianista.

Tash asintió.

—El viernes por la noche a las ocho y media en The Cock.

The Cock Inn era el menos acogedor de los dos pubs ubicados en el pequeño mercado de Greyacres. Honey negó con la cabeza.

—Ni hablar, Tash. No pienso ir. Tendrás que ir tú en mi lugar.

—No puedo. El viernes he quedado con Yusef, un agente inmobiliario que conocí en un vuelo a Dubái la semana pasada. Está bueno y forrado, y le vuelvo loco. Además, a Deano le van las rubias.

—Por el amor de Dios, Tash, ¿quién se cree que es? ¿Rod Stewart? ¿Se cree que soy una especie de fan? ¿Cree que va a invitarme a una pinta y a una bolsa de cortezas y que después podrá echarme un polvo en el callejón que hay detrás de The Cock? —negó con la cabeza—. Esa no era la idea. Me prometiste a Michael Bublé.

—Estoy intentándolo, ¿de acuerdo? —dijo Tash con sus ojos verdes muy abiertos y un mohín en los labios—. Queda con él a tomar algo, ¿quieres? Gina me ha dicho que es muy divertido y que se siente solo.

—¿Solo? —en su cabeza se dispararon todas las alarmas.

Tash se aclaró la garganta y pasó los dedos por los collares que colgaban de un soporte sobre el mostrador.

—Umm. Rompió con su novia o algo así. Detalles, Honey, detalles. Lo único que te hace falta saber es que está bueno y disponible —insistió mientras sacaba las llaves del coche—. No me decepciones, Honeysuckle. Vive un poco la vida. Estate en The Cock el viernes a las ocho y media, ¿de acuerdo?

Honey abrió la puerta de la casa aquella tarde pocos minutos después de las seis, cargada una vez más con bolsas de la compra para ella y para el gruñón de su vecino. Había decidido que no le compraría más whisky. Una botella al día le parecía una cantidad peligrosa para alentar a Hal a beber. Estaba bastante segura de que no abandonaría el edificio próximamente y de que no tenía un segundo suministrador, así que ella era grifo de whisky. Eso le supuso una especie de alivio, porque no podría beber más que lo que ella le diera, pero por otra parte era una responsabilidad que no deseaba especialmente. ¿Cuánto era demasiado? ¿Una botella a la semana? ¿Cada tres días? Estaba bastante segura de que la respuesta de Hal sería todos los días si se lo preguntara, cosa que no pensaba hacer. Así que aquel día le había llevado otras cosas. Zumo de naranja, leche, cereales, pan, lonchas de queso, jamón, latas de coca cola, patatas fritas, chocolatinas. Lo que le había comprado era una mezcla entre cosas para una fiesta infantil y para una cesta de bienvenida en una casita de campo. Había recorrido los pasillos en busca de cosas que vinieran en porciones, sin tener idea de lo que le gustaba a Hal ni de cómo preparaba la comida alguien que no podía ver. En un impulso había comprado un par de bolsas de patatas de la freiduría local y, tras entrar en su piso para dejar sus cosas y su chaqueta, volvió a salir al recibidor y se acercó a la puerta de Hal.

—Eh, estrella del rock —gritó golpeando la madera suavemente con los nudillos. Silencio y, pasados unos segundos, más silencio. No era nada nuevo—. Vamos, Hal, sé que estás ahí. Te he comprado algunas cosas —giró la cabeza para acercar la oreja a la puerta. Seguía sin oír nada. Contó hasta sesenta y volvió a intentarlo—. Por favor. Tengo comida para llevar y me está quemando los dedos, así que si pudieras... —dejó de hablar al oír un movimiento al otro lado de la puerta.

—¿De qué se trata hoy? ¿Comida sobre ruedas?

Honey arqueó las cejas.

—Hola a ti también, vecino. Abre la puerta —notó que se lo pensaba en mitad del silencio—. Por favor. No es más que una bolsa de patatas, pero están buenas.

La puerta se abrió un poco, lo justo para que Hal sacara la mano.

—Eso no es de muy buena educación, me parece —dijo ella sin soltar su comida. Hal le hizo un gesto con el dedo corazón que dejaba clara su irritación, después volvió a abrir la palma de la mano. Honey miró hacia el techo, se rindió y colocó el paquete envuelto en su mano.

—Yo también me he comprado unas —dijo a través de la rendija—. ¿Quieres invitarme a pasar y nos las comemos juntos?

—No, a no ser que hayas comprado más whisky.

Honey suspiró y se deslizó hacia el suelo por la pared junto a su puerta.

—Entonces supongo que me quedaré aquí sentada comiendo —abrió un agujero en la parte de arriba del paquete para comerse las patatas al modo tradicional, como si estuviera sentada en el paseo marítimo contemplando las olas en vez de en el suelo de baldosas de su propio recibidor. Como recibidor no estaba mal, era bastante bonito, cuadrado y espacioso, con una enorme ventana de guillotina y un suelo original, aunque las vistas no eran espectaculares. Oyó que Hal se sentaba también en el suelo al otro lado de la puerta y, a través de la rendija abierta oyó que rompía el papel.

—Cuidado. Están muy calientes —le advirtió mientras se soplaba las yemas de los dedos.

—Soy ciego, no estúpido —murmuró él. Honey estuvo a punto de disculparse, pero después se lo pensó mejor.

—No hace falta que seas tan borde, solo intentaba ayudar.

Las patatas estaban en el punto perfecto, calientes dentro del papel, y Honey le había dicho a la chica del mostrador que no escatimara con la sal y el vinagre. Hal se quedó callado junto a ella y el ruido del papel al arrugarse indicó que, a pesar de sus quejas, estaba comiéndose sus patatas.

—Entonces, ¿has salvado hoy el mundo? —preguntó él finalmente. Honey consideró un avance en su relación que hubiese iniciado él la conversación y decidió ignorar el sarcasmo.

—Hoy no. pero he vendido dos pares de zapatos y una chaqueta de punto con un agujero en el bolsillo, así que no está todo perdido.

—Vaya, tú vida es una auténtica montaña rusa. ¿Cómo diablos lo consigues?

Honey rebuscó con los dedos en los rincones arrugados de su bolsa de patatas.

—Me las apaño. ¿Qué tal tu cena?

—Una delicatessen. Me alegra que no hayas vuelto a intentar cocinar.

—No sabes la razón que tienes —confesó Honey—. Soy un desastre en la cocina.

—Dime algo que no sepa.

—Tú primero.

—¿Yo primero qué?

—Dime algo que no sepa y yo te diré algo que no sepas.

Hal dio un gruñido.

—Si quieres jugar a juegos de beber, señorita, tendrás que traer más whisky.

Honey se encogió de hombros.

—Entonces empezaré yo —miró a su alrededor en busca de algo interesante—. Eh... llevo botas de vaquero rojas.

—Aburrido. Algo más interesante, por favor.

—Qué grosero —frunció el ceño y pensó en alternativas. Si sus botas le parecían aburridas, probablemente el resto de su atuendo le pareciese más aburrido aún, con la posible excepción del color de sus bragas. Bueno, quería sorprenderle para que dejase de ser tan sarcástico, así que...

—Mis bragas son rojas y en ellas pone «Domingo», pese a que es martes, y tengo una cita el viernes por la noche.

Fue recompensada con algo que parecía una carcajada al otro lado de la puerta.

—¿Puedo sugerirte que te pongas ropa interior más seductora para la ocasión? O al menos más precisa.

—Oh, él tipo no me verá las bragas. Ni siquiera lo conozco aún. Es una cita a ciegas —Honey se quedó sin respiración—. ¡Joder! Hal, lo siento. No me he dado cuenta.

Sorprendentemente él abrió la puerta un poco más.

—No digas que lo sientes. El hecho de que no pares de meter la pata es lo mejor de ti.

Honey sonrió ante aquel extraño cumplido y abrió una lata de Coca-Cola de una de las bolsas de la compra.

—¿Quieres beber?

—No es whisky, ¿verdad? —preguntó él, sabiendo perfectamente que no lo era.

Honey le puso la lata en la mano cuando apareció por la rendija.

—No.

Le oyó beber, cerró los ojos y se lo imaginó sentado al otro lado de la puerta, con los pies estirados, las rodillas dobladas y los codos apoyados en ellas, con su nuez moviéndose al echar la cabeza hacia atrás y tragar. Umm.

—¿Y con quién tienes la cita?

Su pregunta la sacó de golpe de su momento Coca-Cola Light.

—Con un tipo llamado Deano. Toca en un grupo y le gustan las rubias.

—Vaya —Hal dio un silbido—. Te había subestimado. Eres una grupi con mal gusto para las bragas.

—No soy una grupi —respondió Honey—. No he sido yo la que ha organizado la cita, sino mis amigas. Están obsesionadas con emparejarme con un pianista, porque... —se quedó callada a mitad de la frase. Aquello de hablar a través de la puerta era un juego peligroso. La barrera física tenía el curioso efecto de eliminar las tradicionales barreras conversacionales.

—Por fin me cuentas algo interesante. Continúa.

Honey se quedó mirando al techo.

—No quiero.

—Razón de más para continuar.

—En serio, es una estupidez.

—¿Por qué no me sorprende? —preguntó él—. Cuéntamelo, Honeysuckle. ¿Por qué vas a salir con pianistas?

—Dime, Hal, ¿por qué de pronto me siento como Clarice Starling en *El silencio de los corderos*?

—Te dejaré vivir siempre y cuando contestes a la pregunta.

Honey resopló con fuerza.

—Voy a salir con pianistas porque... porque mis amigas creen que mi vida sexual necesita algún aliciente, ¿de acuerdo?

Hal se rio. Se rio de verdad. Y entonces se detuvo y dijo:

—Pero ¿por qué un pianista? ¿No son todos aburridísimos?

Honey se frotó la frente con la mano. ¿Por qué estaba contándole aquello? Era como estar en el diván de un psicoanalista.

—Todavía no conozco a ningún pianista, así que no puedo decirte si son aburridísimos o no. Te lo haré saber después de la noche del viernes —hizo una pausa—. Aunque, técnicamente hablando, Deano toca el sintetizador, no el piano.

—Voy a preguntártelo otra vez, Honey, muy despacio —dijo Hal—. ¿Por qué pianistas en particular?

—¡Maldita sea, Hal! ¿Por qué tenemos que hacer esto?

—Deja de esquivar la pregunta. Soy tu pobre vecino ciego y eres mi único contacto con el mundo exterior. Ten piedad.

Honey se quedó con la boca abierta al oír aquella manipulación tan descarada.

—Eso no es justo y lo sabes.

—La vida no es justa. Te lo dice alguien que lo sabe. ¿Por qué pianistas?

—¡Dios, Hal! —exclamó ella—. Porque se supone que son buenos con las manos, ¿vale? Mis amigas tienen la teoría de que un pianista será el amante perfecto para mí porque tienen habilidad, son listos y sensibles.

Hal respondió a sus palabras con un silencio ensordecedor.

—¿Cuántos años tienes, Honey? —preguntó al fin.

—Veintisiete —respondió ella tras suspirar.

Él volvió a quedarse callado y entonces dijo:

—No puede ser. ¿Tienes veintisiete años y sigues siendo virgen?

—¡No! No... no soy virgen. No es por eso. Me he acostado con varios hombres, muchas gracias.

Habló sin pensar y entonces se arrepintió de haberlo hecho porque ahora se encontraba más arrinconada. Negó con la cabeza, puso los ojos en blanco y decidió quitárselo de encima cuanto antes.

—Mira, resulta que les dije que no llego al orgasmo durante el sexo y se pusieron como locas. Intenté decirles que no era para tanto, que mi cuerpo es así, pero no me creen y ahora están intentando emparejarme con hombres que crean que puedan demostrar que me equivoco y que me hagan gritar más alto que Meg Ryan en *Cuando Harry encontró a Sally* —hizo una pausa para respirar—. Ya está. ¿Estás satisfecho? Me llamo Honeysuckle Jones y no llego al orgasmo. ¿Te parece lo suficientemente interesante o quieres más?

Se recostó contra la pared con las mejillas sonrojadas y sintiéndose de pronto exhausta.

Hal habló pasados unos segundos y parecía incrédulo.

—¿Quieres decir que no te corres durante el sexo o que no te corres en absoluto?

Aquello empezaba a parecerse peligrosamente a su conversación con Tash y con Nell.

—En absoluto. ¿Ahora podemos hablar de otra cosa, por favor? Ahora te toca a ti decirme algo que no sepa sobre ti.

Prácticamente pudo oír cómo Hal negaba con la cabeza.

—Pero seguro que podrás llegar al orgasmo tú misma, por tus propios medios.

Genial. Iban a ponerse a hablar de masturbación y apenas se conocían.

—Hal, deja que te lo explique —Honey se cruzó de brazos mientras hablaba—. Mi cuerpo no llega al orgasmo, ni para mí ni para nadie más. Es un hecho físico, uno al que me he acostumbrado y, lo creas o no, me parece bien. Eso no me convierte en frígida; sigo disfrutando del sexo. Se me da bastante bien, de hecho —alzó la barbilla levemente en un gesto desafiante.

Hal estaba riéndose otra vez, podía oírlo. Eso hizo que se alegrara y se enfadara al mismo tiempo.

—Estoy seguro de que sí, dado que has estado con tantos hombres.

Maravilloso. Ahora parecía una zorra.

—Yo no he dicho eso y lo sabes —oyó que Hal arrugaba el envoltorio de sus patatas—. Pásame tu basura y la tiraré fuera, así no apestará tu piso.

¿Abriría la puerta? Le oyó moverse, hizo una bola con su envoltorio y se levantó también. Pasados unos instantes de incertidumbre, la puerta se abrió lentamente y Hal apareció allí, sórdido como siempre con su uniforme compuesto por unos viejos vaqueros y una camiseta, con el pelo revuelto al estilo sexy de una estrella del rock.

—Gracias por la cena, Chica con Olor a Fresa —dijo con suavidad ofreciéndole el papel. Ella lo aceptó, lo juntó con el suyo y trató de digerir aquel apodo con una media sonrisa y el vello de la nuca erizado. Casi se alegró de que Hal no pudiera saber que tenía las mejillas tan rosas como su champú.

—Te he comprado algunas cosas en el supermercado —dijo agachándose hacia la bolsa que había en el suelo—. Pan —le entregó el paquete hasta que el papel celofán rozó sus dedos y él lo aceptó sin decir nada antes de dejarlo en la mesita que había en su recibidor—. Jamón —le pasó el jamón y sus dedos se rozaron antes de que Hal lo dejara en la mesa junto con el pan—. Zumo de naranja —murmuró Honey, y el roce cálido de sus dedos contrastó fuertemente con el frío del cartón.

—Te das cuenta de que estás cargándote el factor sorpresa al decirme lo que es, ¿verdad? —comentó él mientras aceptaba el queso que ella le entregó. Su mano se quedó sobre la de ella durante un segundo. ¿Acababa de pasarle el pulgar por el pulso de la muñeca?

—Sí, bueno. No quiero que te bebas el limpiasuelos y me eches la culpa a mí —murmuró ella mientras seguía pasándole otros productos uno a uno, observando sus manos. Tenía unas manos grandes y fuertes—. Eso era lo último —concluyó mientras Hal dejaba la leche en la mesa—. Si hay algo que quieras en especial, házmelo saber.

—¿Whisky? —respondió él esperanzado.

—De vez en cuando, Hal —dijo ella.

Él asintió y tomó aire, fue un suspiro a camino entre la aceptación y la resignación.

—Será mejor que entres —dijo Honey—. *Coronation Street* empieza dentro de cinco minutos. Sé que no querrás perdértelo.

Hal sonrió.

—¡Cómo lo sabes!

La barba incipiente cubría su mandíbula y, en un impulso, Honey estiró la mano y se la tocó.

—Tienes que afeitarte, estrella del rock.

Hal se detuvo al sentir el contacto y Honey notó que su mandíbula se tensaba bajo la suavidad de la barba de unos días. Se quedaron así durante unos segundos, ella sintiendo su rostro cálido bajo la palma de la mano, ambos aguantando la respiración. Cualquiera que los viera pensaría que eran amantes dándose las buenas noches.

—Entonces tal vez puedas añadir una cuchilla a tu lista de la compra —dijo él al fin, y Honey apartó la mano.

—Tomo nota —susurró.

—Entonces buenas noches —concluyó él, retrocedió y cerró su puerta. Honey se quedó contemplando la hoja de madera, después se miró la palma de la mano, que le cosquilleaba, y finalmente atravesó el recibidor y entró en la seguridad y la soledad de su propio piso.

Hal se quedó apoyado contra su puerta y captó el aroma de Honey en sus dedos cuando se frotó con ellos la mandíbula. ¿Qué diablos le pasaba con la Chica con Olor a Fresa? En su mundo, las mujeres olían a perfumes caros, tenían escalofríos con la mera idea de comer patatas fritas y sus estudiadas prácticas sexuales incluían un orgasmo perfectamente ejecutado. O al menos las mujeres en su antiguo mundo. Su mundo de coches rápidos y mujeres glamurosas, y un trabajo que adoraba con una pasión que rozaba la obsesión. Siempre había querido ser cocinero y había trabajado duramente durante más de una década para construir su reputación hasta el punto de ser capaz de abrir su propio restaurante casi tres años atrás. No le avergonzaba admitir que disfrutaba de las ventajas de su éxito; la clientela famosa, los premios, las halagadoras reseñas de los críticos culinarios más difíciles de contentar. Había llevado una vida plena y próspera.

Y allí estaba ahora, solo en aquel lugar dejado de la mano de Dios, y lo único remotamente interesante era la chica que vivía al otro lado. Una chica que, ahora sabía, llevaba bragas con el día de la semana y que decía lo primero que se le venía a la mente sin pensar, y que había vivido toda su vida sin experimentar la felicidad que proporcionaba el buen sexo. Se preguntó brevemente si Deano el del sintetizador sería el hombre que se lo enseñase, y entonces esperó, también brevemente, que no lo fuera. Nadie debería tener su primer orgasmo con un hombre llamado Deano.

CAPÍTULO 7

—Pensaba tal vez encadenarme a la verja que rodea la residencia —dijo Mimi—. No sería la primera vez. Estuve en Greenham Common.
Lucille asintió.
—Así fue. Utilizó su sujetador como cuerda.
Billy sonrió y se pasó una mano por su tupé gris. Habiendo sido consumidor de Brylcreem toda su vida, seguía teniendo una impresionante mata de pelo para ser un hombre de más de ochenta años.
—Me gusta imaginarte encadenada, cariño. ¿Puedo quedarme con las llaves?
Mimi miró a su novio con brillo en los ojos y Honey se aclaró la garganta. Habían pasado algunos días desde la noticia del posible cierre y Honey había convocado una reunión ahora que la tienda ya había cerrado aquel día. Estaban reunidos en torno a la mesa de formica desvencijada de la sala de personal. Hasta el momento Honey había anotado la sugerencia de Lucille de ponerse en contacto con el periódico local, y la idea de Nell de implicar a los familiares de los residentes y de organizar una marcha de protesta. Tash y Nell habían aparecido juntas unos diez minutos antes. Ambas se habían mostrado ansiosas por ayudar al enterarse de la amenaza de cierre que pendía

sobre la residencia y sobre la tienda. Formaban un extraño comité: tres mujeres de veintimuchos años y tres octogenarios. Parecía más el comienzo de un chiste. Billy sacó una petaca plateada del interior de su chaqueta y dio un trago.

—¿Alguien quiere brandy? —preguntó agitando la petaca sobre la mesa. Se encogió de hombros cuando todos declinaron el ofrecimiento y volvió a guardársela en la chaqueta. Honey pensó automáticamente en Hal y en el hecho de que habría aceptado la petaca de Billy sin dudar.

—¿Tú qué crees, Honey? —preguntó Tash clavándole el codo en las costillas—. ¿Honey?

Honey miró a su amiga y se dio cuenta de que no tenía ni idea de lo que habían dicho desde que había empezado a pensar en Hal.

—Perdona, ¿qué?

—¿Estás escuchando? Parecías estar a años luz.

Honey mordisqueó el extremo de su lápiz.

—Umm. ¿Qué me he perdido?

—Lucille acaba de sugerir que intentemos recaudar fondos para comprarles la residencia a los actuales dueños. Es improbable, pero anótalo de todos modos.

Decir improbable era quedarse corto.

—¿Alguien conoce a alguien a quien le haya tocado la lotería? —preguntó Honey mientras garabateaba en la lista. Como era de esperar, las cinco personas a su alrededor negaron con la cabeza—. Eso me parecía.

—Pero creo que el hijo del viejo Don trabaja para el periódico local —intervino Billy—. Para empezar estaría bien.

El viejo Don era uno de los residentes más ancianos de la residencia y su hijo, de sesenta y tantos años, lo visitaba con asiduidad. Honey asintió.

—¿Hablarías con él, Billy? Podrías pedirle que se pasara por la tienda para charlar la próxima vez que venga.

Billy asintió y dijo:

—Considéralo hecho, mi ángel.
—¿Alguien tiene algo más que decir? ¿Algún otro asunto? —preguntó Honey, principalmente porque eso era lo que decía la gente para terminar las reuniones en la televisión. Tash levantó la mano.
—Sí, yo, por favor, señorita Jones. ¿Qué va a ponerse para su cita con Deano mañana por la noche?
—¡Tash! —exclamó Honey con el ceño fruncido.
Nell empezó a dar palmas con alegría.
—Ohhh, Tash me lo ha contado. Tu primer pianista. Me pregunto cómo será.
—Yo sé tocar el piano —dijo Billy amablemente, y Honey notó que Nell empezaba a reírse en voz baja junto a ella. Lucille y Mimi se miraron con picardía y después agarraron a Billy del brazo.
—Esta canción no puedes tocarla, cariño —murmuró Mimi dramáticamente mientras Honey se encogía en su silla. Si alguien intentaba explicarle a Billy lo del pianista, se moriría allí mismo. ¿Cómo era posible que casi todos sus conocidos estuvieran al corriente de su problemilla sexual? Dios, ni siquiera era un problema para ella, o al menos no tan importante como para todos los demás. Incluso Hal se había mostrado incrédulo. Hal. ¿Qué diablos le había llevado a contárselo? Parecía transmitir unas vibraciones que incitaban a sincerarse a través de su puerta, como si fuese una especie de terapeuta extraño.
Honey echó su silla hacia atrás y puso fin a la conversación antes de que alguien pudiera decir algo más sobre el tema. Billy ayudó a Lucille y a Mimi a levantarse y después les ofreció un codo a cada una para acompañarlas a la residencia. Las mujeres les lanzaron besos al aire a Honey, Tash y Nell cuando estas se acercaron a la puerta y las vieron marchar.
—Dios, espero que seamos como ellas cuando lleguemos a esa edad —dijo Tash.
Honey se rio con cariño.

—Vamos a envejecer juntas vergonzosamente, chicas.

—Desde luego —convino Tash mientras sacaba sonriente de su bolso una botella de vino tinto—. ¿Hora de una copita rápida?

Honey abrió el armario de las copas, pero Nell agarró su bolso en su lugar.

—Esta noche no puedo, chicas, lo siento. Tengo que irme a casa.

—¿Estás segura de que Simon no puede defender el fuerte un poco más? —Honey detuvo los dedos esperanzada en la tercera copa.

—Umm. No es eso... digamos que hemos hecho planes para esta noche.

Tanto Honey como Tash se giraron para mirar a Nell; había una inflexión extraña en sus palabras.

—No es vuestro aniversario, ¿verdad? —Honey estaba segura de que era demasiado pronto para eso.

—Y no es tu cumpleaños —añadió Tash mirando a Nell con las cejas arqueadas—. ¿Qué es lo que pasa, Nellie?

Nell se sonrojó y se encogió de hombros.

—En realidad nada —murmuró—. Nos apetecía acostarnos temprano —se quedó mirándose los zapatos y después levantó la cabeza y les dirigió una mirada inocente de ojos muy abiertos.

—¿Acostaros temprano? —repitió Tash—. ¿Quieres decir que Simon y tú habéis hecho planes para poneros guarros esta noche? Simon acaba de ganar puntos.

Honey sirvió vino en una copa y se la puso a Nell en las manos al juzgar por su timidez que había algo más jugoso en aquella historia.

—Una muy rápida —murmuró mientras servía el vino en las otras dos copas y le entregaba una a Tash.

—¿Qué es lo que pasa, Nell? —preguntó Tash mientras las tres se sentaban en torno a la mesa con sus copas en la mano. Nell se quedó callada y las miró primero a una y después a la otra. Pasados unos segundos, alcanzó su enorme bolso de cuero y lo abrió. Honey sospechó que estaban a punto de ver un test de embarazo positivo. Nell parecía excitada y deslumbrante. Pero se equivocaba. Nell no sacó un test de embarazo del bolso. En su lugar sacó un vibrador metálico. Tanto Tash como Honey soltaron un grito ahogado ante lo inesperado del objeto que Nell sostenía con sus dedos de manicura francesa.

—¡Esta mañana me ha dado esto antes de irse a trabajar! —exclamó Nell con brillo en la mirada—. ¡Justo después de comerse el muesli orgánico!

Honey empezó a reírse y se tapó la boca con la mano.

—Hace un par de días le hablé de esa tienda a la que fuimos el otro día, ya sabéis, el sex shop. Bueno, habíamos tomado un par de copas y puede que yo le diera la idea de que... bueno, da igual —agitó el vibrador—. Esta. Esta es la razón por la que tengo que volver a casa —parecía alguien a punto de hacer puenting, aterrorizada y al mismo tiempo entusiasmada. Dejó el vibrador y dio un trago al vino como si estuviese sedienta.

—¡Viva Simon! —murmuró Tash—. Sabes qué hacer con este chisme, ¿verdad?

Nell le lanzó una mirada.

—Creo que podremos averiguarlo.

—Me pregunto qué más habrá comprado en la tienda. Prepárate, Nell —dijo Honey con una sonrisa.

Nell abrió los ojos desmesuradamente.

—No había pensado en eso.

—Quizá deberías haber comprado esas bonitas bolas moradas después de todo —dijo Tash, y se rio al ver la nariz arrugada de Nell.

Nell negó con la cabeza, volvió a rebuscar en su bolso y, en esa ocasión, sacó una bonita bolsa de papel.

—He ido al centro a la hora de comer y he comprado esto. Pensaba que podría ser un poco más atrevida, viendo que Simon también lo ha sido.

Metió la mano en la bolsa y sacó un sujetador de media copa con encaje francés de color negro en los bordes y lazos rosas. Unas diminutas bragas a juego salieron después de la bolsa, junto con un liguero y unas medias de costura trasera.

—¿Son con abertura? —preguntó Tash señalando las bragas con la copa de vino.

—¡No lo son! —respondió Nell frunciendo el ceño.

Honey acarició el encaje sabiendo que, a pesar de no tener abertura, esa ropa interior era toda una novedad para Nell.

—Son preciosas —dijo—. Simon pensará que le han llegado todos los cumpleaños a la vez cuando te vea con esto puesto.

—¿Eso crees? —preguntó Nell, que dejó ver la vulnerabilidad bajo la excitación.

—Eh, ¿hola? —intervino Tash—. ¡Será como un adolescente que ha encontrado la revista porno de su padre!

—Dudo mucho que el padre de Simon comprara alguna vez una revista porno —respondió Nell.

—Conocí a sus padres en vuestra boda y creo que tienes razón —admitió Tash riéndose—. Es un milagro que lograran tener un hijo. Me lo puedo imaginar. «¡Sylvia! ¡Te quiero boca arriba en el dormitorio a las diecinueve horas en punto para practicar el coito!».

Tash le guiñó un ojo y le hizo un saludo militar a Nell, que negó con la cabeza.

—Son una familia de militares, Tash, no pueden evitar ser puritanos. Pero son muy simpáticos cuando los conoces.

Dada su educación, no era de extrañar que Simon antepusiera la seguridad a todo lo demás, y la idea de que se hubiera adentrado en un sex shop en busca de vibradores había hecho que Nell reuniera el valor suficiente para comprar lencería que, de otro modo, nunca habría comprado.

—Debería irme —dijo mientras guardaba la lencería y el vibrador en la bolsa.

—Sí que deberías —contestó Honey con una sonrisa.

—El botón de encendido está en la base —dijo Tash—. Para que lo sepas.

Nell puso los ojos en blanco y se levantó.

—Los celos son horribles, Tash —contestó riéndose antes de darles un beso en la mejilla—. Adiós, amigas.

—Ya sabes que tendrás que hacernos un informe detallado la próxima vez que nos veamos, ¿verdad? —le dijo Tash.

—Ni hablar —contestó Nell con una sonrisa, se colgó el bolso del hombro y salió por la puerta.

Honey salió de su casa poco antes de las ocho el viernes por la tarde y se detuvo un instante frente a su puerta para contemplar la de Hal, que permanecía cerrada. Todos los días le había comprado algo, ya fuera comida o alguna botella de whisky ocasional, y cada cosa le había dado una razón legítima para llamar a su puerta. Él no había ido más allá de abrir la puerta durante un par de minutos al final de la conversación para aceptar lo que fuera que le hubiera comprado. El día anterior se había quejado de que lo trataba como si fuera un proyecto, y todo porque ella se había negado a llevarle más alcohol por el momento. Honey había respondido diciendo que debería pensarse lo de ser un poco más educado, ya que ella solo estaba siendo amable y que, si lo prefería, no volvería a molestarle. Él había murmurado algunas blasfemias antes de cerrarle la puerta en las narices y dejarla en el recibidor todavía con las cosas que le había comprado.

—¡Entonces me comeré esto yo sola! —le había gritado.

—¡Solo espero que no necesite ser cocinado! —había respondido él mientras ella regresaba a su casa.

Hal era un hombre verdaderamente enfadado la mayor parte del tiempo, pero la razón por la que seguía volviendo a su puerta eran esos pocos momentos en los que no estaba enfadado. Estaba dispuesta a apostar que no había abandonado la casa en absoluto desde su llegada hacía una semana y estaba casi segura de que nadie había ido a visitarlo. ¿Por qué sería? ¿Cómo había acabado allí, surgiendo de la nada, como si estuviera escondiéndose del mundo? Había algo en Hal que no encajaba y a Honey le intrigaba lo suficiente como para querer saber más. Le intrigaba y le atraía de un modo que nada tenía que ver con el deseo de ayudar a un vecino en apuros, y sí mucho que ver con cómo la ropa se ceñía a su cuerpo, con la profundidad de su voz y con el calor de sus dedos al rozarse con los de ella. Era increíblemente grosero el noventa por ciento del tiempo, pero merecía la pena esperar a ese otro diez por ciento.

Honey se encontraba en la barra de The Cock Inn veinte minutos más tarde. La moqueta estaba pegajosa. Había llegado un poco pronto y hasta el momento no había aparecido nadie con aspecto de tocar el sintetizador y llamarse Deano. Sola y tratando de parecer despreocupada como solo puede alguien que espera desesperadamente que aparezca su cita, Honey pidió una gran copa de vino y se apostó en un taburete como si fuera una parroquiana más. Llevaba ya media copa de chardonnay demasiado caliente cuando la puerta se abrió y entró un hombre solo, escudriñó el local con los párpados entornados y detuvo la mirada en Honey. Puestos a ser quisquillosos, la camisa que llevaba era demasiado hawaiana y su pelo era mucho más rubio de lo que solía gustarle a Honey, pero bueno… Sonrió, alzó su copa en su dirección y el chico se acercó.

—Tú debes de ser Deano —dijo ella, y se dio cuenta de que era increíblemente alto al bajarse del taburete y quedarse mirando su torso cubierto de palmeras. Echó la cabeza hacia atrás, miró hacia arriba mientras él miraba hacia abajo y de pronto se encontraron nariz con nariz.

—Y tú debes de ser Honeysuckle, mi flor favorita.

—¿De verdad?

Pareció desconcertado.

—Llevo practicando esa frase por lo menos diez minutos.

—Perdona —dijo ella, y lo decía en serio. Se había acostumbrado a las peleas verbales con Hal y no era justo para Deano esperar que él se comportarse del mismo modo—. ¿Buscamos una mesa? —el pub estaba lleno con toda la clientela del viernes por la noche, que después se iría de clubes, pero ella logró acercarse hasta una mesita situada en un rincón. Deano se reunió con ella un par de minutos más tarde con las bebidas en la mano.

—He imaginado que tomarías vino blanco —dijo colocando una copa junto a la suya, que ya estaba casi vacía.

—Buena elección —respondió ella con una sonrisa. De hecho era bastante atractivo de un modo germánico, rubio y con huesos fuertes. Tenía que relajarse e intentar disfrutar de su compañía.

—Bueno, Honeysuckle, ¿qué hace una buena chica como tú en un lugar como este?

—Tengo una cita con un organista llamado Deano —respondió ella con una sonrisa, con la esperanza de que él se relajara y dejara de usar frases hechas.

—De hecho es el sintetizador —dijo él, algo indignado.

—¿Qué tipo de canciones sintetizas? —preguntó Honey, sabiendo que era una pregunta ridícula incluso mientras la hacía.

Él frunció el ceño.

—¿Estás cachondeándote?

Mierda. La cosa no iba muy bien.

—Mira, lo siento mucho. Ha sido una pregunta estúpida. La verdad es que esta es mi primera cita a ciegas y estoy un poco nerviosa. ¿Podemos volver a empezar?

Él encogió los hombros bajo su camisa hawaiana.

—Yo también estoy nervioso. Eres mi primera cita desde Selina.

—¿Selina? —preguntó ella, aunque ya sabía que esa debía de ser la ex a la que Tash se había referido.

—Mi prometida. O exprometida, si eres quisquillosa y, si fueras ella, sin duda lo serías, a juzgar por cómo me dejó.

Honey se aclaró la garganta mientras él agarraba su cerveza y se bebía la mitad. Ella lo observó y no pudo evitar fijarse en que tenía los dedos bastante cortos y rechonchos para ser tan alto y tocar el sintetizador. Tampoco pudo evitar fijarse en el dolor de sus ojos grises y supo sin duda que Deano estaba demasiado enamorado de Selina como para ser el hombre que hiciera que su cuerpo y su alma cantaran con más fuerza que Aretha Franklin en la bañera.

—Creo que probablemente sea mejor que decidamos no hablar de nuestros ex en una primera cita —dijo con una sonrisa antes dar un trago al vino.

Deano asintió.

—Muy cierto. Mujeres. ¿Quién las necesita?

Honey abrió los ojos desmesuradamente. Dentro de las cosas que no se deben decir en una primera cita, aquella estaba entre las primeras de la lista.

—Exceptuando la compañía actual, y todo eso —él se rio y se recuperó, aunque no a tiempo.

—¿Y a qué te dedicas, Deano, además de a tocar el sintetizador? —preguntó Honey para ayudarle a salir del lío en el que se había metido.

—Trabajo en contabilidad —dijo encogiéndose de hombros—. Es un poco aburrido, pero la gente es simpática —miró hacia abajo—. Pero Selina trabaja allí así que probablemente tenga que, no sé, dejar el trabajo o algo.

Otra vez Selina. Ni siquiera parecía darse cuenta de que lo había dicho.

—Siempre y cuando sirva para pagar las facturas —dijo Honey, sin saber cómo desarrollar una conversación en torno a algo tan aburrido como contabilidad—. Entonces se te darán bien los números —se aventuró.

—Noventa, sesenta y noventa son mis favoritos —Deano

sonrió, dibujó en el aire la silueta de un reloj de arena con las manos, pero después las dejó caer lentamente como si acabara de darse cuenta de que su mejor chiste de contable era inapropiado para la conversación—. Eh, perdona.

Honey arrastró la copa hacia ella y miró el reloj al mismo tiempo. No sabía cuánto tiempo más podría estar allí sentada charlando sobre la ex de Deano, que sin duda tendría unas curvas perfectas, antes de tirarle el vino por encima de aquella ridícula camisa hawaiana.

Eran poco más de las once cuando Honey metió la llave en la puerta de entrada y entró en el recibidor. No se había quedado en The Cock para las últimas rondas porque, cuanto más bebía Deano, más pesado se ponía con el tema de Selina, esa mujer de piernas interminables y un trasero perfecto. Honey le había dejado mientras buscaba en la gramola algo de Take That; le había dicho en al menos cuatro ocasiones que eran el grupo favorito de Selina y que estaba enamorada de Gary Barlow, a quien Deano tenía ganas de dar un puñetazo.

Honey intentó cerrar la puerta de entrada sin hacer ruido por consideración hacia Hal, aunque, dado su último encuentro, no entendía por qué iba a merecer su consideración. Se abrió su puerta mientras ella caminaba de puntillas por el recibidor.

—Dios, ¿estabas esperándome? Eres peor de lo que era mi padre —dijo ella, haciéndole partícipe de su enfado en general por una noche tirada a la basura y de su enfado hacia él en particular por haber sido tan grosero el día anterior.

—Te he oído entrar. Cualquiera te habría oído, teniendo en cuenta el ruido que has hecho mientras intentabas meter la llave en la cerradura. ¿Estás borracha?

—Pfff. Cabreada, más bien. No he hecho ruido y lo sabes. Estabas esperándome.

Él apoyó el hombro en su pared y el movimiento hizo que

el dobladillo de la camiseta se le separase ligeramente de la cintura de los vaqueros. Honey advirtió la piel que quedó al descubierto y la línea de vello que se ocultaba bajo el vaquero. ¿Cómo era posible que aquel hombre le hiciese ser más consciente de su cuerpo en dos minutos que Deano en dos horas?

—¿Qué tal tu cita? —preguntó cruzándose de brazos.

Honey dejó el bolso y las llaves bajo la luz de la mesa del recibidor y se quitó los zapatos mientras caminaba hacia él. Estaba demasiado relajada por el vino como para seguir enfadada.

—Umm… ha estado… regular —respondió ella, pero después se corrigió a sí misma, colocándose muy cerca de él—. De hecho ha sido una mierda. Solo quería hablar del culo perfecto de su exnovia.

Hal se frotó la cara con la mano.

—Vaya. Eso es una mierda. Debía de ser una chica impresionante.

—Pues sí —Honey se quitó las horquillas del pelo y se lo soltó con los dedos antes de guardarse las horquillas en el bolsillo del vaquero.

—¿Qué es lo que has hecho mal, Honeysuckle? ¿Vas vestida como una monja o algo así?

—Que te den. He hecho un esfuerzo. Me he puesto bragas a juego y todo, aunque él nunca fuese a averiguarlo.

—¿Quieres decir que en las bragas pone viernes?

—Muy gracioso, Hal. No, quiero decir que he intentado ponerme guapa para él y ni siquiera se ha fijado.

Se apoyó en la pared y de pronto se sintió cansada de todo aquel asunto.

—Hueles bien —le dijo Hal—. Y apostaría a que también estás guapa.

Honey tragó saliva. Allí estaba su diez por ciento de amabilidad, y allí estaba ella con las rodillas temblorosas.

—Lo he intentado de verdad —insistió ella—. La falda es una talla cuarenta, y en un mundo perfecto tengo una cuarenta y uno.

Se tambaleó ligeramente de un lado a otro y, por ninguna razón más allá del impulso de sus manos descaradas a causa del alcohol, estiró los brazos y, por segunda vez en su vida, le tocó la mandíbula.

Él le dejó, se acercó más y ella permitió que levantara su mano y la dejara también apoyada sobre su mejilla.

Si Deano la hubiera desnudado y se la hubiera tirado sobre la pegajosa moqueta de The Cock Inn, no habría logrado provocar tantas chispas sexuales como la simple caricia de Hal en su cara. Honey la sintió hasta en los huesos.

—Una cuarenta y uno, ¿eh? No sabía que fabricaran esa talla —murmuró, y Honey pudo sentir su sonrisa en su mano. Era una rareza y eso lo hacía más especial.

—No la fabrican, pero ojalá lo hicieran —dijo ella colocando la otra mano abierta sobre su corazón. No tenía ni idea de lo que estaba haciendo. El instinto y la desinhibición causada por el chardonnay estaban al cargo de la situación y ella estaba lo suficientemente cerca de Hal como para saber que el whisky entraba también en la ecuación. No estaba borracho, pero sin duda se encontraba en su mismo nivel en aquel momento.

Honey apoyó la espalda contra la pared del recibidor y Hal se movió con ella; su cuerpo estaba tan cerca que podía sentir su calor.

—¿Al menos Deano te ha acompañado a casa? —preguntó él. Seguía con la mano en su mandíbula y deslizó el pulgar por su labio inferior muy despacio. Honey sabía que debía de haber notado que estaba aguantando la respiración.

—No —susurró con un movimiento de cabeza apenas perceptible, agarrando el algodón de su camiseta con los dedos para acercarlo más.

—No me parece muy caballero, nuestro Deano. ¿Te ha dado un beso de buenas noches? —Honey casi podía saborear el whisky en su aliento y se preguntó si él podría oler el vino en el suyo.

—No —repitió—. Deano no me ha besado, Hal.

—Qué imbécil. Todas las buenas primeras citas deberían terminar con un beso de buenas noches —dijo, y Honey cerró los ojos cuando él agachó la cabeza y cubrió sus labios con los suyos. Ella le rodeó el cuello con los brazos mientras Hal enredaba la mano en su pelo y le agarraba la nuca antes de que su boca empezara a moverse, lenta y cálida, con la insinuación de su lengua acariciándola de forma deliciosa. Oyó un suave gemido y no supo si era suyo o de él. Movió las manos sobre su pelo negro para sujetarlo. Aunque Hal no parecía estar pensando en huir. Movía los dedos sin descanso bajo el dobladillo de su camisa, abrasándole la piel de la espalda hasta que quiso arrancarse la ropa ella misma y sentir sus manos por todas partes.

De pronto Honey se alegró mucho de que Deano no hubiera superado lo de su ex; se alegró mucho de que no la hubiera besado esa noche, porque entonces se habría perdido los besos de Hal en el recibidor, se habría perdido los dos minutos más sexys de su vida. Él le abrió los labios con los suyos y la exploró con la lengua, pegándola a la pared con el calor de su cuerpo mientras con las yemas de los dedos le acariciaba la base de la columna. Sabía a whisky y era una maravilla sentir sus manos. Aprendió cosas sobre él que solo los besos podían enseñar. Aprendió que sería un amante habilidoso y considerado, y que sabía besarla de tal modo que le daban ganas de estar desnuda bajo su cuerpo. Tenía unas habilidades que deberían estar prohibidas. Y entonces llevó el beso al siguiente nivel, con la boca abierta, cargado de deseo, lamió su boca por dentro y ella deseó sentir esa boca allí durante toda la noche. Tiró de su camiseta hacia arriba, le acarició la espalda y le encantó oír sus gemidos de placer contra sus labios. Su piel era suave como las sábanas de seda y tan cálida como el pan recién tostado bajo sus manos, firme y definida, increíble de tocar. Quería tocarlo por todas partes.

—Vamos dentro —susurró ella contra sus labios—. Llévame a la cama, Hal. A tu cama. A mi cama. No me importa.

Él dejó la mano quieta sobre su pelo, el corazón le latía con fuerza contra el de ella, indicando que estaba igual de excitado. Dejó de mover la boca y se quedó saboreando sus labios como si contuvieran las últimas gotas de un delicioso champán.

Y finalmente apartó los labios, sin soltarla, negando ligeramente con la cabeza como si intentara aclararse o, peor, como si se avergonzara.

—Yo no toco el piano, Honey —dijo moviendo los dedos junto a su oído—. No soy el hombre.

—Me da igual, Hal. Ni siquiera quiero un pianista —dijo ella, aferrándose a él. No soportaba poder sentir que se alejaba de ella—. Creo que deberías ser tú. Tú eres el hombre que necesito. Nadie me había besado así nunca.

—Entonces es que has estado besando a los hombres equivocados —respondió él, y le colocó las manos en los hombros mientras daba un paso atrás—. Vete a casa, Chica con Olor a Fresa. Vete a tu cama. No debería haberte besado. No volveré a hacerlo.

A Honey no le hacía falta verle los ojos para saber que estaba mintiendo. Había querido besarla tanto como ella a él.

Lo vio desaparecer tras su puerta sabiendo con certeza que había pasado el noventa y cinco por ciento de la noche con el hombre equivocado.

Hal cerró su puerta y alcanzó la botella de whisky que había dejado sobre la mesa de su recibidor al oír entrar a Honey. Cada encuentro con la Chica con Olor a Fresa le enseñaba cosas nuevas sobre ella. Cómo olía. Cómo se reía. El color de si pelo, su talla de ropa. Aquel encuentro le había enseñado cosas más íntimas, le había enseñado cómo sabía, la suavidad de su piel, los huecos de su espalda. Había acariciado sus curvas con las manos y deseado cosas que hacía meses que no deseaba.

Se llevó la botella a los labios y agradeció el alcohol como enjuague para borrarse la dulzura de Honey. La había fastidiado. Sería fácil y conveniente echarle la culpa al whisky, y sin duda eso sería lo que haría cuando volviera a hablar con ella. Ahora que se había ido, su beso no había servido más que para recordarle todas las cosas que ya no formaban parte de su vida, recordar a la mujer que había dicho que quería estar con él para siempre hasta que para siempre se convirtió de repente en pasar la vida junto a un hombre que no podía verla.

Había amado y, gracias al accidente, había perdido. Había perdido y había perdido hasta que no le quedó nada más que perder. ¿Su restaurante? Vendido. ¿Sus coches? Subastados. ¿Su prometida? Había intentado acostumbrarse, pero al final estaba demasiado enamorada de la vida de Hal y había sido demasiado pedir. Y ahora estaba en aquella casa y su plan de acostumbrarse a vivir la vida solo ya empezaba a hacer aguas con su vecina y su búsqueda del orgasmo esquivo. No debería haberla besado. No tenía nada que darle. En los largos días y en las noches insomnes desde el accidente, había algo de lo que se había dado absoluta cuenta. Desde aquel momento, en su vida no iba a tener cabida el romance. No permitiría que otra mujer se acercara lo suficiente como para despreciarlo después al decidir que estar con él era demasiado difícil, y del mismo modo no permitiría que una mujer viviese una vida a medias junto a él. No necesitaba una niñera ni una guía. Ya era hora de aprender a vivir con aquella maldita pesadilla.

Se fue a la cama, deseando dar marcha atrás al reloj y no haber cedido a la tentación de abrir su puerta cuando había oído a Honey entrar aquella noche.

CAPÍTULO 8

—¿Ni siquiera te dio un beso de buenas noches? —preguntó Tash con cara de asco mientras removía el azúcar en su café en la pequeña cocina de Honey. Esta negó con la cabeza.

—Ni siquiera creo que se diera cuenta de cuándo me marché —respondió, y en su lugar recordó el beso de Hal.

Tash había llegado cinco minutos antes, una visita fugaz de camino al trabajo antes de irse a Dubái para que le diera los detalles sobre el pianista number one, como se había referido entre risas a Deano cuando había entrado por la puerta.

—El pianista número uno era lo peor, por si te interesa —le había dicho Honey mientras le acercaba una taza sobre la encimera—. Creo que lo mejor será abandonar por completo la estúpida idea del pianista.

—Nada de eso, Honeysuckle —contestó Tash con una sonrisa—. Solo estamos calentando. Nell ya tiene a alguien en mente para ti.

Honey soltó un gruñido y se preguntó por qué seguía siendo amiga de ellas.

—¿Quién es?

—Un profesor de música que va a la escuela en la que ella trabaja, creo —Tash sopló su café—. ¡Imagínate a Nell y a Simon en plan guarro! Apuesto a que Simon es de los que les gusta que los azoten. Oh, Dios mío, ¿y si se compra uno de esos pañales gigantes y le pide que le trate como a un bebé grande? —Tash contempló la cara de asco de Honey con las cejas arqueadas—. Es más frecuente de lo que imaginas. Vi un programa de la tele que iba de eso.

Honey puso los ojos en blanco; no quería ni siquiera imaginárselo.

—Estoy segura de que no harán nada de mal gusto —respondió—. Pero, bueno, hacen bien en querer mantener la magia.

Tash se encogió de hombros filosóficamente.

—Hicieron un bebé, así que supongo que Simon debe de estar haciendo algo bien.

—Exacto.

—Y le da orgasmos —añadió Tash—. Busqué si es posible nacer sin el gen del orgasmo. Y no es posible. Si tienes clítoris, tienes la capacidad de tener un orgasmo. Tú tienes clítoris, ¿verdad?

—¡Dios, Tash! Todavía no he desayunado.

Tash le dirigió a Honey una mirada de sabiduría.

—Si Simon puede hablar sobre vibradores mientras come muesli orgánico, tú puedes hablar de anatomía femenina mientras te tomas el café.

—De acuerdo —Honey suspiró—. Sí, la última vez que lo comprobé, tenía clítoris. No es que lo mirase exactamente, pero ya sabes a lo que me refiero.

—Bien, entonces ahí lo tienes. Con suerte el pianista number two será quien consiga que funcione.

—¿Así que ahora resulta que mi clítoris está estropeado?

Tash se terminó el café.

—Simplemente no marcha bien. Necesitas a un hombre que te lo arregle.

Por segunda vez desde la llegada de Tash, Honey recordó al hombre que vivía al otro lado del recibidor y, por segunda vez desde la llegada de Tash, decidió mantener el secreto. Si Tash se enteraba de que el hombre atractivo de enfrente la había besado apasionadamente la noche anterior, iría corriendo hasta allí para averiguar más cosas sobre él. Honey estaba segura de que a Hal no le haría gracia que alguien llamase a su puerta, ya fuera por la mañana, a mediodía o por la noche. Se mostraría grosero y desagradable y, por razones que no entendía, no quería que sus amigas se volvieran contra él.

Logró echar a Tash de casa un par de minutos más tarde y miró pensativamente hacia la puerta de Hal, agradecida de que Tash se marchara entre besos y promesas de que el pianista número dos sería diferente.

—Tú, tú y tú —Christopher entró en la tienda benéfica a principios de la semana siguiente y señaló con su huesudo dedo índice a Honey, a Lucille y a Mimi. Todas se quedaron en silencio mirando a su jefe alto, medio calvo y vestido con traje—. Imagino que esto es cosa vuestra —ladró mientras dejaba el periódico local junto a la caja. Honey lo miró y vio una foto de la residencia bajo un titular en el que decía que los residentes podían acabar en la calle—. Olvidaos de estas tonterías sobre salvar el lugar. Si seguís con esto, os vais de inmediato, sin esperar los seis meses. Si otro periodista u otro pariente furioso vuelve a llamarme o me para por la calle, o me increpa en la maldita consulta del médico como esta mañana, se acabó. Estaréis despedidas. Nada de «peros», ni de «a lo mejor». Despedidas. ¿Lo he dejado suficientemente claro?

Se quedó mirando a las tres mujeres, que intentaron aparentar arrepentimiento. Durante los años habían tenido que aguantar alguna que otra rabieta de Christopher y todas lo conocían lo suficientemente bien como para no dejarse intimidar por él. Además, al final del día, él estaba en la misma nómina que ellas, o al menos en la misma que Honey. La residencia era propiedad de una empresa privada a la que poco importaban los residentes y mucho los balances. Lucille y Mimi trabajaban como voluntarias, así que Christopher no podría despedirlas ni aunque quisiera.

—No creo que puedas hacer eso, Christopher, querido —dijo Mimi con una sonrisa ausente mientras doblaba una pila de cortinas.

Lucille se metió la mano en el bolsillo y sacó un paquete de caramelos de mentol.

—Toma uno de estos, Christopher, parece que tienes la garganta áspera. ¿Has estado gritando?

Honey bajó la mirada por un momento hacia el mostrador de cristal para ocultar su sonrisa, después tosió y levantó la cabeza. La cortinilla de Christopher se le había ido hacia el otro lado con la agitación y ahora colgaba de modo extraño de un lado de su cabeza, y sus ojos, de por sí pequeños, se habían entornado hasta formar dos rajas.

—¿Estas mujeres están seniles o se están cachondeando, señorita Jones? Porque, si no puede controlar a sus empleadas, entonces encontraré a alguien que pueda —siseó en voz alta.

—Siento que estés molesto, Christopher, pero estoy bastante segura de que tenemos derecho a expresar nuestras preocupaciones como queramos en nuestro tiempo libre. ¿Acaso a ti no te preocupa? Tu trabajo también pende de un hilo.

—Deberías estarle agradecido a Honey por representarnos —le respondió Mimi amablemente mientras agitaba la mano a un lado de su cabeza y hacía gestos con los ojos mirando la cortinilla errante de Christopher. Este captó la indirecta, se recolocó el pelo y perdió la dignidad.

—Nada de tonterías. Os lo advierto, señoritas.

—A mí me parece más bien que estás amenazándolas, Christopher, viejo canalla —dijo una voz detrás de él. Billy entró en la tienda resplandeciente con un traje rojo—. He oído gritos. Venía a ver a qué se debe tanto alboroto.

—Y tú eres igual de malo —dijo Christopher sacando pecho—. Te sugiero que dejes de fomentar esta locura y empieces a buscarte un lugar donde vivir. ¿Entendido? —rodeó a Billy para ir hacia la puerta, pero este levantó los puños.

—Arreglemos esto como hombres —le dijo dando saltos de un lado a otro. Christopher les dirigió a todos una mirada de desesperación y se marchó peinándose la cortinilla con una mano.

Lucille dejó sus caramelos de mentol sobre el mostrador y suspiró preocupada.

—Parecía bastante molesto, ¿no?

—¡Y menos mal! —respondió Mimi—. Significa que debemos de estar haciendo algo bien. Sin duda él encontrará otro trabajo con la empresa si consigue hacer que esto se olvide.

Honey estaba de acuerdo. Era bastante evidente que, por alguna razón, Christopher no compartía su preocupación sobre la seguridad laboral.

—Si le están llamando los periodistas y los parientes, entonces creo que el hijo del viejo Don debe de haber hecho circular la noticia —dijo ella. En teoría no pretendían dar la noticia a los residentes o a los parientes hasta pasado un tiempo, pero el hijo del viejo Don, al que llamaban sin mucha imaginación Donny Jr., se había presentado en la tienda hacía unos días y había escuchado con una rabia creciente mientras Honey le explicaba el inminente cierre de la residencia. A juzgar por el periódico que había sobre el mostrador, Donny había decidido hacer pública la campaña. Honey lo abrió y lo estiró sobre el cristal. Billy dio un silbido.

—No me extraña que esté enfadado —dijo Honey mientras leía la parte en la que se acusaba a Christopher de intentar mantener la noticia en secreto.

—Tenemos que maximizar esto —dijo Mimi.

Lucille asintió.

—Pero ¿cómo?

—Quizá sea un buen momento para que os encadenéis a las rejas con los sujetadores, chicas —sugirió Billy, con ese brillo canalla en la mirada más fuerte que nunca.

Mimi le dio un codazo cariñoso en las costillas.

—Compórtate, William.

—Ohh, me gusta cuando me llamas William —dijo él contoneando las cejas—. ¿Querrás hacerlo luego otra vez?

—Eres un viejo tonto —respondió Mimi con una sonrisa mientras Honey volvía a doblar el periódico por la mitad.

—Esperemos a ver qué ocurre ahora que ya ha salido la noticia. Mucha gente se va a preocupar. Quizá deberíamos intentar organizar una reunión o algo.

—Yo conozco al encargado de The Cock, si necesitáis un lugar —dijo Billy—. O, mejor dicho, conocía a su madre, hace mil años... —le guiñó un ojo a Honey y después miró a Mimi con cara de disculpa—. No te llegaba ni a la altura del zapato, mi amor, y murió hace veinte años.

—Podríamos colocar algunos carteles ahí invitando a la gente a reunirse para hablar de ello en un par de semanas —murmuró Honey, intentando no pensar en la desastrosa cita que había tenido con Deano en The Cock Inn, porque eso le hacía pensar en lo ocurrido después de la cita con Hal, que se había negado a abrir su puerta desde entonces. Ella había llamado, había gritado y él había mascullado algo ininteligible cada vez para demostrar que estaba vivo y librarse de ella. Hacía un par de noches le había dejado una botella de whisky y le había gritado que no se rompiera el cuello con ella, y el hecho de que por la mañana hubiera desaparecido indicaba que se había hecho con ella sin problema.

—De nada —le había gritado sarcásticamente mientras cerraba su puerta con llave para ir a trabajar. La verdad era que había empezado a disfrutar eligiendo cosas para él mientras compraba, descubriendo lo que le gustaba y lo que no mediante ensayo y error; lo notaba en su mal humor. Sin duda no volvería a comprarle fruta en conserva; prácticamente se la había tirado a la cara.

—O fruta fresca o nada —había murmurado. Para ser un ermitaño, tenía unas opiniones gastronómicas muy firmes. Aunque tampoco importaba, porque probablemente no volviese a comprarle fruta jamás, ni fresca ni en conserva, dado que parecía haber decidido que su amistad había terminado con el beso de buenas noches más épico de la historia.

Junto a ella, Lucille vaciaba una caja de donaciones que acababa de dejar una mujer adinerada con un deportivo.

—Estas cosas no parecen haber sido usadas —dijo mientras dejaba varios objetos de cocina y pequeños electrodomésticos sobre el mostrador—. Hay gente que tiene más dinero que sentido común. Esta caja aún tiene la etiqueta.

Honey miró la caja que Lucille tenía en las manos. Una maquinilla eléctrica. ¿Intervención divina, quizá? Tal vez debiera llamar a la puerta de Hal una vez más después de todo.

CAPÍTULO 9

—¿Estás cien por cien segura de que es un tipo normal al que no le han roto el corazón, Nell? Porque, después de Deano, estoy pensándome abandonar esta ridícula idea.

Honey miró fijamente a Nell, que le devolvió la mirada sin estremecerse por encima de su taza de capuchino.

—¿Y dónde va a llevarte exactamente esa actitud, Honeysuckle? —arqueó las cejas—. Te diré adónde. A ninguna parte, salvo a la soledad. Así que Deano no era el indicado. Era improbable que acertáramos a la primera, ¿no?

—¿Ah, sí? —preguntó Honey—. Porque yo pensaba que lo haríamos una vez y, zas, me casaría con Michael Bublé. Así es como me lo vendisteis.

—Pues demándanos —intervino Tash riéndose mientras se encogía de hombros—. ¿Cómo es ese tal Robin, Nell?

Nell dejó su taza de café en el platito.

—Bueno, es bastante guapo en realidad —respondió, asintiendo lentamente de un modo que hizo desconfiar a Honey al instante.

—No pareces muy segura —le dijo.

—No, es... digamos que guapo a la antigua usanza —Nell pareció elegir sus palabras con cuidado—. Quiero decir que no, que no es Bublé, pero tiene, ehh... un pelo bonito, y se ríe mucho. Necesitas un hombre que te haga reír, Honey —Nell asintió con demasiado énfasis.

—¿Y cuándo se supone que voy a conocerlo?

Nell se quedó mirándose las uñas.

—El tema es, Hon, que no le gustan los pubs, así que más o menos le dije que cocinarías para él —el final de la frase lo dijo dos veces más deprisa que el comienzo, como si esperase que no fuese a darse cuenta si lo decía muy deprisa.

—¡Nell! —exclamó Tash—. Sabes que eso es mala idea.

Aliviada por contar con el apoyo de su amiga, Honey asintió.

—Ni hablar. No puedo recibir a un desconocido en mi casa, Nell. Es la regla número uno de las citas a ciegas: quedar en un lugar neutral y bien iluminado.

—No estaba pensando en eso —dijo Tash, y miró a Nell con el ceño fruncido—. Ya sabes que no sabe cocinar. Probablemente lo envenene antes de que pueda demostrarle su habilidad con los dedos.

—Bueno, primero sugerí que quedaran en su casa, pero dijo que su madre estaría en casa.

—¿Aún vive con su madre? —preguntó Honey, y miró el reloj para ver si era demasiado temprano para tomarse una copa. No, seguían siendo las once y media de la mañana. Cada pocas semanas, se reunían las tres a tomar el brunch los sábados en su cafetería favorita, pero aquella semana Honey estaba disfrutándolo mucho menos de lo habitual gracias al tema que estaban tratando. En aquel momento todos los aspectos de su vida parecían mucho más estresantes que de costumbre; su trabajo estaba amenazado, sus amigas estaban intentando emparejarla con hombres desconocidos basándose en una premisa ridícula y su casa había sido invadida por un vecino ermitaño y ofensivo. ¿Era de extrañar que tuviera ganas de echarse un buen chorro de ron en el café?

—Irá a tu casa el viernes por la noche —dijo Nell, ignorando la pregunta de Honey y negándose a aparentar arrepentimiento—. Prepárale unos espaguetis o algo así. Yo lo he visto ya algunas veces y se le dan muy bien los niños, así que debe de ser un tipo decente.

Tash rompió una enorme galleta y colocó un pedazo en cada uno de sus platitos.

—No tienes nada que perder, Honey.

—Solo la noche del viernes y quizá mi vida, si resulta ser un asesino.

—Los asesinos no suelen vivir con sus madres —explicó Nell.

—¿Norman Bates? —sugirió Honey tras pensarlo unos segundos.

Tash hizo gestos de apuñalamiento con el brazo por encima de la mesa.

—Pues no dejes que te siga al cuarto de baño.

Honey negó con la cabeza.

—Dile que se cancela, Nell. Lo digo en serio.

—No puedo —respondió su amiga—. El lunes no voy a trabajar, así que no lo veré.

—¿Un largo fin de semana, Nellie? —preguntó Tash—. ¡Qué afortunada!

—Fue idea de Simon en realidad —dijo Nell—. Normalmente no pasamos mucho tiempo juntos durante el día. Siempre estamos hasta arriba de trabajo y los fines de semana con Ava. Es una especie de día para nosotros. Ava se irá a casa de los padres de Simon como de costumbre.

Honey y Tash asintieron lentamente.

—Un día para vosotros —murmuró Honey.

—¿Y te lo sugirió antes o después de ver tu nueva lencería? —preguntó Tash riéndose.

Nell resopló, se sonrojó y se rio también.

—Después.

Dio un trago a su taza, obviamente se moría por decir más.

—¡Oh, Dios mío! Chicas, fue… —hizo una pausa y buscó las palabras adecuadas—. Bueno, digamos que se quedó impresionado.

—Bien por ti, Nell —dijo Honey con una sonrisa.

—Bien por Simon, mejor dicho —agregó Tash—. ¿Cuál es el plan para el lunes?

A Nell le brillaban los ojos.

—Esa es la cuestión. ¡Ni siquiera lo sé! Solo me dijo que reservara el día, pero que llevara a Ava donde sus padres como siempre. Es todo un maestro —casi le temblaba la voz y Honey se preguntó cómo Simon, que normalmente era un hombre tranquilo, se había convertido en Heathcliff a lo largo de las últimas semanas.

—¿Y esta semana te ha regalado algún otro juguetito sexual mientras desayunabais? —preguntó Tash.

Nell tragó saliva y negó con la cabeza.

—No. Pero, chicas, tengo que deciros que ese vibrador… —bajó la voz y miró de un lado a otro para asegurarse de que nadie oyera a la profesora de primaria local hablar de juguetes sexuales, después se inclinó hacia Honey—. Deberías haberte comprado uno cuando estuvimos en ese sex shop, Honey —murmuró—. Creo que no habrías tenido más remedio que llegar al orgasmo. En serio —le brillaban los ojos mientras hablaba.

—Tiene razón, Honeysuckle —contestó Tash sonriente—. Todos esos impulsos eléctricos concentrados en un solo puntito.

Nell se estremeció de nuevo y miró el reloj, probablemente deseosa de llegar a casa para ver a Simon.

—De acuerdo. Me compraré un vibrador si nos olvidamos de lo del pianista —les dijo Honey, pero sus amigas se miraron frunciendo el ceño—. ¿Trato hecho?

Ambas negaron con la cabeza.

—Ni hablar —contestó Tash—. Esta es una misión para un hombre, no para una máquina.

—¿Seguro que no quieres comprobar su cuenta bancaria? —bromeó Honey, sabiendo que sus amigas no iban a dejar el tema del pianista. Tendría que comprar algún plato precocinado para no envenenar a ese tal Robin el viernes y rezar para que no fuera un asesino, porque era improbable que Hal acudiese en su ayuda si gritaba.

Miró de nuevo el reloj, se levantó del sofá y se dirigió hacia el mostrador. Eran las doce y tres minutos y necesitaba una copa de vino.

Un par de horas y un par de copas más tarde, Honey metió la llave en la cerradura y entró en el pequeño recibidor. ¿En qué estaría pensando Nell? Ni siquiera ella conocía bien a ese hombre, y a pesar de ello le había invitado a su casa.

—Necesito whisky —gritó Hal desde el otro lado de la puerta sin más preámbulos, más como un anciano gruñón de noventa años que un sexy treintañero—. Y cigarrillos.

—Tú no fumas, estrella del rock —respondió ella, preguntándose si se alegraba de que volviese a dirigirle la palabra o no, dado su tono de voz.

—Voy a empezar —dijo él.

Honey puso los ojos en blanco.

—No, no vas a empezar.

—¿Acaso se ha muerto mi madre y te ha dejado a ti al mando? ¿Me has adoptado, Mary Poppins?

—¿Sabes qué, Hal? Que te den. He tenido una mañana agradable y no necesito que me la estropees.

Honey se quedó allí en silencio, esperando su respuesta. ¿Se habría tomado sus palabras al pie de la letra?

—Supongo que la cita de hoy ha ido mejor que la última —dijo él más tranquilamente, más sinceramente, más Hal.

—No era una cita —respondió ella—. He estado con Tash y con Nell; ya sabes, mis amigas. Pero tengo otra cita el viernes.

—No irás a darle a Deano otra oportunidad, ¿verdad? Porque un hombre que no te acompaña a casa no se merece una segunda oportunidad.

—¿Te crees que soy idiota? Claro que no es Deano. Es un tipo llamado Robin, si quieres saberlo.

—Tiene nombre de pelmazo.

Honey se rio en voz baja a pesar de todo.

—Puede. Pero aun así probablemente sea maravilloso.

—¿Probablemente? No lo conoces, ¿verdad? —supuso Hal—. No me lo digas. Es otro jodido pianista, ¿verdad?

—Es otro jodido pianista —convino Honey, contenta por el hecho de poder provocarlo—. Y va a venir aquí, así que será mejor que no lo estropees pidiendo whisky a gritos como si fueras un abuelo, ¿me oyes?

—¿Vas a meter en tu piso a un tipo cualquiera al que no conoces de nada? ¿Eres completamente estúpida?

—Y voy a cocinar para él —dijo Honey—. La cena —la carcajada que soltó Hal a modo de respuesta le molestó enormemente—. ¿Qué te hace tanta gracia?

—Nada —murmuró él sin intentar disimular lo divertido que le parecía.

—Sé cocinar —le aseguró Honey, aunque fuese mentira.

—No sabes… pero yo sí —dijo él, y el cambio en el tono de su voz hizo que Honey se detuviera en seco. Ya no bromeaba, de eso estaba segura, aunque no sabía en qué punto la conversación se había puesto seria.

—Podría prepararle unos aros de espagueti con tostada —sugirió.

—Podrías. O podría enseñarte a preparar una boloñesa como es debido —dijo Hal—. Si quieres.

Honey tragó saliva.

—Querría… —dijo al fin—. De hecho me encantaría.

—Ve a por un papel y un boli, Chica con Olor a Fresa. Vas a ir de compras.

CAPÍTULO 10

Una hora más tarde, Honey estaba deambulando por el supermercado con una larga lista, al final de la cual había escrito «whisky» a regañadientes. Si Hal iba a enseñarle a preparar boloñesa, necesitaría una copa después. Se alegraba de que le permitiera no tener que hacer la pasta a mano también, una concesión que había hecho por el hecho de no tener una máquina para hacer pasta. Contempló la caja de boloñesa ya cocinada en el frigorífico y se aproximó con determinación al mostrador de la carnicería para comprar carne picada y panceta.

Acercarse a ese mostrador ya era todo un paso; en su cesta de la compra, la carne solía entrar en bandejas, casi siempre preparada o cocinada. ¿Y zanahorias? ¿Quién le echaba zanahorias a la boloñesa? Nunca había visto zanahorias en su boloñesa, claro que nunca había comido boloñesa que no hubiese sido preparada en una macrococina por gente que llevaba redecillas blancas en el pelo. Echó las zanahorias en la cesta, añadió el apio y las hojas de laurel, y sonrió benévolamente a otra mujer como si aquella fuese su compra habitual del fin de semana.

Lo siguiente de la lista era el vino. Gracias a Dios, algo que entendía. Hal había insistido en que tenía que comprar algo decente, lo que francamente le parecía un desperdicio para cocinar, pero aun así eligió un rioja de precio medio y, tras dudar unos instantes, regresó y añadió una segunda botella. Si no se lo bebía antes, necesitaría más vino para recrear la boloñesa para Robin el viernes de todas formas, así que no era ninguna extravagancia.

Mientras hacía cola en la caja para pagar, Honey experimentó un torrente de orgullo al contemplar sus ingredientes. Una cuña de parmesano, un puñado de hojas de laurel, pasta fresca. Se sentía prácticamente cosmopolita, lo cual era un cambio agradable después de la vergüenza que solía pasar con su selección de comidas preparadas y latas. Tal vez debiera cocinar más a menudo. Desechó la idea al instante; paso a paso. Primero tenía que preparar la boloñesa sin quemar la casa y sin morir asesinada a manos de un vecino irritable si no lograba seguir sus instrucciones.

—¿Tienes algún delantal? —preguntó Hal mientras se sentaba en un taburete junto a la barra del desayuno.

—No necesito delantal para calentar sopa —respondió Honey—. Pero me he lavado las manos, si te sirve de consuelo.

—¿Llevas el pelo recogido?

—¿Qué es esto? ¿Una operación militar? Sí. Lo llevo con dos trenzas.

Hal enarcó una ceja por encima de sus gafas de sol.

—¿Como una lechera?

El tono sugerente e informal de su comentario hizo que se le sonrojaran las mejillas.

Llevaba unos minutos en su piso y estaba repasando con las manos todos los ingredientes que ella había comprado. Se acercó el ajo a la cara y aspiró con fuerza.

—¿Servirá? —preguntó ella, nerviosa por su abrumadora presencia en su pequeño apartamento. Parecía un pájaro exótico que hubiese aterrizado en la jaula de un periquito vulgar y corriente, fuera de lugar y temporal.

Asintió.

—Sartén. Aceite de oliva. Corta las cebollas.

Ella se mordió el labio y sacó la sartén del cajón de debajo del horno.

—No se me da bien cortar cosas —murmuró mientras partía la cebolla en dos y la cortaba en gruesas rodajas con dedos inexpertos. Hal se acercó, palpó con la mano lo que había hecho y frunció el ceño mientras negaba con la cabeza.

—He dicho cortar, Honeysuckle. Parecen ladrillos de lo grandes que son los trozos. Más pequeños.

—¿Has estado recibiendo clases de Gordon Ramsay?

Él no se rio.

—Más pequeños —escuchó atentamente sus esfuerzos durante unos segundos—. Relájate con el cuchillo. Encuentra tu ritmo y mantén los dedos detrás de la hoja.

Honey respiró aliviada cuando aceptó su segundo intento y alcanzó el ajo cuando él se lo ordenó.

—Arranca tres dientes y aplástalos con la hoja del cuchillo —dijo Hal, Honey dio la vuelta a la cabeza de ajo que tenía en la mano y se quedó mirándola.

—¿Cómo saco los dientes? Está sellado.

Hal abrió la boca y volvió a cerrarla, después se frotó las palmas de las manos lentamente en los vaqueros.

—Estás de broma, ¿no? Tienes que… —dijo, pero entonces negó con la cabeza—. Dame.

Honey le entregó la cabeza de ajo y vio como le daba la vuelta con los dedos y la abría con facilidad, palpando los dientes y arrancando unos cuantos. Se los ofreció sobre la palma de la mano como si estuviese alimentando a un burro y ella se sintió como tal mientras los aceptaba.

—¿Tengo que pelarlos?

Él suspiró.

—Tú aplástalos con la parte plana de un cuchillo grande. Presiona sobre ellos hasta que se partan.

Honey alcanzó el cuchillo de cocina, hizo lo que le decía y se sorprendió al ver que funcionaba.

—Vaya, quién lo iba a decir —dijo riéndose mientras pelaba el ajo crudo—. ¡Lo he conseguido! ¿Ahora los corto como las cebollas?

Hal asintió, supervisando su trabajo con las yemas de los dedos cuando ella le acercó la tabla de cortar.

—Calienta el aceite de oliva y añade el beicon, después de un minuto o así añade las cebollas y el ajo —escuchó mientras ella encendía el gas—. No tan alto. El ajo quemado es más amargo y echará a perder el plato.

Honey ajustó la potencia del fuego y echó la panceta.

—Vigílalo atentamente. Ambos sabemos que puedes llegar a tener problemas con el beicon —murmuró, y ella puso los ojos en blanco mientras meneaba la sartén como había visto hacer a los cocineros en la tele.

—Una vez, Hal. Solo se me ha quemado el beicon una vez en la vida y resulta que tú estabas allí. Te diré que normalmente preparo unos sándwiches de beicon que son para morirse.

—Lo tendré en cuenta si alguna vez me preparas el desayuno —respondió él, Honey se imaginó despertándose a su lado y estuvo a punto de quemar el beicon por segunda vez—. Ahora añade las cebollas y el ajo a la sartén.

Ella obedeció y se entusiasmó con el chisporroteo del ajo y de la cebolla al entrar en contacto con el aceite.

—Oh, Dios mío, Hal, aquí ya huele como en un restaurante italiano, ¿verdad?

Sonrió con placer y olfateó el aire.

Él negó con la cabeza, pero no la desilusionó.

—¿Qué tal van? —preguntó tras unos minutos—. No dejes que se hagan demasiado.

—¿Cómo sabré que están listos?

—Usa los malditos ojos —murmuró Hal—. Y pruébalo.

—¿Cómo se supone que deben saber, además de a cebolla y a ajo?

—Joder, Honey, esto es un infierno. Trae, déjame probar a mí.

Honey miró la sartén, después al hombre sentado al otro lado de la barra y finalmente pinchó algunos trozos de cebolla.

—Abre la boca —le dijo sujetando el tenedor por encima de la barra.

—No hace falta que me des de comer —murmuró él—. Puedo hacerlo solo.

—Ya lo sé. Pensaba que sería más fácil desde este lado de la barra, nada más. No pretendía ser condescendiente —dijo ella, consciente de que era probable que, desde su perspectiva, se lo pareciera. Hal se encogió de hombros y, para su sorpresa, abrió la boca y dejó que le metiera el tenedor. Mientras observaba su boca, Honey sintió el deseo sexual que asomaba cada vez que él estaba cerca. Sacó lentamente el tenedor de entre sus labios y esperó el veredicto.

—Ya está listo —declaró.

«Yo también», pensó ella.

—¿Listo para qué? —preguntó, sonrojada.

—Sube el fuego y añade la ternera.

Oh, el fuego ya estaba más que subido. Honey había empezado a sudar y no tenía nada que ver con la cebolla, sino con el hombre que tenía enfrente. Se alegraba de que no pudiera ver el efecto que le producía en ese momento; era como una adolescente fantasiosa que conocía al hombre que estaba en los pósteres que adornaban las paredes de su habitación. No tenía ningún sentido; Hal era desagradable y grosero, pero ella no lograba controlar su manera de reaccionar. La ponía tan nerviosa que le daba miedo cortarse los dedos mientras troceaba las zanahorias y el apio y, cuando le pidió que probara la comida por segunda vez, tragó saliva y tuvo que apartar la mirada cuando cerró los labios en torno al tenedor.

—Está muy caliente —dijo él, y Honey estaba de acuerdo. Estaba caliente por su culpa. ¿Por qué diablos había prometido no volver a mencionar ese beso? ¿Acaso sabía el efecto que él le producía? Si pudiera verla, no tendría ningún lugar donde esconderse, pero ¿le resultaría evidente de todos modos?

Mientras removía la carne, vio que iba poniéndose marrón y se concedió un par de minutos para recomponerse.

—Ahora necesitamos un par de copas de vino.

Dios, si se tomaba una copa probablemente se le echaría encima.

—Hal, no creo que sea muy buena idea en este momento.

—En la boloñesa, Honey. Echa el vino en la boloñesa y llévalo a ebullición.

Honey se llevó una mano a la cara ardiendo.

—Ya lo sabía —murmuró, e ignoró la carcajada procedente del otro lado de la barra cuando volcó una copa de vino sobre la sartén, después la rellenó mientras la carne chisporroteaba violentamente con el alcohol. Vertió la segunda copa de vino y volvió a poner el corcho en la botella.

—Ahora sirve otras dos copas de vino —dijo Hal.

Honey no quería equivocarse otra vez.

—¿No será demasiado?

—No son para la cena. Una es para mí porque me está matando enseñarte a cocinar y la otra es para ti para que te calmes de una vez.

—No necesito calmarme —mintió Honey.

—Ya, seguro que no. Tu nerviosismo me está levantando dolor de cabeza y, confía en mí, no te caeré bien con dolor de cabeza.

—No me caes muy bien tal cual estás —respondió ella, aferrándose a la seguridad que le proporcionaban los insultos suaves.

—Tú sirve el maldito vino, ¿quieres?

Honey vaciló entre la tentación de una copa de vino y mantenerse sobria, porque, aunque sí que necesitaba calmarse, temía que se le soltasen la lengua y las manos y que él volviese a esconderse durante semanas. Al final ganaron los nervios, volvió a destapar la botella de vino y sirvió dos copas.

—Ahí tienes —le dijo de mala manera, y le acercó la copa sobre la barra hasta que le rozó los nudillos. Él levantó la copa, probó el vino y sus labios adquirieron algo parecido a una expresión favorable.

—No está mal, Honeysuckle. No está nada mal.

Ella alzó su copa, dio un trago y se alegró de haber pagado un poco más de lo que habría pagado habitualmente por el vino. Estaba delicioso y resultaba peligrosamente suave al deslizarse por su garganta.

—¿Mejor? —preguntó Hal, casi como si estuviera observándola, cosa que, claro, era imposible. Pero parecía saber lo que sucedía bajo su piel, oír el ritmo acelerado de su corazón, el bombeo de su sangre por sus venas, el calor que invadía la piel de su cuello.

—Umm —dijo, sin saber si se sentía mejor o peor por el vino—. ¿Qué hago ahora?

Hal le explicó los siguientes dos pasos y mantuvo los dedos en la base de su copa, como si pensara que ella iba a intentar quitársela. No se le había ocurrido tal cosa. Le preocupaba más quemar la boloñesa por quedarse admirando sus manos fuertes y sexys.

—Ahora baja el fuego al mínimo y esperamos.

—¿De verdad? ¿Cuánto tiempo? ¿Qué haremos mientras tanto?

Él se encogió de hombros.

—Bueno, últimamente no soy muy bueno a las cartas, y con el escondite podríamos tardar un buen rato —se terminó el vino de su copa—. Así que supongo que deberías rellenarme la copa y haremos esa otra cosa que se te da bien.

¿Estaba refiriéndose al beso? Honey no pudo evitar emocionarse por que hubiera admitido que se le daba bien, pero probablemente lo mejor fuese aclarar las cosas.

—Mira, siento haberte besado la otra noche —en realidad era difícil sentir algo que había estado tan bien, pero no quería hacer peligrar su frágil amistad—. Fue culpa mía. Te prometo no volver a hacerlo. Ni siquiera lo mencionaré, si quieres.

Hal sonrió con suficiencia.

—Hablar, Honey. Me refería a hablar. Llevas días aporreando mi puerta pidiendo hablar conmigo, así que aquí estoy. Habla.

A Honey le entró el pánico mientras repartía el vino que quedaba de la botella entre las dos copas.

—Solo intentaba ser amable. Simpática. Pensé que nos haríamos amigos.

—¿De verdad? ¿Besas así a todos tus amigos?

—Acabamos de decir que no volveríamos a hablar de eso.

—¿De verdad? Creo que tú lo has dicho y yo no he respondido. No es que quiera hablar de ello, porque diste en el blanco al decir que no volvería a suceder.

—Ya que tú no has dicho que no vamos a volver a hablar de ello, te diré que no, que no beso a todos mis amigos así, Hal. En mi vida he besado así a nadie. Mejor dicho, en mi vida me habían besado así.

Hal se llevó la copa a los labios y la dejó allí, después la dejó lentamente.

—Bueno, quizá ese tal Robin lo haga. Será mejor que no te pases con el ajo el viernes, por si acaso.

—Tomo nota. Gracias —respondió ella mientras removía la boloñesa para tener algo que hacer—. Aunque lo dudo. Todavía vive con su madre y lo mejor que Nell ha sabido decirme de él es que tiene un pelo bonito.

Honey observó el pelo revuelto y oscuro de Hal, que probablemente estuviese más largo de como lo llevaba habitualmente y mucho más sexy. Era como si acabase de revolvérselo con las manos constantemente, y a Honey le daban ganas de acariciárselo también. Levantó su copa de vino para hacer algo con los dedos.

—¿Tus bragas especiales volverán a salir el viernes?

¿Estaba flirteando con ella? Con Hal era difícil saberlo, porque el sarcasmo era su modus operandi.

—Puede que me ponga las de los sábados, solo para confundirle —respondió ella, y se dio cuenta de que básicamente acababa de decir que pensaba enseñarle las bragas a Robin, cosa que no iba a hacer bajo ningún concepto.

—¡Qué afortunado Robin! —murmuró Hal llevándose la copa a los labios—. Mi boloñesa y tus bragas del sábado. El tipo no sabe lo que le espera.

Honey seguía teniendo ganas de estirar la mano y tocarle, así que se volvió hacia los fogones y removió la salsa. Tenía muy buen aspecto, era sin duda lo mejor que había preparado jamás, lo cual no era difícil dado su limitado repertorio.

—Robin no va a verme las bragas, que quede claro.

Hal se rio.

—¿Cómo esperas que te provoque un orgasmo si insistes en dejarte puestas las bragas?

—Que te den, Hal. Esta idea va a ser un fracaso porque, para empezar, no me acuesto con desconocidos y, para continuar, como todo el mundo parece saber, no llego al orgasmo.

—Bueno, no es porque seas frígida. Sé que no lo eres y solo te he dado un breve beso. De hecho, querías acostarte conmigo y prácticamente soy un desconocido —se encogió de hombros—. No descartes tan rápido a Robin, eso es lo único que digo.

«Me besaste demasiado brevemente», pensó ella mientras bebía el vino y recordaba el beso.

—Yo no he dicho que fuera frígida, y no eres un desconocido, Hal.

—¿No? Entonces, ¿qué soy?

Sin duda estaba flirteando y eso le daba miedo. Lo había

perdido durante días tras la última vez que habían traspasado esa barrera, entonces, ¿por qué diablos dijo lo que dijo a continuación?

—Eres mi vecino. Y mi amigo. Y el único hombre que me ha tocado y me ha hecho pensar que, al fin y al cabo, puede que sea capaz de tener un orgasmo.

Durante unos instantes el aire entre ellos chisporroteó con más fuerza que la sartén en el fuego.

Honey perdió el valor y rompió el silencio primero.

—¿Cuánto tiempo tengo que dejar cociendo esto?

Hal dejó escapar el aliento con un siseo ahogado y tosió un poco para aclararse la garganta antes de hablar.

—La regla con este tipo de comida es a fuego muy lento. Déjalo soltando su magia durante un par de horas. Estará mejor aún si puedes cocinarlo el día anterior a comerlo.

La manera que tuvo de pronunciar «a fuego muy lento» le provocó a Honey un vuelco en el estómago.

—¿Y cómo es que eres un experto con la boloñesa? —preguntó para intentar aligerar la conversación. Su silencio indicaba que tal vez se hubiera equivocado. Al final se encogió de hombros.

—No soy un experto. Ya no.

Ella tragó saliva, sintió que se abría y después se cerraba, como una almeja.

—Pero ¿antes lo eras?

—Antes era muchas cosas. Ahora solo soy tu triste vecino que te ha enseñado a preparar boloñesa para que no quemes la casa el viernes.

Había abierto una línea de conversación sobre su vida anterior y después la había cerrado. Una victoria y después una derrota. Honey se dio cuenta y no insistió, pero aun así esperaba que llegase el día en que le permitiese acercarse más.

—¿Dejarás que me olvide algún día del incidente del beicon?

—Probablemente no —se bajó del taburete y se quedó allí de pie—. Debería irme. Ya no necesitas mi ayuda.

—Quédate a cenar conmigo.

Él negó con la cabeza y se terminó su copa de vino.

—Necesita horas. Si me quedo, ambos sabemos que serás incapaz de evitar hablar del beso otra vez.

Honey se rio suavemente, aliviada al ver que se lo tomaba a la ligera.

—Entonces deja de sacar el tema. Yo ni siquiera me acuerdo.

Él sonrió, y fue una de esas escasas sonrisas atractivas y genuinas que hacían que le temblaran las rodillas y le costase mantenerse en pie.

—Es bueno saberlo —murmuró él—. Yo tampoco.

—Entonces no pasa nada —contestó Honey, viendo cómo se marchaba y deseando que no lo hiciera. Él se dio la vuelta mientras abría su puerta.

—Recuerda las reglas, Honeysuckle. A fuego muy lento.

Honey se quedó mirando su puerta después de que la cerrara y negó con la cabeza. Entonces cenaría sola.

Más tarde aquella noche, Hal oyó que llamaban a su puerta y se tensó. Solo podía ser Honey, y no podía aguantar su presencia más tiempo aquel día. No era que no disfrutara de su compañía; más bien al contrario. Poco a poco iba permitiéndose confiar en ella y no era justo. Cuanto más tiempo pasaba con ella, más ganas tenía de que llegase la próxima vez, y eso solo les traería problemas a ambos. Tal vez ella lo viese como un desafío o, siendo cruel, tal vez lo viera como una novedad, pero sin duda no veía al hombre que realmente era. No veía su oscuridad, el peligro, el abismo junto al que hacía equilibrios la mayor parte del tiempo. Estaba utilizándola de un modo inaceptable, pero ella aún no se había dado cuenta. No se daba cuenta de que la utilizaba como cuerda para no caer al precipicio por completo.

Honey poniéndole nervioso con sus frases de chica graciosa, con sus buenas intenciones y con esos besos que le hacían olvidarse de lo malo. Prácticamente le había rogado que fuese el hombre que la ayudase a tener un orgasmo y, en el calor del momento, él también había querido ser ese hombre, no que fuera Deano el poco caballero, o Robin, el que vivía aún con su madre, ni ningún otro. Él. No deseaba más que llevársela a la cama, aprender sus curvas con las manos y con la boca, aumentar su tensión hasta sentir que su cuerpo estallaba bajo el de él. Podría hacer eso por ella. La había besado solo una vez, pero le había bastado para saber que podía hacer que se corriese una y otra y otra vez.

Pero entonces, ¿qué? No quería una relación, así que le haría daño, y ¿cómo podría vivir allí después de eso? La cruda realidad era que no tenía otro sitio al que ir y nada que ofrecer.

Había ido allí para aprender a estar solo y sin embargo estaba aprendiendo a depender de Honey, y eso tenía que acabar. Así que se sentó al borde del sofá y oyó cómo lo llamaba, ligeramente al principio, después con pánico en la voz al no obtener respuesta. No podía salir ahí fuera. Decía que le había llevado la cena. Demasiada boloñesa para uno, decía.

—Tienes un maldito congelador —respondió él para hacerle saber que seguía vivo—. Úsalo para algo que no sea el vodka para variar.

Notaba su confusión y su silencio posterior le indicó que sus duras palabras le habrían hecho daño, lo que le molestaba aún más. No tenía energía para pensar en los sentimientos de otra persona; otra razón más para no permitir que le llegara al corazón.

—Entonces la dejaré aquí fuera —dijo ella, y Hal oyó que se cerraba su puerta segundos más tarde. La frustración corría por sus venas. Estaba frustrado con Honey por no rendirse y con él mismo por alegrarse de que no lo hubiera hecho.

CAPÍTULO 11

Honey se quitó la chaqueta y la dejó sobre el respaldo de la única silla que había en la pequeña sala de personal de la tienda. Lucille y Mimi estaban esperándola cuando llegó para abrir y la habían seguido hasta la sala de personal. Ambas llevaban pañuelos al cuello que combinaban entre sí y el ceño fruncido.

—¿Qué sucede, señoritas? —preguntó Honey mientras ponía el hervidor bajo el grifo para llenarlo—. Seguro que no es nada que una taza de té de martes por la mañana no pueda resolver —bajó la tapa, encendió el hervidor, alcanzó las tazas y volvió a mirar a Mimi y a Lucille. La evidente preocupación de sus caras hizo que se detuviera en seco—. En serio, ¿qué pasa?

Lucille dejó su bolso negro sobre la mesa y lo abrió. De dentro sacó un sobre marrón de aspecto oficial y lo dejó sobre la mesa junto al bolso.

—Esto —dijo—. Ha llegado en el correo de esta mañana.

Mimi lo levantó y se lo ofreció a Honey.

—De manera inesperada —dijo, extrañamente alterada.

Honey aceptó el sobre, lo estudió y advirtió que iba dirigido formalmente a Lucille y a Miriam Dreyfus, en vez de a sus respectivos apellidos de casadas. Resultaba vulnerable ver sus nombres de la infancia impresos el uno junto al otro sobre el papel, igual que debían de aparecer en las listas de su clase en muchas ocasiones cuando eran pequeñas.

—¿Puedo? —preguntó mirando a las hermanas, que asintieron con énfasis.

Honey sacó la carta del sobre y abrió el único folio de la Agencia de Ayuda a la Adopción. Les dirigió a Mimi y a Lucille una mirada rápida y después comenzó a leer.

—Vaya —dijo tranquilamente mientras leía—. Vaya —dobló la hoja, volvió a guardarla con cuidado en el sobre y se la devolvió a Lucille—. Imagino por vuestra reacción que ninguna de las dos sabía nada de esto.

Ambas negaron con la cabeza.

—Nada en absoluto —murmuró Lucille.

—Ni idea —añadió Mimi con los ojos humedecidos—. Que nosotras supiéramos, nuestra madre solo nos tuvo a nosotras. ¿Cómo pudo haber otro bebé del que no supiéramos nada? Es ridículo.

—Un hermano mayor —agregó Lucille con la mirada melancólica—. Siempre quise tener un hermano que cuidara de mí.

—Me tienes a mí —señaló Mimi—. Creo que debe de ser una estafa, aunque quién iba a molestarse, porque no tenemos ni un penique. No podemos tener un hermano. Siempre hemos sido nosotras dos.

Honey captó la ansiedad tras las palabras de Mimi, su miedo a perder su lugar en el mundo, como única hermana de Lucille y como su mejor amiga.

—Quizá sea mejor tomarse un poco de tiempo para pensar en ello. No hay por qué precipitarse —les dijo Honey, intentando comprender las reacciones tan distintas de ambas hermanas.

—Ernest —murmuró Mimi—. Nuestra madre nunca habría llamado Ernest a un niño.

—A mí me gusta —contestó Lucille con una sonrisa—.

Ernie Dreyfus. Parece alguien importante, un doctor, o un profesor.

—Bah —resopló Mimi—. A mí me da igual lo que sea. He pasado ochenta y tres años sin un hermano, ¿por qué iba a querer uno ahora?

Honey preparó el té y escuchó la conversación entre ellas. Estaban digiriendo la noticia en tiempo real, cada una a su manera. Lucille, siempre tan romántica, segura en su rol de pequeña de la familia. Mimi, la luchadora, sintiéndose amenazada y dispuesta a pelear por su posición de hermana mayor. Honey las conocía lo suficientemente bien como para saber que, con el tiempo, sus opiniones se encontrarían en algún punto, con suerte en un lugar que les permitiera explorar la extraordinaria noticia de un posible hermano, y la noticia igualmente extraordinaria de que se hubiera puesto en contacto con ellas a la edad de ochenta y nueve años para decirles que, si ellas querían, estaría encantado de conocerlas. La carta no entraba en más detalles sobre Ernest, solo les pedía a Lucille y a Mimi que respondieran mediante la agencia para hacerle saber si estaban preparadas para contactar. Honey confiaba en que el tiempo le permitiría a Mimi darse cuenta de lo maravilloso de la situación, así como de los obstáculos. Tenía un hermano, un nuevo miembro de la familia que había estado esperando toda su vida. En todo caso, Mimi era increíblemente entrometida; la punta de un iceberg había asomado en su vida y necesitaría saber más, por mucho que le fastidiara. Honey la vio levantar la taza de té y alejarse para comenzar a revisar las últimas bolsas de donaciones, hablando para sus adentros mientras lo hacía. Después, Honey le pasó a Lucille un brazo por los hombros y le dio un cariñoso apretón.

—Ya entrará en razón. Dale tiempo —le dijo frotándole el brazo.

—Eso espero, Honey, querida, porque no es que seamos unas niñas ya. *Carpe diem*, como se suele decir.

—Muy cierto —Honey sintió el calor del té en la garganta mientras pensaba en aquella sencilla frase en latín. Tal vez ella no tuviera un hermano perdido, pero había aún muchas cosas en su vida que tenía que aprovechar. Quizá debiera empezar por intentar ser menos grosera con los intentos de Nell y de Tash por encontrarle pareja, entrar un poco más en el espíritu de la misión del pianista. Quizá, solo quizá, le presentaran a alguien que besara como Hal. Al fin y al cabo era una reacción física. Sería un auténtico alivio sentir ese nivel de atracción por alguien que no superase al doctor Jekyll en cuestiones de cambio de personalidad. Había parecido simpático mientras estaba en su piso, pero después había vuelto a su carácter habitual cuando ella le había llevado la cena para darle las gracias por enseñarle a cocinar.

Pero ¿qué sabía realmente de él? No le había preguntado nada sobre su vida antes de mudarse al piso, porque bloqueaba cualquier conversación que se acercaba al terreno personal. Ella se había sentado frente a su puerta y le había contado su vida. Hal sabía su talla de ropa, los nombres de sus amigas, sus preferencias en cuestión de champú y su historial romántico. Incluso sabía más de su ropa interior que la mayoría de la gente, y sin embargo ella apenas lo conocía. Tal vez su amistad con Hal, si acaso podía llamarse amistad, fuese algo que debiese aprovechar, o al menos algo que pudiera controlar un poco más. Por el momento era él quien llevaba las riendas, y eso no era una amistad en absoluto, pensándolo bien. Se terminó el té y decidió no mostrarse tan necesitada en lo referente a Hal desde ese mismo instante. Si él quería su amistad, que fuese a buscarla.

Lucille y Mimi estuvieron casi toda la mañana rodeándose la una a la otra como dos boxeadores en el ring, hasta que ocurrió algo durante la comida que les obligó a bajar las armas y unirse contra su enemigo común.

Christopher.

Este entró en la tienda, observó que no había ningún cliente y cambió el cartel de «abierto» por el de «cerrado» antes de echar el cerrojo.

—Eh, no cerramos a la hora de comer —dijo Honey. Se acercó a cambiar el cartel y Christopher le cortó el paso. Vio a Nell acercarse por la calle hacia la tienda y asomarse entre los diversos pósteres de la puerta para ver si había alguien dentro al encontrarla cerrada.

—Hoy sí. Reunión de personal —Christopher miró el reloj para crear un efecto dramático y lo estiró sobre su muñeca escuálida—. A las trece horas en el comedor. Solo personal pagado, recordad —añadió mirando a Mimi y a Lucille. Vosotras echad una siesta o algo.

Honey observó cómo salía de la tienda. Se imaginó a sí misma dándole con la grapadora en la nuca antes de abrirle la puerta a Nell.

—Echar una siesta —murmuró Mimi con una mirada asesina—. Que se vaya él a echar una siesta... Honey, querida. Abórdale en su reunión todo lo que puedas —dijo mientras se dirigía hacia la bolsa de lencería del fondo de la tienda—. Lucille, ve a por tu bolso. Tenemos trabajo que hacer.

Nell dejó una bolsa negra en el suelo junto al mostrador y le dio a Honey un beso rápido en la mejilla mientras señalaba la bolsa de basura.

—Son cosas que a Ava se le han quedado pequeñas, y he vaciado un armario —enredó uno de sus rizos en sus dedos y Honey se dio cuenta de lo raro que era que llevaba el pelo suelto. Miró hacia abajo y, sobre el montón de ropa, vio algunas de las discretas blusas color marfil que Nell usaba para trabajar.

—¿Cambio de imagen? —bromeó, y arqueó las cejas sorprendida cuando Nell asintió.

—Algo así. Siento que necesito más color en mi vida,

¿sabes? —arqueó la espalda, envuelta en una camisa negra, para estirarse—. ¿Por qué estaba cerrada la puerta?

Honey dejó caer los hombros.

—Christopher ha venido para informarme de una reunión de personal, lo que solo puede significar una cosa. Malas noticias.

Mimi y Lucille salieron de la sala de personal.

—Nosotras no estamos invitadas —murmuró Lucille—. Solo personal pagado. Hola, Nell, querida.

—Como si quisiéramos ir —gruñó Mimi—. Tenemos cosas más importantes que hacer esta tarde. Probablemente deberías llamar al hijo del viejo Don, Honey, y ver si puede hacer que venga un periodista.

—Mimi... ¿estás segura de esto? No sé lo que estás planeando y me preocupa.

Mimi le dio una palmadita a Honey en la mano sobre el mostrador.

—Mejor que no lo sepas, así no podrán incriminarte —dijo de manera sombría—. Supongo que nadie habrá donado unas esposas últimamente, ¿verdad?

Honey puso los ojos en blanco y, sin decir nada, Nell abrió su bolso y sacó unas esposas rosas acolchadas que hacían juego con el color de sus mejillas.

—Dios mío, las esposas han evolucionado mucho desde mis tiempos —dijo Lucille—. La policía llevaba las típicas plateadas, no algo tan bonito. Aunque no sé si me parece bien que hagan estas cosas tan cómodas para los delincuentes —frunció el ceño con desaprobación mientras contemplaba las esposas de Nell y Honey agachó la cabeza para disimular su sonrisa, mientras Nell parecía horrorizada consigo misma.

—¿Son uno de esos juguetitos sexuales, querida? —preguntó Mimi acercándose para verlas mejor. Se encogió de hombros al ver la mirada avergonzada de Nell—. ¿Qué pasa? ¿Te crees que soy demasiado mayor para saber de qué van estas cosas? Te diré que el año pasado en vacaciones me leí *Cincuenta sombras de Grey*, ¿verdad, Lucille?

Lucille asintió.

—Yo prefiero una historia de asesinatos —dijo ella.

—Puede que esta tarde se produzca alguno —contestó Mimi con teatralidad, le quitó las esposas a Nell y las guardó en el bolso de Lucille—. Será mejor que las lleves tú. Si Billy me ve con ellas, a saber lo que se le pasará por la cabeza —Mimi sonrió con dulzura y entrelazó el brazo con el de Lucille—. Vamos, hermana. Hay mucho que hacer y muy poco tiempo para hacerlo.

—Ya veo a lo que te refieres con eso de añadir color a tu vestuario, Nellie —murmuró Honey cuando las dos ancianas se marcharon, y Nell se rio y se cubrió la cara con las manos.

—¿En qué estaba pensando? He oído a Mimi pedir unas esposas y me ha salido la faceta de maestra servicial.

—Me da miedo preguntar por qué las llevabas en el bolso —dijo Honey, y temió que Nell fuese a contarle algo tan escabroso que le resultase imposible volver a mirar a Simon con los mismos ojos.

—No sabía qué otra cosa hacer con ellas. ¡La señora de la limpieza viene los martes! ¿Y si encontraba nuestras nuevas cosas? Podría sacarles brillo o algo, y piensa en la irritación cutánea que puedes tener por eso. O peor aún, podría dejar el trabajo.

—Así que… ¿llevas el resto de cosas en el bolso?

Nell la miró con los ojos muy abiertos, abrió el bolso y le indicó que echase un vistazo al interior. Junto a su teléfono móvil y sus gafas de sol había un vibrador, una larga pluma y una cuerda con bolitas.

—No creo que sean para ponérmelas en el cuello, ¿verdad? —preguntó Nell—. ¡Simon me las ha dejado esta mañana! Honey, ni siquiera sé qué hacer con ellas. ¡Ayúdame!

—Ehh, creo que estás preguntándole a la persona equivocada. Necesitas a Tash —Honey se rio al ver la expresión de desconfianza de su amiga. Las últimas semanas debían de haber sido un auténtico periodo de revelaciones para Nell, y a pesar de todo eso había tenido tiempo de pensar en la misión del pianista y de organizarle la cita del viernes con Robin. Era una amiga maravillosa y probablemente la persona adecuada con la que hablar de Hal, si alguna vez sentía que le apetecía compartirlo con alguien. Pero no era ese el momento, no con Christopher esperándola en la residencia, ansioso por darle más malas noticias.

CAPÍTULO 12

Honey se sentó una hora más tarde para escuchar a Christopher, pero se dio cuenta de que estaba distraída pensando en Mimi y en Lucille. ¿Qué se propondrían? O, mejor dicho, ¿qué estaría planeando Mimi y de qué iba a ser cómplice Lucille? Fuera lo que fuera, estaba segura de dos cosas: Billy se involucraría todo lo posible y Christopher se pondría furioso. Más allá de eso, no sabía nada, salvo el hecho de que las esposas rosas de Nell desempeñarían también un papel. Había logrado hablar con el hijo del viejo Don y este se pasaría en su hora de comer con un fotógrafo. Se llevó las yemas de los dedos a las sienes y rezó para que lo que hicieran no fuera tan drástico como para que la despidieran; al menos no antes de salvar la residencia.

En la parte delantera de la habitación, Christopher dio varias palmadas para llamar la atención de todos, y se hizo el silencio entre los dispares asistentes. Había tres trabajadores sociales representando a los cuidadores del centro; dos limpiadores; Patrick, el cocinero de Glasgow, y su ayudante recién salido de la escuela; Cheryl y su madre, de la oficina; y Honey. El hecho de que los asistentes fueran tan dispares no hizo que disminuyera el aire de prepotencia de Christopher cuando golpeó con un dedo el enorme micrófono de fieltro verde que acababa de enchufar. Parecía sacado de un programa de televisión de los años ochenta. Todos le habían visto instalarlo en el centro de la habitación, descubrir que el cable no llegaba hasta el enchufe y acabar de pie en un extremo de la habitación como si fuera un niño castigado en un rincón.

—Uno, dos. Uno, dos —dijo como un DJ hortera en una boda, y el estridente sonido del acople del micrófono hizo que todos los asistentes se llevaran las manos a las orejas. Christopher dijo algo que no debía pronunciarse frente a un micrófono, después subió el volumen y dio una patada al pie.

—A no ser que quiera que toda la ciudad oiga lo que va a decir, yo apagaría ese trasto —dijo Patrick, que obviamente disfrutaba incomodando a Christopher.

Christopher le dirigió una mirada asesina, tiró del cable para desenchufarlo y arrastró el micrófono al centro otra vez.

—Muy bien, vayamos al grano —dijo con ambas manos aferradas a la barra del micrófono como si fuese a cantar en un karaoke.

Patrick levantó la mano.

—Probablemente no sea necesario que le hable al micro, teniendo en cuenta que está desenchufado.

Christopher se colocó delante del micrófono mientras murmuraba «ya lo sé» en voz baja antes de aclararse la garganta y mirarlos a todos.

—Empezaré si estamos listos —dijo como si los retrasos hubieran sido culpa de los demás—. Como todos saben, el cierre de la residencia está programado para dentro de unos meses —miró directamente a Honey—, y la tienda también. Los responsables de la oficina central se han puesto en contacto conmigo personalmente esta mañana —agregó hinchando el pecho—, y me han dicho que tienen pensado adelantar la fecha cinco semanas debido al hecho de que ya les he encontrado hogar a más del cincuenta por ciento de los residentes más jóvenes y, teniendo en cuenta las defunciones naturales, creen que podrán recolocar al resto de residentes antes de esa fecha. ¿Me siguen todos hasta aquí?

Honey se quedó mirándolo. Cinco semanas menos con las que trabajar.

—¿Está diciendo que vamos a perder el sueldo de cinco semanas? —preguntó uno de los limpiadores.

Honey compartía sus preocupaciones, pero había otra cosa en las palabras de Christopher que la había escandalizado aún más. Levantó la mano y todas las miradas se volvieron hacia ella.

—¿Defunciones naturales? —repitió poniéndose en pie—. ¿Defunciones naturales? ¿Está diciendo que cuenta con que algunos de nuestros residentes más ancianos mueran antes de que les llegue el momento de ser realojados?

Christopher tuvo la decencia de parecer arrepentido.

—Bueno, yo no lo diría así exactamente, pero, debido a la avanzada edad de muchos de nuestros residentes, es razonable pensar que… —se quedó sin palabras cuando empezó a oírse un alboroto en la calle. Ladeó la cabeza como un perro policía y entornó los párpados—. ¿Qué es ese barullo? —murmuró, retrocedió hacia el pie del micrófono, lo tiró al suelo y después lo pasó por encima para llegar hasta la ventana—. Ohhhh, no —dijo meneando un dedo—. No, no, no. Esto no está ocurriendo. No. Disculpen, damas y caballeros —dijo todo aquello con una sonrisa forzada mientras salía corriendo hacia la puerta. Los demás asistentes se acercaron a las ventanas para ver lo que estaba pasando fuera.

Honey se llevó la mano a la boca y murmuró «¡Oh, Dios mío!» mientras contemplaba la fila de residentes que se habían atado a la verja de la residencia utilizando cualquier cosa que pudieran encontrar. Mimi estaba en uno de los extremos, esposada a los barrotes con las esposas rosas de Nell. Billy, al otro extremo de la fila, se había atado con varios sujetadores que Honey reconoció de la bolsa de lencería de la tienda benéfica.

Había al menos otros ocho residentes encadenados entre Mimi y Billy, incluyendo a Lucille, que había escogido unas medias de descanso como atadura, y al viejo Don, que había encadenado su silla de ruedas a la verja con su valiosa colección de corbatas y estaba comiendo un sándwich de queso y cebolla con una manta sobre las rodillas.

No le quedaba más remedio. Tenía que salir ahí porque probablemente las cosas se pusieran feas. Se dio la vuelta deprisa y corrió hacia la puerta seguida de Patrick y del resto de empleados presentes en la reunión.

Christopher salió a la calle justo cuando el hijo del viejo Don, del periódico, llegaba con su amigo fotógrafo.

—¡Nada de prensa! —gritó agitando los brazos frenéticamente en dirección al coche—. Aquí no hay nada que ver, caballeros. Por favor, sigan su camino —adoptó el tono de un agente de policía e intentó cerrar la puerta del fotógrafo, a pesar de que el tipo ya hubiera sacado una pierna fuera del vehículo.

—Fuera de mi camino, larguirucho —dijo el fotógrafo con una sonrisa mientras abría la puerta de un empujón, lo que hizo que Christopher cayera de culo sobre la acera para diversión de la multitud. El fotógrafo sacó una foto rápida antes de ofrecerle una mano para ayudarle a levantarse—. Sin rencores —añadió jovialmente mientras Christopher ignoraba su ayuda, se sacudía el polvo y lo miraba con odio.

Honey se colocó junto a Mimi, que era la más cercana a ella, y se inclinó hacia ella.

—¿Estás bien? —le preguntó, pues al fin y al cabo Mimi tenía más de ochenta años y se encontraba esposada a una verja.

—¡Nunca he estado mejor! —respondió la anciana, que obviamente estaba en su salsa. Junto con el resto de manifestantes, llevaba una camiseta blanca en la que habían escrito eslóganes en rojo. «¡Salvad nuestro hogar!», «¡Ayuda!», «¡A los noventa y sin casa!». El viejo Don, que seguía comiendo su sándwich tranquilamente, lucía con orgullo sus medallas en la camiseta.

—¿Cuándo habéis hecho todo esto? —preguntó Honey señalando las camisetas y los carteles pintados ubicados entre los residentes en las verjas.

—Oh, hace tiempo que sabíamos que este día llegaría, Honey. Mi generación pasó por una guerra. Sabemos cómo prepararnos para lo peor.

Al otro extremo de la fila, Billy había completado su atuendo con unos pantalones ajustados de color azul eléctrico y una riñonera, y se había remangado la camisa hasta hacer que pareciera un chaleco, a estilo de una veterana estrella del rock. Su tupé gris se agitaba con más orgullo que nunca mientras animaba al grupo a cantar una versión de *No nos moverán*.

Christopher recorría la acera y, de vez en cuando, probaba suerte intentando desatar a alguno de los residentes de la verja, pero recibió la patada de una pierna de madera y los gritos fingidos de algunas ancianas, que aseguraban que estaba haciéndoles daño incluso antes de haberles puesto la mano encima.

Furioso, hinchó el pecho y probó una táctica diferente. Junto a la verja había un enorme bloque de piedra con una placa grabada con el nombre de la residencia, así que subió a la piedra para adquirir un aire de autoridad. Tuvo el efecto deseado durante unos pocos segundos y se hizo el silencio entre la multitud, que ya no era tan insustancial.

—Damas y caballeros —gritó Christopher, dando la espalda a los residentes encadenados y sujetándose la cortinilla con la mano frente al viento—. Siento mucho las molestias y me doy cuenta de lo inconveniente que es para todos —dijo señalando la fila de coches que se había formado en la carretera—. La suma de la edad de este grupo de gente supera los ochocientos años. Es una vergüenza, pero me temo que no saben lo que están haciendo.

Una cacofonía de abucheos se produjo tras sus palabras y Honey sintió que empezaba a hervirle la sangre por su tono despectivo.

—Señorita Jones —Christopher se fijó en ella entre la gente—. Por favor, ayude a desatarse a esta pobre gente. Están confundidos y la comida está dentro esperándolos.

—¡No mientras yo esté aquí! —gritó Patrick, con su delantal manchado de tomate rodeándole la cintura. El fotógrafo sacaba fotos de la escena mientras Christopher continuaba.

—¡No estamos confusos! —exclamó Billy—. ¡Estamos furiosos! ¡Este lugar es nuestro hogar y a nadie parece importarle que vayan a echarnos de aquí!

La sonrisa de Christopher se transformó en un rictus cuando la multitud empezó a aplaudir al unísono, y agitó los brazos como si estuviera haciéndole indicaciones a un avión para aterrizar.

—Estamos tomando medidas para abordar este tema de manera sensible, señor Hebden, como bien sabe —dijo dirigiéndose a Billy en voz alta—. Pero estas cosas suceden todos los días, me temo que así es como funciona el mundo moderno. Ahora, si no me equivoco, es hora de su medicación, así que, si no les importa volver dentro, podremos dejar atrás esta tontería.

—¡Ni hablar! —gritó Mimi agitando sus esposas—. ¡No pienso ir a ninguna parte!

Christopher se rio con desdén y se encogió de hombros.

—Entrega las llaves de esas esposas, Miriam.

—Lo haría, pero está un poco encadenada en este momento —gritó Billy, lo que hizo que la multitud se riera y que Christopher se enfureciera más—. Además, no tiene la llave —sonrió con descaro, disfrutando del momento, hasta que Christopher se acercó a él.

—Deduzco que usted tiene la llave, señor Hebden —Christopher examinó con la mirada el atuendo del anciano y reparó en la riñonera que llevaba en la cintura. Honey había seguido a su jefe por la acera y, cuando este estiró el brazo para abrir la riñonera, ella se interpuso entre los dos y encontró a su lado a

Patrick, obviamente igual de indignado por el modo en que su jefe estaba tratando a los residentes.

—Ni se le ocurra, amigo —murmuró Patrick, y su acento escocés sonó más fuerte que nunca—. ¡Si toca a uno de estos ancianos le daré una buena paliza!

Durante la acalorada conversación que se produjo a continuación, Billy se inclinó para susurrarle a Honey al oído.

—Toma la llave.

Honey abrió la riñonera y palpó con los dedos hasta encontrar la pequeña llave, después volvió a cerrarla cuando alguien empezó a cantar.

Suavemente al principio, una voz dulce y clara ligeramente nerviosa comenzó a entonar las primeras frases de *Amazing Grace*. Se hizo el silencio y Honey sintió un nudo en la garganta al darse la vuelta y ver quién era la persona que cantaba.

Lucille. Con la mano sobre el corazón, Honey escuchó a medida que la voz de Lucille cobraba fuerza, un trino frágil y bello que detuvo los gritos. Se había hecho el silencio absoluto cuando Lucille comenzó con el segundo verso, y entonces una voz de barítono se unió al himno. El viejo Don. Las lágrimas comenzaron a resbalar por las mejillas de Honey mientras escuchaba al dúo y, al fijarse en la multitud a través de las lágrimas, se dio cuenta de que no era la única emocionada por la improvisada representación.

Los ojos de Mimi brillaban con auténtico orgullo y la multitud empezó a aplaudir cuando Lucille y Don llegaron al final de la canción.

Christopher, visiblemente agitado y consciente de que había perdido la batalla, se rodeó la boca con las manos a modo de megáfono.

—¡Ya basta! Todo el mundo dentro. ¡Ahora! —miró a su alrededor con los ojos desorbitados hasta que encontró a Honey—. Señorita Jones, ayúdeme a desatar a esta gente de inmediato. Tienen frío, están delirando y necesitan dormir.

Honey se quedó mirándolo. ¿Cómo podía aquel hombre estar al mando de una residencia de ancianos cuando ni siquiera los respetaba? Retrocedió y negó lentamente con la cabeza.

—No —respondió mientras retrocedía por la fila—. No pienso ayudarte, Christopher —llegó hasta Lucille y le dio un cariñoso apretón en el hombro al pasar—. Bien hecho —le susurró.

Honey siguió caminando hasta estar cerca de Mimi, darle un beso en la mejilla y susurrarle que ella tenía la llave de las esposas en el bolsillo de los vaqueros. Después, temblando por dentro, se subió a la piedra que Christopher había abandonado recientemente.

—No pienso ayudarte a ignorar la preocupación de los residentes, ni a reducir a la nada los esfuerzos de esa gente valiente y maravillosa. ¿Crees que están aquí fuera solo para fastidiarte? ¿Que son un grupo de ancianos a los que puedes mangonear y dar órdenes como si fueran escolares? —le preguntó mirándolo con odio—. Billy no tiene la llave de las esposas de Mimi. La tengo yo —se metió la mano en el bolsillo, sacó la pequeña llave y la levantó para que brillara con la luz del sol.

Christopher se enfureció e intentó arrebatársela y, sin pensar, Honey se la metió en el único sitio que se le ocurrió al que Christopher no podría acceder: la boca. Él la miró sorprendido mientras ella se tragaba la llave con dolor. La multitud empezó a aplaudir y Honey sintió en el pecho la solidaridad de los residentes.

—¿Qué sabes tú de toda esta gente? Por ejemplo Don —sonrió a Don, sentado en su silla de ruedas, y este levantó una mano temblorosa en dirección a la multitud—. Estoy segura de que a Don no le importará que te diga que es el residente más anciano de la residencia. Lleva casi veinte años viviendo aquí. Veinte años. ¿Y qué sabes tú de él, salvo que a veces su silla de ruedas levanta la pintura de las paredes del pasillo? —Honey había oído a Christopher quejarse en más de una ocasión sobre el coste de las reparaciones provocadas por la silla de Don—. Mira las medallas que lleva en la camiseta. Fue piloto durante la guerra, teniente de vuelo, un soldado valiente que luchó por su rey y por su país —Don agachó la cabeza cuando la gente aplaudió y se llevó la mano a las medallas—. Todas y cada una de estas personas tienen una historia. Mira a Mimi y a Lucille —prosiguió Honey—. Las consideras dos viejas locas, pero no podrías estar más equivocado. Son mujeres brillantes y vivaces que se merecen tu respeto y tu amabilidad. Trabajaron la tierra durante la guerra, mantuvieron la granja de su familia para dar alimento a sus vecinos e incluso ahora donan su tiempo cada día para ayudarme a llevar la tienda benéfica —miró la cara compungida de Lucille y el rostro feroz de Mimi y recordó las palabras de esta última sobre su generación—. Tenías razón al decir que esta gente suma más de ochocientos años en este planeta. Pero eso es algo digno de celebrar, no algo de lo que burlarse, Christopher. Ochocientos años de existencia, de sacrificio y de trabajo duro. Ochocientos años de amor, de tristeza y de pérdida. Ochocientos preciosos años de luminosidad, y no voy a permitir que desprestigies lo que están haciendo aquí hoy.

Honey contempló la fila de residentes encadenados, sabiendo que parecía una política en campaña antes de las elecciones, pero continuó de todos modos.

—Sí, puede que parezcan extraños. Sí, su foto será una curiosa portada para el periódico local. Pero su razón para estar atados a la verja no es graciosa en absoluto. Están aquí porque tienen miedo. Este lugar no es solo un negocio, es su hogar, su refugio, y no quieren abandonarlo. ¿Y por qué tendrían que hacerlo? ¿Por qué deberían tener miedo a sus edades? No es justo y no está bien, y nuestra ciudad ha de defenderlos y hacer algo al respecto.

Al fin dejó de hablar, casi sin aliento, y toda la calle empezó a aplaudir y a vitorearla. Nell se abrió paso entre la multitud, le ofreció la mano y la ayudó a bajarse de la piedra, su tarima improvisada. Después le dio un fuerte abrazo.

—Dios mío, Honey, estoy muy orgullosa de ti —le susurró—. Has estado magnífica. Creí que a tu jefe iba a darle un ataque al corazón cuando te has tragado la llave. Por tu bien nunca te diré dónde ha estado.

Honey se dio cuenta de que estaba temblando un poco, una reacción secundaria tras haberse convertido sin darse cuenta en la titiritera de la esperanza para los residentes que luchaban por su causa.

—¡Tres hurras por Honeysuckle, nuestra gran Boudica! —gritó Billy, y los flashes de la cámara del fotógrafo estuvieron a punto de cegarla cuando Nell la volvió hacia la multitud expectante y le susurró «sonríe» al oído antes de apartarse.

Honey sonrió temblorosa, intentando no pensar en las consecuencias que tendrían sus acciones. Ni peguntarse qué habrían hecho Nell y Simon con la llave de las esposas antes de tragársela. Se pondría la antitetánica por si acaso.

—Honey, querida —le dijo Mimi—. Creo que será mejor que alguien llame a los bomberos. ¡No puedo quitarme las esposas y se me empiezan a entumecer las manos!

Los bomberos aparecieron en tiempo récord y, mientras uno se acercaba a Mimi con el cortacadenas, otro interrogaba a Honey sobre las causas del asunto.

—Así que... ¿encadenó a una anciana a la verja con sus esposas sexuales y después se tragó la llave?

—No son mis esposas sexuales —intentó explicarle Honey por segunda vez.

—Eso es lo que dicen todos —le dijo él guiñándole un ojo—. Aunque, para ser sincero, estas cosas suelen suceder en el dormitorio, no en la calle con señoras mayores —se encogió de hombros—. Soy un tipo de mente abierta.

Fue entonces cuando se acercó Billy.

—¿Todo bien por aquí? —dijo pasándole un brazo a Honey por los hombros.

Ella sonrió agradecida.

—Este es Billy —dijo—. Fue él quien encadenó a Mimi a la verja.

El bombero miró a Billy de arriba abajo y después volvió a mirar a Honey.

—Y después usted se comió la llave —dijo asintiendo lentamente—. Una especie de *ménage à trois*, como se suele decir —parecía increíblemente satisfecho con su propia sofisticación.

—*Petit pois, mon ami* —respondió Billy, y Honey puso los ojos en blanco, avergonzada.

—¿Cree que podrá sacar la llave de manera natural en los próximos minutos? —preguntó a gritos el bombero que estaba con el cortacadenas junto a Mimi—. ¡Es la última oportunidad antes de que empiece!

Honey negó con la cabeza, muerta de vergüenza por el hecho de que siguieran por allí un par de periodistas, riéndose abiertamente y garabateando en sus libretas. ¿Cómo había logrado pasar de ser la heroína a formar parte de un bizarro trío sexual en cuestión de una hora?

—Voy a ver si Mimi está bien —dijo alisándose el pelo.

Mientras se alejaba, oyó que el bombero mencionaba las palabras «viejo con pasta», y Billy decía «sí, sí, pasta con tomate».

Honey estaba sentada en el suelo junto a la puerta de Hal aquella noche, con la cabeza apoyada en la pared y las piernas estiradas frente a ella. Hal había ignorado su llamada, claro, salvo por el taco de rigor para confirmar que seguía vivo. Ella tampoco esperaba mucho más, en realidad, pero albergaba la esperanza de todos modos, porque se daba cuenta de que, de todas las personas a las que conocía, él era el único al que quería contarle la tarde surrealista que había vivido. Llevaba allí sentada casi una hora ya, contándole la historia, aunque a él no le interesase y probablemente ni siquiera estuviera escuchando.

—Y entonces hemos tenido que llamar a los bomberos para

que le quitaran las esposas a Mimi porque yo me había tragado la llave y eran más duras de lo que parecían. Quiero decir que una pensaría que serían endebles, dado que están diseñadas para el dormitorio, pero no, esas no. A saber dónde las compró Simon, ¡parecían industriales! Y, claro, para entonces, Nell ya se había marchado y, por lo que Mimi les dijo a los bomberos, ellos sacaron la conclusión de que las esposas eran mías, lo cual, teniendo en cuenta que me había tragado la llave, no habría sido de extrañar, ¿verdad?

Honey negó con la cabeza y recordó las risas apenas contenidas de los bomberos.

—Probablemente me despidan. Me habría marchado esta misma tarde de no ser porque acababa de lanzar mi propio discurso de guerra. Ahora no puedo abandonar a las tropas, ¿verdad? Creen que soy una especie de heroína valiente que va a conducirles hacia la victoria. Pero no soy valiente, Hal, y no soy la heroína de nadie. Soy normal, a veces estúpida, y tengo miedo de no estar a la altura del trabajo.

Al otro lado de la puerta, Hal pensaba en lo mucho que se equivocaba. Honey era la persona menos normal que había conocido jamás. Divertida, sí, temeraria, sí, pero normal nunca. Pero todavía no se había dado cuenta de esas cosas.

Esa noche no iba a responderle, eso era evidente.

—Será mejor que me vaya —añadió transcurridos unos minutos—. Estoy cansada, Hal, y esta conversación unidireccional me agota esta noche. Que conste que me habría venido bien un amigo en estos momentos y esperaba que serías tú. Pero supongo que no somos amigos, ¿verdad?

Nada.

Resignada, Honey se fue a casa para acurrucarse en la cama y esperar a que el sueño la rescatara.

CAPÍTULO 13

El viernes amaneció frío y gris. Aquel día Honey salió pronto del trabajo para irse a casa a preparar la boloñesa para su gran cita con Robin. Aquella mañana se había presentado en el trabajo muerta de miedo y había descubierto que Christopher había salido a una reunión en las oficinas centrales y que no regresaría en todo el día. Intentó no preguntarse si habrían convocado la reunión como resultado de los acontecimientos del martes. Sin duda sus actos tendrían consecuencias, pero parecía que, por suerte, dejarían pasar al menos el fin de semana.

Mimi, Lucille y Billy estaban esperándola en la puerta cuando llegó a trabajar y le ofrecieron una tarta de frutas que había preparado Patrick y una versión de *Es una chica excelente*. Por mucho que a Honey le gustara la tarta y agradeciera su apoyo, se marchó aquel día del trabajo preocupada por lo que pudiera suceder la semana siguiente. Lucille la siguió hasta la puerta.

—No lo pienses por ahora y pasa un buen fin de semana, querida —le dijo aferrándose a su antebrazo antes de guiñarle un ojo—. *Carpe diem*.

Honey se rio. Estaba convirtiéndose en su lema con gran rapidez.

—Gracias, Lucille. Hoy necesitaba que me lo recordaran —le dio un beso a la anciana en la mejilla—. Deséame suerte con Robin.

—Bueno, si no le parece que eres maravillosa, entonces no merece la pena que te esfuerces —dijo Lucille antes de que Honey la abrazara, especialmente agradecida por su apoyo incondicional después de que Hal hubiese renunciado a su amistad.

Preparar la boloñesa ella sola resultó ser mucho más estresante que prepararla con la ayuda de Hal. No recordaba el orden en que tenían que ir las cosas y, aunque el resultado final tenía más o menos el mismo aspecto, la había fastidiado con el sabor. Robin no iba a quedar deslumbrado por sus habilidades como cocinera, eso era seguro. Poco antes de las cinco, salió corriendo a la tienda de licores a por más vino. Había añadido una copa extra a la boloñesa con la esperanza de añadirle más sabor y había terminado con algo lo suficientemente alcohólico como para amargar cualquier paladar. Añadir yogur para suavizar el sabor tampoco había ayudado mucho. Tuvo que mirar dos veces cuando abrió la puerta de la entrada, porque Hal estaba de pie en el recibidor.

—¿Esperas a alguien? —preguntó con indiferencia, dolida aún por su último rechazo.

—A ti —respondió él—. He olido que estabas cocinando y quería preguntarte si necesitabas ayuda. No quiero que mates a tu cita y me eches la culpa a mí.

Umm. Honey pensó en rechazar su ayuda solo por rencor, pero la boloñesa no sabía bien y él era su única esperanza de arreglarla.

—De acuerdo, puedes pasar diez minutos —murmuró para hacerle saber que seguía enfadada—. Me he equivocado en algo y no sé cómo arreglarlo.

Hal la siguió hasta su piso olfateando el aire.

—No huele demasiado mal —dijo, y Honey supo que eso era lo máximo que estaba dispuesto a ofrecer a modo de rama de olivo.

—Sí, bueno. Espera a probarlo —quitó la tapa a la sartén, puso un poco en un plato y se lo entregó. Vio cómo se acercaba el plato a la nariz para olerlo antes de probarlo con la cuchara y fruncir el ceño.

—No le has puesto nada de sal —sentenció—. No me extraña que sepa raro.

—Sal. Claro —dijo Honey, y se sintió estúpida por olvidarse del más básico de los ingredientes.

—Sazónalo bien y deja que se cocine durante otra hora para que se ablande la carne y se evapore el alcohol. ¿Has añadido más vino?

Honey encendió el gas y añadió sal.

—Sí. No ha servido de nada.

—¿No me digas?

—No.

Se hizo el silencio. Por grosera que pareciera, no le apetecía ponérselo fácil.

—Así que la gran cita con Robin sigue en pie —dijo él mientras dejaba el plato con la muestra de boloñesa sobre la encimera.

—Estoy deseándolo —respondió Honey.

—Entonces me iré para que te pongas guapa.

—Sí, mejor. Y no hace falta que me esperes levantado esta noche, ¿de acuerdo? —dijo ella, y se arrepintió de haberlo hecho porque, por una vez, Hal estaba esforzándose.

—No quemes el beicon por la mañana si se queda a dormir —respondió él mientras avanzaba hacia la puerta—. Llama a mi puerta si necesitas un preservativo.

—Estoy segura de que Robin traerá protección por si la necesitara. Cosa que no pasará.

Hal se rio y Honey deseó que se diera la vuelta para poder ver su sonrisa.

—El tipo sigue viviendo con su madre —dijo él—. No traerá preservativos.

—Bueno, en cualquier caso no importa, porque soy una mujer moderna. Tengo mi propia reserva en el armario del cuarto de baño —respondió Honey. Molesta de nuevo, lo siguió hasta el recibidor y cerró su puerta de golpe.

Llamaron a la puerta un par de horas más tarde y Honey supo de inmediato que no era Hal, pues fueron golpes suaves y educados, rasgos ambos que su vecino no poseía.

Bueno, había superado el primer obstáculo; Robin se había presentado a la cita. Honey había mantenido el entusiasmo por si acaso era maravilloso y, a la vez, había albergado la esperanza de que no se molestara en aparecer. Se miró rápidamente en el espejo del pasillo antes de ir a abrirle la puerta. Había hecho un esfuerzo; llevaba el pelo suelto y un maquillaje sutil que daba la impresión de no ir maquillada, y se había puesto su vestido favorito y unos zapatos de tacón alto. El vestido se ceñía a su cintura y tenía escote, y los tacones le daban seguridad en sí misma y altura en caso de que Robin fuese alto. Tomó aliento, abrió la puerta y en ese instante deseó haber optado por ir descalza, porque Robin le llegaba a la altura del hombro.

Salvo por el hecho de ser bajito, Nell estaba en lo cierto al decir que su pelo era un rasgo distintivo. Pero tenía muchísimo y parecía crecer en todas direcciones como los rizos de Leo Sayer.

Robin le ofreció un ramo de flores y sonrió.

—Tú debes de ser Honeysuckle. ¡Un nombre fabuloso, cariño!

Honey aceptó las flores, se dio cuenta de que eran preciosas y le concedió algunos puntos extra porque incluían madreselva, que no era fácil de combinar en un ramo. Sonrió y abrió la puerta del todo para que entrara. Se quitó los zapatos de inmediato y los lanzó a su dormitorio mientras lo seguía por el pasillo. Así estaba mejor. Ahora eran más o menos de la misma altura; no todo estaba perdido, aunque tardaría un rato en acostumbrarse a ese pelo.

—Y tú debes de ser Robin —dijo mientras le indicaba que se sentara en el sofá y sacaba un jarrón para las flores—. Nell me ha dicho que eres profesor de música.

Él asintió y su pelo pareció moverse con independencia de su cabeza.

—Me encanta —dijo—. Llevo la música en los huesos —abrió los brazos y empezó a cantar *Thank you for the Music*, de Abba, con manos de jazz incluidas. Soltó una carcajada enorme al terminar, Honey se relajó y empezó a reírse también. Robin era un tipo divertido. Tal vez fuese una velada entretenida después de todo.

—Espero que no seas vegetariano, he preparado boloñesa —explicó, y Robin se frotó la barriga incipiente bajo el jersey estirado que llevaba.

—Es mi comida favorita —declaró—. Además del pollo madrás. Y la lasaña. Y la tarta de queso y lima de mi madre —la apuntó con el dedo como si fuera un invitado de Jerry Springer—. No me juzgues —añadió con acento del sur profundo. Después empezó a carcajearse de nuevo.

—¿Y bien?? —preguntó ella minutos más tarde tras verle enrollar el tenedor en el plato de espaguetis que le había puesto delante y después cerrar los ojos mientras saboreaba el primer bocado.

Robin volvió a abrir los ojos sorprendido.

—¿Es hora de rendirme y apuntarme a Alcohólicos Anónimos, cariño? —dejó el tenedor en el plato, se llevó la mano al cuello, riéndose, y después agitó las manos para que se sentara cuando se levantó a por la jarra de agua—. No pasa nada, no pasa nada. Me gustan las mujeres que se toman en serio la bebida.

Se frotó los ojos y Honey no supo si lloraba por la risa o por la comida. Probó el plato con cautela y sospechó que por lo segundo. ¿Cómo podía haber salido tan bien con Hal y tan mal sin él? Ni siquiera la sal había logrado salvar el plato.

—Lo siento, Robin. No sé qué ha pasado —se disculpó mientras clavaba sin ganas el tenedor en sus espaguetis.

—Creo que hay que añadir carne al vino —respondió él, y volvió a enrollar con valentía el tenedor en los espaguetis—. No está tan mal una vez que te acostumbras —señaló el plato de Honey con su tenedor—. Come. Dentro de nada estaremos como cubas y podré hacer contigo lo que quiera.

Honey se rio e hizo lo que le sugería, sospechando por el brillo de su mirada que preferiría cantar con ella éxitos de Kylie en un karaoke antes que tener sexo salvaje.

Nell debía de saber que Robin nunca sería su tipo en el sentido romántico, y aun así la velada resultó ser una de las mejores que recordaba en mucho tiempo. Mientras recogía los platos del postre, le preguntó más sobre sus habilidades con el piano.

—En realidad no debería ser capaz de tocar el piano con estos dedos de salchicha, pero sí que puedo. Lo heredé de mi madre. Es tan oronda como una sandía y aun así toca el piano como una ninfa del bosque. Y lo mismo pasa con el baile; ambos somos ligeros como plumas cuando bailamos —levantó el pie, lo hizo girar en dirección a Honey y dejó ver sus calcetines de arcoíris—. No habrás visto a nadie bailar country hasta que me hayas visto a mí.

—Algún día tendrás que enseñarme —contestó Honey riéndose.

Robin se puso serio por primera vez aquella noche.

—Las cartas sobre la mesa, Honeysuckle. Eres una chica

maravillosa, pero no eres mi tipo en absoluto, cielo. Prefiero que mis citas midan más de metro ochenta y tengan nuez, pero, si te sirve de consuelo, preparas una boloñesa para morirse.

Honey se quedó mirándolo con los ojos muy abiertos.

—Bueno... para ser completamente sincera contigo, tú tampoco eres mi tipo, Robin. Yo prefiero al demonio de mi vecino, que suele ignorarme y ocasionalmente flirtea conmigo para que siga comiendo de su mano.

Robin enarcó sus pobladas cejas.

—Cuéntamelo todo, cariño, ¡suena de maravilla!

Y así lo hizo, y Robin le rellenaba la copa cada vez que se la terminaba y después se ofreció a cruzar el recibidor y darle a Hal un puñetazo en la cara.

—Si logro alcanzarla —añadió, e hizo que Honey se riera por enésima vez aquella noche—. Y ahora basta de lamentos, Jolene. ¿Bailamos country?

Se puso en pie de un salto y arrastró la mesita del café hacia un extremo de la habitación.

—No creo que tenga la música adecuada —contestó Honey riéndose, un poco borracha después de todas las copas de vino que le había servido él.

—No te preocupes por eso. Cantaré yo —dijo Robin, y le hizo gestos de manera impaciente para que se colocara de pie junto a él sobre la alfombra—. Tú aquí.

Así que bailaron country y se rieron hasta que Honey se dejó caer en el sofá con lágrimas que le resbalaban por las mejillas de tanto reír.

—Me rindo. Nunca seré Dolly Parton —dijo colocándose el brazo de manera teatral sobre la frente.

—Probablemente sea lo mejor. Creo que nunca había conocido a nadie a quien se le diese tan mal, y doy clases a un grupo de delincuentes en el centro comunitario los jueves por la noche.

—Márchate —dijo Honey llevándose la mano al corazón—. Me has hecho daño.

Robin miró el reloj, se inclinó y le besó la mano con una floritura.

—De hecho es cierto que debería darte las buenas noches. Es casi medianoche; puede que me convierta en calabaza si me quedo más allá de esa hora. O quizá mi madre eche el cerrojo. Ocurrirá sin duda una de esas dos cosas.

—Me gustan las calabazas —dijo Honey antes de que Robin la pusiera en pie con ambas manos.

—En tarta queda deliciosa —respondió él, y se puso la chaqueta mientras caminaban tambaleándose por el pasillo.

—O en sopa —murmuró ella, y se apoyó en la pared para no caerse mientras él abría la puerta y le lanzaba besos al aire.

—No te beso en la boca porque eso te echaría a perder para otros hombres.

Honey asintió y le lanzó también besos con las manos.

Robin miró descaradamente hacia la puerta de Hal.

—¿Llamo a su puerta y le enseño a bailar country?

—No creo que sea de los que bailan —dijo Honey negando con la cabeza—. Al menos no últimamente.

—No hay nadie en este mundo a quien no le guste mover el culo al ritmo de Dolly, dadas las circunstancias adecuadas —insistió Robin—. Consigue que baile, Honeysuckle, y lograrás atravesar esa pared. Te lo garantizo —se tocó el lateral de la nariz con el dedo—. Confía en tu tío Robin.

—Eso suena siniestro —dijo ella riéndose, después aplaudió al verle salir por la puerta principal haciendo piruetas.

Se quedó mirando la puerta de Hal durante un minuto después de que Robin se marchara. No conseguiría hacer que bailara jamás, pero tal vez Robin llevase algo de razón. No había risa ni diversión en la vida de Hal, y tenía una sonrisa increíblemente bonita en las pocas ocasiones en que se la mostraba.

Quizá hubiese algo de esperanza con él. Al menos algo en lo que pensar.

A la mañana siguiente, llamaría a Nell para darle las gracias. Tal vez no le hubiese encontrado al hombre perfecto, pero sin duda le había dado una noche para recordar.

CAPÍTULO 14

Si Honey albergaba la esperanza de que Hal saliera de su guarida a la mañana siguiente para interesarse por su cita, se equivocaba. Había escrito a Nell y a Tash y había quedado con ellas a tomar el brunch. La puerta de su vecino permanecía cerrada al salir de casa. Tampoco era que ella hubiera salido en silencio; había cerrado de un portazo una vez, y después, un minuto o dos más tarde, había vuelto a hacerlo por si no la había oído la primera vez. Después se había quedado deambulando por el recibidor una cantidad de tiempo innecesaria e incluso era posible que hubiera dejado caer las llaves al suelo con fuerza en un par de ocasiones. Al final se había enfadado consigo misma y con él y había salido del edificio, pero había vuelto a entrar tras recorrer unos metros por la acera, por si acaso aquel último portazo le había atraído hacia su puerta. Pero no, así que volvió a salir, más furiosa incluso que antes.

Para cuando llegó a su cafetería favorita, ya había logrado librarse del malhumor y saludó a sus amigas a través del ventanal. Estaban sentadas en unos sofás bajos en torno a su mesa favorita, y Honey experimentó una gran familiaridad y plenitud al sentarse junto a Tash, que se giró para mirarla con una taza de café en las manos y los ojos ansiosos de cotilleos.

—¿Y bien? Deduzco que el misterioso Robin se presentó, teniendo en cuenta que nos has citado aquí.

Honey asintió y miró a Nell, que le devolvió la mirada nerviosamente.

—Sí. Llegó a la hora en punto.

—¿Y...? —preguntó Tash alargando la palabra.

—Y era... ¿divertido? —sugirió Honey, tomándose su tiempo para elegir la palabra que mejor describiera a Robin sin hacerle un flaco favor.

Tash entornó los párpados.

—¿Divertido en plan ja, ja o divertido en plan excéntrico?

—Eh... divertido en plan ja, ja. Creo que no me había reído tanto en años. Salvo con vosotras, claro —añadió, y vio que Nell relajaba un poco los hombros.

—Me da la impresión de que no hubo romance en la ecuación —Tash frunció el ceño mientras dejaba su taza vacía sobre la mesa de caoba.

—En absoluto —convino Honey alegremente—. Nell, ¿hasta qué punto conoces a Robin?

Su amiga pareció algo incómoda y se alegró de ver acercarse al camarero.

—Bueno, no mucho, claro. De hecho, nada en absoluto, pero le he oído tocar el piano y es prácticamente como Mozart.

—¿Y cómo era? —preguntó Tash después de pedir la comida.

Honey ya empezaba a sentir cierta lealtad hacia su nuevo amigo.

—Era bastante dulce —dijo—, bajito, gordito y con el pelo de Leo Sayer.

Tash le dirigió a Nell una mirada asesina.

—Dios, Nell, ¿qué intentabas hacer? ¿Sabotear la misión?

—Es simpático —protestó Nell—. Y era el único pianista que conocía.

Honey asintió.

—Fue fantástico, Tash. Te habría encantado. No simpático en plan sexy, pero yo tampoco era su tipo. Me contó que busca a un moreno rechoncho al que le guste el country.

Nell empezó a reírse.

—Lo siento, Honey. Te prometo que la próxima vez me esforzaré más.

—No —contestó Honey con una sonrisa, aunque negando firmemente con la cabeza—. Por eso quería veros hoy. Por favor, chicas, lo habéis intentado y os lo agradezco de verdad, pero esto no funciona. Deano estaba colgado de su ex y Robin... bueno, era majo, pero la idea del pianista es una locura si os paráis a pensarlo, ¿no?

—¿Y si lo ampliamos a otros músicos? La otra noche vi a un violonchelista muy sexy en el teatro, y la dimensión de sus dedos era asombrosa —dijo Tash extendiendo la mano al máximo para demostrárselo.

—¿El teatro? —Nell parecía más sorprendida por la agenda social de Tash que por las manos del violonchelista.

Tash asintió.

—¡Lo sé! ¡Y ni siquiera era un musical! A Yusef le va el rollo intelectual y creo que le excita la idea de educarme —le brillaban los ojos con la emoción—. No es que me queje. Tuvo la mano bajo mi falda durante casi toda la segunda mitad y me dejó conducir su Porsche para volver a casa.

—Entonces no es tan intelectual —respondió Nell.

—Es asquerosamente rico y asquerosamente sucio, justo como me gustan —la sonrisa de Tash era sucia también cuando le guiñó un ojo al joven camarero que acababa de llevarles la comida. El chico derramó un poco de la sopa de Nell y después tropezó con la correa del bolso de Honey al intentar huir.

Como de costumbre, el brunch fue delicioso, comida sureña con la que habían construido su amistad durante muchos años. Honey valoraba a aquellas dos mujeres como a hermanas y, mientras las oía reír y compartir confidencias, supo que había llegado el momento de hablarles de Hal.

—Honey, sé que no hemos dado aún con el mejor de los

candidatos, pero no nos rindamos —dijo Nell con seriedad—. Al menos te estás divirtiendo, y eso es mejor que quedarse sola en casa, ¿no?

—Os quiero a las dos por intentarlo —dijo Honey dándole a su amiga un cariñoso apretón en la mano—, pero el caso es que estoy bastante agobiada con todo el drama del trabajo y tengo una extraña relación con mi vecino, además Mimi y Lucille necesitan mi ayuda con un asunto personal que ha surgido... —se quedó callada cuando Nell dejó su cuchara abruptamente y Tash levantó la mano como si quisiera detener el tráfico.

—Quieta ahí, señorita. Retrocede.

Honey había metido la parte importante de su discurso en el medio, no porque no quisiera contárselo, sino porque realmente no sabía qué decirles. Por un lado, no había mucho que contar. No era como si Hal y ella tuvieran una relación romántica que pudiera considerarse normal; un beso no era suficiente como para detener la búsqueda. Pero, por otro lado, no se trataba en absoluto del beso, y ahí era donde necesitaba consejo.

—¿Tu vecino? —preguntó Nell—. ¿El enfadado con sangre en las manos?

Tash miró a Nell y después a Honey.

—Suena muy bien. ¿Qué me he perdido?

Honey suspiró sin saber por dónde empezar.

—Sí, ese —dijo mirando a Nell, después se recolocó las pulseras de la muñeca mientras pensaba cómo explicarlo.

—¿Te lo has tirado? —preguntó Tash mirándola fijamente—. Oh, Dios mío, has tenido un orgasmo con él, ¿verdad?

El camarero sonrojado, que había reunido el valor para recoger sus platos, volvió a dejarlos donde estaban y se alejó.

—¡No! No. Tash, baja la voz, ¿quieres? —siseó Honey intentando no mirar a la pareja de la mesa de al lado, que se había quedado callada—. Claro que no me lo he tirado. Es... es complicado.

—La última vez que hablamos de él, dijiste que era un grosero —dijo Nell, que no parecía convencida—. ¿Qué ha cambiado?

—Le he conocido mejor —respondió ella sin más—. Al menos un poco.

—¿Habéis tenido una cita? —preguntó Nell, y ella estuvo a punto de carcajearse ante la idea de tener una cita con Hal.

—Dios, no. A no ser que cuentes las interminables horas sentada frente a su puerta cerrada mientras él me ignoraba o me insultaba.

No pasó inadvertida la mirada de preocupación que compartieron sus amigas, y tampoco podía culparlas por su reticencia. Tampoco estaba pintándoselo muy bien, así que volvió a intentarlo.

—El caso es que Hal no es como la mayoría de los hombres. Está pasando por un mal momento y está enfadado y está ciego y me besa hasta dejarme sin aire y no sale de casa y bebe demasiado whisky.

No sabía cuál de sus amigas parecía más anonadada.

—¿Está ciego? —preguntó Nell suavemente.

—¿Le besaste? —agregó Tash inclinándose hacia delante.

—Sí y sí. No sé qué le ocurrió, pero me da la impresión de que su ceguera es bastante reciente. No le gusta hablar de ello. Para ser sincera, la mayor parte del tiempo no le gusta hablar de nada.

—No nos lo estás vendiendo muy bien, Honey —dijo Nell.

—Lo sé. Es difícil de explicar —respondió Honey—. Hay algo en él que me provoca. Es un puñado de contradicciones. Es un gruñón, pero también es divertido y adorable. Viste como una estrella de rock y actúa como un recluso. Me ignora durante días seguidos y entonces, de vez en cuando, se muestra tan increíble que me deja boquiabierta.

Tash pidió una botella de vino.

—Además de que besa de maravilla, me parece duro de pelar.

Honey asintió.

—Ya me doy cuenta. Lo es, pero no creo que pretenda serlo. Pero aquí está la cuestión.

Tash y Nell se quedaron quietas como estatuas esperando a oír cuál era la cuestión.

Así que Honey dijo en voz alta lo que pensaba, eso que llevaba tiempo dando vueltas por su subconsciente como un okupa, negándose a marcharse hasta que le prestara la atención que merecía.

—Creo que él es el elegido —sus palabras no fueron más que un susurro.

—¿El elegido? ¿El elegido para hacerte llegar al orgasmo? —preguntó Tash.

—¿O el elegido en general? —agregó Nell con los ojos muy abiertos.

Honey se llevó las manos a la cabeza intentando encontrarle sentido a sus sentimientos y a lo que decían sus amigas.

—No lo sé —admitió, y Nell y Tash rodearon la mesa para sentarse en el sofá a ambos lados de ella. Honey se dejó caer entre ellas y aceptó la copa de vino que Tash le ofreció—. Sinceramente no lo sé, y me da miedo. Ambas cosas, quizá.

Cuando llegó a casa aquella tarde, Honey pasó corriendo por el recibidor por si acaso Hal abría su puerta. No podía enfrentarse aún a él, no después de haber pasado las últimas horas diseccionando sus sentimientos hacia él con Nell y con Tash. Ambas habían dicho que querían volver con ella para conocerlo, cosa que ella sabía que detestaría, así que había dicho que no de inmediato. Nell quería darle el visto bueno para ver si era apropiado y Tash deseaba poder ver al hombre que, según Honey, daba los mejores besos del mundo. Ella había dicho que en otra ocasión, aunque quería decir «nunca».

Tras mucho deliberar, habían llegado a la conclusión de que

Honey estaba colgada de su vecino como si fuera una colegiala. Nell había descartado la posibilidad de que existiera amor, basándose en el hecho de que Honey solo le había besado una vez y el ochenta por ciento de la relación parecía ser unidireccional.

También habían decidido que Honey debería explorar la posibilidad de tener más contacto físico con Hal para poder replantearse su reacción hacia él. La había besado cuando acababa de ser rechazada por Deano; se sentía vulnerable, lo cual hacía que estuviese susceptible.

—En otras palabras —había dicho Tash—, tienes que volver a comerle la boca para ver si te pone cachonda otra vez.

Y así fue. Abortaron la misión del pianista e iniciaron la misión Comerle la boca a Hal. Se acostaría durante unas horas y después volvería a pensar en ello.

CAPÍTULO 15

Las horas de sueño, la sobriedad y el café arrojaron una luz nueva sobre el asunto. Era un plan horrible.

No podía plantarse allí y exigir que la besara, y no estaba preparada para intentar engatusarle para que lo hiciera. Si Hal volvía a besarla alguna vez, quería que fuera porque él lo deseara, no porque lo hubiese seducido de manera artificial para realizar un experimento nada científico.

Honey pensó en él mientras cenaba las sobras de boloñesa aquella noche; él llevaba razón al asegurar que sabía mejor al día siguiente, por suerte. Podría intentar de nuevo llevarle un poco, pero probablemente la ignoraría o insultaría. No sabía si estar enfadada con él por ser tan imbécil o si sentir compasión hacia él porque, si no lo visitaba ella, nadie más lo haría, lo que al final hacía que volviese a enfadarse con él por ser tan grosero como para haber ahuyentado a cualquier persona que pudiera preocuparse por él. Hal no acababa de aterrizar en la tierra procedente de la luna. Era un hombre; un hombre que debía de tener amigos, familia, un pasado, pero en cambio nada de aquello parecía haberle seguido hasta allí. ¿Cómo podía ser eso? ¿Sabrían acaso dónde estaba? Dios, podría tener esposa e hijos.

Pensó en ello durante un poco más, decidió que la sobriedad estaba sobrevalorada y se sirvió una copa de vino tinto. Ese hombre vivía bajo el mismo techo que ella, por el amor de Dios. Sin duda tenía derecho a saber más sobre él además de su nombre.

¿Estaría dormido? ¿O estaría despierto, bebiendo whisky directamente de la botella? ¿Estaría enfadado con ella por no llamar a su puerta aquel día, por negarle la oportunidad de gritarle que se largara? ¿O se sentiría solo? La idea de que Hal se sintiera solo porque no hubiese ido a verlo le hizo mirar la caja de la maquinilla de afeitar que llevaba días en la estantería del salón.

Era una razón tan buena como cualquier otra. No podría dormir hasta que al menos llamase a su puerta. ¿La convertía eso en una vecina entrometida? ¿Sería la scout que él decía que era? Tal vez un poco. Pero la mayor parte de su cerebro no podía resistirse a la oportunidad de verlo. Tal vez abriera la puerta. Tal vez no. En cualquier caso, a los pocos minutos estaba en el recibidor y sentía los azulejos fríos del suelo bajo sus pies descalzos.

—Hal —dijo suavemente sin llamar, como una adolescente frente a la ventana del dormitorio de su novio prohibido—. Hal, ¿estás despierto?

Eran poco más de las nueve, así que lo más seguro era que lo estuviera. Al no obtener respuesta, llamó ligeramente a su puerta.

—Hal, por favor. Háblame.

El prolongado silencio la hizo suspirar y apoyó la frente en su puerta. No se oía nada en el interior del piso. Hablar con él se había convertido en algo parecido a escribir un diario, una experiencia catártica, pero solitaria.

—Por favor, Hal. Abre la puerta. O al menos hazme saber que estás vivo. Lanza algo contra la puerta o algo así.

No lo hizo, pero a Honey no le entró el pánico. Aquello había ocurrido ya con la suficiente frecuencia como para saber que probablemente estuviera escuchando y hubiera decidido ignorarla, lo cual le molestaba sobremanera. Miró la caja de la maquinilla que llevaba en la mano.

—Tengo algo para ti, aunque no sé por qué me molesto, viendo que ni te dignas a contestarme. Empiezo a cansarme de esto, que lo sepas. ¿Se acabó, Hal? ¿Vas a seguir callado hasta que me rinda y me vaya para siempre? ¿Es esto lo que haces con todo el mundo en tu vida? ¿Con tu familia, con tus amigos? ¿Los tratas como si fueran basura hasta que dejan de molestarse? Porque yo empiezo a sentirme así. Solo para que lo sepas, estoy a punto de no volver a llamar a tu puerta nunca más.

Honey sabía que probablemente estuviera pasándose de la raya, pero ¿no era ese el objetivo de aquella conversación? Provocarle, obligarle a abandonar su doloroso e interminable silencio. Deseaba recuperar a su compañero. Deseaba sus cinco minutos de Hal, ese valioso espacio de tiempo que se había convertido en el punto álgido de sus días. ¿Cómo lo había conseguido? Desde luego no la había encandilado para que deseara pasar tiempo con él; era bastante grosero la mayor parte del tiempo. La llamaba Madre Teresa y se burlaba de todos los aspectos de su vida, y después la besaba hasta hacerle ver las estrellas y desear arrancarle la ropa. Así que sí. Tal vez sí que deseara ofenderle un poco. Enfadarlo del mismo modo que él la había enfadado a ella, obligarle a abandonar su maldita complacencia y volver al mundo real, un mundo en el que las personas a veces se hacían daño y a veces se besaban hasta sentirse mejor de nuevo.

En algún momento durante sus pensamientos, le oyó moverse por el pasillo y el corazón se le aceleró.

—Abre la puerta, Hal. Sé que estás ahí.

—No vuelvas a mencionar a mi familia, ¿entendido? —gruñó él con vehemencia, y ella se apartó de la puerta sorprendida—. ¡No sabes una mierda sobre mí, sobre mi familia o sobre mis amigos! ¿Me oyes, mujer?

—Oh, claro que te oigo, Hal —respondió ella, sintiendo que empezaba a perder los nervios—. ¿Será ese tu nombre? O quizá hayas mentido sobre tu identidad. Aunque yo no tengo derecho a preguntar, claro. Solo soy la idiota a la que le gustas lo suficiente como para traerte comida y whisky y aguantar tu mierda cuando nadie más lo hace. Bueno, pues perdóname —el vino le había soltado la lengua lo suficiente como para mostrarse completamente sincera, y resultaba agradable dejar salir todas las palabras. Liberador, de hecho. Pensó en regresar a su piso, pero, como estaba cien por cien segura de que él no se lo permitiría, se quedó donde estaba.

Se abrió su puerta. Pero no del modo al que estaba acostumbrada; centímetro a centímetro, lo justo para oírla. En esa ocasión se abrió de golpe y Hal apareció allí, en el umbral, imponente frente a ella, que iba descalza.

—¿Qué quieres de mí? ¿Una jodida historia? —preguntó con el cuerpo rígido por la rabia—. ¿Qué es lo que te gustaría saber exactamente? ¿Mi nombre? Mi nombre es Benedict Hallam, y sí, tengo familia. Una madre, un padre y una hermana. Y sí, tengo amigos. O pensaba que los tenía, hasta que los muy cabrones decidieron que un amigo que ya no podía ver no encajaba en su imagen de fiesta. Tenía una vida, Honeysuckle, y era una buena vida. Era alguien. Alguien con mi propio restaurante y mis clientes famosos, ¿de acuerdo? —respiraba aceleradamente—. Y ahora no soy nadie, solo un tipo triste que no ve y que confía en la caridad de su vecina para que le proporcione sobras de su nevera y calentones de adolescente. En otras palabras, patético.

Honey se quedó mirándolo, intentando procesar todo lo que había dicho más allá del dolor que le producía que hubiese despreciado su beso como un calentón de adolescente.

—Cuando te miro, no veo a alguien patético —dijo tranquilamente—. Veo a alguien con problemas.

Él se rio amargamente.

—Y no puedes resistir la tentación de acudir a salvarme, ¿verdad? Pero ¿por quién lo haces realmente, Honey? ¿Por mí, o por ti, para poder sentirte bien contigo misma cuando cierres los ojos por la noche?

—No siento pena por ti, si es eso lo que insinúas —le dijo ella con ganas de zarandearlo—. Quiero decir que claro que lamento que te sientas tan… mal, y lamento que te ocurriera algo tan horrible como para hacerte perder la vista, pero no creas ni por un momento que llamo a tu puerta y te traigo cosas porque siento pena por ti.

—Entonces, ¿por qué, Honeysuckle? ¿Por qué diablos no me dejas en paz?

—Porque, por alguna razón incomprensible que ni yo logro identificar, ¡me gustas! Me haces reír cuando no eres grosero conmigo, a veces eres dulce cuando no me lo espero y tu sonrisa provoca cosas extrañas en mi cerebro, probablemente porque es como uno de esos animales en peligro a los que resulta muy difícil ver en el zoo, y entonces te quedas mirándolos fijamente porque sabes que puede que no vuelvas a verlos en mucho tiempo. O incluso jamás. ¿De acuerdo? Simplemente me gusta estar contigo.

Bueno, tal vez el vino le hubiese soltado la lengua un poco más de la cuenta. Estaba tan alterada como parecía estarlo él.

—No me trates como si fuera tu proyecto, Honeysuckle. No soy un maldito panda en peligro al que vengas a visitar con palos de bambú para intentar lograr que salga de mi cueva.

Honey se quedó mirando la maquinilla de afeitar. No eran palos de bambú, pero ¿tenía razón? ¿Se había presentado allí con un regalo para hacerle salir? Y, de ser así, ¿qué tenía de malo? No veía allí a nadie más que estuviera haciendo cola simplemente para alegrarle el día.

—¿Sabes una cosa, Hal? Llevas toda la razón. En todo. Absolutamente en todo. No sé en qué estaba pensando al molestarme en venir aquí y traerte un regalo que es evidente que no quieres —le puso la maquinilla en las manos con la fuerza suficiente como para clavarle las esquinas de la caja en la tripa.

—Toma. Guarda el bambú en un sitio donde no brille el sol.

Se dio la vuelta antes de que él tuviera la oportunidad de responder, atravesó el recibidor y cerró su puerta de golpe.

—¿Honey? Abre la puerta.

Honey seguía de pie apoyada en su puerta cuando oyó la voz de Hal un par de minutos más tarde.

—Gracias por el bambú.

Su tono amable le pilló por sorpresa, sonaba demasiado cercano a su oído. Tragó saliva.

—Es una maquinilla de afeitar —murmuró mientras abría la puerta.

—Ya me he dado cuenta —respondió él dando vueltas a la caja—. Será mejor que vengas y me ayudes a averiguar cómo usarla.

Lo dijo muy suavemente y después le ofreció la mano. Honey se quedó mirándola durante un segundo sin poder apenas respirar. Era un gesto simple y poderoso, imposible de ignorar. Sabía que se metería en problemas de inmediato si entraba en su piso, y aun así colocó la mano en la suya de todos modos y dejó que la guiara a través del recibidor.

Nunca antes había estado en su piso, pero era un reflejo del de ella, o mejor dicho era un reflejo del de ella cuando se había mudado. Paredes claras, espacios sencillos, despejados, diseñados para el mercado inmobiliario. Con el tiempo había hecho que el lugar fuese suyo; percheros de colores para los abrigos, una bonita cortina que habían llevado a la tienda, una hilera de lucecitas sobre el cabecero de su cama. Pequeños detalles que marcaban una gran diferencia. El de Hal no tenía ninguna de esas cosas, claro que no llevaba allí mucho tiempo y era bastante evidente que los accesorios bonitos no significaban nada para él en aquel momento. Su discurso de antes le había enseñado cosas nuevas de él sobre las que debía meditar, pero no en aquel momento. En aquel momento estaba dándole ese diez por ciento de personalidad fabulosa y no quería malgastar ni un segundo.

—¿En el salón? —preguntó.

—Lo más convencional es hacerlo en el cuarto de baño —respondió él—. Siempre y cuando sigamos hablando de afeitarme.

Honey agradecía que intentara quitarle importancia a aquel súbito giro en los acontecimientos y lo siguió por el pasillo hasta el cuarto de baño. Hal tiró de la cuerda y la estancia quedó bañada por una luz brillante. Después bajó la tapa del retrete y se sentó encima.

—¿Alguna vez has afeitado a alguien? —le preguntó.

—¿Quieres que lo haga yo? —preguntó ella, sorprendida. Había pensado en desempaquetar la maquinilla y pasársela para que lo hiciera él.

—Me lo pensaría dos veces si fuera una cuchilla, pero doy por hecho que es una maquinilla eléctrica. Estoy bastante seguro de que no podrás matarme.

Honey abrió el sello de la caja y le puso la maquinilla en las manos.

—¿Viene con un recortador? —preguntó él—. Tendrás que utilizarlo primero para quitar el exceso antes de usar la cuchilla directamente —se pasó la mano por la mandíbula—. Está demasiado larga como para empezar directamente con la cuchilla.

Honey localizó el recortador utilizando el manual de instrucciones y lo ensambló a la maquinilla, después enchufó el aparato en el enchufe situado junto al espejo del baño. Parecía como si las paredes de la pequeña habitación encogieran y la acercaran más a Hal. Él giró la cabeza hacia un lado, dejó su cuello al descubierto, suspiró y agachó la cabeza.

—Espera, Honey. Tengo que hacer algo.

Tras unos segundos, levantó la cara y se llevó las manos a las gafas de sol. Honey se quedó helada al darse cuenta de lo que iba a hacer un segundo antes de quitárselas, doblar las patillas y dejarlas cuidadosamente junto al lavabo. Honey tomó aliento y lo miró, lo miró de verdad. Estaba sentado en tensión como un hombre en el banquillo esperando el veredicto. Era la primera vez que le permitía verlo sin las gafas, salvo los escasos segundos cuando se había caído en el recibidor al poco tiempo de conocerse.

Sin lugar a dudas, Hal tenía los ojos más bonitos del mundo. De un color marrón cálido con pecas doradas, enmarcados en unas pestañas largas y oscuras. Unos ojos en los que perderse, y le producía un gran dolor saber que esos ojos tan increíbles ya no podían ver.

—Gracias —murmuró, pensando «gracias por confiar en mí».

Él volvió a girar la cabeza y le ofreció su perfil.

—No podrías hacerlo con ellas puestas. Empieza por un lado y ve dando la vuelta.

Honey encendió la maquinilla y estuvo probándola un poco antes de acercársela a la cara.

—¿Estás seguro, Hal? —preguntó, acercó la cuchilla a su cara y después la apartó, temerosa de pronto.

—Relájate, Honey. En realidad no importa si la pifias. Mi agenda social está vergonzosamente vacía —dijo—. Hazlo sin más.

Honey estiró los hombros. Podía hacerlo. Se metió en el apretado espacio entre las piernas de Hal y la encimera del baño, le sujetó la barbilla con una mano y colocó la maquinilla con cuidado sobre el pelo oscuro de su cuello.

—¿Así? —preguntó, indecisa, consciente del calor que desprendía su cuerpo tan pegado al de ella.

—Así —murmuró él mientras Honey recorría su cuello hacia la mandíbula—. Intenta mantener la mano firme. Estás temblando.

Honey observó como la maquina iba cortando el exceso de pelo con golpes lentos y metódicos, dejando en su lugar una barba incipiente. Una barba incipiente oscura y sexy.

—Despacio y tranquila —susurró él cuando Honey intentó ir demasiado deprisa, después cerró los ojos.

Sus palabras sonaban tranquilas y sexys.

La necesidad de besarlo era apremiante. Asfixiante. Deseaba oírle murmurar esas mismas palabras cuando estuviera desnudo y ella tuviera su miembro erecto en la mano. ¿Estaría excitado también? Seguía con los ojos cerrados cuando ella presionó con los dedos sobre su mandíbula y le giró la cabeza hacia el otro lado.

—Nunca nadie había hecho esto por mí —dijo con voz grave—. Me gusta —apoyó el brazo en la encimera situada tras ella, y Honey rozó la palma de su mano con el trasero cuando cambió de posición.

—A mí también me gusta —respondió sin más. Ya no estaba segura de si le gustaba afeitarle la barba o sentir su mano en el trasero—. Es difícil llegar al otro lado de tu cabeza desde aquí, porque el cable no es lo suficientemente largo. ¿Crees que puedes darte la vuelta? —contempló con ojo crítico el limitado espacio.

—Podría. Pero quizá sería más fácil que tú... —estiró los brazos, colocó las manos en su cintura para moverla y colocarla frente a él, después tiró de ella para que no le quedara más remedio que sentarse a horcajadas sobre sus rodillas—. Tal vez puedas sentarte aquí.

Honey apartó la maquinilla de ellos por miedo a hacerle daño, porque sentía que todo su cuerpo temblaba. Hal seguía teniendo las manos en su cintura y ejercía una ligera presión, la suficiente para hacer que su trasero se posara sobre sus rodillas.

—¿Mejor? —preguntó en voz baja.

—Sí —susurró ella.

—Entonces termina con el trabajo —dijo él, y giró la cabeza para que Honey continuase donde lo había dejado. Respiró con cuidado y colocó la maquinilla sobre su nuez cuando él tragó saliva, y deseó seguir el recorrido de la cuchilla con la boca.

Hal seguía con las manos en su cintura y ella sentía el calor a través de su vestido de algodón. Empezó entonces a acariciarla con los pulgares, despacio y tranquilo, como le había dicho que hiciera con la cuchilla.

—¿Qué tal va quedando? —le preguntó cuando Honey acercó la máquina a su oreja y quiso lamerla.

—Muy bien, estrella del rock. Realmente bien —si él supiera lo que estaba pensando. Apagó la maquinilla y la dejó a un lado—. Creo que ya está.

Él no movió las manos; de hecho tiró con más fuerza de ella contra su regazo.

—Bien. Ahora tienes que pasar las manos por encima para ver el nivel.

Honey tragó saliva, tomó aliento y levantó las manos hasta rodearle la cara con las palmas. No pudo evitarlo; cerró los ojos y disfrutó de él mientras memorizaba sus rasgos con los dedos. La inclinación orgullosa de sus pómulos, el contorno de su mandíbula, consciente en todo momento de que él seguía masajeándole la cintura con los dedos.

—Creo que he hecho un buen trabajo para ser una principiante —dijo ella, abrió de nuevo los ojos y vio que él suspiraba con los labios entreabiertos. Volvió a suspirar, con más fuerza esta vez, y deslizó las manos desde su cintura hasta sus nalgas, después tiró de ella hacia delante hasta que no quedó espacio entre ellos.

—Y yo creo que es el mejor afeitado que he tenido nunca —dijo Hal, después hundió las manos en su pelo y la besó;

el beso ardiente con el que Honey llevaba semanas fantaseando.

—Hal —susurró ella contra su boca mientras le rodeaba el cuello con los brazos. No estaba besándolo porque Tash y Nell se lo hubieran sugerido; en ese momento no pensaba en ellas. No pensaba en ellas porque en su cabeza no había espacio más que para Hal mientras ella enredaba los dedos en su pelo negro y sedoso, mientras sus cuerpos se juntaban con sus corazones acelerados.

Hal estaba perdido. Sabía que tenía que parar, pero no le salían las palabras porque era muy agradable tener a Honey entre sus brazos. Se había imaginado aquello cientos de veces y era mucho mejor. Más suave. Más cálida. Y receptiva, muy receptiva.

A lo largo de las últimas semanas se había dicho a sí mismo «no» una y otra vez cuando pensaba en Honey. «No, no contestaré cuando llame esta noche. No, no cenaré con ella. No, no la besaré». Se había negado a sí mismo constantemente, pero esa noche Honey le había provocado, él había abierto la puerta y había perdido la batalla. Olía a fresas y sonaba como si le hubiera hecho daño, y aun así había reunido el valor de decirle lo mucho que le gustaba, y encima le había llevado un maldito regalo.

«No» se convertía en «sí» con demasiada facilidad cuando ella estaba cerca, así que la abrazó con fuerza y dejó que su determinación se derritiera como cubitos de hielo en un horno.

—Te deseo —se oyó decir—. Te deseo mucho.

—Soy tuya —susurró ella mientras le sacaba la camiseta por la cabeza. Honey era la primera mujer a la que tocaba desde el accidente, la primera mujer que le tocaba a él, y solo deseaba poder ver la belleza de la chica que estaba sentada en su regazo. Sabía que era hermosa, porque sus manos y su corazón se lo decían. «Tuya», había dicho. No lo era, y nunca podría serlo, pero en aquel momento deseaba que lo fuera.

Honey aprendió algo de Hal que ningún otro hombre le había enseñado jamás; el arte de ir despacio. Los hombres con los que había estado en el pasado siempre aceleraban la parte de los besos para quitarle la ropa. Pero Hal no. Él se tomó su tiempo para besarla, despacio, acariciándole la cara entre las manos mientras movía los labios sobre los suyos. Reverencial, más que íntimo, como cualquier hombre debería besar a una mujer y como pocos lo hacían. Su cuerpo ardía contra el de ella, desde los hombros hasta la cadera, encajaba a la perfección en el suyo, pero en aquel momento su boca era el centro de su mundo. Desnudo de cintura para arriba, estaba más que a la altura del apodo de estrella del rock. Era increíble. Delgado. Atlético. Hermoso. Los tatuajes recorrían sus brazos, huellas oscuras de su juventud malgastada y de su naturaleza impulsiva. Transmitía cierta sensación de peligro. «No te acerques demasiado a no ser que estés preparada para arriesgarlo todo», parecía decir. Si Honey hubiera tenido que describirlo con una palabra, habría usado «letal».

—Acuérdate de respirar, cariño —murmuró él, le echó la cabeza hacia atrás sobre sus manos para deslizar la boca abierta por su cuello y besarle el hueco entre las clavículas. Con los dedos iba desabrochándole los botones de la parte delantera del vestido. Acordarse de respirar resultó más difícil de lo que cabía esperar cuando le bajó el vestido hasta la cintura y después deslizó las manos por sus costillas. Honey le oyó gemir al hundir la cabeza y mover la boca sobre la curva de sus pechos, con las manos en el encaje de su sujetador, acariciándole los pezones con los pulgares.

«Entonces, así es como tiene que ser», pensó ella cuando Hal la rodeó con los brazos y le desabrochó el sujetador. Había algo en su manera de abrazarla, en su manera de rodearla y dejar caer las pestañas cuando la besaba, algo que le provocaba un nudo en la garganta. Honey pasó las manos por su pelo cuando empezó a estimularle los pezones con la boca, observó el movimiento de su lengua y vio esa expresión sagrada en su rostro. Nunca le había visto así antes y resultaba profundamente conmovedor y erótico.

—Por favor, Hal —susurró acariciándole los hombros hasta que él levantó la cabeza de nuevo y la besó, esta vez con fuerza y pasión. Si antes pensaba que sus besos eran especiales, aquel hizo que le diese vueltas la cabeza. La pegó a su cuerpo fuertemente, con una mano enredada en su pelo y la otra en su cuello, en sus pechos, recorriendo sus muslos por debajo del vestido.

—Sé tú mismo —le susurró Honey—. Quiero que seas tú mismo —meciéndose encima de él, deseaba todo lo que Hal pudiera darle, y se encontró más cerca que nunca; no sabía si cerca del orgasmo o cerca del amor.

Hal notó sus palabras en su boca mientras acariciaba con los dedos el dobladillo de encaje de sus bragas. «Sé tú mismo», había dicho. «Quiero que seas tú mismo». Hal no había deseado tanto a una mujer en toda su vida. Estaba tan excitado que le dolía, y casi podía sentir su calor a través del encaje de la ropa interior. Parecía que la talla cuarenta y uno era su definición de la perfección, y el poder de saberse deseado, de sentirse de nuevo como un hombre, era una droga muy dura.

—Honey —susurró, y aminoró la velocidad porque no quería que aquel beso terminara nunca—. Detenme.

—Ni hablar —respondió ella con una sonrisa contra sus labios mientras le desabrochaba el botón de los vaqueros. Hal sabía que ella pensaba que no hablaba en serio, y no podía culparla. La había desnudado y la había besado como si fuera un hombre en el corredor de la muerte. Estaba temblando en sus brazos, y no había nada que deseara más en el mundo que meter los dedos bajo sus bragas y darle lo que necesitaba.

—Honey —le dijo sacando la mano de debajo del vestido y echando la cabeza hacia atrás—, no puedo hacer esto.

Notó que se tensaba y supo que en esa ocasión se había dado cuenta de que hablaba en serio. Por primera vez en su vida, se alegró de no poder ver, porque no tenía que presenciar el dolor que seguramente estaría escrito en su cara.

—Sí que puedes, por favor... —se aferró a él y acercó la boca a su oreja mientras Hal la mecía en sus brazos—. Comparte conmigo lo que sientes, Hal. Te deseo tanto... —susurró mientras le acariciaba la espalda. Tenía los pechos pegados a su torso y él ansiaba volver a agarrarlos. Sería muy, muy fácil abrirse a ella, pero seguramente no le gustaría lo que le contara.

Agachó la cabeza, hundió la cara en su cuello, aspiró su esencia y la echó suavemente hacia atrás sobre su regazo.

—Esto no puede pasar, Honey. Lo siento, pero no puede.

Sintió su frustración como si fuera electricidad.

—Sí que puede. Ya está pasando. Me deseas, Hal, lo noto aquí —le tocó la boca—, y aquí —bajó los dedos hasta su pecho—, y aquí —dejó caer la mano una vez más y él la agarró antes de que pudiera llegar a su entrepierna. Le dolía saber que la única manera de ponérselo fácil era mentir.

—Ahora mismo puede que sí. Pero no te desearé después, y entonces, ¿qué pasará? Solo serán diez minutos de locura, Honey, porque me siento solo y tú estás desesperada —oyó que Honey tomaba aire y supo que sus palabras le habían hecho daño—. Vuelve a ponerte el vestido y vete a casa. Por la mañana me lo agradecerás.

Oyó su gemido, notó que tropezaba al apartarse de él y se odió a sí mismo.

—Te equivocas —le dijo en voz baja—. No te lo agradeceré por la mañana, porque ya estoy harta de ti.

Hal se incorporó y la siguió por el pasillo.

—Estoy harta de tu rabia, de tu furia, de… de que me lances alguna migaja ocasional… —tomó aliento, sonaba disgustada—. ¿Sabes una cosa, Hal? Si fueras una mujer, te llamarían calientabraguetas. Eres un hombre horrible y odioso que disfruta dándome una de cal y otra de arena para mantenerme comiendo de tu mano.

Parecía sorprendida por sus propias palabras y tan alterada como se sentía él. Él se quedó de pie en su recibidor, sintiéndose como un mezquino, mientras ella abandonaba su piso y cerraba la puerta de golpe.

CAPÍTULO 16

Se acabó la misión Comerle la boca a Hal. Le odio.

Honey iba dando tumbos por la tienda con el móvil en la mano mientras escribía a Nell y a Tash. Se había levantado por la mañana tan enfadada como cuando se había ido a dormir, más incluso. La mañana había amanecido gris como su estado de ánimo y había considerado la posibilidad de dar una patada a su puerta al salir de casa ataviada con sus botas y su chubasquero. ¿Qué era aquello para él? ¿Un juego o algo que hacía para entretenerse? ¿En qué tipo de hombre le convertía eso? Quizá fuese increíblemente sexy, pero ella estaba furiosa. Había hecho que se sintiera frustrada sexualmente y le enfurecía pensar que la única cura para sus males pudiera ser él.

Vibró el móvil en su mano y apareció el nombre de Tash.

¿Volvemos entonces con el proyecto del pianista?

Honey resopló y se apresuró a responder. *No. Nada de pianistas, ni vecinos asquerosos. Nada de hombres. Punto. Estoy harta.*

Pasados unos segundos su móvil volvió a vibrar.

¿Estás diciendo que tenemos que buscar a una mujer pianista…?

Honey se rio en voz baja a pesar de su mal humor. Tash siempre tenía una respuesta inteligente para todo.

—Honey, querida, ¿puedes ayudarme con esto? Pesa mucho

—Honey levantó la mirada mientras se guardaba el teléfono en el bolsillo y salió corriendo hacia la puerta de la tienda.

—Lucille, ¿qué estás haciendo? —preguntó mientras le quitaba la enorme caja a la anciana—. Deberías haberme pedido que la llevara yo, pesa una tonelada —dio tumbos con la caja hasta el mostrador—. ¿De dónde ha salido? No había ninguna entrega fuera cuando he llegado hace diez minutos.

—No te habrás fijado, porque estaba justo ahí —dijo Lucille, levantó las gafas, que llevaba colgadas de una cadena dorada alrededor del cuello y miró a través de ellas. En la caja no había ninguna dirección ni etiqueta.

Honey se encogió de hombros.

—Será una donación. Pero la puerta estaba abierta, podrían haberla metido —sacó el abrecartas del cajón de debajo del mostrador y, cuando estaba a punto de abrir la caja, Lucille le puso una mano en el brazo.

—¿Y si es algo vivo? —preguntó la mujer—. Leí en el periódico que una madre donó la serpiente de su hijo adolescente a una tienda benéfica.

—No tiene agujeros —dijo Honey examinando la caja. Lucille la miró con desconfianza.

—Bueno, solo digo que tengas cuidado.

Honey deslizó la cuchilla bajo la cinta adhesiva y abrió las solapas de la caja para que ambas pudieran asomarse. Transcurridos unos segundos, empezó a reírse. Lucille metió la mano y sacó uno de los muchos pares de esposas acolchadas de todos los colores. La nota adjunta, sin firmar, decía simplemente que eran un regalo para que utilizaran los residentes en futuras protestas y que les deseaban mucho éxito en su campaña para salvar la residencia.

—¡Qué extraño! —murmuró Honey—. Debe de haber unos treinta pares.

Mimi y Billy entraron en ese momento y se asomaron a la caja junto con Lucille.

—¡Oh, cariño! —dijo Billy frotándose las manos con emoción—. Una manera muy picante de empezar la mañana. Yo quiero cuatro —miró a Honey meneando las cejas—. Y nada de comerte la llave esta vez, por favor, Honeysuckle. No queremos que Mimi se quede en una postura comprometida.

—No están a la venta —dijo Honey—. Acaba de dejarlas un donante misterioso para apoyar la campaña.

—¡Qué oportuno! —anunció Mimi—. Anoche decidimos entre nosotros que uno de nosotros estaría encadenado a la verja en todo momento. O al menos hasta que oscurezca.

—¿Todos los días? —preguntó Honey, sorprendida. Era mucho pedir para unas personas con una media de edad de ochenta y seis años.

Mimi, Lucille y Billy asintieron incondicionalmente.

—Es una especie de huelga de hambre, si quieres llamarlo así —explicó Billy—. Salvo que Patrick nos preparará comida para llevar.

—Así que no se parece en nada a una huelga de hambre —dijo Honey riéndose—. Me parece una gran idea. La prensa podría hacerse eco de algo así.

—Fue idea mía —presumió Mimi—. Así que yo seré la primera. Honey, llama al hijo de Don al periódico y tráelo aquí.

Billy sacó unas esposas verde fosforito de la caja y las balanceó en el aire.

—¿Puedo hacer los honores, mi amor?

Mimi asintió.

—Pero no con esas. Quiero unas rojas que hagan juego con mi chaqueta, muchas gracias, Billy Hebden —se dio la vuelta, le guiñó el ojo a Honey y se marchó fuera a encadenarse.

Lucille negó con la cabeza al ver marchar a su hermana y se cruzó de brazos.

—Siempre ha sido así. Tenía que ser la primera en todo —dijo—. La primera en sentarse a la mesa cuando éramos pequeñas. La primera en marcharse de casa —hizo una pausa y frunció el ceño—. La primera en nacer.

Honey se dio cuenta de la inquietud tras las palabras de Lucille, que era más evidente porque normalmente parecía satisfecha de ir detrás de su hermana.

—Pero no lo fue, ¿verdad? —musitó, casi para sus adentros—. Mimi no fue la primera en nacer. Fue Ernie.

Así que se trataba de eso. Honey asintió lentamente.

—¿Habéis decidido ya qué vais a hacer con la carta?

Lucille suspiró.

—Mimi ha decidido que no tiene sentido que lo conozcamos.

—¿Y tú? —preguntó Honey, intentando mantenerse neutral.

—Es mi hermano, Honey —Lucille apretó los labios y se le arrugó el rostro—. Iré a verlo la semana que viene, y Mimi no podrá impedírmelo porque no sabe nada.

Honey se quedó con la boca abierta y supo que se avecinaban problemas. Mimi y Lucille solían estar de acuerdo en todo, principalmente porque Mimi tomaba las decisiones y Lucille se callaba. Era extraño que tuvieran opiniones tan encontradas sobre algo tan importante, y un sentimiento de inquietud se apoderó de Honey al saberse cómplice involuntaria de los planes de Lucille.

—Creo que lo mejor sería que se lo contaras a Mimi —le dijo con suavidad—. Estoy segura de que entrará en razón.

—Oh, no lo hará —respondió Lucille—. Es terca como una mula y además... —se rodeó la cintura con los brazos como si quisiera atesorar su secreto—. Quiero que durante un tiempo esto sea algo solo mío.

Honey observó los ojos azules e inusualmente desafiantes de Lucille. Como táctica, no podía evitar sentir que era una manera peligrosa de proceder.

—¿Por qué no preparo una taza de té? —preguntó con un

nudo de ansiedad en el estómago, y dejó a Lucille con su secreto y con su sonrisa ausente.

Honey no se sorprendió cuando llamaron a su puerta aquella noche. Tash, que nunca permanecía ajena a un cotilleo, dejó una botella de vino tinto sobre la encimera de la cocina y se quitó la chaqueta mientras miraba a Honey con suspicacia.

—Venga —dijo—, suéltalo todo.

Honey se encogió de hombros mientras llevaba dos copas de vino a la mesita del café y se sentaba en un rincón del sofá.

—No hay mucho que contar. Me lancé a su cuello y me rechazó.

—Debe de haber algo más que eso —contestó Tash mientras servía el vino y le pasaba una copa a Honey. Después se acurrucó en un rincón—. ¿Llamaste a su puerta y le pediste que te besara sin más?

—No, claro que no —dijo Honey con una paciencia exagerada—. Bueno... ni siquiera iba a ir a su casa, porque era un plan estúpido que nunca funcionaría —dio un trago al vino y agradeció su sabor intenso—. Y entonces me di cuenta de que no le había dado la maquinilla eléctrica que le había comprado en el trabajo, así que me pasé igualmente. No para besarlo, sino para dársela.

—¿Le compraste una maquinilla? ¡Vaya excentricidad!

—Necesitaba una —explicó Honey—. Empezaba a parecer un oso.

Tash agitó la mano para que siguiera contándole la historia.

—¿Qué ocurrió entonces?

Honey resopló.

—Llamé a su puerta y perdí los nervios porque me ignoró, entonces él abrió su puerta y perdió los nervios también. Me gritó que se llamaba Benedict Hallam y que tenía una vida antes de conocerme.

Tash frunció el ceño y después la miró con los ojos muy abiertos.

—¡Mierda! Hon. ¿Benedict Hallam es el loco de tu vecino?

—¿Lo conoces? —preguntó Honey. Su nombre le había resultado familiar al oírlo, pero desde entonces había pasado el tiempo demasiado concentrada en amarlo u odiarlo como para pensar en la razón.

—Tú también lo conoces —respondió Tash dejando su copa sobre la mesa—. Benedict Hallam, el cocinero famoso. Tenía un restaurante pijo en Londres y… ¡Dios, eso es! Tuvo un accidente. Le encantaba la adrenalina… creo que tuvo un accidente haciendo snowboard.

Honey asintió lentamente. Todo le resultaba vagamente familiar, pero no era tan adicta a las revistas de cotilleos como Tash.

—¿Y ahora está en la casa de enfrente? —preguntó su amiga, animada de inmediato—. ¿Puedo ir a saludarlo?

—¡Ni hablar, Tash! No vas a hablar con él y además tampoco te abriría la puerta. Es idiota. El hombre más ignorante que puedas imaginar. No bromeo.

—Por lo que recuerdo de él en las revistas, está para comérselo —dijo Tash.

Honey dio un trago a su copa más largo de lo que había planeado.

—No está mal, supongo.

Tash se quedó mirándola.

—Está para comérselo y lo sabes.

—De acuerdo. Está para comérselo —murmuró Honey, sabiendo que no tenía sentido negarlo porque Tash llevaba razón—. Pero está muy deprimido y me dio falsas esperanzas y después me echó.

Tash rellenó las copas y frunció el ceño de nuevo.

—Volviendo a tu historia. Te gritó, le gritaste y después, ¿qué?
—Después se puso en plan sexy y me pidió que le afeitara la barba.
—Joooder —dijo Tash—. Me encanta.
—Luego me sentó en su regazo, me desabrochó el vestido y me besó hasta dejarme sin aliento.
Tash se humedeció los labios con brillo en la mirada.
—Sé que vas a decir que está mal por mi parte, pero leí en una revista que los hombres ciegos son mejores en la cama. Son más considerados y habilidosos con las manos porque no se vuelven estúpidos al ver a una mujer desnuda. A falta de un pianista, puede que él sea el candidato perfecto para ayudarte con tu problemilla —Tash dirigió su mirada perversa directa a la entrepierna de Honey.
—Ese es el asunto, Tash. Hay algo en él que no puedo entender. Solo con tocarme me vuelvo una idiota y me tiemblan las rodillas. Es desagradable conmigo, realmente borde, y luego me besa y me derrito.
Tash asintió lentamente.
—Así que te desnudó, te besó y después ¿qué?
—Después prácticamente me dejó rogarle que me hiciera el amor antes de que decidiera que ya había tenido suficiente y me dijera que me vistiera y me fuera a casa.
—Un clásico calientabragas. El equivalente masculino a una calientabraguetas.
Honey soltó una carcajada y deseó que se le hubiese ocurrido esa expresión la noche anterior.
—¿Y no te dio ninguna explicación?
Honey negó con la cabeza.
—Solo dijo que se lo agradecería por la mañana. Cosa que, por supuesto, no he hecho.
—Qué mal, cariño —dijo Tash con compasión, pero después soltó un soplido—. Pero menudo calentón, Dios.
—Se supone que estás de mi parte, ¿recuerdas?

—Lo estoy, lo estoy —Tash hizo girar el vino en su copa—. Estuvo muy mal por su parte. ¿Quieres mi consejo?

Honey asintió. Cualquier consejo era bienvenido, incluso los de Tash.

—O vas ahí y le exiges que termine lo que empezó, o dejas de babear por él y sigues adelante.

—No estoy babeando.

—Cuando nos hablaste de él a Nell y a mí, sí que lo estabas.

—Nunca en mi vida he babeado por un hombre.

Tash la miró como diciendo «lo que tú digas».

—Te recomiendo la primera opción, por cierto. Tienes a un cocinero famoso y sexy viviendo al lado. Utilízalo. Haz que te prepare la cena y después haga que te tiemblen las rodillas.

—Umm… ya me rechazó anoche, ¿recuerdas?

—Oh, Honey. Eres una mujer. Él es un hombre. Los dos os sentís solos. Probablemente ayer tuviera un mal día. Vuelve a intentarlo.

—Mi cabeza me dice que no. Me vuelve loca. En serio, Tash, ni siquiera me cae bien la mayor parte del tiempo —Honey se pasó la mano estirada por la garganta—. De aquí para arriba, creo que es mejor dejar de babear. Pero, de aquí para abajo… —miró hacia el techo y se terminó la copa de un trago—, lo deseo más de lo que he deseado a nadie jamás.

CAPÍTULO 17

Algunos días de abstinencia de Hal no sirvieron para ablandar el corazón de Honey. No había llamado a su puerta y él no le había gritado obscenidades cuando iba y venía por su recibidor compartido. Si de algo estaba segura, era de que no sería ella la que diera marcha atrás en esa ocasión. Sabía que Hal nunca le ofrecería una explicación a su comportamiento, pero al menos le debía una disculpa. Si no se la daba, entonces podía dar su amistad por acabada.

No era habitual que Honey fuese tan retorcida, pero Hal parecía sacar lo mejor y lo peor de ella; la hacía sentirse sexy y despreocupada, incluso capaz en la cocina, y también la enfurecía, la frustraba y la volvía testaruda. Eran muchas emociones extra que manejar y Honey casi se alegraba de poder contar con el descanso que suponía su silencio. Además, la campaña para salvar la residencia iba ganando fuerza diariamente, sobre todo desde que los residentes habían comenzado su vigilia diaria en la verja.

Honey se recostó en su taburete situado en la caja y miró por la ventana de la tienda. Aquel día le tocaba a Billy y, al contrario que Elsie el día anterior, que se había quedado sentada tarareando para sus adentros y sonriendo benévolamente a los viandantes y al periodista del periódico, Billy realizaba su trabajo como un líder sindicalista. Había encontrado un mono naranja al estilo de los prisioneros, que contrastaba violentamente con el verde lima de las esposas que había utilizado para encadenarse la muñeca a la verja. En la otra mano llevaba un megáfono y se había pasado la mayor parte de la mañana entreteniendo a los viandantes y a la multitud de periodistas que habían venido desde lejos a medida que había ido circulando la noticia.

Desde su punto de vista privilegiado, Honey vio aparecer a Patrick con su delantal de cocinero y una bandeja cargada con comida para el activista de aquel día. Sopa, por lo que pudo ver, y una bandeja de sándwiches. Billy dejó el megáfono y se sentó. Poco después apareció Christopher por el camino que había seguido el cocinero y se colocó delante de este, a modo de barrera humana entre Billy y su comida.

—No. Nada de alimentar a los residentes fuera de las instalaciones, por favor, Patrick. Me temo que eso viola nuestras normas de seguridad y salud —señaló hacia la bandeja y se sujetó el pelo con la otra mano mientras se inclinaba para susurrarle al cocinero en la oreja—. Además así no haces más que animarlos.

—Soy viejo —Billy había vuelto a agarrar el megáfono y de pronto su voz sonaba débil y temblorosa—. Y tengo hambre. Por favor, déjeme comer, señor —solo le faltó quitarse la gorra delante de Christopher.

Honey salió de la tienda para vigilar lo que pasaba.

—Me temo que no puede ser, señor Hebden. ¿Y si se atragantara con comida preparada en la residencia mientras está aquí fuera? Podría hacer que la cerraran. Si quiere puede entrar y comer en el comedor con los demás residentes —Christopher se giró y sonrió a los fotógrafos.

—Van a cerrar la residencia de todos modos, idiota —gritó Billy por el megáfono, y Patrick se echó a reír.

—En eso tiene razón, Chris. Aparta para que pueda dejarle la comida, ¿quieres?

Todos sabían que Christopher no soportaba que acortaran su nombre. Incluso Honey frunció el ceño.

—Me niego en redondo a permitir que se coma en esta acera —dijo Christopher, estiró el brazo y colocó una mano en el borde de la bandeja a modo de advertencia—. Acata la ley.

—¿Acatar la ley? ¡Respetad mi casa! ¡Están cerrándome la puerta en las narices! —gritó Billy—. ¡Me dejan sin hogar, soy viejo y quiero mi sopa!

Honey se preguntó si Billy habría trabajado como actor alguna vez; se le daba bien.

—Ya va, Billy —contestó Patrick, e intentó rodear a Christopher, que se negaba a apartar la mano de la bandeja—. Suéltala —murmuró el cocinero, pro Christopher negó con la cabeza.

Honey vio que parecían forcejear con la bandeja, cada uno empeñado en ganar la batalla.

—¿Es de tomate? —preguntó Billy a través del megáfono.

Christopher apretó los dientes, tiró con fuerza de la bandeja, la comida salió volando y la sopa aterrizó en el mono de Billy. Resultaba difícil saber si fue deliberado o no, pero en cualquier caso Billy aprovechó al máximo la situación e hizo llorar a la prensa.

—Está ardiendo —se quejó por el megáfono con voz lastimera, a pesar de que como mucho estuviera tibia y apenas pudiera sentirla a través del mono y la ropa que llevase debajo.

Honey salió corriendo para ayudar, pero Patrick le cortó el paso, hinchó el pecho a modo Popeye y le dio a Christopher un puñetazo que le hizo caer al suelo.

—¡Acabas de atacar a un jubilado! —gritó el cocinero con la cara roja.

—¡Y tú acabas de atacar a tu jefe! —respondió Christopher, arrastrándose por la acera entre los sándwiches.

—¡Que te den! ¡Dejo el trabajo, maldito imbécil! —gritó

Patrick con más fuerza que Billy incluso sin ayuda del megáfono. Se soltó el delantal, se lo quitó y se lo tiró a Christopher a la cabeza antes de volver a entrar furibundo en el edificio.

Los periodistas escribían y sacaban fotos, incapaces de creer lo afortunados que eran. Aquella historia no hacía más que crecer. Honey rodeó a Christopher para ayudar a Billy a quitarse el mono manchado de sopa, bajo el que llevaba una camiseta de manga corta con el eslogan *Tú dices viejo, yo digo experimentado. ¿Cenamos?*

—¿Cómo estoy, cariño? —le preguntó guiñándole un ojo.

Honey sonrió al ver lo bien que estaba pasándoselo el anciano.

—Nunca has estado mejor, Billy.

Él se volvió para dirigir a las cámaras una sonrisa victoriosa y Honey regresó a la sombra con la esperanza de que todo aquello sirviera para algo. Tal vez Billy les pareciese un payaso a los viandantes, pero detrás de todo aquel espectáculo había un anciano asustado por su futuro, y eso no era en absoluto divertido.

—Nos morimos de hambre, Honey. Steve el Escuálido hace lo que puede, que Dios lo bendiga, pero es un chiquillo y esta mañana ha quemado todas las tostadas. El viejo Don casi se rompe los dientes postizos al intentar comerlas.

Honey miró a Mimi con el ceño fruncido y le ofreció un paquete de galletas. La dramática salida de Patrick de la residencia había hecho que Steve el Escuálido, su aprendiz de diecisiete años, se convirtiera en el cocinero jefe de la noche a la mañana. Era un chiquillo y jamás sería capaz de hacerse cargo de las delicadas dietas de un grupo de ancianos quisquillosos. Era Christopher quien debía buscar un sustituto, pero, dado que la última vez había sido visto sentado en el suelo sobre una pila de sándwiches, era evidente que no estaba entre sus prioridades.

—¿Qué haremos en la cena? A Mimi y a mí nos da igual, porque somos fuertes como bueyes —dijo Lucille con el rostro compungido mientras bebía el té con azúcar que Honey le había preparado—. Pero hay otros que son muy frágiles, Honey. Si no comen, bueno... no quiero ni pensar en ello.

Era un verdadero problema y, a pesar de sus palabras, Lucille y Mimi no eran fuertes como bueyes, por mucha energía que tuvieran.

—Muy bien. Mirad —Honey sonrió a las hermanas con más seguridad de la que sentía por dentro y se dio cuenta de que ya se habían comido la mitad del paquete de galletas entre las dos—. Vosotras defended el fuerte aquí y yo me acercaré allí y me aseguraré de que Steve lo tenga todo listo para la comida.

CAPÍTULO 18

Steve el Escuálido no lo tenía todo listo para la comida. Estaba estresado y su cara, habitualmente pálida, estaba roja y sudorosa.

—No puedo hacer esto —le había dicho mirándola con los ojos desorbitados cuando Honey había entrado en la cocina—. Apenas queda mantequilla y el pan sigue congelado —miró el reloj—. La comida tiene que estar lista en dos horas. ¿Qué voy a hacer?

Estaba preguntándole a la persona equivocada, pero Honey se daba cuenta de que estaba al borde de un ataque de pánico, así que levantó las palmas de las manos para tranquilizarlo.

—Steve, cálmate. Toma aire. Estoy aquí para ayudarte.

Él dejó caer los hombros aliviado y Honey sintió que prácticamente estaba entregándole a ella el bastón de mando. Se le iluminó la cara al regresar a su papel de aprendiz y esperar órdenes. Lo cual habría estado bien si Honey hubiera sabido cómo llevar una cocina.

—Bueno... ¿hay algún plan semanal o algo que podamos seguir?

Steve asintió.

—Sí. Está... —miró hacia el enorme frigorífico de aluminio y sonrió—. Está aquí, pero este es el de la semana pasada. Patrick suele cambiarlo hoy.

—De acuerdo. Echemos un vistazo. Si es necesario podemos repetirlo también esta semana.

Steve negó con la cabeza.

—Se darán cuenta —susurró, señalando con la cabeza hacia la puerta que daba al comedor, como si los residentes fueran zombis de *La noche de los muertos vivientes*.

—Steve —le dijo Honey—, llegados a este punto, sería un milagro que hubiese comida en las mesas. Colabora, por favor.

Él tragó saliva y estiró sus hombros raquíticos.

Honey alcanzó un delantal de los ganchos de la pared y se lo puso por la cabeza. Rebuscó por los armarios y encontró varias latas enormes de sopa de pollo, además había una montaña de queso. Sopa de pollo y sándwiches de queso y tomate. No estaba tan mal.

—Vamos. Descongelemos el pan en el microondas. Tenemos que preparar sándwiches.

Honey ayudó a Steve a recoger las bandejas del comedor después de la comida; se sentía orgullosa de que entre los dos hubieran podido alimentar a las masas sin incidentes. Tal vez no hubiera sido una comida de gourmet, pero los platos y los cuencos estaban casi vacíos y los residentes prácticamente llenos, así que en general era un buen resultado.

Dejó las últimas bandejas en la cocina y se sentó en un taburete.

—No ha estado mal, ¿verdad?

Steve levantó la mirada del lavavajillas y dijo algo que le horrorizó.

—¿Qué vamos a darles de cenar?

La pasajera sensación de éxito explotó de golpe como una burbuja.

—No tengo ni idea. ¿Qué pone en el plan?
—Cerdo asado.
Honey resopló.
—Ni hablar. ¿Qué más tenemos?
Abrió el frigorífico y se quedó un rato contemplando el contenido. Jamón. Mucho jamón. Verduras. Queso. Cajas de carne picada. Steve se acercó y se quedó de pie junto a ella.
—Apuesto a que Patrick pensaba preparar pastel de carne. Ha descongelado la carne picada.
—¿Sabes cómo prepararlo? —le preguntó Honey esperanzada.
Steve puso una cara de concentración intensa que no resultaba muy atractiva.
—Estoy seguro de que lleva puré de patatas —dijo al fin.
Honey suspiró. Eso también lo sabía ella. Abrió los cajones de las verduras y vio las cebollas y el ajo.
Cebollas, ajo y carne picada. Tal vez... solo tal vez...
—¿Alguna vez has preparado boloñesa, Steve? —le preguntó al muchacho.
Él se detuvo y asintió.
—Eso sí que lleva carne picada.
Honey se limpió las manos en el delantal y sacó la carne picada con la esperanza de acordarse de lo que estaba haciendo. Había visto latas de tomate y paquetes de pasta en los armarios. Con un poco de suerte podría lograrlo.

Eran más de las ocho de la tarde cuando Honey entró en el recibidor de su casa. Estaba agotada, pero también contenta porque los residentes habían declarado que sus espaguetis con boloñesa habían sido un éxito. Tal vez no llevaran beicon ni otros ingredientes, pero el sabor era muy bueno y en esa ocasión había prescindido del vino y se había asegurado de echar sal. El resultado había sido una cena más que aceptable, sabrosa incluso, a juzgar por el hecho de que Billy se había tomado dos raciones y media. El postre había sido aún más sencillo; helado de fresa de la tienda de la esquina, e incluso eso había satisfecho a los residentes, que recordaban los platos austeros de la época de la guerra.

Miró hacia la puerta de Hal. Prácticamente él también había dado de comer a los ancianos aquel día.

—¿Hal? —dijo en voz baja—. ¿Hal?

No respondió, como siempre, pero se lo contó igualmente. Le habló del altercado del día anterior, de la renuncia de Patrick. Le contó que Steve había quemado las tostadas del desayuno y que ella había tenido que intervenir. A pesar del silencio, Honey prácticamente podía oír a Hal pensando que su complejo de scout seguía más vivo que nunca. Le dijo que había rebuscado en los armarios y le habló del éxito de la boloñesa, casi se rio aliviada al añadir lo del helado de fresa.

—Pero a saber qué les daré mañana. Steve va a preparar el desayuno mientras yo abro la tienda, pero confía en que esté allí otra vez a las diez. No creo que les guste comer boloñesa dos días seguidos. He visto unas pechugas de pollo. ¿Qué diablos puedo hacer con una bolsa enorme de pechugas de pollo, Hal?

Él no respondió. Honey ya lo sabía. Ni siquiera sabía si le había contado su día para impresionarle o para molestarle. Pasados unos minutos, regresó a su piso, se calentó la cena preparada en el microondas y se metió en la cama, agotada.

—Hazlas al horno.

Honey se detuvo en seco en el recibidor a la mañana siguiente al oír la voz de Hal a través de su puerta.

—¿Hal?

—Las pechugas de pollo. Ponlas en una bandeja con tomates de lata y ajo, añade hierbas si tienes. Recuerda sazonarlas. Cubre con papel de aluminio y cocina a baja temperatura durante la tarde. ¿Entendido?

Honey notó que el corazón le latía demasiado deprisa.

—Poner el pollo en la bandeja con el tomate. Añadir ajo y sazonar. Cubrir y cocinar —repitió lentamente.

—Sírvelas con arroz y verdura —añadió Hal.

Honey caminó hasta su puerta y colocó una mano sobre la madera fría. Acercó la oreja y se concentró; casi podía oírle respirar.

—Gracias —dijo con suavidad.

—No mates a ninguno —respondió él—. Si alguno se atraganta con un hueso de pollo, se irá al traste tu complejo de Madre Teresa.

CAPÍTULO 19

Hal la escuchó marcharse y se deslizó por la pared hasta quedar sentado en el suelo de su recibidor. Le había aliviado oír su llave en la cerradura la noche anterior, aunque nunca admitiría que se había dado cuenta de que llegaba a casa tarde del trabajo. Y entonces se había detenido junto a su puerta y le había contado su día, otra secuencia de acontecimientos improbables que le hacía llevarse las manos a la cabeza y preguntarse cómo podía sobrevivir cada día. Un día era la heroína en la portada del periódico local. Al día siguiente salía con hombres desconocidos porque tocaban el piano. Después preparaba la cena para treinta jubilados aunque apenas supiese cocinar para ella misma. Honey parecía levantarse cada mañana y abordar la vida como si fueran fuegos artificiales azarosos; la posibilidad de desastre luchaba contra la probabilidad de alegrarle el día a alguien. A él le había alegrado el día la noche anterior solo por aparecer, y le había devuelto el favor ofreciéndole una manera a prueba de tontos para cocinar el pollo. Parecía que él salía favorecido.

—Steve se ha olvidado de volver a tapar el pollo después de ver cómo iba, así que ha quedado un poco seco, pero en general no ha estado nada mal.

—Yo habría despedido a Steve de inmediato —respondió Hal aquella noche mientras escuchaba una vez más a Honey contarle su día. Había vuelto sobre las ocho, tarde otra vez, y en esa ocasión, al acercarse a su puerta, no la había ignorado. Parecía cansada y su curiosidad había podido más que él. Ella estaba cocinando y, al fin y al cabo, él era cocinero.

—Estás de broma. Steve es el que impide que esos ancianos se mueran de hambre. Sabe más de lo que cree que sabe cuando se relaja y confía en su instinto —dijo Honey—. Necesita un buen maestro, eso es todo. Probablemente pudiera ser un buen cocinero en la cocina adecuada.

Hal sospechaba que habían sido el ánimo y el apoyo de Honey los que le habían dado el empujón a Steve; lo había visto muchas veces en las cocinas profesionales. Cocineros que se veían arriba con las alabanzas y cocineros que se hundían bajo las críticas.

—Tú también deberías confiar en tu instinto, Honey —le dijo—. Es bueno.

Ella no respondió, no hubo comentario ingenioso. De hecho, no estaba seguro, pero sonaba como si estuviera intentando disimular el hecho de que estaba llorando. Hal no pudo evitarlo. Estiró el brazo y agarró el picaporte de la puerta; estaba a punto de abrirla.

—¿Estás llorando? —preguntó, a falta de algo más sutil.

Sin duda estaba llorando.

—Es culpa tuya. Me has dicho algo agradable y estoy hecha polvo y Steve ha estado a punto de echar a perder la cena.

Hal procesó toda la información, después suspiró y abrió la puerta.

—¿Quieres una taza de té?

—Sí —contestó ella lloriqueando.

Lo siguió por el pasillo hasta la cocina.

—¿Lo preparo yo? —preguntó en voz baja, con incertidumbre.

—No fastidies. Puedo preparar té. Ve a sentarte, yo te lo llevo.

Hal le preparó un sándwich mientras esperaba a que hirviera el agua, después lo llevó todo a la mesita del café.

—No era necesario que... —dijo ella. Al menos parecía que había dejado de llorar.

—Tú come —respondió él. No estaba especialmente orgulloso del sándwich de ensalada de pollo y brie que le había preparado, pero se alegraba de tener algo que ofrecerle.

—Preparas unos buenos sándwiches —comentó Honey pasado un rato—. Y un buen té.

—¿Ya te encuentras mejor? —preguntó Hal, aunque ya sabia la respuesta por su voz.

—Un poco. Gracias.

—¿Quieres un whisky?

—Mejor no —respondió ella riéndose, pero entonces se detuvo—. ¿Sabes lo que realmente me gustaría, Hal?

Peligro. Casi podía olerlo; se le erizó el vello de la nuca.

—Honey...

Ella colocó la mano en su rodilla, caliente y firme, y le acarició con los dedos la piel a través del agujero que se había hecho en le vaquero.

—No debería haberte pedido que entraras —le dijo él.

—Y yo no debería haber acudido a tu puerta cuando me enfadas tanto, pero lo he hecho, así que supongo que estamos empatados. No puedo mantenerme alejada de ti, Hal.

—Pues inténtalo un poco más —contestó él frunciendo el ceño, distraído por el roce de su pulgar sobre su rótula.

Ella tardó un rato en volver a hablar.

—He estado pensando en algo. Tengo una proposición que hacerte —su voz sonaba valiente y sin aliento.

—¿Qué tipo de proposición? —preguntó Hal después de tragar saliva.

Oyó que ella también tragaba, preparándose.

—Una noche, Hal. Sin ataduras. Sin citas. Una noche, enséñame lo que es el buen sexo.

Joder, joder, joder. ¿Cómo podía obligar a su boca a decir una cosa cuando su cerebro deseaba decir otra cosa? No podía, así que no dijo nada.

—Sé que no quieres una relación, y me parece bien, porque yo tampoco. De hecho, creo que formamos una pareja terrible. No te pido romanticismo, solo sexo. A saber por qué, pero, cuando me tocas, siento más. Más de lo que he sentido con otros hombres —Hal notó que se encogía de hombros, como si para ella fuera un misterio—. A mi cuerpo le gustas, Hal —la inflexión de su voz destrozó su determinación y se le coló dentro. Honey se había acercado más y él no podía moverse porque deseaba acercarse también. El instinto tomó el control cuando ella le acarició la mandíbula; Hal giró la boca y le dio un beso en la palma de la mano. ¿Qué clase de hombre podría rechazar una oferta como esa? Una noche sin ataduras con una mujer hermosa. Una mujer que le había rodeado el cuello con los brazos y tenía los labios a escasa distancia de los suyos. No tenía ninguna posibilidad.

—Honey, ya hemos hablado de esto —murmuró, intentándolo a pesar de que Honey le rozara los labios con los suyos.

—Tú has hablado de ello —dijo acariciándole el pelo mientras abría la boca un poco más.

—Es una mala idea —insistió él, aunque sus lenguas ya habían empezado a rozarse.

Oyó su suspiro y notó que inclinaba su cuerpo hacia él.

—Eso lo dices tú —susurró ella mientras Hal la rodeaba con los brazos y la estrechaba contra su cuerpo. Encajaba a la perfección y sus curvas se pegaban a su torso—. Pero esto es demasiado bueno para ser una mala idea —tenía la respiración acelerada cuando le mordió el labio superior y se lo lamió al mismo tiempo—. Solo besarte ya es mejor que el sexo con otra persona.

—Honey —murmuró él, sin saber si iba a decir algo para detenerla o si simplemente necesitaba decir su nombre.
—Elige la noche, Hal, y soy toda tuya. Mañana. Esta noche. Ahora mismo. Demuéstramelo, por favor.
Hablaba mientras él la besaba, y deslizaba la lengua sobre la suya entre palabra y palabra. Deseaba decir que sí, tumbarla sobre el sofá y quitarle la ropa. Prácticamente podía sentirla desnuda bajo su cuerpo, y ella tenía razón. Podría hacer que su cuerpo lo deseara tanto que se estremeciera, tanto que no le quedaría más remedio que tener un orgasmo. Sería trascendental, maravilloso, ser el hombre capaz de darle lo que ningún otro hombre le había dado. Era excitante, embriagador.
—No podemos seguir haciendo esto, Honey —consiguió decir al fin, sujetándole la cara con ambas manos—. Porque, por mucho que desee decir que sí, y no tienes idea de lo mucho que lo deseo, la verdad es que estás mintiéndote a ti misma. No sería una noche.
—Sí lo sería —insistió ella—. Hal, una noche. Sin mentiras, sin promesas, sin relaciones. Ni siquiera nos caemos bien.
Sus palabras decían una cosa y su tono de voz decía otra.
—No eres ese tipo de chica, Honey.
—Podría serlo. Contigo.
—Mentirosa.
Honey le golpeó la pierna con frustración, después le agarró la mano y la colocó sobre su corazón.
—¿Sientes cómo late mi corazón? Debes de sentirlo, porque es como si estuviera dándome un infarto. Esto no se me acaba de ocurrir, ¿sabes? Llevo pensándolo desde la otra noche —tragó saliva y continuó—. Hal, si no haces esto por mí, iré a buscar a otro que lo haga y será culpa tuya. No bromeo. Toda mi vida está patas arriba en este momento y gran parte de eso es por tu culpa. ¡Has despertado mi cuerpo y no volverá a dormirse hasta que alguien le cante una maldita nana! —su voz subió en volumen y octavas a medida que pronunciaba su apa-

sionado discurso—. Deseo que esa persona seas tú, más que nada, pero te juro por Dios, Hal, que si no eres tú será otro, y pronto.

Por fin dejó de hablar y Hal se dio cuenta de que había subido las manos hasta colocarlas sobre sus hombros temblorosos.

—No hagas esto —le dijo—. No hablas en serio —mientras lo decía, se dio cuenta de que sonaba como si hablase muy en serio.

—Oh, sí que hablo en serio —respondió ella acaloradamente—. He vivido una maldita epifanía en las últimas semanas. Pianistas. Campañas. Y tú, Hal, tú gritando y maldiciendo y besándome como nadie me ha besado jamás. ¿Tan malo es que te desee?

Rara vez Hal se quedaba sin palabras, pero aquella era una de esas veces. Honey hablaba en serio. La Chica con Olor a Fresa, su hermosa y loca vecina, lo deseaba; para ser exacto, deseaba que le enseñase a tener un orgasmo.

—Sabes que esto parece una locura, ¿verdad? —dijo frotándose la barba incipiente con la mano tras meditarlo unos instantes.

—Sí —respondió ella. Hal sabía que de lo que dijera a continuación dependían muchas cosas, así que escogió sus palabras con cuidado.

—Déjame pensar en ello, ¿de acuerdo? Pero prométeme que no vas a lanzarte al cuello de algún desconocido por la calle cuando salgas de aquí.

—No me lo estás poniendo fácil.

Hal estaba tentado. Claro que lo estaba. Echaba de menos el sexo, la intimidad de un cuerpo caliente contra el suyo, el placer intenso. Ella también había despertado su cuerpo, pero, al contrario que Honey, a él le daban ganas de salir corriendo en dirección contraria antes que irse a la cama. Si le daba lo que deseaba, sería como entrar en el lugar al que no quería entrar. Un lugar cuya puerta había cerrado. Una puerta a la que había echado muchos cerrojos para evitar que se abriera. Abrirla sería un error monumental, pero decirle que no a Honey también le parecía un error. Estaba entre la espada y la pared o, mejor dicho, entre la puerta y un cuerpo suave con olor a fresas. Había ido allí con la esperanza de hacer las paces consigo mismo, de salvar su cordura, de olvidar, de aprender a ser el hombre que tenía que ser. No había contado con Honey.

Se levantó, le ofreció la mano y la puso en pie. La condujo hasta el recibidor y después la acompañó hasta su propia puerta.

—Ya está. Te he acompañado a casa. Esta noche nada de desconocidos, ¿de acuerdo?

Ella seguía teniendo su mano agarrada; no la soltaba. Hal notó que rozaba su cuerpo contra el suyo al ponerse de puntillas y saboreó el deseo sutil en el roce de sus labios.

—Me dijiste que toda cita debería terminar con un beso de buenas noches.

—Esto no ha sido una cita.

—Me has preparado la cena.

—¿Ves? Antes me has dicho que nada de citas. Nada de complicaciones. Ya te he dicho que no podrías hacerlo.

—Sí que puedo. Soy una mujer de mundo —respondió ella, y Hal notó su sonrisa contra los labios. Había conocido a muchas mujeres de mundo y Honey no era una de ellas. Incluso había amado a una de esas mujeres de mundo, y ella era una de las razones por las que había tenido que cerrar esa puerta. ¿Podría abrirla lo justo para dejar entrar a Honey temporalmente sin verse aplastado por el peso de todo lo demás? El peso del rechazo, del desengaño, de saber que ya no era lo suficientemente hombre para ser marido o padre. Estaba roto. Ojos rotos, corazón roto.

Le dio un beso en la frente.

—Vete a la cama, Honey.

Ella asintió ligeramente.

—¿Prometes que pensarás en lo que te he dicho?
Él imitó su gesto y asintió.
—A la cama.
Cuando cerró su puerta, bajó la mano y descubrió sus gafas de sol sobre la mesa de la entrada. Eran su armadura y aun así no había pensado en ellas en toda la noche.

CAPÍTULO 20

—¿Crees que podrías venir conmigo? —preguntó Lucille en un susurro a la mañana siguiente, retorciéndose el collar de cuentas azules con los dedos y mirando a Honey con actitud suplicante. Honey dirigió una mirada a Mimi, que estaba charlando con un cliente al otro lado de la tienda, y trató de encontrar una respuesta que no comprometiese su posición neutral entre ambas hermanas. Ya era malo que estuviese al corriente de la reunión clandestina de Lucille con su hermano, como para además acompañarla.

—Lucille, ¿no crees que sería mejor que se lo contaras a Mimi? Si esperas a después, te resultará diez veces más difícil contárselo. Puede que incluso ella quiera ir contigo.

—No querría. Ni siquiera quiere hablar conmigo de él. Lo he intentado, Honeysuckle, pero depende de ella. No puede impedirme que me reúna con él —Lucille miró nerviosamente a su hermana, que ahora se encontraba enseñando a un atribulado estudiante a hacerse un nudo Windsor para una entrevista de trabajo.

—Lo sé. Pero creo que, al guardar el secreto, te arriesgas a tener una pelea.

—Se lo diré inmediatamente después —prometió Lucille—. Solo quiero conocer a mi hermano. ¿Por qué iba a ser eso algo malo?

No era nada malo y Honey entendía perfectamente por qué Lucille sentía que necesitaba hacer aquello, con o sin la aprobación de su hermana. La carta de la agencia de adopción había levantado la tapa de una caja de Pandora que ya no podía cerrarse sin actuar, y en algunos aspectos le recordaba a Honey a la proposición que le había hecho a Hal la noche anterior. Lucille estaba pidiéndole ayuda porque necesitaba respuesta y, a su manera, eso era también lo que ella necesitaba. Todo empezaba a ser agotador. Tal vez si ayudara a Lucille, y si Hal la ayudara a ella, todos podrían seguir con sus vidas y volver a la normalidad.

—¿Me prometes que se lo contarás a Mimi en cuanto regresemos?

—Te lo prometo —a Lucille se le iluminaron los ojos—. Gracias, Honey, eres un encanto.

Honey miró hacia Mimi y no se sintió un encanto. Se sentía en un compromiso e intentó no preguntarse si habría hecho que Hal se sintiese igual la noche anterior.

Aquella tarde, Honey observó la abarrotada calle a su alrededor e intentó localizar a Nell entre la multitud. Previamente había recibido un mensaje, una especie de SOS. Emergencia. *Reúnete conmigo junto al sex shop de High Street a las 4. Luego te cuento. Nell.*

Honey había tenido que comprobar dos veces quién lo enviaba; no le habría extrañado en absoluto que fuera de Tash, pero no parecía propio de Nell.

—Aquí estoy —Nell apareció junto a ella con su elegante atuendo de profesora—. Un millón de gracias, Honey, no me atrevía a entrar sola, por miedo a ver a alguien que conozca. De este modo podré decir que voy contigo.

Honey puso los ojos en blanco.

—Muchas gracias. Yo también tengo una reputación, ¿sabes?

—Sí, pero no a la salida del colegio. Confía en mí, un mínimo escándalo y estaré en el despacho del director —Honey miró el maniquí del escaparate, ataviado con un atuendo de profesora sexy, e intentó no reírse.

—¿Y para qué hemos venido?

—Ahora me toca a mí —respondió Nell.

—¿Te toca a ti qué?

—Comprar algo nuevo —Nell señaló con la cabeza hacia la tienda—. Algo de aquí. Para nuestra… colección.

—Ah, entiendo —Honey no estaba segura de querer ayudar a Nell a elegir su próximo juguete sexual, pero…—. Entonces vamos. Entremos. ¿Crees que tendremos que ir detrás de la cortina?

Nell miró a su alrededor cuando entraron, mirando las estanterías con más experiencia que la última vez que había estado allí.

—Posiblemente.

Caminaron entre la lencería, desde el encaje pálido al nylon rosa chillón, algo para todos los gustos. Honey se detuvo junto a un diminuto sujetador color melocotón con bragas de seda a juego, bonito y sexy sin ser demasiado. ¿A Hal le gustaría que se pusiera eso? Era demasiado fácil imaginarse su placer mientras sus dedos descubrirían los finos tirantes de terciopelo del sujetador y el suave encaje. Había encontrado su talla mientras pensaba en la escena, y agarró el conjunto mientras seguía a Nell al otro lado de la cortina, hasta la zona estrictamente adulta.

—¿Tienes idea de lo que estás buscando? —le preguntó, y Nell negó con la cabeza, perpleja.

—No.

Honey contempló las estanterías.

—Probablemente deberías haberle pedido ayuda a Tash en vez de a mí. Ella habría sabido qué sugerirte sin dudar.

Nell se rio.

—Supongo. Pero también me habría hecho comprar algo que probablemente no sea legal.

Honey rebuscó en las estanterías y seleccionó un antifaz de seda negro, aunque su mente estaba a años luz del dormitorio de Nell. Acarició la seda con los dedos y casi pudo sentir los dedos de Hal colocándole el antifaz para jugar los dos al mismo nivel durante un rato. Miró hacia abajo cuando Nell se lo arrebató con una sonrisa.

—Eres mi salvavidas, Honey. Es perfecto.

Honey vio a su amiga caminar hacia la caja y, tras vacilar unos instantes, agarró un segundo antifaz y la siguió.

Hal no había abierto la puerta cuando Honey había llamado aquella tarde al llegar de trabajar, pero, cuando se disponía a meterse en la cama poco después de las once de la noche, oyó ruido en el recibidor y acto seguido llamaron a su puerta.

—No abras —dijo Hal—. Solo escucha.

Honey se quedó muy quieta detrás de su puerta con la mano apoyada en la hoja.

—He pensado en lo que me pediste —dijo él con tono suave y decidido.

—Y... —dijo Honey, se mordió el labio superior y cruzó los dedos de la otra mano sin darse cuenta—. ¿Qué has decidido?

Él hizo una pausa.

—¿Hablabas en serio al decir que irías a buscar alguien si yo no accedía?

—No era mi intención sobornarte, Hal —Honey suspiró y apoyó la frente en la madera.

—Nada de citas. Ni relaciones. Una noche y no volveremos a hablar de ello.

Honey se llevó la mano a la boca, sorprendida, y agarró el picaporte de la puerta.

—Te he dicho que no abrieras la maldita puerta —le advirtió Hal. Ella se detuvo. Quería verlo en ese momento, pero notaba que para él era más importante que no lo hiciera.

—De acuerdo —accedió y apartó la mano del picaporte—. Hal... ¿cuándo?

Volvió a quedarse callado.

—Volveré a venir el viernes —respondió pasados unos segundos.

Ella tragó saliva. Faltaban tres noches para el viernes.

—El viernes me parece bien —dijo en voz tan baja que apenas emitió sonido.

—No es una cita —le recordó él.

—Entendido —dijo Honey.

Después se hizo el silencio.

—Intenta no lanzarte al cuello de ningún desconocido de aquí al viernes.

Honey captó el humor en su voz.

—De acuerdo... Hal —agregó cuando él ya se iba—, ¿compro algo de picar?

Él se quedó callado durante tanto tiempo que Honey no supo qué hacer.

—Nada de comer, Honeysuckle. Nada de cosas elegantes. Compra whisky si sientes la necesidad de gastar. Así es como irá la cosa. Yo vengo, lo hacemos y vuelvo a irme a casa. ¿Te queda claro?

—Cristalino —respondió ella, preguntándose por qué diablos habría sugerido comprar algo de picar.

—Ahora me voy —dijo él—. Y hazme un favor, no digas una palabra más.

Honey cerró los ojos y asintió.

Hal tenía que irse a casa y ella tenía que callarse.

CAPÍTULO 21

—Creo que es aquí —Honey contempló la enorme casa adosada con escalones que conducían hasta la puerta verde y brillante. El tipo de casa que los agentes inmobiliarios describirían como «una residencia para caballeros», con macetas de flores en el vestíbulo.
—Parece agradable, ¿verdad? —comentó Lucille, y se agarró al brazo de Honey mientras miraba las ventanas resplandecientes de la vivienda—. ¿Llamamos?
Honey le apretó la mano y sonrió.
—Bueno, no hemos venido hasta aquí solo para admirar los tiestos colgantes de Ernie, ¿verdad?
—Pero son muy bonitas —contestó Lucille—. Me pregunto si las habrá hecho él. A mí se me dan fatal las plantas, pero a Mimi se le dan muy bien. En casa cuida de todas las flores de las ventanas, ya sabes. Tiene mano con la jardinería, como se suele decir.
Honey reconoció las palabras de Lucille como lo que eran; un intento anticipado por encontrar paralelismos entre su adorada hermana y su recién descubierto hermano, encontrar algo en común entre ellos que pudiera ayudarla a ganarse a Mimi cuando hablaran después. Había sido la única condición de Honey y no le cabía duda de que Lucille cumpliría su promesa.

—Vamos —le dijo Honey guiándola por la acera—. Probablemente él esté diez veces más nervioso. Tú tienes a Mimi, y todos los recuerdos de vuestros padres. Él está solo en todo esto.

Lucille asintió y estiró los hombros.

—Venga, vamos a saludar a mi hermano.

No tuvieron que esperar mucho a que se abriera la puerta. Segundos más tarde de que Lucille llamase al timbre, abrió la puerta una mujer de pelo oscuro.

—Tú debes de ser Lucille —dijo con una sonrisa—. Yo soy Carol, la ayudante de Ernie. Por favor, entrad.

El interior de la casa estaba tan bien cuidado como el exterior, resplandeciente y ordenado; suelos de baldosas brillantes, muebles impolutos, olor a abrillantador y flores frescas en la mesita del café de la sala a la que Carol las condujo.

—Ernie saldrá en un minuto o dos. ¿Queréis té mientras esperáis? ¿Café?

Lucille asintió, Honey negó con la cabeza y Carol sonrió abiertamente.

—Ernie lleva así todo el día también. No se decide por nada —se inclinó hacia Lucille—. No creo que haya pegado ojo en toda la noche. Sus sábanas apenas se habían movido cuando le he hecho la cama esta mañana.

—Ya te lo había dicho —susurró Honey cuando se quedaron a solas—. Está tan nervioso como tú.

—¿Se me ha corrido el pintalabios?

Honey podía notar que Lucille temblaba en el sofá junto a ella. Aquella mañana ya le había preguntado dos veces por el estado del pintalabios.

—Tus labios están perfectos, tienes el pelo fabuloso y ese vestido te queda de maravilla. Lucille, por favor, ¿quieres relajarte?

Ambas levantaron la cabeza al oír el zumbido de un motor en el recibidor y, segundos más tarde, apareció una silla de ruedas en el umbral de la puerta. Ernie. Honey no había pensado en cómo sería, pero no era solo la buena mano para la jardinería lo que Ernie compartía con su hermana mayor. Se quedó sin respiración al ver a alguien tan parecido a Mimi, pero en hombre. Oyó que Lucille daba un grito ahogado y le pasó un pañuelo para que secara las lágrimas que ya habían empezado a resbalar por sus mejillas.

—Mimi debería estar aquí —murmuró Lucille poniéndose en pie, ya que Ernie no podía. Él pulsó un botón y acercó la silla al centro de la sala. Honey observó la escena con un nudo en la garganta mientras Lucille se agachaba y abrazaba a su hermano por primera vez en su vida.

—¡Cuántos años! —dijo Ernie con voz fuerte a pesar de que su cuerpo no lo fuera—. Llevo toda la vida queriendo conocerte, Lucille.

—Yo no lo sabía —susurró Lucille con la voz temblorosa por la emoción. Se echó hacia atrás y lo miró a la cara—. Eres la viva imagen de nuestra hermana, Mimi —dirigió entonces una mirada a Honey—. ¿Verdad, Honey?

Ernie miró hacia el sofá, Honey sonrió y asintió.

—Así es. Resulta asombroso.

—¡Perdona, Ernie, dónde están mis modales! —exclamó Lucille—. Esta es Honeysuckle.

—¿Es tu... nieta? —preguntó Ernie esperanzado.

—No. Pero como si lo fuera —respondió Lucille, y el nudo que Honey sentía en la garganta amenazó con convertirse en llanto. Había ido allí para apoyar a Lucille. No había pensado que pudiera estar tan emocionada ella también. Se levantó del sofá y tocó a Lucille ligeramente en el hombro.

—¿Por qué no os dejo solos durante un rato? Iré a tomar un té y volveré luego.

Lucille asintió sin soltarle la mano a Ernie.

—Creo que eso estaría bien. Tenemos mucho de lo que hablar, ¿verdad, Ernie?

Honey salió por la puerta y encontró a Carol sentada al sol en los escalones de la entrada. La mujer levantó la mirada al oír el ruido de la puerta.

—Creo que es mejor dejarlos solos durante un rato —dijo Honey señalando hacia dentro con la cabeza.

—Supongo que tendrán mucho de lo que hablar —respondió Carol, encendió un cigarrillo y después le ofreció uno a Honey, que negó con la cabeza.

—Gracias. ¿Te importa si me siento durante cinco minutos?

Carol se guardó el paquete de tabaco en el bolsillo del chaquetón azul marino y movió el brazo.

—Toma asiento.

Honey se dejó caer en los escalones y Carol apartó el cigarrillo.

—Lo siento. Es un hábito muy malo. Pero son de mentol, aunque eso no es mejor. Ernie lleva años diciéndome que lo deje.

—Entonces, ¿llevas tiempo trabajando aquí?

Carol asintió.

—Llevo con Ernie más de veinte años. Es más como una familia que mi propia familia.

Honey recorrió con el dedo una grieta en el escalón. Sentía como si ambas estuvieran midiéndose igual que Lucille y Ernie lo hacían dentro, representantes y defensores de sus respectivos equipos. Ella entendía bien lo que era sentir que los amigos eran como la familia; Lucille y Mimi habían sido como sus tías durante años.

—Es una pena que su otra hermana no pudiera venir hoy —comentó Carol.

Honey intentó buscar palabras neutrales.

—La carta de Ernie fue una sorpresa para ambas. Mimi entrará en razón. Tiene… —hizo una breve pausa—. Tiene una personalidad fuerte, nada más. Creo que le inquieta la idea de que su madre tuviera un hijo antes de que ella naciera.

Carol se inclinó y apagó el cigarrillo en un cenicero oculto detrás de un muro bajo. Obviamente aquel era su lugar favorito para fumar.

—Lo entiendo. Hace cuarenta años que Ernie sabe de la existencia de sus hermanas. Supongo que ha tenido más tiempo para acostumbrarse.

Honey frunció el ceño, perpleja.

—¿Puedo preguntar por qué no se había puesto en contacto con ellas hasta ahora?

Carol giró la cabeza para mirarla.

—Oh, sí que lo había hecho. Escribió a su madre.

—¿De verdad? Pero…

—Respondió diciendo que no volviera a ponerse en contacto con ella. Que había dejado el pasado atrás y que no soportaba volver a revivirlo.

—Vaya. Qué pena —dijo Honey. Sabía que Lucille y Mimi se quedarían igual de sorprendidas. Se quedaron unos segundos sentadas al sol, cada una digiriendo la información que acababan de recibir—. ¿Ernie siempre ha ido en silla de ruedas? —preguntó tratando de encajar las piezas de la historia de Ernie en la de Lucille y Mimi.

Carol negó con la cabeza.

—Fue herido en la guerra. Creo que tenía unos veintitrés años y ha estado en silla de ruedas desde entonces.

—¿Y nunca se casó ni tuvo hijos? —preguntó Honey. Temía parecer entrometida, pero le fascinaba conocer la historia de Ernie.

—No tiene a nadie. Apenas sale de casa. Es una auténtica pena. Ha vivido aquí toda su vida, es su torre de marfil frente al mundo exterior desde la guerra. Volvió a casa, cerró la puerta y eso fue todo —Honey negó con la cabeza. Ernie parecía un hombre tan amable y tierno que resultaba injusto que se hubiera aislado de esa manera. De pronto se dio cuenta de que tenía que contener las lágrimas. Los paralelismos entre Ernie y Hal eran más que evidentes. Ernie no podría recuperar todos los años que había pasado solo, pero ella no pensaba permitir que Hal se resignara al mismo destino de ermitaño.

—Sus padres adoptivos eran simpáticos, según creo, pero no le queda más familia —dijo Carol—. Yo soy la única persona a la que ve, además de la enfermera que viene casi todas las tardes —una nube oscura ensombreció su rostro—. Su salud ya no es lo que era.

Pobre Ernie, parecía que le habían tocado malas cartas desde el principio. Honey se alegraba de que hubiera sido valiente y hubiera escrito a Lucille y a Mimi, y deseó que Mimi hubiera accedido a ir a conocerlo. Con suerte cambiaría de opinión cuando Lucille hablara con ella aquel día.

—¿Por qué entonces se ha puesto en contacto de nuevo? —preguntó—. ¿Por qué ahora, después de todos estos años?

Carol se quedó mirando al suelo y suspiró.

—Como digo, no está muy bien de salud y no va a mejorar. Es un hombre solitario —su expresión sombría indicaba que había más que decir sobre el tema. Era evidente que Carol le tenía mucho cariño a Ernie, igual que ella les tenía cariño a Lucille y a Mimi; no soportaba la idea de que alguna de ellas estuviera mal. Así que no se entrometió y sus reflexiones le dieron tiempo a Carol para hablar a su propio ritmo—. Ha puesto en orden todos sus asuntos en el último mes. Cree que no me he dado cuenta, pero claro que sí. Si te soy sincera, no me parecía buena idea que escribiera a sus hermanas. Lo último que necesitaba era otra decepción.

Honey ya había deseado en varias ocasiones que Mimi estuviera allí, y volvió a desearlo en ese instante.

—Ernie nunca ha dicho nada malo sobre su madre. ¿Tú sabes algo de ella?

Honey recordó algunas conversaciones con Mimi y Lucille a lo largo de la semana desde que llegara la carta de Ernie y despertara viejos recuerdos.

—Era cantante, según creo. No han dicho nada inapropiado de ella, pero me da la impresión de que tenía ansia de fama y no lo logró.

—Maravilloso —contestó Carol resoplando—. Demasiado ambiciosa para querer a su primer hijo.

—Sinceramente no sé más detalles, salvo que era joven y estaba soltera. Supongo que un bebé fuera del matrimonio habría sido un escándalo por entonces y habría arruinado sus posibilidades de ser cantante —Honey sonrió con tristeza—. En aquella época no existía *Factor X*.

—Probablemente fuera mejor —contestó Carol con el ceño fruncido.

Ambas se quedaron sentadas al sol, probablemente preguntándose cómo irían las cosas dentro de la casa.

—Haré lo posible para que Mimi venga pronto —dijo Honey.

Carol asintió mirando al suelo.

—Hazme un favor. Que sea lo antes posible.

Honey asintió y apartó la mirada. Lo haría. Lo haría por los dos hombres que ahora sabía que vivían recluidos.

CAPÍTULO 22

El viernes amaneció frío y gris, pero Honey se despertó temprano y sudando. Era aquel día. Esa misma noche. El viernes. La noche de la no cita con Hal. No se lo había contado a nadie en un intento por quitarle importancia. Ni a Tash, ni a Nell, ni a Lucille, ni a Mimi, cosa de la que se arrepintió tras vomitar el desayuno cinco minutos después de comérselo. Estaba de los nervios. Tash habría sido la persona perfecta para ayudarla a digerirlo con su habitual buen humor, pero Honey sabía que en ese momento estaría en algún lugar a nueve mil metros de altura y no podría ofrecerle consuelo. Nell... Nell probablemente estuviera echando un polvo mañanero, así que tampoco sacaría nada de ella, y no era una conversación que pudiera tener con Lucille y Mimi. Así que no le quedaba nadie. Nadie salvo la única persona que estaba al corriente de la situación. Hal. Pero ¿qué iba a hacer? ¿Llamar a su puerta y después qué? ¿Preguntarle si seguía en pie lo del sexo? Se dijo a sí misma que era idiota mientras se miraba en el espejo. Se recogió el pelo, se puso el impermeable y salió de casa.

Desde su casa, Hal oyó la puerta de Honey abrirse y cerrarse, después escuchó sus pisadas. Era capaz de saber si se dirigía hacia su casa o hacia la salida, y aquel día se detuvo frente a su propia puerta. ¿Estaría decidiendo hacia dónde ir? ¿Se habría echado atrás? ¿Debería hacerlo él? Tenía serias dudas sobre el asunto. Se excitaba sabiendo que Honey lo deseaba, pero su mente le decía que era un error de enormes proporciones. Llegó a poner la mano en el picaporte, dispuesto a abrir la puerta y cancelar el plan. Se quedó parado, con la respiración acelerada. Si Honey caminaba hacia su puerta, él abriría y cancelaría la cita, porque no cabía duda de por qué iba a verlo. Si salía por la puerta, entonces... y en ese momento se oyó la puerta de entrada, ella se marchó a trabajar y le dejó sin opciones. No había cancelado y él tampoco.

Hal recibió como a una vieja amiga aquella emoción agradable que recorrió su cuerpo. La adrenalina en las venas. El sentimiento por el que vivía antes del accidente, ese momento en el que uno está a punto de hacer algo increíblemente estúpido y ha de reunir todo su coraje para lanzarse al vacío.

Salvo que a veces uno no tenía el aterrizaje suave con el que contaba. A veces sí que uno era increíblemente estúpido. A veces podía uno arruinarse la vida. Su problema era que sinceramente no sabía hacia cuál de los dos lados iba a ir aquella situación.

La oyó volver igual que la había oído marcharse horas antes, desde la entrada hasta su casa sin desviarse hacia su puerta.

Podía hacerlo. Había una manera de darle lo que deseaba sin obtener lo que deseaba él. Probablemente a Honey no le gustase, pero eran sus condiciones.

Alcanzó la botella de whisky.

Honey había pasado el día en un permanente estado de ansiedad; tranquila por fuera, pero frenética por dentro. Tenía el corazón desbocado y se le aceleraba cada vez que pensaba en la noche que la esperaba. No le funcionaba el cerebro en lo referente a asuntos de la tienda y se sintió aliviada cuando apareció un cocinero de la agencia para ayudar a Steve, porque su cerebro deseaba pensar en Hal y en su no cita. ¿Qué se pondría? ¿Dónde lo harían? Había cambiado las sábanas antes de irse a trabajar aquella mañana para llenar el tiempo después de vomitar el desayuno y antes de salir de casa. Tal vez el sofá fuese mejor idea; podrían pasar naturalmente de la conversación al sexo. «¿Qué tal tu día, cariño? Bien, ¿quieres echar un polvo?».

Al final había decidido que probablemente fuese mejor dejar de intentar planearlo y permitir que Hal tomase la iniciativa. En definitiva ella era la alumna y él, el maestro. Para cuando llamaron a su puerta poco antes de las ocho de la tarde, estaba histérica y necesitaba tomarse una copa.

—Mierda —susurró, y se quedó petrificada por el golpe—. ¡Mierda!

El corazón empezó a golpearle en las costillas casi con la misma fuerza que Hal había empleado para llamar a la puerta. Estaba allí. No se había olvidado ni se había echado atrás. Estaba frente a su puerta y tenía que dejarle entrar.

—¡Voy corriendo! —gritó nerviosamente, se aclaró la garganta y se llevó la mano a la boca para no añadir «y espero correrme» cuando abrió la puerta.

—Honeysuckle —dijo él, y solo con oírle decir su nombre completo le entraron ganas de decirle «poséeme». Hal estaba igual que siempre, aunque sutilmente diferente, como si fuera una versión menos gruñona de sí mismo. Quizá fuese porque llevaba una camisa en vez de una camiseta con los vaqueros, una camisa que se ajustaba a su cuerpo y era tan oscura como el pelo que había intentado domar—. ¿Entro, o quieres que lo hagamos en el recibidor? —preguntó él, y Honey se dio cuenta de que aún no le había invitado a pasar.

—Perdón... perdón. Pasa.

Una vez en el salón, Hal se sentó en el sofá y Honey se debatió entre sentarse al otro extremo del sofá o en la silla. Ganó la silla.

—A no ser que esperes que te haga tener un orgasmo a un metro de distancia utilizando el poder de la mente, vas a tener que acercarte más.

Honey se rio con nerviosismo.

—Ja. Sí. ¿Te... te apetece primero una copa?

—Ya me he tomado una, pero tú no te cortes. Parece que necesitas una.

—¿De verdad? —preguntó ella, sabiendo bien que sí—. Estoy bien, de verdad. Muy bien. Tranquila —pasó de la silla a hacer equilibrios al otro lado del sofá—. ¿Ves? Estoy justo aquí, tranquila y bien.

Tras un minuto de silencio incómodo, volvió a levantarse de un brinco y corrió hacia la cocina.

—Creo que me voy a tomar esa copa.

En la cocina se golpeó la cabeza tres veces con la puerta del frigorífico, se maldijo a sí misma y regresó al salón con dos grandes copas de vino tinto.

—He comprado vino —dijo mientras dejaba las copas en la mesa—. Shiraz. Australiano.

—¿Y no hay también algo de picar? —preguntó Hal con voz seca.

—No hay nada de picar —Honey se sentó a su lado, sin tocarle, y deseó haber puesto la televisión antes de que llegara porque había mucho silencio y le parecía de mala educación hacerlo en ese momento, como si estuviera aburriéndola.

Hal dio un sorbo a su vino y ella un trago al suyo.

—Bueno. ¿Y qué tal tu día? —le preguntó, sintiéndose ridícula.

—¿De verdad? —preguntó él con incredulidad mientras dejaba su copa—. ¿Quieres hacerlo así? ¿Hablamos luego del tiempo?

—Es solo una conversación, Hal —repuso ella.

—No he venido aquí a hablar. Vamos al dormitorio.

Vaya.

—Tranquilo, cavernícola. ¿Qué quieres, echarme al hombro? —preguntó ella y, al ver que no decía nada, se levantó—. Voy a llevar el vino.

Hal caminó hasta el borde de la cama y se sentó como si estuviera en una tienda de colchones. Honey lo observó, inquieta por su presencia sombría y dominante en su dormitorio de estilo escandinavo.

Dejó las copas en la mesita de noche y lo miró nerviosa.

—¿Qué llevas puesto? —preguntó él.

Honey abrió los ojos desmesuradamente. Había pasado de cavernícola a operador de línea erótica en un abrir y cerrar de ojos. ¿Cómo podía responder?

—Eh... bueno, mi vestido es negro con cremallera en la espalda, de fácil acceso —ronroneó, y cerró los ojos avergonzada—. Y... llevo ropa interior nueva. La he elegido para ti. Me sienta...

—Quítatelo todo y túmbate boca arriba en la cama.

Honey levantó su copa de vino y se la bebió de un trago antes de sentarse al otro lado de la cama. El último hombre que le había dicho algo así había sido su médico.

—Hal, voy a tumbarme aquí con la ropa puesta y me gustaría que tú te tumbaras a mi lado. Vas demasiado deprisa para mí, ¿de acuerdo?

Era algo que no había pensado que tuviera que decir. Sus anteriores encuentros con Hal habían sido sexys y lentos, pero así no funcionaba.

Se recostó sobre las almohadas y él hizo lo mismo a su lado.

—¿Ya estás contenta? —preguntó mirando al techo.

—No especialmente —murmuró ella—. ¿Crees que es esto lo que se siente cuando llevas años casada?

—Ayudaría bastante si te quitaras la ropa —insistió Hal.

Cuando se había vestido aquella tarde, de manera inconsciente había optado por cosas que fueran táctiles, cosas con las que esperaba que Hal disfrutara al quitárselas más tarde.

—Eh… he comprado un antifaz. Me preguntaba si querrías que me lo pusiera —se oyó a sí misma como si fuera una camarera preguntándole si quería doble de café.

—No especialmente. Desnúdate.

Bueno, obviamente él no le había encontrado el sentido.

—¿Crees que podrías besarme primero?

Hal hizo una pausa.

—No pensaba besarte.

—¿Qué?

—Esto no es una cita, ¿recuerdas?

—Sí, y yo tampoco soy una prostituta —respondió ella—. Bésame de una maldita vez. Estoy cien por cien segura de que no llegaré al orgasmo sin que me beses primero.

Hal suspiró, se giró hacia ella hasta que su cuerpo cubrió a medias el suyo y la aprisionó contra el colchón. Bajó la cabeza, la besó suavemente y dejó sus labios allí durante un par de segundos increíblemente maravillosos.

—Ya está. ¿Vas a desnudarte o el vestido se te sube lo suficiente como para poder quitarte las bragas?

—¡Por el amor de Dios, Hal! —exclamó Honey—. ¡Esto no es lo que esperaba de ti!

—¿No? ¿Y qué esperabas, Honey?

—No sé —respondió ella—. ¿Un poco de romanticismo, quizá? Sé que no es una cita de verdad, pero ¿no puedes fingir que lo es?

—¿Quieres que te mienta?

—Sí, Hal, quiero que me mientas —dijo ella, y se sorprendió a sí misma—. Dime que has estado todo el día pensando en esto. Quítame el vestido y dime lo sexy que te parece que estoy. Dime que te excito. No tienes que hablar en serio y no volveremos a mencionarlo cuando salgamos de esta habitación, pero aquí y ahora miénteme.

Hal dejó caer la cabeza y volvió a besarla, en esa ocasión con la boca abierta y más pasión. Trasladó el calor y el peso de su cuerpo al de ella, le rodeó la cara con ambas manos, siguió besándola con intensidad y Honey le rodeó la espalda con los brazos y le levantó la camisa para poder acariciar su cálida piel.

—Sabes que me excitas, Honeysuckle —susurró él en su oído mientras ella se arqueaba. Encontró la cremallera del vestido con los dedos, se la bajó y se movió lo justo para quitarle el vestido—. Eres como una maldita diosa —añadió antes de volver a besarla, más despacio, recorriendo con las yemas de los dedos el espacio entre sus clavículas y su ombligo.

¿Estaría mintiéndole? Inmersa en el calor de la pasión no se lo parecía. Su cuerpo le indicaba que decía la verdad, un cuerpo duro contra la suavidad del suyo.

—Hal —dijo mientras alcanzaba los botones de su camisa. Él se detuvo y después le cubrió la mano con la suya.

—Yo no —susurró él—. Solo tú.

Honey abrió los ojos.

—¿Qué?

—Esta noche no vamos a tener sexo, Honey —aclaró Hal masajeándole la cadera—. Esto es para ti.

—Pero yo quiero que tú también disfrutes de esta noche —dijo ella, y se dio cuenta de que hablaba en serio. Aquella noche estaba dedicada a darle placer a Hal, no solo a recibirlo ella. Tenía que ser una calle de doble sentido.

Él negó con la cabeza y deslizó los labios por su mandíbula.

—Shh. Relájate.

—No puedo —admitió Honey, consumida por el deseo de quitarle la camisa.

Hal recorrió su cuerpo con la mano y detuvo los dedos sobre la seda de sus bragas, después los metió por debajo y la agarró.

—Sí que puedes —dijo. Su mano era fuerte y cálida—. Estamos solos tú y yo. Abre las piernas.

—No creo que pueda hacer esto —respondió Honey, sintiendo que su cuerpo se tensaba incluso mientras él comenzaba a darle un suave masaje con los dedos. Le dio un beso en la piel detrás de la oreja.

—Deja que te toque como quieres que te toquen, Honey —susurró él, la besó y sus dedos empezaron a moverse. A explorar. A acariciar—. Déjame hacer esto por ti, cariño —añadió, separó sus pliegues con los dedos, absorbió sus jadeos con la boca y le susurró palabras de cariño.

Por un segundo Honey dejó de pensar en el sexo, o en darle placer a él, porque las cosas que estaba haciéndole borraron sus pensamientos y los reemplazaron por sensaciones. Aquello era agradable. Muy agradable, y le hacía desear todo aquello que él pudiera darle.

—Cambia de opinión, Hal —murmuró—. Quítate la ropa y quédate conmigo esta noche. Noto lo mucho que lo deseas.

Él se detuvo.

—¿Quieres que haga esto por ti o no? —preguntó, dejó de ser el Hal apasionado y volvió a ser el Hal controlador.

—No creo que pueda hacerlo a no ser que estés desnudo —dijo ella—. Y no me digas que no quieres porque, ¿hola? —colocó la mano sobre su entrepierna hinchada.

—Tú me lo pediste —dijo él—. Me pediste que viniera aquí y te hiciera llegar al orgasmo. Hace un minuto íbamos por el buen camino y ahora esto. ¿Qué es lo que te pasa? Cuando obtienes algo, siempre quieres más. «Miénteme, Hal. Dime que estás excitado, Hal».

—¿Estabas mintiendo? —preguntó Honey con la esperanza de que no fuese así.

Hal respiró profundamente y sacó la mano de debajo de sus bragas.

—Un hombre te dice que eres preciosa cuando tiene la mano bajo tus bragas. Síguele el rollo. Probablemente hable en serio.

—Entonces, ¿estabas mintiendo o no? Dímelo —de pronto era importante para ella saberlo, porque, de haberlo fingido, era un actor de primera.

—Honey, déjalo ya. Te lo diré una última vez porque parece que tenemos un problema de comunicación. Quítate las bragas, abre las piernas, yo me pondré entre ellas y te daré lo que deseas. Te mentiré. Haré que lo pases tan bien que te olvidarás hasta de tu nombre, y también del mío. Pero tiene que quedarte bien claro. No vamos a follar. Ni esta noche, ni mañana, ni nunca.

Y así se esfumó la esperanza de poder salvar la situación. Honey alcanzó su bata del pie de la cama y se tapó con ella.

—¿Es por algo que he dicho? —preguntó Hal, alcanzó su copa y se la bebió.

—Vete, Hal. No sé por qué pensaba que contigo sería diferente a con los demás hombres —dijo ella incorporándose—. Ha sido un error por mi parte.

—Pues como tú quieras —respondió él alzando las manos.

—Así es. Con otra persona.

—Buena suerte —dijo Hal mientras caminaba por el pasillo hacia la puerta—. No pienso darte un beso de buenas noches —añadió mientras abría la puerta.

—No pensaba dejar que lo hicieras —repuso ella.

—Buenas noches, Honeysuckle —concluyó Hal mientras abría la puerta de su casa—. Dulce sueños, cariño.

CAPÍTULO 23

Honey no tuvo dulces sueños. En su lugar, se terminó el vino y pasó la noche dando vueltas en la cama, furiosa, mientras al otro lado del recibidor Hal se emborrachaba a base de whisky en el sofá.

El dolor de cabeza y el mal humor estuvieron a la orden del día el fin de semana a ambos lados del recibidor y a Honey no le impresionó encontrarse sin leche para ese café que tanto necesitaba.

—Voy a comprar —gritó al cerrar su puerta, con el bolso cruzado sobre la cazadora vaquera y el pelo recogido—. ¡Y me da igual si necesitas algo, porque no soy tu maldita criada!

—Intenta no traerte a casa a ningún desconocido —respondió él.

—Lo haré si me da la gana —gritó ella—. Estoy segura de que serán mucho más considerados que tú en la cama.

—No nos hemos ido a la cama y no vamos a hacerlo —dijo él.

—En eso no te equivocas —chilló Honey abriendo la puerta—. Tuviste tu oportunidad de pasar la noche conmigo y la fastidiaste.

No era el mejor momento para encontrarse cara a cara con el cartero. El hombre enarcó las cejas, le entregó el correo de la mañana y se alejó por la acera riéndose en voz baja. Honey revisó las cartas; facturas, menús de pizzerías y correo basura. Lo dejó todo en la mesa del recibidor, incluyendo el sobre marrón dirigido al señor Benedict Hallam. Hasta el momento, Hal no había recibido ni una carta, lo que le había hecho pensar que habría desviado todo el correo a propósito.

Lo maldijo en voz alta varias veces y cerró la puerta con tanta fuerza que las ventanas vibraron.

Llegó el lunes por la mañana y Honey y Hal no habían vuelto a tener comunicación, ni a través del recibidor ni de ningún otro tipo. Ninguno había disfrutado especialmente de su fin de semana. Honey no lo entendía en absoluto. ¿Por qué habría accedido a acostarse con ella para después tratarla como lo había hecho el viernes por la noche? ¿Lo habría considerado una oportunidad demasiado buena para provocarla? Incluso después de dos días seguía resultándole difícil verlo de otro modo.

Por su parte, Hal languidecía en silencio, enfadado consigo mismo por su manera de fastidiar la situación. Se había obsesionado tanto por no permitir que pasara al terreno romántico que lo había convertido en un auténtico ataque. ¿Serían así las cosas ahora para él? ¿Una vida de malentendidos y errores? Sabía bien en qué se había equivocado; no debería haber accedido en un primer momento.

—¿Quieres salir a esposarme, querida? —le preguntó Mimi una hora más tarde. Le tocaba encadenarse a la verja aquel día y llevaba puesta su camiseta con el eslogan y unos leggins rosas. Se había atado un pañuelo de lunares rosas en lo alto de la cabeza y parecía la estrella de una versión de *Grease* protagonizada por jubilados. Honey sonrió al pensarlo. Habría pagado mucho dinero por verlo representado. Mimi sin duda sería Frenchy y Lucille sería Sandy, y las caderas de Billy le convertirían en miembro de la banda de los chicos.

Honey miró a Lucille, que estaba apilando vasos al otro extremo de la tienda. ¿Le habría mencionado ya a su hermana la visita a Ernie? La atmósfera cordial sugería que no.

—Por supuesto. ¿Estás preparada? —preguntó recogiendo del mostrador las esposas rojas de Mimi.

Mimi asintió.

—Aunque me muero de hambre. El cocinero que ha enviado la agencia es horrible. Esta mañana nos ha dado galletas para desayunar —masculló—. Los viejos necesitamos nuestros All-Bran si no queremos tener problemas.

—¿Qué tal lo ha hecho el fin de semana? —preguntó Honey.

—Fatal. Ni siquiera puedo hablar de ello —Mimi se estremeció—. Hasta tu comida estaba más rica que la suya.

Honey no sabía si sentirse ofendida u orgullosa. Se decantó por orgullosa; no tenía mucho sentido sentirse ofendida por la verdad. Siguió a Mimi al exterior y le gritó a Lucille que volvería en cinco minutos.

Lucille levantó abruptamente la mirada.

—Honey, querida —le dijo cuando Mimi salió de la tienda. Honey se dio la vuelta y Lucille se cerró los labios con el pulgar y el índice como si fueran una cremallera mientras se encogía de hombros a modo de disculpa.

Honey negó con la cabeza.

—Esto no puede seguir así, Lucille —siseó.

La anciana se acercó hasta ella y la echó por la puerta.

Fuera, Honey encontró no solo a Mimi, sino también a Billy, junto con dos mujeres de cuarenta y tantos años a las que no conocía.

—Honey, ve a por más esposas, querida —le dijo Billy mientras pasaba los brazos por los hombros de las dos mujeres, que parecían idénticas—. Hoy tenemos compañía. Michelle y Lisa han venido a contribuir a la causa.

Las mujeres asintieron al unísono y a Honey le sorprendió lo mucho que se parecían entre ellas, además de parecerse a Susan Boyle.

—Mi tía Titania vive aquí —dijo una de ellas.

—También es mi tía —dijo la otra—. Somos hermanas —añadió innecesariamente.

—Gemelas —concluyó la primera, y ambas asintieron con solemnidad. Honey regresó a la tienda a por más esposas y después encadenó a los cuatro a la verja.

Billy había optado por unos vaqueros ajustados de color rojo y una camiseta en la que se leía *¡Los chicos mayores lo hacen mejor!* Y, cuando las gemelas se quitaron los impermeables, dejaron ver sus camisetas blancas en las que habían escrito a mano *¡Te queremos y te apoyamos, tita!* Resultaba desafortunado, o afortunado, según se mirase, que ambas mujeres estuvieran muy bien dotadas, porque sus amplios escotes se habían comido varias letras del eslogan, de manera que anunciaban con orgullo *Queremos teta* sobre sus bustos. Sonrieron con serenidad y Billy guiñó un ojo a la prensa, que se había reunido como casi todos los días con la esperanza de obtener algo de acción.

—Todos queremos, señoritas. ¿Verdad?

Se dispararon los flashes y Honey supo que, gracias a las camisetas de las hermanas, la campaña volvería a aparecer en las portadas. La semana pasada además había salido en las noticias de la tele local, lo cual había entusiasmado a Billy. Sin duda debía de estar teniendo algún efecto en la oficina central. Se decía que era mejor que hablaran de uno aunque fuera mal, pero sin duda resultaría mala publicidad para una empresa que sacaba sus beneficios de los hogares de ancianos.

—Creo que es asombroso lo que estáis haciendo —dijo una

viandante al detenerse junto a ella mientras la prensa sacaba fotos. Honey sonrió a la mujer, que llevaba un carrito con dos niños pequeños y la compra.

—Gracias. Significa mucho para todos quedarse aquí —le dijo. Estaba acostumbrándose deprisa a su papel de portavoz—. No puedo imaginarme qué sería de ellos si cerrara la residencia.

—Si yo no tuviera a estos dos, me habría unido —aseguró la mujer señalando a los niños, después sonrió y siguió su camino. Honey se quedó allí contemplando la verja con la cabeza llena de ideas. Se preguntó cuántas personas cabrían allí. Las verjas recorrían la esquina de la calle y continuaban, así que de hecho cabrían bastantes. ¿Treinta? ¿Cuarenta? ¿Más? Al darse la vuelta para volver a la tienda, se encontró con un angustiado Steve, que venía cargado con té caliente para los manifestantes.

—Estás haciendo un gran trabajo, Steve —le dijo dándole una palmadita en el hombro al pasar.

—¡No te vayas! —le susurró el muchacho, ella se detuvo y se dio la vuelta, inquieta por el tono desesperado de su voz.

—¿Estás bien? —le preguntó.

Él negó con la cabeza.

—El cocinero de la agencia se está volviendo loco, Honey. No hace caso a nada de lo que le digo.

—He oído que había algunos problemas —respondió Honey con el ceño fruncido.

Steve resopló y se limpió nerviosamente una mancha que tenía en la barbilla.

—¿Problemas? Hasta yo sé que no se les puede dar *vindaloo* de gambas a los ancianos —Steve hablaba con urgencia, como si le aliviara poder desahogarse con alguien—. El personal se está volviendo loco porque todos quieren ir al baño al mismo tiempo. El viejo Don se ha cagado en las zapatillas de Elsie esta mañana porque no le han llevado a tiempo —negó con la cabeza y puso una cara que daba a entender que probablemente él hubiese presenciado el incidente—. Es un desastre, Honey. Un auténtico desastre. Ahora mismo está ahí dentro preparando un chili tan picante que sería capaz de arrancarte la piel del paladar. Lo sé porque me ha hecho probarlo —tragó saliva dolorosamente—. No creo que le guste mucho la gente mayor. De hecho... —miró a Honey temeroso, como si ella fuera una agente de policía tomándole declaración—, creo que podría estar intentando matarlos a todos con la comida picante.

Honey estuvo a punto de reírse, pero se contuvo porque en realidad no era divertido. Era improbable que la agencia les hubiera enviado un cocinero que tuviera tendencias homicidas hacia los ancianos, pero evidentemente era un problema demasiado grande para el pobre Steve. No tenía mucho sentido decirle que hablase del tema con Christopher; de hecho cabía la posibilidad de que Christopher hubiese elegido él mismo al peor cocinero disponible.

—Iré a hablar con él en cuanto pueda, Steve —le prometió con una sonrisa alentadora—. Mientras tanto, intenta conducir la comida en la dirección adecuada, ¿quieres?

Steve asintió con tanta vehemencia que estuvo a punto de derramar el té que llevaba en la bandeja.

A nueve mil metros de altura, Tash también estaba sirviendo té y, cuando el avión pasó por una zona de turbulencias, derramó el líquido caliente sobre el regazo del pasajero más cercano a ella.

—Lo siento mucho, señor —le dijo, dejó inmediatamente la tetera y agarró un trapo. Al secar los papeles del hombre, se dio cuenta de que eran partituras, y no los habituales informes que los pasajeros estudiaban en la primera clase de los vuelos trasatlánticos.

Él levantó una mano, la detuvo y, cuando ella lo miró a los ojos, vio que sonreía.

—No pasa nada —le dijo con acento estadounidense—. Tampoco era muy buena. Acabas de ahorrarme un trabajo.
—¿Escribe música? —preguntó Tash, que siempre estaba dispuesta a charlar con los pasajeros, sobre todo con los que tenían unos ojos azules y sexys y una sonrisa bonita.
—Al menos lo intento —contestó él—. Soy pianista.

CAPÍTULO 24

Honey esperó a después de comer para ir a ver al nuevo cocinero. Abrió la puerta de la cocina con cuidado y oyó los gritos y el estruendo en el interior. El nuevo cocinero estaba de espaldas a la puerta y sostenía una sartén, que agitaba por el aire mientras gritaba a Steve. Honey estaba segura de que no quería parecer amenazante, pero aun así parecía que hubiese entrado treinta segundos antes de que Steve se sacrificase por el equipo.

—Eh, perdón —dijo suavemente tras aclararse la garganta—. ¿Hola? —añadió con más fuerza al ver que el cocinero no reparaba en su presencia. El hombre se dio la vuelta entonces con la sartén aún levantada.

—¿Qué? —preguntó en un inglés con fuerte acento y con el bigote erizado. A juzgar por su apariencia, Honey pensó que sería español o mexicano. No era un hombre alto. Una persona menos amable incluso habría podido calificarlo de bajito, pero lo que le faltaba en altura lo compensaba con su volumen—. ¿Qué quieres, mujer? —preguntó a gritos, y Honey vigiló con atención la sartén por si acaso aterrizaba en su cabeza cuando se acercó a él.

—¿Crees que podrías dejar la sartén? —preguntó, haciendo uso de sus escasas habilidades como negociadora que había sacado de las películas.

El cocinero miró la sartén y pareció sorprenderse de verla allí.

—¿Te refieres a esta sartén?

Ella asintió y le dirigió la clásica sonrisa temblorosa de alguien ligeramente aterrorizado.

El cocinero la miró y después dirigió una mirada a Steve, y en ese punto empezó a gruñir.

—De acuerdo —dijo Honey, captó la atención de Steve y señaló con la cabeza hacia la puerta trasera que conducía al jardín. No le hizo falta decírselo dos veces. Como si fuese el peor héroe del mundo, el joven corrió hacia la libertad y Honey cerró la puerta para que el cocinero no fuera tras él.

—¿Por qué has hecho eso? —preguntó el hombre mientras dejaba la sartén sobre la encimera con un fuerte golpe. Honey dio un respingo, pero se quedó bloqueando la puerta

—Estás asustándole —le dijo.

—¿Qué es? ¿Un hombre o un ratón? Lleva toda la mañana diciéndome «no hagas esto, no hagas lo otro. No les gustará esto, no les gustará aquello» —agarró un chile entero que había sobre la encimera—. «¡Y desde luego no les gustará esto!».

Mordió el chile por la mitad y se lo comió sin inmutarse.

—Mi madre en México se los come para desayunar y tiene ciento tres años —se metió el resto del chile en la boca y se lo tragó—. Esta gente —señaló con desprecio hacia el comedor— es sosa. Solo intento animar un poco sus vidas, y ese chico... —miró con odio hacia la ventana en busca de Steve—. Él no me deja. ¿Quién manda aquí? ¿Él o yo? Mi chili con carne ganó tres pimientos rojos en los Premios de Chile de Chihuahua de 2010. ¡Tres pimientos! —agarró tres chiles más y se los metió en la boca de golpe. Honey se quedó mirándolo, perpleja, mientras él masticaba con dificultad.

—¿Quieres un vaso de agua? —le preguntó al ver las lágrimas que resbalaban por sus mejillas.

El cocinero escupió una semilla de chile.

—No lloro por los chiles. Los chiles están deliciosos. Lloro porque mi alma está herida. Herida por esta gente que parece hecha de papel y que solo come comida sosa —había pasado de furioso a sensiblero en un abrir y cerrar de ojos, impresionante para alguien completamente sobrio—. Lloro porque echo de menos a mi madre. Esta gente me recuerda que debería ir a casa y darle un beso en sus arrugadas mejillas —se secó las lágrimas con el delantal, que después se quitó y colgó en el taburete—. Me voy ahora —declaró—. En este instante. Me voy a ver a mi madre.

—Pero...

Él levantó ambas manos para detenerla.

—A mi madre. Me voy ya.

—¿A Chihuahua? —preguntó Honey con incredulidad, y él asintió mirándola con odio.

—Pero ¿qué pasa con la cena?

—He preparado chili —señaló hacia la enorme cazuela que borboteaba en el fuego—. El flacucho ese sabrá qué hacer con ello.

Honey supuso que se refería a Steve, e imaginó que él no tendría ni idea de qué hacer con el guiso. Observó con impotencia mientras el cocinero se echaba una bolsa a la espalda, salía de la cocina, volvía a entrar a por sus chiles y se marchaba de nuevo, esta vez para siempre.

—No podemos servirlo así —dijo Honey tras atreverse a probar un poco del chili con la punta de una cucharilla. Había empezado a sudarle la frente y había corrido a beber agua—. ¿Tienes idea de cómo aliviar el picor?

Steve negó con la cabeza y frunció el ceño, pensativo. Habló pasado un minuto.

—No.

Honey respiró profundamente para calmarse.

—¿Agua, quizá?
—No creo. Lo convertiría en sopa —respondió Steve.
Probablemente llevase razón, pero eso le había dado a Honey otra idea.
—¿Sopa? ¿Tenemos sopa de tomate? Eso podría funcionar.
Steve pensó en su sugerencia y después se volvió para rebuscar en los armarios de la pared. Dejó cuatro enormes latas de sopa sobre la encimera y se giró hacia ella.
—Merece la pena intentarlo —le dijo—. ¿Las echo todas?
Honey asintió. Aun sin tener conocimientos de cocina, sabía que aquel chili había que diluirlo todo lo posible. Asintió con determinación mientras el joven Steve vaciaba las latas en la cazuela.
—Ahora pruébalo —le dijo.
—¿Por qué yo?
—¡Porque tú eres el cocinero! —exclamó Honey.
—A mí no me gusta el chili —murmuró Steve.
Honey suspiró y agarró una cuchara.
—Aparta.
Sin duda la consistencia había cambiado; estaba demasiado gelatinoso y muy rojo, como un animal atropellado en la carretera. No lo querría ni para su propia cena y sintió pena por los residentes. Metió la cuchara y se llevó un poco a la boca.
Dejó la cuchara lentamente y negó con la cabeza.
—No ha servido de mucho —admitió antes de volver al grifo.
—¿Qué vamos a hacer? —preguntó Steve con cara de pánico—. Son casi las dos. Si no tengo algo en la mesa a las cinco y media, me lincharán.
Honey estuvo a punto de decirle que, en realidad, ella no era empleada de la cocina y salir huyendo, pero acababa de verle salir corriendo hacía unos minutos y no le cabía duda de que la derribaría antes de que pudiera llegar a la puerta. Además, estaba desesperado y ella no era tan despiadada como para

abandonarlo cuando más la necesitaba. Lo cual les dejaba a ambos con un problema monumental. Tenían que servir la cena para treinta personas en poco más de tres horas y no tenían ni idea de cómo iban a hacerlo.

—¿Crees que la agencia podría enviarnos a un sustituto a tiempo? —preguntó Steve.

Honey lo dudaba. Atravesó la estancia, abrió la nevera y experimentó una sensación de *déjà vu*. La última vez que había hecho aquello había tenido éxito, pero era improbable que volviese a ocurrir lo mismo. En el frigorífico encontró poca cosa que pudiera servirle de inspiración, y desde luego nada que pudiera salvarles el pellejo.

—¿Comen beicon y salchichas? —le preguntó a Steve al ver esos ingredientes en la nevera.

Steve arrugó la nariz.

—Algunos. El beicon se les queda pegado a las dentaduras postizas. O incluso no tienen dientes —se encogió de hombros a modo de disculpa.

—¿Y salchichas?

—Sí. Podríamos preparar salchichas.

—Con... —Honey intentó alentarle para que creara un plato. Al fin y al cabo era el cocinero más experimentado de los dos, hacía aquello todos los días.

—¡Puré de patatas! —gritó el muchacho, iluminándose como un árbol de Navidad—. ¡Salchichas con puré!

Honey sonrió, aliviada por haber evitado otro desastre.

—Ahora nos entendemos. Ve a por patatas, tenemos mucho que pelar. Para el puré se pelan las patatas, ¿verdad?

Todo el mundo conoce esa sensación de orgullo por haber hecho algo y haber recibido los halagos de la gente. Tal vez no llegara a ese extremo, pero, para Honey y para Steve, el festín de salchichas y puré seguido de su ya tradicional helado de fresa fue todo un triunfo. Sin embargo, cuando estaban recogiendo los platos después de la cena, Steve comprobó el calendario de la cocina y se puso verde.

—Oh, no —murmuró, lo que hizo que Honey apartase la mirada de los platos.

—¿Qué pasa?

—Mañana es el cumpleaños del viejo Don. Hay una fiesta a las tres.

—¿Una fiesta? —repitió Honey. Le dolía el cerebro de tanto pensar—. ¿Una fiesta con comida de fiesta? ¿En plan sándwiches, rollitos de salchicha y esas cosas?

—Y una tarta de cumpleaños —susurró Steve con cara de horror.

—¿Sabes hacer eso? —le preguntó Honey, aunque supo la respuesta antes de que él negara con la cabeza. Ella tampoco era una gran repostera, a pesar de haber visto todos los programas de cocina de la televisión—. Mierda —murmuró mientras se dejaba caer sobre el taburete más cercano—. Estamos perdidos.

Steve parecía un boxeador de peso pluma derrotado, con los hombros caídos y expresión de abatimiento.

—Ya estoy harto —masculló—. Lo siento, Honey. Sé que no está bien, pero dejo el trabajo. No puedo hacer esto.

—¿Qué? ¡No! —Honey se levantó y lo agarró por las solapas de la chaquetilla—. ¡Steve, no puedes hacerme esto! Ni a ellos —señaló con la cabeza hacia el comedor—. Por favor, ya se nos ocurrirá algo. Compraré una tarta en el súper. Pronto tendremos otro cocinero, lo prometo.

—Honey, necesitamos un cocinero a primera hora de la mañana y eso no va a ocurrir. Me pagan el salario mínimo por esto. Es demasiado trabajo para tan poco dinero.

Honey pensó con rapidez y entonces le hizo una oferta precipitada y desesperada.

—¿Y si te prometo que mañana habrá aquí un cocinero? Alguien que se encargue y te enseñe, como hacía Patrick.

Una débil esperanza iluminó los ojos grises del muchacho y Honey se sintió como el ladrón de niños de *Chitty Chitty Bang Bang*, intentando atraerlo con caramelos.

—¿Lo prometes?

Ella asintió, cerró los ojos un instante y deseó poder cumplir su promesa.

—Lo prometo. Tú estate aquí por la mañana, ¿de acuerdo?

Steve le dirigió una pequeña sonrisa y la dejó sola en la cocina, mirando con anhelo la botella de jerez.

Hal oyó llegar a Honey aquella tarde, escuchó sus pisadas y supo que se había detenido ante su puerta.

—¡Hal! —gritó. El hecho de que gritara le sorprendió, pero su tono amable le sorprendió más aún. Había empezado a dudar si algún día decidiría que ya no estaba furiosa con él—. ¡Hal!

Volvió a gritar su nombre. Era difícil adivinar su estado de ánimo; parecía estresada, agotada.

—¿Qué pasa? —preguntó él.

—Necesito hablar contigo —respondió ella.

Las palabras que no dijo resultaron más elocuentes que las que sí dijo. Hal advirtió su cansancio y supo que no tenía ganas de estar ante su puerta a punto de decir lo que fuese a decir.

—Te escucho.

Parecía como si estuviese dando vueltas de un lado a otro frente a la puerta.

—Necesito tu ayuda.

Hal esperaba que no se tratase del mismo favor que le había pedido la semana anterior.

—Honey, no creo que debamos volver a hacer eso —le dijo él intentando ser amable.

—Relájate —contestó ella resoplando—. Se trata de trabajo.

—¿Trabajo? —preguntó él, realmente perplejo—. ¿Tu trabajo?

Estaba moviéndose de nuevo, después la oyó detenerse y dejarse caer contra la pared. Realmente parecía agotada.

—Sí —contestó con un suspiro—. Ya te hablé de Patrick, el cocinero que golpeó al jefe y después dejó el trabajo. Bueno, pues su sustituto ha resultado ser incapaz de cocinar algo que no tuviera como mínimo una tonelada de chiles. Los residentes corrían peligro de sufrir una combustión interna. He intentado hablar con él, se ha puesto hecho una fiera y se ha marchado a México en un avión.

—Vaya. Sí que le caías mal —comentó Hal, impresionado.

—A mí tampoco me caía bien él. El caso es que nos ha dejado a Steve y a mí solos para hacer la cena, que al final no ha estado tan mal —hizo una pausa para tomar aliento—. Salchichas con puré de patatas, ya que lo preguntas.

—No he preguntado.

—Finjo que sí lo has hecho. Me gusta engañarme a mí misma pensando que eres una persona agradable. El caso es que no ha salido mal, pero, Dios, Hal, ¡no puedo mantener esto yo sola! Ya sabes lo mal que se me da la cocina y Steve tiene la imaginación de un pez de colores en un mal día. Creo que va a darme un ataque al corazón si hago esto mucho más tiempo, Lucille y Mimi están al frente de la tienda y es demasiado pedir a esas edades. Y, además, para rematarlo, mañana es el cumpleaños del viejo Don y tenemos que darle una maldita fiesta. Viene su familia y todo. ¡Necesito una tarta! ¿Cómo hago una tarta? —sonaba aterrorizada—. ¿Y qué otra cosa podemos darles de comer? Steve amenaza con marcharse y no le culpo, y digamos que le he prometido que me aseguraría de que hubiera un cocinero en condiciones por la mañana para supervisarlo. Hal, el único cocinero que conozco eres tú.

Honey soltó un gemido ahogado, él se dejó caer al suelo al otro lado de la puerta y se llevó las manos a la cabeza. Había anticipado por dónde iría la conversación y ya sabía que no podría hacerlo. No era justo por su parte pedírselo.

—No puedo, Honey. No puedo.

—Hal, por favor —le rogó ella—. Sé que no es mucha antelación y no te gusta salir de casa, pero yo te llevaré allí y te traeré de vuelta, no tendrías que hacer más que sentarte en la cocina y decirle a Steve lo que tiene que hacer. Sé que acabo de decir que no tiene imaginación, pero se le da muy bien seguir instrucciones, de verdad.

La nota de desesperación de su voz le hacía sentir culpable. Hal tenía que elegir entre sus propios miedos y los de ella y, por muy grandes que fueran los de ella, ganaron los suyos.

—Puedo decirte lo que tienes que hacer, Honey —le dijo él, intentando hacer concesiones—. Puedo darte listas e instrucciones. Puedo hacer todo eso. Ve a por papel y boli si quieres. Yo te espero.

—No lo entiendes —dijo ella—. No necesito listas, Hal, te necesito a ti. Si vuelvo allí sin un cocinero mañana, ninguna de esas personas desayunará. ¡Ni comerá, ni cenará! ¡Y el viejo Don no tendrá fiesta y es un maldito veterano de guerra!

Su voz sonaba cada vez más aguda y se notaban sus lágrimas de frustración.

—¡Ni siquiera los manifestantes comerán!

Hal deseaba ayudarla más de lo que podía expresar con palabras. Ella hacía que pareciese fácil, como si fuese un maleducado por negarse. Probablemente a ella le pareciera fácil; no veía el mundo como él estaba obligado a verlo desde el accidente. Honey no podría hacerlo y a él le faltaban las palabras necesarias para hacérselo entender, así que en su lugar usó otras palabras deliberadamente desagradables para asegurarse de que supiera que hablaba en serio.

—No es mi jodido problema, Honeysuckle. No soy tu hombre para todo. La semana pasada, frustración sexual. Esta semana, quieres mi pericia profesional. ¿Qué será la próxima?

No acudas a mí si necesitas que atrape una araña, porque no soy el hombre que necesitas.

Esperó su respuesta sarcástica, pero obtuvo silencio. Después Honey solo dijo una palabra, que resultó ser mucho, mucho peor.

—Cobarde.

Pasaron los minutos y después oyó que se levantaba del suelo. Notaba su abatimiento, oyó cerrarse su puerta y se despreció a sí mismo más que nunca. Había sido muchas cosas en su vida, pero nunca un cobarde.

«No es mi jodido problema», había dicho. «No soy el hombre que necesitas».

Honey se tumbó en la cama aquella noche y dio rienda suelta a las lágrimas. Lágrimas porque estaba cansada. Lágrimas porque tenía tanta responsabilidad sobre sus hombros que ya no sabía cómo mantenerse en pie. Y lágrimas porque, de todas las cosas que le habían hecho daño últimamente, las palabras de Hal habían sido las más dolorosas.

CAPÍTULO 25

El teléfono de Honey vibró y la despertó demasiado temprano a la mañana siguiente, lo cual fue un fastidio, dado que apenas había dormido. Miró el teléfono y leyó el mensaje de Tash.

Pianista número 3 identificado. No puedes decir que no. Está para morirse y vas a quedar con él el sábado para comer en el pub.

Honey emitió un gemido y volvió a cerrar los ojos. Tash iba a tener que cancelar la cita, porque el proyecto del pianista era historia. Honey no quería volver a tener una sola cita ni tocar el tema del romanticismo.

No quería salir de la cama, porque significaría el comienzo de otro largo día intentando manejar más bolas que un malabarista de Covent Garden, y nunca se le había dado demasiado bien. Concentrarse en la respiración adoptando la posición fetal le funcionó durante un par de minutos; alivió su cuerpo, aunque no su mente. Su mente se negaba a aliviarse. Se preguntaba si los sándwiches de salmón impresionarían a los octogenarios y si la tarta en forma de oruga cubierta de Smarties que había visto en el supermercado la semana anterior estaría a la altura. Aunque con una no bastaría; necesitaría al menos seis o más. ¿Habría algún nombre colectivo para un grupo de orugas? ¿Un enjambre de orugas? ¿Una puesta de orugas? Todos aquellos pensamientos y más se perseguían los unos a los otros en su cabeza, hasta que salió de la cama arrastrándose como una oruga y se metió en la ducha.

—No soy un cobarde.
Honey oyó las palabras de Hal al cerrar la puerta de su casa poco más tarde. Se detuvo.
—Lo siento si mis palabras te ofendieron —respondió, aunque en parte lo sintiese y en parte no. Por un lado se daba cuenta de que, al esconderse, Hal estaba tomando el camino fácil, pero, por otro lado, probablemente fuese el hombre más valiente que hubiera conocido.
Oyó moverse el mecanismo de su cerradura y, segundos más tarde, la puerta se abrió lentamente. Hal estaba allí, igual que siempre, salvo por una cosa. Llevaba abrigo.
—¡Hal, oh Dios mío! —Honey avanzó velozmente hacia su puerta e instintivamente le dio un beso en la mejilla.
—¿Cómo sabes que no voy a salir a dar un paseo matutino? —preguntó él, quitándole importancia a la decisión a la que había estado dándole vueltas toda la noche.
—Dudo que hayas paseado en tu vida —respondió ella—. ¿Cómo lo hacemos?
—¿Hacer qué?
—¿Tienes un bastón?
Hal emitió un sonido parecido a un resoplido.
—No, no tengo.
—¿No necesitas uno?
—Eso dicen.
Honey escudriñó el recibidor en busca de algún objeto con el que pudiera tropezar y reparó en el paragüero, más concretamente en el enorme paraguas de Orla Kiely que Nell le había regalado la Navidad pasada. Lo agarró y se lo puso en las manos.

—Usa esto.
Él deslizó las manos por el paraguas y palpó el mango.
—¿Está lloviendo?
Honey sabía que él sabía perfectamente bien que no estaba lloviendo.
—Solo intentaba ayudar.
—¿Dándome un paraguas demasiado corto y sin duda chillón para llamar la atención sobre el hecho de que no puedo ver una mierda?
Honey volvió a guardar el paraguas en el paragüero.
—De hecho es bastante elegante. Me lo regaló Nell y ella tiene muy buen gusto.
—Si realmente quieres ayudar, quédate a mi lado cuando estemos fuera. Agárrame del brazo disimuladamente como si realmente nos cayésemos bien y dime si hay escalones o bordillos. ¿Podrás hacer eso?
—No soy idiota, Hal —respondió ella, aunque con suavidad, porque no quería que cambiase de opinión.
—Haces idioteces con frecuencia —dijo él mientras cerraba su puerta. Honey advirtió que su pecho subía y bajaba aceleradamente bajo el abrigo de lana azul marino.
—Nunca antes te había visto con abrigo —comentó para mantener la conversación—. Es como... de pescador sexy.
—¿Pescador sexy? —Hal sonaba incrédulo.
Honey abrió la puerta de la entrada.
—Hay dos escalones hasta la acera, bastante bajos —dijo adelantándose a él—. Sí, ya lo sabes, capitán Iglo —le sujetó el codo con suavidad y contempló la calle, casi vacía a esa hora de la mañana—. Vamos a la izquierda hacia la parada del autobús, no hay nadie más alrededor.
—No me pidas que corra para tomar el autobús —dijo él—. ¿Capitán Iglo? ¿Te parezco un hombre gordo de sesenta y tantos años?
Honey advirtió el sentido del humor en su voz y también

la tensión. Sabía que lo mejor que podía hacer por él era seguir charlando. Y eso era algo que a Honey se le daba muy bien. Sonrió ligeramente mientras estaban los dos en la parada del autobús, haciendo planes para la fiesta de cumpleaños del viejo Don. Iba a ayudarla. Iba a ayudarla de verdad.

—Steve, este es Hal, el cocinero.

Honey había sentado a Hal en un taburete en la cocina y estaba llena de orgullo cuando Steve llegó a trabajar media hora más tarde.

El chico casi hizo una reverencia.

—Lo has conseguido —susurró—. No creí que pudieras, pero lo has hecho.

Por un momento Honey comprendió cómo se sentía Santa Claus.

—Te lo prometí, ¿no?

Steve asintió y le ofreció la mano a Hal.

Honey negó enfáticamente con la cabeza y Steve volvió a retirar la mano.

—Hola, Steve —dijo Hal—. Honey me ha dicho que eres el *sous* chef.

Steve frunció el ceño.

—¿Por qué le has dicho que estoy por debajo?

Honey se aclaró la garganta.

—¿Nos disculpas un momento, Hal? —preguntó, y arrastró a Steve al comedor.

—Steve —le dijo tras tomar aliento—, ese hombre de ahí es uno de los mejores cocineros del país. Sufrió un accidente y ya no puede ver, pero ha venido a ayudar, así que no la fastidies, ¿de acuerdo?

—Aun así no deberías haberle dicho que soy un subchef, Honey. Va a pensar que no sé hacer nada.

—No ha dicho «sub» —murmuró ella—. Ha dicho *«sous»*.

Es francés, Steve. Significa superchef —mintió—. Sí, le he dicho que eres un superchef y está deseando enseñarte, así que contrólate y haz lo que te diga, ¿de acuerdo? Lo empujó de nuevo hacia la cocina con ambas manos y rezó para que todo saliera bien.

Se dispararon las alarmas en su cabeza cuando Honey levantó la mirada de las camisetas que estaba apilando y vio a Nell y a Tash atravesar la tienda hacia ella. Recibir la visita de una de las dos durante la jornada de trabajo siempre era agradable, pero juntas solían traerle problemas.

—Hola, chicas —dijo con una sonrisa—. ¿Habéis venido para llevarme a comer?

—Yo preferiría llamarlo discurso de motivación amistoso —respondió Nell, con la suavidad que solo podía usar una maestra acostumbrada a lidiar con los padres insatisfechos.

Tash sacó su teléfono del enorme bolso de mano y se puso las gafas de sol en lo alto de la cabeza. Manipuló rápidamente el aparato y volvió la pantalla hacia Honey, que la contempló y después apartó la mirada.

—Arrg. ¿Ese es Yusef?

—No —contestó Tash con una sonrisa—. Es tu cita para el sábado. Ya te dije que estaba bueno.

—¿Tan bueno como para querer lucir su cuerpo desnudo?

—¿Qué? —Tash frunció el ceño, miró la pantalla del teléfono y sonrió sin avergonzarse.

—¡Ja! Perdona, Hon. No, ese era Yusef. Menudo semental, ¿eh?

Pasó un par de fotos y volvió a mostrarle la pantalla.

—Christian.

Honey contempló la foto de perfil de un tipo realmente guapo, y por suerte vestido.

—No podía hacerle una foto mejor sin que se diera cuenta

—dijo Tash—. ¿Ves a lo que me refiero? Es mejor en directo. Ojos azules y modales impecables. Sinceramente, era como hablar con Elvis, pero sin los diamantes de imitación.

—Tash, no es que no te lo agradezca, pero tengo muchas cosas en la cabeza ahora mismo, ¿sabes?

Nell miró a Tash como diciendo «te lo dije».

—Solo tienes que comer con él —argumentó Tash—. Solo eso. Todo el mundo necesita comer, Honeysuckle.

—No con hombres desconocidos que hablan como Elvis —respondió Honey.

Tash la miró con determinación.

—¿Qué harías si no? ¿Pensar en tu vecino el antisocial?

—No —contestó Honey con el ceño fruncido, porque no quería entrar en detalles sobre lo mal que habían salido las cosas con Hal en ese aspecto—. Quedar a tomar café con vosotras, probablemente.

—El sábado estoy ocupada —se apresuró a responder Nell.

—Yo también —agregó Tash, y ambas la miraron expectantes.

Honey se libró de tener que decir nada más gracias al grito de una sirena en la calle.

CAPÍTULO 26

Las tres mujeres salieron a la calle seguidas de una fila de compradores. Billy salió el último con un delantal de volantes, pues se había ofrecido a reparar un grifo que goteaba en la sala de personal.

—¡Oh, Dios mío! ¿Qué ha pasado? —Honey salió corriendo al ver la ambulancia con las luces azules aparcada junto a los manifestantes de aquel día, Lucille y Mimi, junto con otras seis personas a las que Honey no conocía. Había empezado a ocurrir algo extraño desde que las sobrinas gemelas de Titania y sus provocativas camisetas salieran en las noticias locales; la gente del pueblo había acudido para ayudar; tres, cuatro o cinco desconocidos distintos cada día. Estaba convirtiéndose en una historia que la gente seguía con interés y la prensa estaba más que encantada de cumplir con su papel.

—Déjennos espacio, por favor —gritó el paramédico abriéndose paso entre la gente hasta donde se encontraba Mimi, sentada en un taburete que alguien le había sacado de dentro de la residencia. Seguía esposada a la verja por una muñeca, resoplaba y se quejaba por ser el centro de atención por los motivos equivocados.

—Todo este alboroto por nada. Solo es una torcedura de tobillo —masculló.

Honey se sintió aliviada de que no fuera algo grave, pero a la vez preocupada por Mimi, porque incluso una torcedura podía tener complicaciones y Mimi no era una jovencita.

Honey le frotó el hombro con cariño.

—Deja que le echen un vistazo, seguro que no es nada. ¿Qué ha pasado?

Mimi puso cara de rabia y apretó los labios.

—¿Sabías que Lucille había ido a ver a Ernie?

—Oh —dijo Honey—. Bueno, sí. No me correspondía a mí decir nada, Mimi. Lo siento. Así que te lo ha dicho.

—Acaba de hacerlo. Espera a que esté esposada a la verja y me lo suelta sin más.

—Ya… ¿y cómo has acabado con el tobillo torcido?

Mimi suspiró y miró a lo lejos.

—Puede que intentara lanzarme a por su brazo. Y la habría alcanzado si no fuera por esto —empezó a agitar las esposas con rabia.

—¿Dónde está ahora Lucille? —preguntó Honey mirando a su alrededor mientras el paramédico le giraba el tobillo a Mimi, que puso cara de dolor y le dio un manotazo en el hombro.

—Escondiéndose de mí, si sabe lo que le conviene —murmuró Mimi—. Habíamos acordado no quedar con él. ¿Por qué lo ha hecho, Honey?

Honey suspiró sin dejar de frotarle el hombro e intentó elegir las palabras con cuidado.

—No fue algo que hiciera a la ligera, Mimi. Creo que no pudo evitarlo.

Mimi negó con la cabeza.

—Me tiene a mí. No le necesita a él.

Honey deseaba abrazar y zarandear a Mimi al mismo tiempo.

—No es necesario que elija, Mimi. Sabes que Lucille te

quiere y nada cambiará eso. Ni maridos ni amigos —Honey miró a Billy, que se había quitado el delantal y había corrido junto a Mimi—, ni hermanos. Pero se parece tanto a ti, Mimi. Me quedé sin aliento.

Una lágrimas resbaló por la mejilla de Mimi y el paramédico levantó la mirada, preocupado.

—¿Le duele? —preguntó presionando con cuidado por si acaso la hacía llorar más. Mimi negó con la cabeza y se secó la lágrima.

—Bien, creo que tiene un pequeño esguince —anunció el paramédico dejando el tobillo de Mimi en el suelo—. Intente no forzarlo durante los dos próximos días y recuerde tenerlo en alto si está descansando. Póngase una bolsa de hielo si le duele y tome su analgésico habitual si le molesta mucho, ¿de acuerdo? —miró a Mimi con amabilidad—. Creo que sería mejor que se quitara las esposas y se tomase un par de días de descanso.

Honey supuso que Mimi se negaría, pero la anciana asintió en su lugar y sacó la llave del bolsillo de su chaqueta de punto con expresión de abatimiento.

—Deja que te ayude —dijo Honey, inquieta por la capitulación de Mimi.

Le dio a Billy las llaves de la tienda, soltó a Mimi y le masajeó la muñeca mientras la ayudaba a levantarse. Con los años, Honey nunca había prestado atención a la diferencia de edad en su amistad con Lucille y con Mimi. Pero aquí día sí. Mimi se apoyó en su brazo mientras caminaban lentamente hacia la residencia, ajenas a las cámaras que disparaban sus flashes en torno a ellas, o a Christopher, que se personó en la acera para pronunciar un discurso empalagoso sobre la necesidad de cancelar la protesta por motivos de salud y de seguridad.

—Bueno, pues ya está —dijo Mimi, resignada, en voz tan baja que Honey apenas pudo oírla—. Quiero irme a mi habitación, por favor, Honey. Estoy cansada y necesito tumbarme.

Honey cerró la puerta de Mimi y se dirigió instintivamente hacia la cocina. Sentía de pronto que toda su vida estaba descontrolándose; Tash y Nell intentando convencerla para otra cita desastrosa, Mimi y Lucille enfadadas entre sí, la campaña para salvar la residencia en peligro y ahora Hal en la cocina con Steve. Cuando atravesaba el comedor, se detuvo en seco y miró a su alrededor. Tenía un aspecto diferente, olía de maravilla, como si hubiera entrado en un restaurante de la calle.

En el reloj de la pared vio que eran poco más de las dos, y el despliegue de comida indicó que pronto habría una fiesta. Tuvo ganas de llorar de alivio al ver las mesas juntas bajo la ventana para formar una barra de bufé, cubiertas por manteles blancos. Se abrió la puerta de la cocina y apareció Lucille cargada con una fuente de rollitos de queso y cebolla.

—Los favoritos del viejo Don —dijo con una sonrisa débil mientras hacía espacio sobre la mesa—. ¿Cómo está Mimi?

—No demasiado mal. El paramédico ha dicho que tiene un ligero esguince. Acabo de dejarla descansando en su habitación.

Lucille negó con la cabeza.

—No debería habérselo dicho así, mientras estaba esposada. Pensé que sería más fácil.

—Tal vez deberías ir a hablar con ella ahora que todo está más calmado. Parece que aquí está todo bajo control.

Lucille sonrió.

—Ese hombre de ahí es maravilloso —comentó con un suspiro, como si fuera una adolescente, y se abanicó con la mano a la altura del cuello de su vestido verde de flores—. Es tan carismático.

Otra víctima más del peculiar encanto de Benedict Hallam.

—Vete a ver a Mimi.

Cuando Lucille salió del comedor, entró Steve desde la cocina con una enorme tarta que debía de pesar mucho a juzgar por lo mucho que se tambaleaba el muchacho mientras la transportaba.

Sonrió al verla en mitad de la habitación. Dejó la tarta en la mesa auxiliar que habían colocado para tal efecto, abrió la boca, soltó un grito silencioso y agitó las manos con entusiasmo. Si estuvieran jugando a la mímica, Honey habría dicho «hombre entusiasmado tras conocer a Bono». Y entonces se dio cuenta. Era «hombre entusiasmado tras conocer a Benedict Hallam». Víctima número dos. El índice de conquistas de Hal era impresionante.

Steve señaló con el pulgar hacia la cocina.

—Es famoso —murmuró—. Y me ha enseñado a preparar rollitos de salchicha.

Steve señaló las pruebas, una bandeja de apetecibles rollitos sobre la mesa.

—Y parece que no es lo único que te ha enseñado —dijo Honey, recorriendo con la mirada las diversas fuentes de sándwiches y canapés que había en la mesa—. ¿De dónde ha salido la tarta?

—No sé —respondió Steve encogiéndose de hombros y el mismo brillo en la mirada que un niño de cinco años con su primera bici el día de Navidad—. Hal ha hecho algunas llamadas y diez minutos más tarde ha llegado una furgoneta con la tarta. Es asombroso —de pronto se puso serio—. Pero escucha, Honey, no puedes decirle a nadie que está aquí, ¿de acuerdo? Está de incógnito —el muchacho frunció el ceño—. ¿Crees que podría estar haciendo uno de esos programas de la tele en los que el jefe finge ser otra persona?

Honey sonrió. Le encantaba el entusiasmo de Steve, pero dudaba de su cordura.

—No creo, pero su secreto está a salvo conmigo. ¿Está en la cocina?

Steve asintió furtivamente y salió del comedor en dirección al cuarto de baño. Honey se quedó mirando hacia la puerta que daba a la cocina.

—Es muy raro verte aquí —dijo desde la puerta mirando a Hal, que estaba sentado en la encimera comiendo un cuenco de sopa.

—Es muy raro estar aquí —respondió él, que no parecía sorprendido de oír su voz—. Hay sopa en la cacerola, por si no has comido.

Honey se sirvió un cuenco de sopa cremosa y olfateó el humo que salía.

—Es solo puerro y patata. La ha hecho Steve.

—¿Steve ha hecho esto?

—A la hora de la comida se ha desatado una tormenta.

—No me sorprende. No creo que hayan comido sopa que no fuera de lata en los últimos cinco años.

Honey agarró una cuchara y se sentó junto a él en la encimera.

—Así que has conocido a Lucille —comentó mientras soplaba su cuchara antes de comer—. ¡Dios, esto está buenísimo!

Advirtió el orgullo en los rasgos de Hal antes de que lo disimulara.

—No es más que sopa.

—Sí, y Brad Pitt no es más que un hombre. No todos los hombres nacen iguales.

Hal meditó sobre aquello.

—Tú come.

Honey estuvo encantada de obedecer y aprovechó la oportunidad para observar detenidamente a Hal fuera de su zona de confort por primera vez desde que lo conocía. No se había alejado mucho del taburete, pero aun así parecía sentirse más a gusto que cuando lo había dejado allí esa mañana.

—Sí, he conocido a Lucille —dijo Hal—. Una dama con clase. Habla muy bien de ti.

—Habla bien de todo el mundo —respondió Honey con una sonrisa, contenta de que Hal admirase a Lucille—. Gracias por solucionar lo de la fiesta de Don. ¿De dónde has sacado la tarta?

—Tengo contactos —dijo él encogiéndose de hombros.

Sin duda eso era quedarse corto, pero Honey sabía que no debía esperar mayor explicación.

—Hay suficiente comida y sopa para que cenen esta noche —agregó Hal—. Y hemos elaborado el menú para los próximos días —se detuvo y apartó su cuenco—. Steve me ha preguntado si volveré mañana.

Honey detuvo la cuchara a medio camino.

—¿Y volverás?

Hal se pasó la mano por la barba.

—Lo pensaré.

Ella recogió ambos cuencos, los metió en el lavavajillas y se dio la vuelta para irse.

—Será mejor que vuelva. Billy está al frente de la tienda y probablemente esté regalando mercancía a cambio de besos.

Hal la recompensó con una media sonrisa, una de esas sonrisas que le producían cosas extrañas.

—Me parece un buen trato —comentó con suavidad—. No te olvides de mí cuando te vayas, Honeysuckle.

—Lo intentaré —respondió ella mientras salía de la cocina. Olvidarse de él. Como si fuera posible.

Billy estaba esperándola cuando volvió a la tienda y, pese a sus preocupaciones, había hecho un gran trabajo al frente del local.

—Tenemos que hablar de la campaña, Honey —dijo mientras le servía una taza de té diez minutos más tarde—. Creo que el combate entre Mimi y Lucille nos ha puesto en una situación complicada.

Honey no pudo evitar sonreír ante la elección de palabras de Billy, pero sabía que tenía razón. Christopher debía de estar frotándose las manos en la residencia; le habían hecho un favor al pelearse entre ellas.

—¿Quién ha llamado a la ambulancia? —preguntó ella.

Billy miró por la ventana.

—Todo parece apuntar a la institución —respondió, anárquico, mirando hacia la residencia.

Honey no lo dudaba.

—¿Qué ha dicho en su discurso?

—Ha mencionado las palabras «lamentable» y «seniles» unas cuantas veces, y entonces le he tirado un zapato.

—¿De verdad?

—Claro que sí, cariño —Billy agitó su zapato rojo de gamuza por el aire—. Creo que tiene un ojo morado.

Honey dio un sorbo a su taza de té.

—Billy, ¿crees que podrías atender la tienda un poco más esta tarde? Tengo que hablar con una persona.

—¿Se trata de ese deslumbrante chef de la cocina, jovencita? —preguntó Billy arqueando las cejas de manera sugerente—. Muy enigmático, con esas gafas oscuras.

—Es ciego, Billy.

Era difícil sorprender a Billy, pero más difícil aún que se pusiera serio. Sin embargo consiguió ambas cosas en un instante al oír la revelación de Honey.

—Vaya, no me había percatado. Mi hermano se quedó ciego de niño —explicó con la mirada distante—. No debía de tener más de catorce años. Una pena.

—¿Aún vive? —preguntó Honey sin pensar. Billy nunca había hablado de su hermano.

—Murió hace unos diez años. Si crees que yo doy problemas, deberías haber conocido a Len. O Leonard, como habría

preferido mi madre —de pronto sonrió—. Leonard y William. Billy y Len. Siempre me metía en problemas —sus ojos brillaban con nostalgia—. Era todo un mujeriego.
—No como tú —dijo Honey riéndose—. Pero no, no voy a ver al chef —miró el reloj. Eran las tres—. Volveré dentro de media hora para que puedas irte a la fiesta de Don.
—Buena chica —respondió él frotándose las manos—. Ya me conoces, nunca me pierdo un buen baile.

CAPÍTULO 27

Eran pasadas las siete de la tarde cuando Honey y Hal volvían a casa sentados lado a lado en el autobús.

—No tomaba un autobús desde que tenía dieciséis años —había dicho él al subirse al autobús aquella mañana, y parecía igual de asombrado e incómodo durante el regreso.

—No me extraña.

Honey le creía. La gente en el autobús pasaba desapercibida. Hal no. Incluso esforzándose por resultar anónimo, parecía destacar, o tal vez ella fuese demasiado consciente de su presencia. Se alegraba de que hubiera pasado la hora punta y el autobús fuese relativamente vacío.

—¿Sabes conducir? —le preguntó él.

—Técnicamente sí —respondió ella—, aunque no he conducido mucho desde que me saqué el carné.

Hal giró la cabeza hacia la ventanilla mientras pensaba en sus palabras. Antes del accidente, conducir había sido uno de sus placeres. Coches. Motos. Cuanto más rápidos mejor. La actitud despreocupada de Honey por ser capaz de sentarse al volante cuando quisiera le llenó de rabia.

—¿Prefieres subirte al maldito autobús? ¿Prefieres que te soben adolescentes salidos y tener que evitar el contacto visual con el pirado local antes que estar en un coche, controlándolo todo?

La necesidad de sentir el poder de un motor bajo sus manos volvió a dejarle sin respiración. Intentó ignorar esa sensación, pero no podía. La sentía palpitar en su interior como el latido frenético de un animal furioso. Lo echaba mucho de menos; era visceral. Era parte de él, lo llevaba en los huesos. Benedict Hallam, adicto a la adrenalina. Era una de las razones por las que había reducido su vida a cuatro paredes desde el accidente, porque salir de allí le hacía recordar las cosas que nunca volvería a hacer. El olor adictivo del humo de los coches, el rugido del motor. No podría volver a hacer eso y la verdad era que no sabía cómo ser otra persona. Se había quedado con todo lo malo y había perdido todo lo bueno, y no estaba seguro de tener suficiente para construir un nuevo hombre. Peor aún, ni siquiera sabía si quería intentarlo.

—Hoy has hecho un gran trabajo —dijo Honey, irrumpiendo en sus pensamientos.

—Me he sentado en un taburete y le he dicho a alguien lo que tenía que hacer. No me parece nada del otro mundo.

Honey se rio con suavidad.

—No tienes ni idea. Hal, sin ti, Steve habría dejado hoy el trabajo, treinta y tantos ancianos habrían pasado hambre y un veterano de guerra no habría podido celebrar su cumpleaños. Puede que a ti te parezca estar sentado en un taburete, pero, en mi opinión, has salvado la situación.

—No soy el jodido Nicolas Cage —murmuró Hal.

—¿Es necesario que digas tacos en cada frase? —preguntó ella—. Hay más palabras, ¿sabes?

—Te diría que leeré el diccionario, pero soy un jodido ciego —respondió él cruzándose de brazos.

Honey se quedó mirando los coches que pasaban por la ventanilla.

—A mí me gusta Nicolas Cage.

—Sí, bueno, la vida real no es como en las películas, Honey. El héroe no siempre salva la situación. No siempre conserva la vista, o el carné de conducir, o su trabajo, o a su prometida.

Honey se quedó callada durante el resto del trayecto, y también mientras caminaban hasta casa, salvo para darle la información básica para no tropezar en el bordillo. A Hal no le gustaba que le hubiera privado de su compañía mucho antes de separarse en el recibidor.

—Está muy feo no dirigirle la palabra a un ciego.

Honey resopló.

—¿Cómo te atreves tú a acusarme de no dirigirte la palabra? Si tú eres un experto en eso.

—Vaya fracaso, pasar de Nicolas Cage a ser un experto en no dirigir la palabra —dijo él para intentar que volviese a ser amable.

—Me voy a mi casa —dijo ella con tono neutral—. Gracias por ayudarme hoy.

Parecía una maestra dando las gracias a un padre de la AMPA. Educada y distante. Le ponía de los nervios. Metió la llave en su cerradura cuando oyó cerrarse la puerta de Honey y después volvió a sacarla.

—¿Qué he hecho? —gritó volviendo hacia su puerta—. De pronto soy un héroe y, a los dos segundos, te enfadas. ¿De qué va esto?

Ella abrió su puerta.

—No habías hablado de tu prometida.

Su voz sonaba tranquila y cargada con todas las preguntas que no hacía.

—¿Y?

—Y que deberías haberlo hecho.

—¿Me he perdido algo? Antes estaba prometido. Ahora no. Y eso te supone un problema porque...

—¿Por qué rompisteis?

—Joder, Honey, ¿qué es esto, la Inquisición española?

—Es una sencilla pregunta.

Él se pasó las manos por el pelo.

—De acuerdo —estiró los hombros, se cruzó de brazos y volvió a hablar—. De acuerdo. Íbamos a casarnos. El verano que viene, si quieres todos los detalles.

—¿Y ya no?

—Ella no quería casarse con un ciego.

Hal oyó que Honey soltaba un grito ahogado y se sintió culpable por comparar a Imogen con Cruella DeVil. La verdad había sido mucho más gradual y no unidireccional. El accidente había sido el catalizador, el incidente que lo desencadenó todo, pero la razón por la que se habían separado había sido el después. Hal se había quedado sin la capacidad de tomar muchas decisiones e Imogen se había convertido en una mujer que debía tomar la decisión más difícil de todas.

No la culpaba. Aunque lo había hecho. Había despotricado contra ella, igual que había despotricado contra todo el mundo a su alrededor. Sus amigos, su familia... todos. No entendían lo que estaba pasando y al final su amabilidad bienintencionada le había resultado condescendiente, la de Imogen sobre todo. Había intentado asimilar los cambios en su vida en común, los cambios que se llevaron consigo el estilo de vida materialista y deslumbrante y dejaron tras de sí los pedazos de un hombre roto. No era culpa de ella; ella se había enamorado de una persona, de una vida, y de la noche a la mañana se había encontrado con alguien diferente. Era discutible si le había dejado o si él la había dejado a ella al final; se había vuelto más que evidente que no iban a poder superarlo.

—Hal... lo siento —dijo Honey—. No debería haberme inmiscuido.

—¿Y por qué lo has hecho? ¿Por qué te importa?

Estaba lo suficientemente cerca de él como para poder oír su respiración entrecortada y oler aquel familiar aroma de su champú.

—¿Sinceramente? Ni siquiera lo sé —suspiró con fuerza—.

Quizá no importe en absoluto, Hal. Es solo que a veces siento como si nos conociéramos, y entonces me doy cuenta de que en realidad no nos conocemos en absoluto.

Hal advirtió el tono triste de su voz.

—¿Puedo entrar a tomar café?

Estaba demasiado cerca como para no tocarla. Estiró los dedos y le acarició el pelo.

Ella no respondió a su pregunta, simplemente inclinó la cabeza ligeramente contra su mano.

—Está haciéndose tarde —dijo al fin con suavidad—. No creo que el café sea buena idea.

Hal sabía que podía insistir, que probablemente ella cambiase de opinión si se lo pedía, y en aquel momento deseaba tremendamente que cambiara de opinión. No quería seguir pensando en conducir coches rápidos ni en que se habría casado con Imogen el verano siguiente. Quería bloquear todo aquello aprisionando a Honey contra el colchón y perdiéndose en sus curvas. Ella tenía la respiración acelerada y él notaba el calor de su cuerpo. Tragó saliva, agachó la cabeza y se dio cuenta de que ella echaba la cara hacia un lado, apartándose de su beso demasiado deprisa, permitiendo que sus labios se rozaran un instante antes de tener que conformarse con la mejilla.

—Buenas noches, Hal —murmuró junto a su oído, y le permitió quedarse así un segundo más antes de apartarse. Él aceptó su decisión con un suspiro, le acarició la boca con el pulgar y se dio la vuelta.

Honey sujetaba una taza de café entre sus manos y el vapor que ascendía le calentaba la cara en el salón a oscuras. Acurrucada en el sofá, intentaba encontrarle sentido al día.

Se había despertado inquieta y Hal había convertido sus inquietudes en triunfos. Después la campaña para salvar la residencia había estado a punto de descarrilar por el altercado entre

Mimi y Lucille. Ella había tomado medidas para reparar el daño a lo largo de la tarde; esperaba que fuese suficiente.

Y luego estaban Tash y Nell intentando hacer que quedara con un tipo que se parecía a Elvis, cosa que era demasiado improbable como para preocuparse por ello cuando tenía cosas más importantes en las que pensar. Como el hecho de que Hal había estado a punto de casarse. Había amado a alguien lo suficiente para pedirle que se casara con él, y además recientemente. ¿Seguiría enamorado de ella, fuera quien fuera? ¿Sería ese el motivo por el que se había aislado? ¿Por eso la habría rechazado? Aunque aquella noche no la había rechazado, precisamente.

Si le hubiese permitido entrar, no habría sido para tomar café. Se habrían ido al dormitorio, no a la cocina, y habrían sucedido todas las cosas que había deseado la última vez que le había invitado. Rechazarlo aquella noche había sido una decisión de su corazón, no de su cabeza. Su corazón había dicho que no. Que no le dejara entrar. Él era demasiado complicado, demasiado duro. Estaba destrozado y la destrozaría a ella también.

Sin saber cómo, le había quitado su complejo de scout, su necesidad de intervenir para hacer que todo estuviese mejor.

Sin saber cómo, había pasado de ser el hombre que ella creía que necesitaba a ser el hombre al que no podía dejar acercarse.

CAPÍTULO 28

Con el nuevo día llegaron nuevas decisiones. Concentraría sus esfuerzos en las cosas que podía controlar, y en las más apremiantes. Eso significaba volver a encarrilar la campaña y decirles a Tash y a Nell con determinación que no habría cita con Elvis, ni con nadie más.

Se había obsesionado tanto con aquella ridícula búsqueda del pianista que había intentado forzar a Hal a acostarse con ella; ahora que sabía de su desengaño amoroso, se sentía muy mal por ello.

Había dado vueltas en la cama durante toda la noche y finalmente había logrado colocarlo en la casilla adecuada. Hal era su vecino y, con suerte, sería su amigo. Sí, había cierta chispa física entre ellos, pero sería mejor dejar que se apagara sola.

Cuando llamó a su puerta media hora más tarde para irse a trabajar, estaba decidida.

—Buenos días, Hal —dijo animada cuando él abrió su puerta, ataviado ya con su abrigo de pescador sexy.

—Honeysuckle —dijo él con cordialidad.

—¿Estás listo? —le preguntó Honey, aunque era evidente que sí.

Hal la siguió hasta la acera.

—¿Por qué estás tan rara? ¿Es por lo de anoche? —preguntó él yendo directo al grano—. Porque tenías razón, por si sirve de algo. Tu cama es el último lugar en el que habría querido despertarme esta mañana.

Honey frenó en seco.

—Vaya, qué encanto de hombre.

—No soy un hombre encantador, Honey. Soy sincero. Fue la decisión correcta para ambos. Gracias por tomarla.

El autobús se acercaba desde el otro extremo de la calle, ocuparon sus asientos y no siguieron hablando del tema.

Mimi entró cojeando en la tienda en torno a las diez y media, apoyada en Billy y seguida de una apagada Lucille. Se había producido una delicada tregua entre las hermanas durante un excelente desayuno a base de huevos Benedict y magdalenas caseras de arándanos.

—Mimi ha admitido que a veces puede ser un poco mandona —dijo Billy, claramente para que lo oyera su amada—. Y Lucille ha aceptado que tal vez hubiera sido mejor no contar milongas —agregó, y la dama en cuestión le dirigió una mirada siniestra.

—Bien —dijo Honey—. Porque tengo que hablar con vosotros de algo.

Tras asegurarse de que no hubiera clientes en la tienda, se reunieron todos en torno al mostrador.

—He estado pensando en las protestas —explicó.

Lucille dejó caer los hombros.

—No puedo creer que tuviéramos que parar por mi culpa. Me siento fatal.

Mimi parecía estar a punto de darle la razón, así que Honey se apresuró a continuar.

—De eso quería hablaros. ¿Estáis libres el próximo domingo?

A Billy empezaron a brillarle los ojos con malicia.
—Cuéntanos más, Honeysuckle. Cuéntanos más.

Hal no podía creerse lo mucho que se alegraba de volver a estar en una cocina. Era un hombre de todo o nada, y desde el accidente se había negado a cocinar nada que no fueran tostadas.

Había sido un chef de vanguardia, un alquimista de la cocina; enfrentado a la posibilidad de ser vulgar y corriente, había elegido en su lugar no ser nada en absoluto. Había guardado sus cuchillos y, al final, había empezado a calmarse aquel dolor casi físico en los dedos por cocinar. Se había convertido en un experto en bloquear sus pensamientos durante el día, pero cuando dormía su cerebro se desbordaba.

Platos complicados, creaciones hermosas, sinfonías de ingredientes que hicieran llorar al crítico más exigente. La gente de su pasado se mezclaba con la de su presente, soñaba con Honey cenando en su restaurante, con Imogen riéndose de que el todopoderoso Hal había acabado dirigiendo la cocina de una residencia de ancianos. Luchaba contra el sueño porque no quería despertarse en mitad de la noche con las mejillas empapadas y el corazón acelerado, y porque tendría que enfrentarse a esos horribles momentos justo después de despertar, antes de recordar que la pesadilla era real. Un nuevo dolor cada vez.

Era muy duro ser Benedict Hallam. El espacio entre sus dos vidas era un salto demasiado grande para cualquier hombre cuerdo. Habría que ser un hombre con nervios de acero para dar ese salto.

El jueves dio paso al viernes y al fin llegó el fin de semana con un estallido de pálidos rayos de sol. Honey se despertó poco después del amanecer el sábado por la mañana nerviosa y llena de energía, pero se obligó a volver a dormirse y durmió hasta tarde. Había pasado gran parte de la semana haciendo planes subrepticios para el domingo. Todos los clientes de la tienda se habían marchado con unos panfletos improvisados junto con sus compras en las que se pedía su ayuda, y el hijo del viejo Don le había pedido un favor a un amigo de la emisora de radio local para que se asegurase de que se corriese la voz deprisa el domingo por la mañana. Se habían esforzado por ser discretos y que Christopher no se enterase de sus planes, y hasta el momento habían tenido suerte.

Honey se recostó sobre sus almohadas. ¿Debería ir a ver si a Hal le apetecía desayunar? En los últimos días habían aprendido a estar juntos como seres humanos normales, ¿no? deberían ser capaces de desayunar sin lanzarse el uno al cuello del otro. Podría demostrar de una vez por todas que sabía preparar beicon, o quizá Hal pudiera enseñarle a preparar las tortitas americanas a las que los residentes se habían vuelto adictos en los últimos días.

—Como nubecitas —había comentado Lucille.

—O como almohadas —había añadido Mimi.

Tortitas esponjosas era algo que sonaba bien. Honey se incorporó, alcanzó su teléfono al oírlo vibrar y leyó los mensajes.

¿Brunch?, había escrito Nell.

¿En la cafetería a las once?, sugería Tash.

Honey pensó en sus opciones. Una mañana tranquila con Nell y con Tash tomando capuchino y comida que no tuviera que preparar ella, o arriesgarse a encontrarse con el señor Hyde al otro lado del recibidor. Solo una de esas dos opciones le ofrecía alguna certeza o seguridad, e incluso la garantía de comer algo.

Envió un mensaje a sus amigas. *Os veo allí en una hora.*

Una hora se convirtió en hora y cuarto, y Honey abrió la puerta de la cafetería pensando que encontraría a Tash y a Nell tomando ya su primer café y mirándola con reprobación por el retraso. Pero curiosamente ninguna de las dos estaba allí. Tash no era conocida por su puntualidad, pero Nell no soportaba llegar tarde a nada. Era la única persona que Honey conocía que ponía la alarma del móvil para despertarse diez minutos antes de que sonara su despertador, por si acaso. También sabía para qué había estado usando Simon esos diez minutos extra los últimos días, gracias a una divertida conversación en la que Nell había contado demasiados detalles sobre su redescubierta vida sexual. Pidió su café de siempre al pasar junto al mostrador y se sentó en el sofá antes de dejar el bolso en el suelo junto a ella.

Tras hojear el periódico durante cinco minutos con un ojo puesto en la puerta, metió la mano en el bolso para buscar el teléfono.

—Señorita, ¿es usted Honeysuckle?

Honey siguió mirando hacia abajo un par de segundos, dejó de rebuscar en el bolso y se dio cuenta de que le habían tendido una trampa. Sin necesidad de levantar la mirada, supo que Elvis acababa de entrar en el edificio.

Levantó la cabeza, sonrió, dejó el móvil sobre la mesa y se levantó.

—Lo soy —dijo, le ofreció la mano e intentó recordar su nombre, porque estaba bastante segura de que no se llamaba Elvis.

Él le dirigió una sonrisa amable al estrechar su mano con la suya y agachar la cabeza para darle un beso en la mejilla. Honey captó el olor a colonia y a gel y se quedó impresionada por su pulcritud y por su sonrisa fácil.

—Christian —murmuró él—. ¿Nos sentamos? —señaló hacia una mesa para dos situada junto al ventanal—. Me muero de hambre.

Le ofreció la silla, pasó su café a la nueva mesa y, mientras hablaba de huevos con la camarera, Honey envió un mensaje rápido a Tash y a Nell.

Estáis muertas para mí.

La camarera la miró con la libreta en la mano.

—Yo tomaré lo mismo —dijo con una sonrisa radiante, a pesar de haber desconectado y no tener ni idea de lo que Christian había pedido.

Él arqueó las cejas.

—Me gustan las chicas con buen apetito.

Honey se encogió de hombros sin preocuparse. Había comido en esa cafetería docenas de veces y no había nada en la carta que no le gustara.

—Tash me ha dicho que tocas el piano —Honey inició la conversación con una invitación a que hablara de sí mismo, como aconsejaban las mejores guías para tener una primera cita exitosa.

Él asintió y se pasó los dedos por la melena castaña cuando le cayó frente a los ojos. Era mono, en plan Clark Kent.

—Toda mi familia se dedica a la música. Mi madre toca el chelo de maravilla, viajó por todo el mundo cuando era joven. Así fue como conoció a mi padre —dijo. Honey escuchaba con atención su voz profunda y se preguntaba si cantaría.

—¿Él también es músico?

Christian se rio.

—En realidad no. Es cirujano. Le operó el brazo a mi madre cuando se lo rompió y temió que no volvería a tocar. Ella siempre dice que le estaba tan agradecida que se casó con él.

Honey se relajó y dejó que le hablara del resto de su familia. Parecían un grupo tan brillante que daba miedo; su hermano, el violinista, su hermana mayor, la flautista con talento.

—Podéis formar un grupo —murmuró ella con una sonrisa, impresionada.

—Lo sé. Parecemos la familia Von Trapp, ¿verdad?

Dejaron de hablar cuando la camarera apareció con una tetera y la dejó sobre la mesa junto con un par de tazas.

—Té inglés de desayuno —anunció—. Vuelvo enseguida con la comida.

—¿Té? —preguntó Honey enarcando las cejas—. ¿Nada de café solo?

Christian le dirigió una sonrisa infantil al oír su intento por sonar americana.

—Pensé que preferirías té —respondió con timidez.

Honey se quedó mirándolo un segundo antes de hablar. Sentía cierto placer innegable ante aquel gesto tan considerado.

—Gracias —le dijo sin más—. Así es.

Él la miró con aquellos ojos azules durante un instante y en ese instante la camarera reapareció y colocó dos fuentes enormes frente a ellos.

—Estofado de carne y huevos fritos —se detuvo y dirigió una sonrisa a Christian—. Acompañados de tortitas y beicon crujiente —hizo una pausa para recoger las tazas de café vacías y señaló la jarrita que había junto al plato de Christian—. Y sirope de arce. No es caramelo.

Vaya. Aquel hombre comía como un auténtico estadounidense. La camarera le dirigió a Honey una mirada que decía «me lo quedo yo si tú no lo quieres», después los dejó contemplando la increíble cantidad de comida que había logrado meter en una mesa tan pequeña.

—Tiene buena pinta —dijo él antes de ponerse a comer.

A no ser que esperase que toda su familia de talentos se reuniera con ellos a tomar el brunch, parecía una cantidad excesiva.

—Tash me ha dicho que eres una especie de estrella mediática últimamente —comentó él mientras le servía una taza de té antes de servirse él. Otro punto positivo por sus modales impecables; su madre la violonchelista le había educado bien.

—Yo no lo definiría así —respondió ella riéndose, y le contó que la campaña había ido creciendo en las últimas semanas. Él se rio en los momentos oportunos y se mostró preocupado con la posibilidad de que los residentes pudieran perder su hogar.

—Haces que no parezca nada, pero para mí lo que estás haciendo es asombroso —le dijo a Honey acercándole la jarrita de sirope—. Échatelo en el beicon y las tortitas. Confía en mí.

Había algo en él que le decía que podía hacer aquello. Podía confiar en él. Había cierta bondad en Christian. Tal vez fuera porque había tenido la suerte de llevar una vida privilegiada y se había ahorrado los momentos duros de otros hombres que podría mencionar.

Honey devolvió su atención a las tortitas con una pequeña sonrisa. Había visto suficientes episodios de *Friends* como para saber que estarían buenas, así que siguió su consejo sobre el sirope. Fue un buen consejo, aunque las tortitas que le habían preparado especialmente no estuvieran esponjosas por el centro. No tanto como las de cierto cocinero malhumorado.

—Creo que les falta un poco de levadura —dijo él—. Me gusta cocinar —añadió como para aclarar sus credenciales.

—A mí también —mintió ella, aunque, en su defensa, su primera boloñesa había sido maravillosa.

—¡Qué bien! —respondió él con una sonrisa, y le hizo sentir mal por haber ocultado la verdad de esa forma tan descarada.

Christian levantó su taza de té, bebió y la observó por encima del borde.

—Podría cocinarte algo una de estas noches, si quieres.

Hacía que pareciera muy fácil. Todo en Christian parecía fácil. Era fácil estar con él. Fácil mirarlo. Fácil tener una cita con él.

—Me encantaría —respondió ella, él brindó con su taza y sonrió.

Honey se quedó a tomar otra taza de café después de que Christian se marchara, sabiendo que debería escribir a Tash y a

Nell para tranquilizarlas por haberle tendido una trampa para comer tortitas con el hombre equivocado. Tamborileó con los dedos sobre la mesa de madera al ritmo de la canción que sonaba de fondo en la radio. La letra resultaba absurdamente apropiada. *Si no puedes estar con quien amas, ama a aquel con quien estás.* O, en el caso de Hal, si no puedes estar con el tipo malhumorado que blasfema y te pone de los nervios, quédate con el tipo tranquilo que pone las cosas fáciles y ha logrado mantener una conversación sin soltar un solo taco.

Agarró el teléfono y redactó un mensaje para Tash y a Nell. *Elvis ha abandonado el edificio.*

Hal la llamó a través de la puerta cuando entró en el edificio poco después. Honey había paseado por las tiendas después de salir de la cafetería y había comprado algunas cosas que necesitaba para el evento del día siguiente. Un par de petacas. Témperas. Bolsas enormes de dulces para que no les bajara el azúcar. Recogió el correo y dejó el pesado sobre marrón dirigido a Hal encima del que había llegado días antes.

—Hola. ¿Quieres agarrarte un buen pedo conmigo?

Parecía que él ya se hubiese tomado un par de copas. Honey miró el reloj. Eran casi las tres de la tarde, demasiado pronto para que estuviera borracho.

—¿Estás bien? —le preguntó, parada frente a su puerta.

—De maravilla —respondió él—. Es mi jodido cumpleaños.

Honey frunció el ceño al oír su tono sombrío. El contraste entre Christian y él era inmenso.

—Deberías habérmelo dicho —le dijo ella.

—¿Por qué? ¿Me habrías hecho una tarta?

—Creo que ambos sabemos que eso es mala idea —se sintió mal por haber estado por ahí pasándoselo bien sin saber que Hal estaba solo bebiendo whisky el día de su cumpleaños.

—Eres una cocinera horrible, sí —dijo él.

A Honey no le gustaba su manera de arrastrar las palabras.

—¿Quieres abrir la puerta?

Oyó que manipulaba las llaves y maldecía en voz baja. Cuando abrió su puerta, descubrió que estaba hecho un desastre. Llevaba la ropa arrugada, el pelo revuelto y un vaso de whisky en la mano.

—Feliz cumpleaños —le dijo Honey, aunque las palabras sonaron vacías en el recibidor.

Él alzó su vaso y se lo terminó.

—Por otro año de mierda.

—Hal —dijo ella—, vete a la cama. Duérmela.

Él negó con la cabeza y soltó una carcajada.

—Si acabo de empezar. ¿Te unes a la fiesta?

—No hagas esto —le dijo Honey—, por favor.

—No te tenía por una persona que se emborracha con facilidad, Honeysuckle —respondió él encogiéndose de hombros—. Puede que incluso tenga algo de picar. Ya sabemos lo mucho que te gustan esas cosas.

La idea de que Hal preparase algo de picar para lograr que compartiese con él su cumpleaños le provocó un nudo en la garganta.

—Mira —le dijo quitándole el vaso—, ve a echarte un rato. Que se te baje un poco la borrachera y después pásate por mi casa. Te prepararé la cena por tu cumpleaños.

Se aprovechó del hecho de haberlo dejado sin palabras, se estiró y le dio un beso rápido en la mejilla, aunque arrugó la nariz al olerlo.

—Y date una ducha. Apestas como si hubieras estado durmiendo en un banco del parque.

Él se apoyó en la pared, de pronto parecía melancólico.

—No sabes lo cerca que estoy de hacer eso.

—Deja de darte pena a ti mismo, cumpleañero —le dijo ella.

—Has vuelto a ponerte en plan scout —masculló él—. No quiero cenar con una scout el día de mi cumpleaños. ¿No puedes sacar a la palestra a la chica sexualmente exigente que lleva puestas las bragas del viernes?
—Hoy es sábado.
Hal asintió y la señaló con un dedo tembloroso.
—Ya lo sabía.
Honey se quedó mirándolo durante largo rato.
—Métete en casa. Te veré más tarde.

CAPÍTULO 29

Honey volvió a salir de compras cuando Hal cerró la puerta y, para cuando llamó a la suya poco después de las ocho, estaba lista. Había hecho la cena. Había limpiado el piso y lo había aromatizado con una vela que le quedaba de Navidad. Se había puesto su mejor vestido y llevaba el pelo suelto. Y había recogido el sobre del correo, que con suerte contendría una tarjeta de felicitación que podría leerle a Hal.

Al levantarse aquella mañana, jamás habría imaginado que aquel día tendría dos citas. Aunque aquello no era una cita exactamente, pero los cumpleaños eran especiales, un terreno incierto en el que no se aplicaban las reglas habituales y donde reinaba la buena voluntad. Un poco como Narnia al otro lado del armario, siempre y cuando se cumplieran las normas y solo se visitara una vez al año.

Vaciló con la mano en el picaporte. En parte no deseaba abrir la puerta, por si acaso Hal había ignorado su sugerencia y había seguido con su fiesta en solitario. Quizá estuviese completamente borracho y siguiera oliendo como tal.

—Sé que estás ahí, huelo a quemado —dijo él, y por suerte ya no arrastraba las palabras.

Honey sonrió y abrió la puerta.

—Mentiroso. Lo tengo todo bajo control.

Frente a ella había un hombre completamente distinto. Se había duchado, perfumado y puesto camisa y corbata. Pero lo más significativo era que se trataba de un hombre que había elegido dejar en casa el escudo en forma de gafas de sol.

La siguió por el pasillo hacia la cocina mientras olfateaba.

—Ajo mezclado con desinfectante de pino. Es raro, incluso para ti —dijo, y Honey se apresuró a apagar la vela de Navidad y lo condujo hacia la mesa.

Hal supervisó sus esfuerzos mientras ella trabajaba en la encimera de la cocina. Le vio palpar su mejor cubertería con las manos y acariciar con los dedos el borde del hule. Sin duda no estaría a la altura de su restaurante, pero al menos no sabía que tenía impresos motivos navideños. Era lo único que había encontrado que pudiera parecerse remotamente a un mantel, un regalo que Lucille le había hecho hacía varios años.

Honey examinó la bandeja con patatas crujientes y verduras asadas y volvió a cerrar la puerta del horno.

—Si estuvieras preparando un filete de solomillo, ¿durante cuánto tiempo lo cocinarías? —le preguntó, contemplando los trozos de carne cruda sobre la tabla de cortar como si fueran sus propios riñones.

—No mucho. Depende de lo gruesos que sean y para quién los esté cocinando —respondió él, echó su silla hacia atrás y se acercó a la barra de desayuno.

—Déjame tocarlos.

Hal comprobó el grosor de la carne con el pulgar y los índices y Honey intentó no admirar sus manos.

—¿Los aso a la parrilla? —le preguntó.

—Dios, no —parecía horrorizado—. Trae una sartén y un poco de mantequilla.

—¿Voy a recibir mi segunda clase de cocina?

—No puedo permitir que eches a perder un buen filete —

dijo Hal—. Ahora derrite la mantequilla hasta que haga espuma.

Honey obedeció.

—Creo que ya está —dijo él tras un minuto—. Sazona bien los filetes y después colócalos sobre la mantequilla.

Honey sonrió al colocar uno de los filetes en la sartén y oír el chisporroteo.

—¿Los dos a la vez? —preguntó.

Él asintió y después se quedó callado.

Transcurrido más o menos un minuto, Honey pinchó uno de ellos con el tenedor para ver cómo iba la parte de debajo.

—Déjalo —dijo Hal; era una orden, no una sugerencia. Honey sacó el tenedor de la carne con las cejas arqueadas y se apartó de la sartén.

Pasado otro minuto, él volvió a hablar por fin.

—Ahora úntalos con la mantequilla y dales la vuelta.

Honey siguió sus instrucciones al dedillo y se apartó.

—No los toques hasta que yo te diga que están listos.

—No me has preguntado cómo me gusta la carne.

—Es solomillo. Vas a tomarlo de la única manera que se debería cocinar.

—¡Qué grosero! —murmuró Honey, y le vio fruncir el ceño cuando le pasó una copa de mimosa.

—¿Qué coño es esto? —preguntó.

—Mimosa. Es por tu cumpleaños.

—¿Tengo catorce años otra vez?

—No, pero, teniendo en cuenta lo borracho que estabas hace unas horas, pensé que sería mejor ir con cuidado.

Hal dejó su copa.

—Sácalos ya, estarán listos.

Honey frunció el ceño. Ella habría dejado los filetes en la sartén por más tiempo.

—¿Ya? Pero si acabo de...

Él suspiró con impaciencia.

—¿Te digo yo a ti cómo tienes que vender la ropa y los chismes de los muertos?

Honey resopló.

—En realidad son objetos reutilizados.

—Saca los filetes. Ya.

Esperó el tiempo justo para que Honey siguiera sus instrucciones.

—No podemos comerlos directamente, hay que dejarlos reposar cinco minutos.

Honey se quedó mirando la carne.

—Pero si están hechos. Tú mismo lo has dicho. Se quedarán fríos.

Hal se llevó la mano a la boca como si estuviese conteniendo una retahíla de improperios.

—Puedes hacer todo lo demás mientras esperas. Calienta los platos. Sirve un poco de vino de verdad. Pon música. Cántame el *Cumpleaños feliz*. Haz lo que quieras, pero no toques los malditos filetes.

Honey le sacó la lengua y se arrepintió al instante porque le pareció mal.

—Es de mala educación sacarle la lengua a una persona ciega —dijo Hal.

Ella ni siquiera le preguntó cómo lo había sabido.

—¿Y cuántos años cumples? —le preguntó mientras bajaba la temperatura del horno y metía un par de platos junto con las patatas y las verduras. Aflojó la tapa de un envase de salsa de vino tinto congelada ya preparada y lo metió en el microondas mientras esperaba a que respondiera.

—Treinta y cuatro —dijo Hal—. Treinta y cuatro años y no voy a ninguna parte.

Honey abrió la botella de cabernet sauvignon que, según la etiqueta del supermercado, iba genial con la carne.

—No digas eso —le dijo mientras servía el vino en las copas

que había puesto en la mesa y encendía la radio para que sonara de fondo—. Ven a sentarte. Ya casi está listo.

Hal oía a Honey moverse por la cocina. El ruido de los platos, el calor del horno al abrirlo, el aroma de la comida. Todo resultaba embriagador, incluso más que la copa de buen vino que le había dado al fin.

Casi podía palpar su orgullo cuando le puso la comida delante.

—*Voilà* —dijo Honey—. Filete de solomillo, crujiente de patata y verduras asadas, con jugo de vino tinto.

—Querrás decir salsa.

—No pongas en entredicho al chef —respondió ella mientras se sentaba.

—¿Hay velas encendidas en esta mesa? —preguntó él.

—Sí, porque soy estúpida y quiero que se te prenda fuego la cabeza. Claro que no hay velas.

Él no respondió, principalmente porque pensaba que su primera cena casera a base de carne merecía una vela que le otorgara cierto romanticismo.

—Oh, Dios mío —dijo Honey de pronto—. Este filete... Hal, es perfecto —suspiró, sonaba como si estuviera en éxtasis—. No pensé que fuese a estar hecho, pero tenías toda la razón.

—No pongas en entredicho al chef —bromeó y, al probar el filete, no pudo más que darle la razón. No era una obra maestra, pero, dada su dieta los últimos meses, era lo más cercano a la perfección. Comieron con la radio de la cocina de fondo, una música baja que acompañaba el ruido de los cubiertos sobre la porcelana y su relajada conversación sobre los exitosos planes para el evento secreto que Honey había organizado en la residencia para el día siguiente.

—¿Vas a venir? —le preguntó—. Dicen que un ejército no

puede atacar con el estómago vacío. Y Steve no ha nacido para líder.

—Me cae bien —comentó Hal, saltando en defensa de Steve. Su joven aprendiz durante la semana no era un genio culinario, pero trabajaba duro y se le daba bien seguir instrucciones—. Algún día será un chef excelente.

—Sí, pero mañana no —dijo ella—. Di que vendrás.

—De acuerdo —cedió él—. Iré. Pero me quedaré en la cocina, ¿de acuerdo?

—Trato hecho —respondió Honey, y él supo que le había hecho ilusión, a juzgar por la sonrisa que oía en su voz. Teniendo en cuenta la naturaleza inestable de su relación, Honey era una persona bastante fácil de complacer. Él estaba acostumbrado a estar rodeado de personas exigentes antes del accidente; clientes quisquillosos, sus amigos y, por supuesto, Imogen. ¿Él también habría sido exigente? Probablemente. Si el gusto por la ropa cara, por la buena comida y por los coches rápidos convertía a alguien en una persona exigente, entonces tal vez sí.

Honey se levantó y recogió los platos.

—No he comprado postre —le dijo—. No sé por qué, pero no me pega que te gusten los postres.

Él no la contradijo. Siempre elegiría una tabla de quesos antes que una tarta de queso.

—¿Tienes un poco de queso Stilton? —preguntó en broma.

—Puedes comerte un quesito —respondió ella riéndose.

—Creo que voy a pasar —dijo Hal echando su silla hacia atrás—. ¿Nos vamos al salón?

Siguió a Honey, se sentó en el sofá y aceptó la copa de vino que ella le sirvió.

—Tengo algo para ti —dijo Honey. Estaba tan cerca de él que podía oler la suave fragancia de su perfume. Sonaba extrañamente tímida—. Por tu cumpleaños.

Hal dejó su copa sobre la mesa del café frente a él.

—¿Me has comprado un regalo?

A lo largo de los años había dado y recibido muchos regalos extravagantes. Aquel año su único deseo había sido que su cumpleaños pasara con la menor repercusión posible, así que no entendía por qué había tenido que contárselo a Honey. El hecho de que ella se hubiera tomado tantas molestias y le hubiera comprado un regalo en el último momento le resultaba conmovedor. Aunque, conociendo a Honey, probablemente debería temer cualquier regalo que hubiera elegido ella.

Se sentó a su lado en el sofá y le colocó el paquete en las manos.

—No es gran cosa —dijo—. No sabía si envolverlo o no. Va en una caja, así que lo he dejado así.

Hal palpó los bordes de la caja, abrió la tapa y en el interior sus dedos encontraron algo frío y metálico.

—Es una petaca —dijo ella—. Pensaba que beberías menos whisky si venía en una botella más pequeña.

—Ahí está de nuevo la pequeña scout —respondió él, aunque sin malicia—. Gracias, Honey. Gracias por todo. No era necesario.

—Quería hacerlo —se apresuró a decir ella—. Es tu cumpleaños. Nadie debería beber solo el día de su cumpleaños.

Le quitó la caja y la dejó sobre la mesa.

—No pienso mal de ti por ello, Hal.

Él negó con la cabeza.

—Deberías. No me gusta el hombre en quien me he convertido, Honey. No me gusta la vida que llevo ahora —trató de escoger bien sus palabras para que ella lo entendiera—. No hablo de las cosas materiales. Bueno, sí, echo de menos las cosas, pero no es eso. Está aquí dentro —se llevó los dedos al pecho como si fuera un constructor comprobando la solidez de una pared—. Mi corazón necesita correr. Daba igual lo que fuera, siempre y cuando sobrepasara mis límites. Coches más rápidos. Motos más grandes. Pendientes más altas. Siempre ansiaba una emoción mayor —hizo girar los hombros y se pasó la mano por la barba—. Sin eso, ya no sé quién soy —se encogió de hombros—. Me siento como un condenado a muerte. Nada consigue acelerarme el corazón.

—Tal vez con el tiempo... —dijo ella—. Hay muchas cosas que puedes hacer todavía, cuando estés preparado, quiero decir. Incluso paracaidismo en tándem. Cosas así.

—Sí —respondió él—. Pero me gusta ser quien está al mando de la situación, no el pasajero.

Honey dio un sorbo a su vino.

—Apuesto a que daba miedo trabajar para ti.

—No te habría gustado.

¿Le habría gustado? Además de los médicos, Honey era la primera persona a la que había permitido acercarse lo suficiente como para convertirse en amiga desde el accidente. Ella no conocía al hombre que era antes. Solo conocía aquella versión pálida y suavizada de él.

—Probablemente no —dijo ella con candidez—. Me diste mucho miedo cuando te conocí.

—No te creo. Eres Honeysuckle Jones, defensora de la libertad, una auténtica Mujer Maravilla.

Ella se rio.

—Tash se disfrazó de la Mujer Maravilla la Nochevieja pasada. Tuvo un terrible fallo de vestuario en The Cock; Superman tuvo que salvar su decencia con su capa.

Una de las cosas que Hal había llegado a valorar de Honey era el hecho de que no se tomara la vida demasiado en serio; no más que en aquel momento. Se aflojó el cuello de la camisa y la corbata y se recostó en el sofá con el brazo estirado sobre el respaldo cuando ella se acercó.

—¿Tu vida siempre está al borde del ridículo? —preguntó él apoyando la cabeza en los cojines.

Honey se quedó callada durante un momento.

—No siempre. Mucho más desde que tú te mudaste aquí.

—No puede ser —dijo él—. No es culpa mía que te hayas

convertido en la versión femenina de Robin Hood con un grupo de alegres jubilados, ni que las locas de tus amigas insistan en que solo salgas con pianistas.

—Hoy lo han vuelto a hacer —le contó ella.

—¿Hacer qué?

—Tash y Nell me han engañado para tener una cita a ciegas —dijo Honey—. Se suponía que debía quedar con ellas en la cafetería y en su lugar han enviado a un pianista para que me conociera.

—Ah —la idea de que hubiera tenido una cita y, al volver a casa, se lo hubiera encontrado borracho y compadeciéndose le molestaba—. ¿Y ha sido mejor que las otras dos?

Honey suspiró.

—Supongo que sí.

No le dio más detalles y se sintió frustrado por su reticencia a compartir los detalles. Deseaba oírla reír, que le contara que había sido otra cita desastrosa, pero no lo hizo. La frustración hizo que alcanzara la copa de vino. Deseaba verle la cara, poder ver las cosas que su rostro sería incapaz de ocultar en vez de tener que encontrar pistas en sus palabras. Y deseaba ver su cara porque, cuando soñaba con ella, siempre aparecía borrosa, era más un sentimiento que una imagen. Un buen sentimiento.

—Dos citas en un día. Es mi récord —dijo ella con cierto nerviosismo mientras posaba la cabeza en su brazo.

Hal sintió que le invadía aquella necesidad de ser siempre el primero en todo. Honey estaba sentada a su lado, pegada a su cuerpo desde la cadera hasta la rodilla.

—¿Te ha dado un beso de despedida? —preguntó.

—Era la hora de la comida y estaba hasta arriba de tortitas. Me ha dado un beso en la mejilla y su número.

Hasta aquello sonaba demasiado prometedor para su gusto. Se dio cuenta de que no quería que Honey usase ese número. Sabía bien que estaba siendo poco razonable, pero era su cumpleaños y ella era, bueno… en ese momento ella era su cita, y no era la hora de la comida ni estaban hasta arriba de tortitas. Se habían saltado el postre. Oía su respiración, sentía que estaba esperando a que hablase.

—Yo no tengo número que darte —dijo él, pasándole los dedos por el pelo—. Y no beso en la mejilla.

Oyó que tomaba aliento cuando le pasó los dedos por la nuca y acercó su cabeza a la suya.

No había planeado besarla aquella noche, de hecho había pensado no hacerlo mientras levantaba la cabeza hacia el chorro de la ducha poco tiempo antes. Lo último que necesitaba era comprometerse con alguien, pero debía admitir que se sentía solo. Lo que realmente necesitaba era una amiga. Y deseaba que su cuerpo captara el mensaje de su cerebro, porque en ese momento no deseaba que Honey fuese su amiga. La deseaba y punto.

Si se hubiera resistido solo un segundo, habría sido suficiente. Pero no lo hizo. Se mostraba dócil y cariñosa, y aceptó su beso en vez de apartarse.

Cuando la había besado antes, había sido algo frenético y desesperado. En esa ocasión no fue ninguna de esas dos cosas, de forma deliberada. Honey se acercó más a él entre sus brazos y él deslizó el pulgar por su mandíbula. Se tomó su tiempo, porque era todo un lujo y a su vida le faltaban tantos lujos que necesitaba absorberla por completo. Notó el temblor de sus labios cuando suspiró contra los de él.

—Me alegra que no beses en la mejilla —susurró Honey. Él notó que estiraba el brazo para apagar la lámpara y entonces ya no le resultó tan fácil ir despacio, porque ella metió las manos por debajo de su camisa y la sangre empezó a hervirle en las venas. Antes se había equivocado. Aún había algo capaz de acelerarle el corazón. Aquello, en ese mismo instante. La tumbó sobre el sofá, o quizá ella lo tumbó a él. No lo sabía y tampoco importaba. En cualquier caso acabó tumbado encima de ella, atraído por su suavidad, deseándola tanto que el cuerpo le dolía.

Honey le desató la corbata y le desabrochó los botones de la camisa. Él terminó de quitársela cuando se la bajó por los hombros, besándole la piel que iba dejando al descubierto.

—¿Por qué has apagado la luz? —le preguntó Hal, recorriendo su cara con los labios mientras hundía la mano en su pelo.

—Para estar igualados —respondió ella. Ambos sabían que jamás podrían estar igualados.

—Estás loca. ¿Funciona? —preguntó él mientras le desabrochaba los botones del vestido y besaba la curva de sus pechos.

—En realidad no. Aún te veo —susurró Honey—. Eres precioso, Hal.

Nadie nunca le había llamado «precioso». Él apreciaba los cumplidos. Así que se dejó llevar por la maravillosa sensación de estar allí con ella, por el calor de sus cumplidos y por sus esfuerzos por hacerle sentir bien, porque en general se sentía muy mal. Le conmovía que hubiera apagado la luz. Le conmovía porque Honey deseaba que aquella experiencia fuese tan buena para él como lo era para ella. Recordó que en su anterior y terrible intento por acostarse juntos, ella le había dicho que había comprado un antifaz. En su momento le había parecido algo absurdo y la había despreciado en su cabeza por no tener ni idea de cómo se sentía, pero ahora lo entendía. Ella nunca comprendería la realidad tal como era para él, pero el hecho de que quisiera intentarlo resultaba muy excitante.

—¿Me pasas la corbata? —le preguntó, y se la quitó de entre los dedos cuando ella la levantó del suelo—. ¿Estás segura de que quieres que estemos igualados? —murmuró mientras la deslizaba entre sus dedos para encontrar el centro.

Ella le clavó las uñas en la espalda y Hal oyó su grito ahogado cuando levantó la cabeza para ayudarlo. Su aliento le hacía cosquillas bajo la oreja y sus caderas se mecían para encontrarse con las de él.

—Véndame los ojos, Hal.

CAPÍTULO 30

El salón tenía una iluminación tenue y la corbata de Hal trajo consigo la oscuridad absoluta. Se la colocó bien, sin dejar una sola rendija por la que pudiera entrar la luz.

—¿Bien? —le susurró él mientras ella recorría su cuerpo con las manos, aprendiéndolo; los músculos compactos de sus hombros, la firmeza de su espalda. Vio en su mente sus bíceps tatuados mientras los recorría con los dedos y sintió la fuerza de sus manos cuando le sujetó la cara.

—Mejor que bien —respondió, encontró su boca en la oscuridad y sintió más al ver menos—. Me compré este sujetador para ti —él recorrió las tiras de terciopelo con los dedos y después acarició sus senos cubiertos por el encaje e hizo que se le endurecieran los pezones.

—Me gusta cómo te queda —le dijo, y la besó mientras metía los dedos por debajo para encontrar el cierre. Lo abrió sin dificultad, con la destreza de un hombre que sabía lo que hacía. Honey levantó los hombros para ayudarle a quitárselo y disfrutó cuando la estrechó contra su cuerpo. Tenía una vulnerabilidad, una capacidad para provocar ternura que no había imaginado en él; normalmente la escondía bien. Pero en aquel momento no lo hacía. Oyó su gemido profundo al colocar la mano entre sus pechos desnudos, recorrió sus labios con la lengua y le rodeó el pezón con el pulgar.

—Rosas —murmuró él, aunque no fuese una pregunta—. Como las delicias turcas, o como los retazos rosas en el cielo de la mañana.

—Sí —dijo ella, ayudándole a dibujar la imagen en su cabeza. Sufría por él al saber que nunca volvería a ver esas cosas, y sufría por ella porque nunca iba a poder verla en absoluto.

Entonces Hal se movió ligeramente, agachó la cabeza para meterse el pezón en la boca y ella enredó los dedos en su pelo, abrumada. No era el primer hombre que la tocaba, pero en aquel momento resultó algo completamente nuevo y más poderoso de lo que había imaginado que pudiera ser.

Llegados a ese punto, otros hombres habrían acelerado el ritmo. Hal aminoró la velocidad y suspiró mientras movía las caderas contra las suyas.

—Hace ya mucho tiempo —murmuró.

—Una eternidad —respondió ella, porque nunca había experimentado algo así—. ¿Qué ves en tu cabeza ahora mismo, Hal?

Él se rio contra su boca y apartó el peso ligeramente. Honey se habría quedado así para siempre, aprisionada entre el sofá y el cuerpo de Hal.

—No me hace falta verte para saber lo preciosa que eres, Honey —deslizó la yema de un dedo desde su clavícula hasta el dobladillo de sus bragas de seda, y el tono profundo de su voz intensificó la sensación—. Me lo dicen las manos —cubrió sus pechos con las manos; firmes, cálidas, cuidadosas. Honey se arqueó cuando le pellizcó los pezones y después agachó la cabeza para lamérselos—. Me lo dice la boca —susurró antes de subir los labios hasta su cuello y aprisionarla de nuevo bajo su peso contra el sofá.

Honey sintió que se le aceleraba la respiración cuando Hal bajó lentamente la mano por entre sus piernas.

—Me lo dice tu cuerpo —murmuró él mientras deslizaba la mano por debajo de la seda. Honey aguantó la respiración, como si estuviese caminando por el borde de un acantilado. Él se quedó quieto y la besó despacio hasta que hubo recuperado de nuevo el equilibrio.

Le agarró los dedos cuando ella intentó alcanzar el botón de sus vaqueros.

—Aquí no. Ahora no. Y no porque no lo desee, o porque nunca vayamos a hacerlo, sino porque esto es tuyo. Es todo para ti.

Era el mejor hombre que había conocido con diferencia.

—¿Estás bien? —le preguntó él por segunda vez aquella noche, y ella no supo cómo decirle que estaba increíblemente bien. Cambió de posición para quitarle las bragas y después regresó junto a ella, se tumbó de lado y la estrechó contra su cuerpo.

Estar desnuda en brazos de Hal a oscuras resultó ser la cosa más sexy que le había ocurrido a Honey en su vida.

Era como un banquete sensorial; los suaves gemidos de placer en su garganta, el calor de su piel, el peso sensual de su cuerpo moviéndose contra el suyo. Hal recorrió su cuerpo con las manos y las colocó sobre sus nalgas mientras se frotaba contra ella y la besaba hasta dejarla sin respiración. Cuando le separó las rodillas con las suyas y deslizó la mano entre sus piernas, Honey solo pudo aferrarse a sus hombros y susurró su nombre contra su boca.

En esos momentos Honey no se preguntaba si tal vez aquel fuese el primer hombre con el que tendría un orgasmo, o si sería ese el momento de fingir para complacerlo. Hal había logrado que su mente se relajase por completo y que su cuerpo se excitase como nunca antes, y había solo una manera de terminar aquello.

Hal le apartó el pelo húmedo de la frente mientras la besaba en la mandíbula, en la oreja y en la boca. Sus palabras, sus manos, su cuerpo, su boca. Honey dejó que todo aquello la invadiese, dejó que la llevase más allá de donde nunca antes había estado. La sangre corría por sus venas, palpitaba en su cabeza, y no existía nada salvo él, salvo el presente, y la tensión que iba aumentando entre sus piernas. Sintió las lágrimas humedeciendo la corbata, pero la sensación no se detuvo; cada movimiento de las caderas de Hal contra su mano la acercaba más, y más, y más, y cuando le separó más las rodillas y gimió con intensidad, fue el sonido más sexy que jamás hubiera imaginado y ya no pudo aguantar más. Saltó desde lo alto del precipicio aferrándose a Hal, dejándose caer, completamente deslumbrada.

—Así de fácil, Honey —susurró entre besos mientras ella respiraba entrecortadamente.

Benedict Hallam había puesto el listón muy alto. Era el tipo de clímax que podía hacer que una chica tuviera expectativas poco realistas durante el resto de su vida.

—Oh, Dios mío —dijo, aún temblorosa, mientras se quitaba la corbata de los ojos un par de minutos más tarde—. Dios mío.

—Joder —dijo él probablemente, porque no podía estar segura. La estrechó con fuerza entre sus brazos, sujetándola contra su torso desnudo, y le acarició el pelo mientras su respiración volvía a la normalidad.

—No sabía que fuese así —susurró.

—Ahora ya lo sabes.

—Aunque no vuelva a ocurrirme jamás, siempre lo sabré.

—Volverá a ocurrirte, Honey. Confía en mí, volverá a ocurrir.

—Ahora voy a hacer algo por ti que nunca he hecho por nadie —dijo Honey poco después, todavía acurrucada contra su pecho.

Hal dibujaba círculos con la yema del dedo sobre su hombro.

—¿Tiene que ver con mi pene y tu boca?

Honey se rio y negó con la cabeza.

—No. Voy a prepararte una taza de té.

—Tú sí que sabes cuidar de un hombre —dijo él, y Honey notó que sonreía contra su pelo.

—Que no se diga que no soy educada. Me has regalado un orgasmo, yo te regalaré un té. ¿Cómo te gusta?

—¿De rodillas es una opción?

—¿Azúcar? —preguntó ella con dulzura mientras se apartaba de sus brazos.

—Dos cucharaditas —masculló él mientras se incorporaba y estiraba las piernas. Era un hombre alto y ágil, el tipo de hombre que podía dejar sin helado a Ben & Jerry's y seguir poniéndose los mismos vaqueros que cuando tenía veintiún años.

Honey se anudó la bata y se entretuvo preparando el té mientras pensaba en Hal sentado en el sofá. Había hecho que fuese muy fácil, le había quitado los complejos con sus caricias y con su boca. Por lo general era el hombre más duro que había conocido y paradójicamente había resultado ser un amante muy considerado. Esa noche se había contenido y había hecho que disfrutara ella, a pesar de que fuese su cumpleaños. Así era Hal. Rara vez seguía las normas convencionales y eso hacía que su compañía fuese adictiva. Tal vez por eso hubiese querido compartir confidencias con él en tantas ocasiones, sentada en el suelo junto a su puerta, abriéndole su corazón aunque él ni siquiera contestara.

Honey atravesó la cocina para sacar la leche de la nevera y reparó en el sobre que había llegado hacía algunos días para Hal. Iba dirigido al señor Benedict Hallam y parecía correo personal, no como las facturas de las que solía componerse su correspondencia. Seguramente fuese una tarjeta de felicitación. El reloj del horno le informó de que aún quedaba una hora para que se terminara el cumpleaños de Hal. Puso el sobre en una bandeja con las tazas y un paquete de galletas de chocolate y volvió con ello al salón.

—Llegó una carta para ti —dijo Honey, y notó como descendía varios grados la temperatura en la habitación.

—¿Una carta? —preguntó él, y no logró el tono despreocupado que sin duda buscaba; le delataba la tensión de los hombros—. ¿Qué tipo de carta?

—Bueno, es un sobre marrón con tu nombre y tu dirección escritos a mano con letra negra —dijo Honey girando el sobre entre sus manos—. Si tuviera que adivinarlo, diría que es la letra de un hombre y, a juzgar por el tamaño y el peso, probablemente sea una felicitación de cumpleaños.

—La nieta de Miss Marple ha vuelto —murmuró Hal.

Honey ignoró su comentario sarcástico.

—¿Lo abro? —le preguntó.

Hal no contestó de inmediato. Su sonoro suspiro fue el único sonido de la habitación. Hizo girar los hombros y el cuello como un boxeador preparándose para atacar.

—Será de mi hermano —respondió apretándose la mandíbula con las palmas de las manos—. Es el único que tiene esta dirección.

¿Y tan malo era eso? ¿Una tarjeta de felicitación de su hermano? A juzgar por la reacción de Hal, la respuesta probablemente fuese que sí.

—Ábrelo —le ordenó Hal en voz tan baja que Honey sintió la necesidad de asegurarse.

—¿Estás seguro de que quieres que lo abra?

Él no respondió. Honey lo miró, advirtió su ansiedad latente y rezó para que en la carta no pusiera nada que hiriera a Hal. Apartó la mirada de él y devolvió la atención al sobre. Metió el dedo por debajo de la lengüeta y lo rasgó con cuidado.

Como había imaginado, era una tarjeta de cumpleaños y, también como había imaginado, en la parte delantera ponía «hermano» en letras metalizadas en relieve. No era el tipo de tarjeta que Honey habría encontrado en la tienda de la esquina; era elegante y debía de haber costado bastante dinero.

—¿Y bien? —preguntó Hal, aún mirando hacia el suelo.

—Bueno —comenzó Honey—, es... es una tarjeta de

cumpleaños en la que pone «hermano», así que llevabas razón.

—¿Y dentro?

Aún no la había abierto y, a decir verdad, le daba miedo hacerlo. Hal había aparecido en su vida como llegado del espacio exterior. Sin familia ni amigos, y eso le había permitido a ella conocerlo como hombre, no como hijo o como amigo o como hermano de alguien. La llegada de la tarjeta servía para recordarle que en realidad no lo conocía en absoluto, y que había gente por ahí que sí. Se aclaró la garganta y abrió la tarjeta con dedos temblorosos.

No era solo una tarjeta de cumpleaños. Dentro de la tarjeta había un segundo sobre más pequeño y escrito con tinta roja aparecía su nombre. Hal. La letra era muy distinta a la del sobre anterior; esta era evidentemente femenina. El corazón le dio un vuelco. No era una simple tarjeta de felicitación o una intrusión sin importancia. Era una carta; eran dos mundos que colisionaban. Su vida anterior y su nueva vida estaban a punto de entrelazarse.

—¿Qué dice? —preguntó Hal, y su ansiedad salió convertida en impaciencia.

Honey se obligó a leer lo que ponía la tarjeta.

—Dice: «Hola, hermano, no podía dejar pasar tu cumpleaños sin ponerme en contacto contigo. Te echo de menos. Todos te echamos de menos, sobre todo Imogen, a juzgar por la cantidad de veces que me ha llamado. Anda buscando tu dirección, por eso le pedí que escribiera una carta, para que yo pudiera enviártela. No sé qué quiere, pero no se rinde. Ponte en contacto con ella cuando puedas, espero que este tiempo fuera te haya ayudado como nosotros no hemos sabido hacerlo. Feliz cumpleaños, hermano mayor. Damien».

Honey y Hal se quedaron sentados en silencio durante unos segundos después de que ella dejara de leer. La carta sin abrir le quemaba en la mano. Una parte de ella deseaba saber lo que había dentro y otra parte deseaba salir corriendo. Aquello no era asunto suyo y Hal no era su novio. ¿Seguiría siendo oficialmente el novio de Imogen? Era otra pregunta para la que no tenía respuesta, y aquel no era el momento para hacerla.

—Jodido Damien.

Hal habló al fin y la desesperación de su voz hizo que Honey sufriera por él.

—Parece agradable —se aventuró a decir, preguntándose cómo podía aplicarse un adjetivo tan sencillo a cualquier pariente de Hal. No era una palabra que le viniese a la mente para describirlo a él.

Hal se rio con desdén.

—¿Qué coño se supone que tengo que hacer con la carta de Imogen?

Honey sabía a qué se refería. Estaban en una situación muy incómoda. Media hora antes estaban teniendo sexo y ahora ella tenía que leerle una carta de su exnovia. ¿Sería una carta de amor? ¿O una carta de despedida, quizá?

En cualquier caso, iba a ser la más personal de las cartas y ella era la última persona sobre la tierra que debería leérsela. Pero también era la única persona sobre la tierra que podía hacerlo, así que se encontraban en un territorio desconocido.

—Te la leeré —lo dijo antes de pararse a pensar en las consecuencias. Y lo hizo a propósito porque, de haberlo pensado, no habría tenido el valor para leerla.

—Ni hablar —respondió Hal—. Ni hablar.

—¿Quién si no te la va a leer?

—Nadie. Nadie la va a leer porque no me interesa nada de lo que tenga que decir.

El hecho de que la carta hubiese despertado en él tanta rabia indicaba justo lo contrario. Claro que le interesaba, y a ella también, a su modo perverso y autodestructivo. Estaba emocionalmente implicada y se dio cuenta de que necesitaba saber lo implicada que estaba Imogen.

—Hal, déjame leértela. Puede que sea importante. Debe de serlo para que tu hermano se haya tomado la molestia de enviarla.

—Lo hace para quitarse de encima a Imogen. Él mismo lo ha dicho. Nada más y nada menos.

—Por favor, Hal. Acabemos con esto, ¿de acuerdo?

Él suspiró y Honey interpretó la ausencia de queja como un consentimiento. Con reticencias y a regañadientes, pero consentimiento al fin y al cabo.

El pequeño sobre parecía inocente, y aun así Honey lo abrió como si contuviera una bomba. Una bomba que alcanzaría a las dos personas más cercanas.

El papel se arrugó en sus dedos al abrirlo. Más caligrafía con tinta roja, una letra bonita y femenina, probablemente un reflejo de la mujer que la había escrito. De pronto se arrepintió de haberle presionado para que le permitiera leerla. Una vez dentro de su cabeza, aquellas palabras la acompañarían siempre.

—No es necesario que hagas esto —le dijo él, prácticamente en un susurro.

—Lo sé —respondió Honey—. No pasa nada. Solo dame un momento.

Tomó aliento. Podía hacerlo.

—«Queridísimo Hal» —comenzó, tratando de mantener la voz firme y desprovista de emoción, porque aquellas no eran emociones que le correspondiera sentir a ella—. «Me da pena haber llegado a esto. Necesito verte... Dios, ni siquiera sé si llegarás a saber esto, solo espero que tengas algún amigo o vecino cerca que te haga el favor. Puede que incluso alguien de la limpieza. ¡Sé que no soportas hacer esas cosas tú!».

Honey hizo una pausa. Ya empezaba a odiar aquel tono tan familiar. Ella no era su limpiadora; ni siquiera estaba segura de ser su amiga. ¿Existiría el término «vecina con derecho a roce»?

—«Te echo mucho de menos. Vuelve a casa, cariño. Vuelve,

tu vida está aquí, no donde sea que te hayas escondido. Tus amigos, tu familia, todos necesitamos saber que estás bien, Hal. No es justo expulsarnos así de tu vida. ¿Cómo pasas los días? Sé que reaccioné mal, pero he tenido tiempo para pensar en ello y esta vez lo haría mejor. Dame otra oportunidad, todavía podemos tener una vida aquí. Podríamos abrir juntos un nuevo restaurante, contratar a un chef que se encargue de la cocina. Tú supervisarías la carta y tendrías todo el control creativo... sería fantástico, Hal, te lo prometo, yo me aseguraría de ello. No tiene por qué ser el final, todavía podemos tener esa vida de ensueño que deseábamos. Tú, yo, el restaurante, los clientes famosos... ¿recuerdas? Lo pasábamos bien, ¿verdad? No puedo acordarme de Venecia sin llorar, Hal, fue el mejor fin de semana de mi vida. Todavía tengo esa horrible caricatura que nos hicieron colgada en la pared del dormitorio. ¿Recuerdas que bromeábamos diciendo que se parecían más a Carlos y a Camila que a nosotros?».

Honey se detuvo de nuevo, abrumada por los detalles, por la familiaridad, y Hal se llevó las manos a la cara para ocultar su expresión.

—«No digo que las cosas vayan a ser como antes, claro, pero será mejor que renunciar a todo, ¿verdad? Dios, sé que el accidente fue duro para ti y quiero estar a tu lado de nuevo siendo tu novia... tu esposa incluso. ¿Quieres saber un secreto? No cancelé la boda, Hal. No pude hacerlo. Todo sigue ahí, esperándote, por si lo quieres. Vuelve. Vuelve a casa conmigo, por favor. Donde perteneces, en el candelero. Trabajaste demasiado duro como para renunciar a todo por el accidente. O para renunciar a mí. Sigo aquí esperándote, queriéndote, a pesar de todo lo que ha ocurrido. Un beso. Imogen».

Honey se llevó la mano a la boca al leer las últimas palabras, casi como si deseara poder retroceder en el tiempo e incluso no decirle a Hal que había recibido una carta aquella mañana.

—«A pesar de todo» —murmuró Hal, repitiendo las últimas

palabras de Imogen—. Quiere decir: «Aún te quiero a pesar del hecho de que no puedas ver». Siempre me culpó, desde el momento en que abrí los ojos en el hospital.

Honey caminaba por un terreno pantanoso. No podía ofrecerle ningún consejo real, porque no conocía a Imogen, pero, a juzgar por la carta, parecía una adolescente petulante que había ideado un plan desesperado para aferrarse al estilo de vida que había dado por hecho estando a la sombra de Hal.

—¿Té? —preguntó ella mientras alcanzaba su taza.

Hal negó con la cabeza y resopló.

—Necesito algo de beber en condiciones.

Hacía tiempo que se había terminado lo que había sobrado de alcohol de las navidades.

—Queda algo de vino.

—Dobla la carta y guárdala —dijo Hal, ignorando su oferta mientras se recomponía—. ¿Dónde está mi camisa? Debería irme.

—Hal, por favor. No tienes que irte tan deprisa —dijo Honey, recogió su camisa del suelo y se la entregó.

—Creo que ambos sabemos que sí —respondió él secamente mientras se ponía la camisa.

—No pasa nada. De verdad —insistió Honey, aunque en realidad sintiese que sí pasaba.

—No seas estúpida —le dijo él con voz cansada—. Claro que pasa. Pasa de todo y lo sabes. Yo no debería estar aquí.

Honey pensó en algo adecuado que decir. Él tenía razón. Pasaba de todo, pero ¿qué quería decir con eso de que no debía estar allí? ¿Empezaría a arrepentirse ya de lo de esa noche? ¿Seguiría enamorado de su exnovia? Era un auténtico lío, el tipo de lío que Honey no sabía cómo resolver. Lo vio prepararse para marcharse, notaba su distanciamiento emocional y deseó poder dar marcha atrás al reloj.

—Lo siento —dijo con suavidad.

—¿Qué tienes que sentir tú?

Ella se encogió de hombros, angustiada.

—No lo sé.

—Entonces no lo sientas —dijo Hal—. En todo caso soy yo el que lo siente. Siento haberte arrastrado a mi mierda.

—Tú tampoco digas que lo sientes —respondió ella con urgencia, posó la mano en su bíceps y lo acarició porque necesitaba tocarlo, ofrecerle algún tipo de consuelo físico en ausencia de un abrazo. Hal no era un hombre dado a los abrazos. Ella agradeció que no le apartara la mano. Dejó que lo tocara brevemente y después colocó la mano sobre la suya para frenar el movimiento.

—Siento muchísimo haberte arrastrado hasta tal punto que ya nunca podrás salir. Créeme, Honey, todo el que se acerca a mí deja de ver la vida de color de rosa.

Le frotó los nudillos con los dedos durante unos segundos, como un miembro de la patrulla de rescate que encontrara a alguien deambulando solo por una montaña aislada.

—Mira —le dijo con un suspiro—. El tema es que eres una chica agradable y yo no soy un hombre agradable. Te he manipulado emocionalmente para que me invitaras a venir esta noche, he jugado la única carta que tenía, la del pobre borracho solo en su cumpleaños. No estoy orgulloso de ello y, si vuelvo a hacerlo, dame con la puerta en las narices, ¿de acuerdo?

—¿Y si deseo hacerlo? —Honey no podía ocultar el rumor de las lágrimas en su garganta—. ¿Y si me gustas más en esos momentos en los que, por alguna razón, te abres a mí?

Hal ya había terminado de vestirse y estaba agitado, como un marido infiel ansioso por huir de la cama de su amante. Ella no sabía qué sentir ni cómo reaccionar. Sentía demasiadas emociones en el pecho luchando por la soberanía. Estaba enfadada; con él por marcharse, consigo misma por estar tan desesperada como para desear que se quedara, con Imogen por escribir la carta y por tenderle a Hal un puente para que eligiera si cruzarlo o no. Estaba nostálgica; ya echaba de menos la sensación de estar entre sus brazos. Y estaba sufriendo; por ella misma, sí, pero también por él.

—No sé qué decirte —le dijo él encogiéndose de hombros a modo de disculpa.

Y, sin más, ganó la rabia, porque era la que más protección le ofrecía frente a la incomodidad de Hal.

—¿Y qué tal si me dices lo que de verdad estás pensando, Hal? ¿O te ahorro la molestia? Estás agradecido por la cena y por el revolcón de cumpleaños en el sofá, pero ahora tienes una oferta mejor, así que te marchas.

Su estallido no obtuvo más que silencio. Hal pareció a punto de decir algo, pero no dijo nada en absoluto, salió del piso y cerró la puerta con suavidad tras él.

Hal estaba tumbado boca arriba, disfrutando del atontamiento proporcionado por el whisky que había bebido directamente de la botella nada más entrar en su casa. Siempre había sabido que su pasado le pasaría factura tarde o temprano, pero no había contado con que irrumpiera violentamente y se llevara por delante a Honey además de a él. Maldita Imogen. Lo había sido todo para él y su carta le había causado todo tipo de dolor. ¿Cómo podía hacerle eso ahora? ¿Cómo podía volver y resumir su futuro en unas pocas palabras? Contratar un chef. ¿Acaso no lo conocía en absoluto? ¿No entendía lo insoportable que sería para él poseer un restaurante y no llevar su propia cocina? Obviamente ella había dado por hecho que sería incapaz de hacerlo solo, y tal vez fuese cierto, pero ¿tenía que tomar ella esa decisión? No quería recurrir a su antigua reputación para aferrarse a un estilo de vida que ya no tenía ningún sentido para él. La vida en general tenía ya poco sentido, pero en los últimos días había permitido que entrase algo de luz en la oscuridad. Había encontrado momentos de esperanza enseñando a Steve en la cocina de la residencia, había encontrado momentos divertidos escuchando a Honey contarle su caótica vida a través de su puerta, y aquella noche en su sofá había vuelto a sentirse un hombre completo por primera vez en mucho tiempo. Y entonces, la carta. Le había destrozado en muchos sentidos escuchar a la mujer con la que acababa de tener relaciones sexuales leer una carta de la mujer con la que había planeado casarse. Se odiaba a sí mismo por permitir que Honey se la leyese. Había sido egoísta y desconsiderado, y sin embargo había permitido que sucediera porque estaba desesperado por saber lo que decía la carta. Sus necesidades por encima de las de ella. Un orgasmo a cambio de que le leyera la carta. No había sido un trato justo.

CAPÍTULO 31

La mañana siguiente llegó con una prisa indecente, y Honey nunca se había sentido tan poco preparada para guiar a sus tropas hacia la batalla. Poco después de las siete y media de la mañana, abrió su puerta con los ojos cansados y el corazón dolorido. Le sorprendió encontrar a Hal apoyado en la pared frente a la puerta. Había dado por hecho que no volvería a verlo en días.

—¿Qué haces acechando en el recibidor?

—Ya te dije que hoy iría a dar de comer a los manifestantes. Eso no ha cambiado.

Era lo único que no había cambiado.

—Podemos arreglárnoslas sin ti —dijo Honey, aunque claramente no pudiesen.

—No seas estúpida. Se amotinarán si dejas a Steve a cargo de la cocina —respondió él—. No tenemos por qué mostrarnos incómodos el uno con el otro. Somos adultos, no niños pequeños.

De modo que así era como iba a comportarse. Con frialdad y sofisticación, como si fuera algo que ocurriese todos los días. Bueno, ella nunca sería capaz de hacer eso.

Pero Hal tenía razón en una cosa; sus tropas no atacarían con el estómago vacío y Steve no era ningún sargento. Ella no quería pasar aquel día con Hal, pero había mucha gente que había invertido mucho tiempo y esfuerzo, además de esperanza, en aquel día, de modo que debía anteponer las necesidades de esa gente a las suyas propias.

—De acuerdo —dijo con reticencia—. Entonces, vamos.

Fuera hacía uno de esos agradables días de principios de otoño; las hojas cambiaban de color, pero todavía no hacía frío y el sol brillaba sin fuerza. Honey entrelazó el brazo con el de Hal por pura necesidad e intentó no sentir las emociones que había despertado en ella la noche anterior, o AC, como se refería a esa noche en su cabeza. Antes de la Carta. Ahora tendrían que ajustar su relación a la época DC, Después de la Carta. O vecinos sin derecho a roce, por decirlo de otra manera. Iba a ser un día muy, muy largo.

Al llegar a la tienda vio que las tropas ya estaban en las trincheras. Como era domingo, estaba cerrada y no había clientes, aunque estuviese llena igualmente. La mayoría de los residentes se habían reunido dentro y encima de sus chaquetas de lana llevaban camisetas con eslóganes pintados, sin duda obra de Billy. Aquel día no habría uno o dos residentes esposados a la verja. Se esposarían unos a otros, una cadena humana con toda la gente que pudieran reclutar; residentes, familiares, amigos, clientes... cualquier persona dispuesta a ceder su tiempo sería bien recibida. Habían hecho circular la noticia de la manera más subrepticia posible, y el hijo del viejo Don había avisado a la prensa para que estuviera pendiente de algo jugoso. A Honey ya solo le quedaba esperar que su plan saliese bien. Contaban con el hecho de que Christopher no solía trabajar el turno de fin de semana. Sin su mirada vigilante, esperaban poder hacer un último intento por salvar la residencia.

—Honeysuckle, nuestra Juana de Arco particular —dijo Billy alzando la mano desde el mostrador, detrás de la caja, donde se encontraba repartiendo esposas de la caja que había sacado de la sala de personal. Mimi y Lucille estaban a su lado, cada una con un pañuelo de lunares anudado a la cabeza.

—Bonitos pañuelos, señoritas —dijo Honey con una sonrisa.

—Cuando una ha pertenecido al Ejército de la Tierra Femenino, se es para siempre —contestó Mimi acariciando sus rizos oscuros.

—Hoy me recuerda un poco a esa época, ¿verdad? —comentó Lucille con una sonrisa. Su pintalabios rojo hacía juego con su pañuelo escarlata.

—Recemos a Dios para ganar esta guerra también —murmuró Billy con una gravedad inusitada. Parecía enfadado y amenazador, tanto que resultaba fácil olvidar que debajo se escondía un hombre de casi noventa años y con miedo a perder su casa.

Honey miró a su alrededor, aliviada por el suave murmullo de las conversaciones y el sonido de las tazas de té mientras los residentes se preparaban para empezar a las diez en punto. Habían organizado la protesta para que comenzara después del desayuno y de tomar la medicación, ese momento en que los residentes solían retirarse a sus habitaciones, a la sala común o a los jardines.

—Ganaremos, Billy. Ganaremos.

Le dio una palmadita en la mano, vieja y arrugada. Él le agarró los dedos con fuerza y asintió con determinación en la mirada.

—Suéltala, viejo idiota —dijo Mimi con cariño. Billy sonrió, obedeció y volvió a su ser habitual como si nada hubiese ocurrido. Honey miró hacia el ventanal mientras tragaba saliva para eliminar el súbito nudo que sentía en la garganta. Ya no se hacían hombres como Billy, ni mujeres como Mimi y Lucille. Personas endurecidas por la necesidad, acostumbradas a las penurias y a luchar por aquello en lo que creían. En todos los aspectos, salvo el físico, estaban mucho mejor preparados que ella para la vida moderna.

Cuando faltaban un par de minutos para las diez, Billy y

Mimi se dirigieron hacia la verja como si fuera un día más. Cinco minutos más tarde, Lucille se unió a ellos. Honey los miró a través del ventanal y Billy le guiñó un ojo. Estaba disfrutando de aquello. De hecho, todo el mundo parecía animado y la camaradería reinaba al unirse todos por una causa común. «Cuantos más, mejor», había dicho Lucille mientras planeaban el día, y aquello se había convertido en el nombre no oficial de la protesta. A Honey se le fue acelerando el pulso a medida que veía salir a los residentes cada pocos minutos para unirse a la cadena. La operación «Cuantos más, mejor» estaba en marcha.

A las once estaban todos allí, de pie si podían, sentados si no. Treinta y tres en total, todos encadenados a la verja con las esposas de colores, salvo la silla del viejo Don, que de nuevo estaba atada con su colección de corbatas.

Honey cerró la tienda y salió a reunirse con ellos. Aunque deseaba encadenarse también, la necesitaban para otras cosas. Era su portavoz y, dadas sus edades, también se encargaría de su bienestar. De Honey dependía asegurarse de que estuvieran bien, buscar asientos para aquellos que empezaran a cansarse, cubrirles los hombros con mantas y comprobar que todos estuvieran bien alimentados.

—¡Eh, Honey! —se dio la vuelta al oír su nombre y se encontró rodeada por Tash, vestida con su ropa del gimnasio, y Nell, con vaqueros, botas de agua y un Barbour. Incluso se había llevado un silbato.

—Habéis venido —les dijo con una sonrisa, más contenta de verlas de lo que podría haber imaginado. Cargaba con la gran responsabilidad de asegurarse de que todo saliese bien aquel día, pero tener a sus dos mejores amigas a su lado hacía que le pesase menos.

—Como si fuéramos a perdérnoslo —dijo Nell pasándole un brazo por encima de los hombros—. ¿Qué hacemos?

—Tenemos que asegurarnos de que todos estén cómodos,

alimentados y que no pasen frío —respondió Honey, recitando la lista básica que había estado repasando en su cabeza desde que se despertara. El plan no serviría de nada si le daban a Christopher munición que pudiera usar contra ellos. Honey había tenido que apartar la mirada para ocultar la sonrisa antes, cuando había oído a Billy dándoles a Lucille y a Mimi un sermón sobre no volver a pelearse en la calle, pero el hecho era que no podían permitirse dar una imagen que no fuera la de un fabuloso grupo de ancianos.

—Junto a la puerta hay una caja con mantas —dijo señalando la enorme caja que Mimi y ella habían preparado en la tienda el día anterior. Recibían muchas mantas como donaciones y aquel día harían buen uso de ellas—. Y hay sillas apiladas junto a la puerta de la tienda —agregó señalándolas—. Básicamente tenemos que asegurarnos de que todos estén cómodos en todo momento, ¿de acuerdo?

Tash asintió.

—Queda claro, Honeysuckle.

Nell contempló a los manifestantes con actitud profesional.

—Son treinta y tres. Once para cada uno —anunció—. Honey, tú te encargas desde Billy hasta el once. Yo me quedo con la parte del medio. Tash, tú cuidarás de los últimos once. ¿Correcto?

Las miró con ojos expectantes y Honey y Tash no pudieron más que asentir con asombro. Se notaba que Nell había pasado los últimos cinco años vigilando patios llenos de niños traviesos.

—¿Vas a hacer sonar el silbato si alguno se pasa de la raya? —preguntó Tash inocentemente.

Nell sonrió con suficiencia al oír su sarcasmo.

—Es más probable que lo haga sonar por ti que por ellos. ¡En marcha! —estiró el cuello cuando se abrieron las puertas de la residencia y apareció Steve con una enorme bandeja cargada con vasos de plástico, un termo de té y una montaña de magdalenas.

—¿Steve está solo en la cocina hoy? —preguntó Nell, que sabía gracias a Honey que recientemente habían tenido problemas en la cocina.

Honey se quedó mirándose las uñas de las manos en vez de mirar a sus amigas a los ojos.

—Tiene ayuda.

—Si el chef del chile ha vuelto, mis once ancianos no van a acercarse a esas magdalenas —dijo Tash levantando sus manos de manicura perfecta—. Estas pequeñas no están hechas para limpiarles el culo a los jubilados.

—Puedes estar tranquila. No es el chef del chile.

Tash agarró una magdalena de limón y semillas de amapola de la bandeja cuando Steve pasó por delante.

—¡Dios mío, aún están calientes! ¿Las has hecho tú, Steve? Porque, si es así, te vienes a casa conmigo, señorito.

Steve se puso rojo y empezaron a temblarle tanto las manos que hizo vibrar los platos de la bandeja.

—Umm, no he sido solo yo —respondió con un tartamudeo que hasta entonces no se le conocía—. Hal ha hecho casi todo el trabajo.

—¿Hal? —murmuró Nell cuando Steve se alejó hacia la fila de manifestantes.

—¿Hal, tu vecino sexy que ha sido oficialmente declarado nocivo para tu salud? —preguntó Tash mientras desmenuzaba la magdalena con los dedos.

—Es un buen cocinero —argumentó Honey.

Tash asintió con la boca llena.

—Celestial —convino después de tragar—. Siempre y cuando eso sea lo único que te hace. Me he desvivido por encontrarte al pianista perfecto —sonrió—. Es bueno, ¿verdad?

A Honey le costó trabajo recordar el rostro de Christian. Habían pasado tantas cosas desde entonces que le parecía que hacía días que había comido con él en la cafetería.

—Es muy agradable —contestó sin comprometerse.

—¿Agradable? —repitió Nell—. A mí eso no me suena muy impresionante.

—No, agradable es… bueno —dijo Honey, que quería cambiar de tema, porque lo único que oía en su cabeza era a Hal diciéndole que era una chica agradable y que él no era un hombre muy agradable. De hecho no se había equivocado. «Agradable» podría ser una palabra apropiada para Christian, pero no una que se usara para describir a hombres como Hal.

—Parece que empieza a llegar la caballería —anunció Nell.

Honey miró hacia el final de la fila y vio que las sobrinas de Titania se habían unido a los ancianos, una vez más con sus espléndidos pechos honrando a su tía.

—Eso echa por la borda tus cuentas —dijo Tash—. ¿De cuánta gente tengo que cuidar ahora?

Nell frunció el ceño y Honey aprovechó para intervenir.

—Vigilad atentamente a los residentes, como habíamos planeado, y a los demás los vigiláis por encima, ¿de acuerdo? —robó una magdalena cuando Steve volvió a pasar y lo apartó a un lado un segundo.

—¿Qué tal van las cosas en la cocina?

—De maravilla —respondió con entusiasmo el muchacho, que claramente estaba sacando a su Jamie Oliver interior—. Hal está en todo. Ha hecho las magdalenas en veinte minutos. Es como un genio —la inflexión ascendente al final de su frase le recordó a Honey lo joven que era el chico, y sus palabras dejaron claro que tenía a Hal por un dios. Alguien tenía que hacerlo. Sonrió con entusiasmo a pesar de que su opinión de Hal estuviese menos clara. Por un lado estaba de acuerdo, pero por el otro no. No era una posición fácil y hacía que estar a su lado fuese casi imposible. Apenas habían hablado durante el trayecto aquella mañana. Honey se habría sentado al otro extremo del autobús para evitar una mayor incomodidad si hubiera podido hacerlo sin quedar como una niña pequeña. La noche anterior, durante un rato, había creído que cuidaría de ella, pero por la mañana solo podía confiar en que cuidara de otras personas. Pero allí estaba, y viendo a los manifestantes comiendo felizmente las magdalenas supo que debería estarle agradecida. Steve ya estaba agradecido por los dos.

—Hal ha dicho que me ayudará a encontrar trabajo en una cocina profesional si quiero —dijo con brillo en la mirada.

Honey frunció el ceño, molesta con Hal por expandir los horizontes de Steve más allá de la residencia, aunque sabía que era egoísta por su parte.

—Ni se te ocurra mencionar la idea de marcharte —dijo con una sonrisa—. Te necesitamos aquí.

—Me quedaré mientras él se quede —respondió Steve, que obviamente seguía idolatrando a su ídolo—. No puedo creerme que lo tenga para mí solo.

«Sí, no cuentes con que se quede», pensó Honey. «Es solo para ti hasta que reciba una oferta mejor». Guardó silencio diplomáticamente mientras Steve se alejaba por el camino hacia la residencia, hacia la cocina, hacia su ídolo.

—Será mejor que le digas a Steve que aumente sus cálculos para la comida —dijo Nell. Honey siguió su mirada hasta el final de la fila y vio a un grupo de siete adolescentes con sudadera que habían pasado por allí y habían decidido sumarse a la protesta.

Vio que uno de ellos se daba la vuelta, se quitaba la capucha de la sudadera, se guardaba el móvil en el bolsillo y le estrechaba la mano al residente más cercano.

—Mi abuelo vivía aquí —dijo—. No le habría gustado que lo cerraran.

Se pusieron a charlar y Honey se acercó a Lucille y a Mimi, situadas al otro extremo de la fila.

—Todo va muy bien hasta ahora, ¿verdad? —dijo Billy con un brillo travieso en sus ojos azules.

—Eso parece —convino Honey.

Miró a Mimi, sentada en una silla junto a él. Su tobillo vendado asomaba por debajo del dobladillo del vestido.

—¿Cómo lo llevas, Mimi? —le preguntó.

—Estaría mejor sin esta maldita silla —gruñó la anciana, demasiado orgullosa para admitir que necesitaba ayuda.

—De hecho, Mimi, creo que la silla aumenta el impacto visual de la protesta —respondió Honey frotándole el hombro—. Obviamente estás lesionada, pero eso no te ha impedido estar aquí hoy. Le demuestra a la gente lo mucho que significa para ti.

Mimi resopló, pero su expresión apaciguada indicaba que sus palabras habían ayudado a sanar su orgullo.

—¡El manifestante número cincuenta acaba de encadenarse! —exclamó Tash desde el otro extremo de la verja, y todos gritaron entusiasmados y agitaron sus esposas contra el metal.

—Mejor que sean sesenta —dijo una voz familiar, y allí caminando hacia ella, estaba Robin. Le seguía lo que solo podía describirse como una melé de rugby compuesta por tipos de aspecto cuestionable, todos ellos el doble de grandes que el flautista de Hamelín más raro de la historia.

—Robin —dijo Honey riéndose, encantada de verlo—. ¿Cómo lo sabías?

—Me lo dijo un pajarito —respondió él, guiñándole un ojo, y después frunció el ceño al oír un silbato.

—¿Un pajarito con un enorme silbato, por casualidad? —preguntó Honey mirando a Nell, que estaba colocando a los recién llegados en su lugar.

Robin asintió.

—Y estos chicos tan maravillosos son mis alumnos —dijo, y enfatizó la palabra «alumnos» en un tono conspirativo, como diciendo «ya sabes por dónde voy»—. Técnicamente hablando, he de dar las clases en el centro comunitario, pero hoy mi compañía de baile está de gira, cariño —bajó la voz al final de la frase para ahorrarle al grupo la vergüenza y después se alejó haciendo pasos de baile hacia Nell y su silbato. Honey sonrió a los alumnos de Robin mientras se colocaban, probablemente aliviados por no tener que pasar el día escuchando música country.

Honey empezó a sentirse esperanzada. Aquello estaba sucediendo. Sucediendo de verdad, incluso estaba resultando mejor de lo que se había atrevido a imaginar.

Steve reapareció con más té y galletas para animar a las tropas, caminando frente a la fila y charlando amistosamente. Honey lo observó, sorprendida por el cambio que había dado desde la llegada de Hal. Parecía seguro de sí mismo, incluso un poco fanfarrón. Le sentaba bien.

—¡Aparta de aquí!

Una voz masculina y agitada llegó hasta sus oídos, ella frunció el ceño y corrió hasta el final de la fila, donde encontró a Tash poniéndole unas esposas moradas a Christopher para encadenarlo junto al grupo de exdelincuentes bailarines.

Miró a Honey con los párpados entornados cuando esta se acercó.

—¡Honeysuckle Jones! ¡Suéltame inmediatamente o estás despedida!

La multitud comenzó a abuchearlo y los bailarines de Robin lo miraron con un odio que dejaba claro que estarían encantados de incumplir su condicional.

Tash sonrió y dejó colgar las llaves entre el pulgar y el índice frente a su cara.

—No puede. Tengo yo las llaves —las agitó ligeramente para dejarlo claro y después las tiró hacia la alcantarilla de la carretera. Se balancearon durante un segundo sobre una de las barras metálicas, pero entonces ella les dio un pequeño empujón con el dedo del pie hasta que cayeron al agua. La multitud la apoyó en todo momento, riéndose cuando se llevó las manos a las mejillas con falsa sorpresa—. Ups. Lo siento.

Honey aprovechó la confusión para volver junto a Lucille y a Mimi al otro extremo de la fila.

—Christopher acaba de llegar —anunció con preocupación.

—Es lo que nos faltaba —dijo Lucille con aprensión—. ¿Dónde está?

—Tash acaba de esposarlo a la verja al otro extremo.
Billy gritó entusiasmado.
—Me encanta esa mujer.
—Tú también me encantas, Billy, querido —respondió Tash riéndose al aparecer junto a Honey—. ¡Qué divertido! Lo he reconocido cuando se ha bajado del taxi y lo he esposado antes de que pudiera pagar al taxista.
—¿Y si llama a sus jefes? —preguntó Honey. Si en la oficina central se enteraban de lo ocurrido, se apresurarían a cancelar la protesta antes de que siguiera creciendo. Y, a juzgar por como habían ido las cosas hasta el momento, parecía que iba a crecer bastante deprisa.
—¿Llamarles con qué? —preguntó Tash con una sonrisa—. ¿Con esto? —sacó un teléfono móvil del bolsillo y se encogió de hombros—. Se le cayó del bolsillo del traje mientras lo esposaba —Honey conocía a Tash lo suficiente como para saber que «se le cayó del bolsillo» era una vaga interpretación de la verdad. Aquella chica no hacía más que darle problemas—. No te preocupes —añadió su amiga apretándole los hombros—. Yo se lo cuidaré. Tiene suerte de que no lo haya tirado a la alcantarilla junto con las llaves de las esposas.
A veces Honey deseaba ser tan atrevida como Tash, o tan eficiente como Nell. Ambas habían aportado aquel día sus habilidades únicas y entre ellas parecían estar manejando la situación.
—Deberías ir a la cocina para avisar de que el número de personas está creciendo —le aconsejó Mimi.
—Puedo hacerlo yo —se ofreció Tash, y Honey estuvo a punto de empujarla hacia la residencia, sintiendo un gran alivio por no tener que ver a Hal.
Sin embargo Billy tenía otros planes y agarró a Tash del brazo con la mano que tenía libre cuando esta pasó junto a él.
—Querida, creo que tengo el hombro congelado. ¿Crees que podrías darme un rápido masaje? Pareces tener las manos perfectas para ello.

Tash flexionó los dedos.

—Está bien. Estas manos han tenido mucha práctica.

Mimi, que solía ponerse posesiva con Billy, se limitó a sonreír.

—A la cocina, Honeysuckle.

Honey suspiró y recorrió el camino hacia la residencia. Hacia la cocina. Hacia Hal.

En el interior se habían reunido los empleados del domingo, asombrados. Sin tener a nadie a quien cuidar, no sabían qué hacer y se volvieron hacia Honey cuando ella entró por la puerta.

—¿Qué se supone que tenemos que hacer? —preguntó Nikki, una de las cuidadoras a quien Honey apenas conocía.

—Bueno, depende de vosotros. Podéis quedaros aquí o podéis salir y hacer que se oigan vuestras voces. Vuestros trabajos penden de un hilo, igual que el hogar de los ancianos. Vosotros también formáis parte de esta lucha.

Los dejó allí y estiró los hombros al oír sus murmullos de asentimiento cuando la puerta se cerró a sus espaldas. Tal vez se le estuviese pegando algo de Tash después de todo. Se detuvo frente a la puerta de la cocina segundos más tarde, intentó calmar su respiración y esperó poder mantener su actitud asertiva, al menos durante los próximos cinco minutos. Gracias a Dios Steve también estaba ahí dentro. «Cuantos más, mejor» nunca le había parecido una frase tan apropiada como en aquel momento.

CAPÍTULO 32

Aquella mañana, quedarse en el piso no había sido una opción para Hal. Les había prometido a Honey y a Steve que estaría allí, pero sus razones para estar en la residencia eran más egoístas de lo que parecían. No quería estar solo con sus pensamientos aquel día; resultaba mala compañía y tomaría decisiones desastrosas. Su cerebro estaba asediado, secuestrado por el pasado. ¿Cómo habían podido salir tan mal las cosas? Se había despertado el día anterior con la idea de dejar que su cumpleaños pasara desapercibido, y había acabado siendo el cumpleaños más significativo de su vida.

Podía culpar al whisky. Podía culpar a Honey. Podía culpar a su hermano o a Imogen. Podía culpar a todas esas cosas y a esas personas, pero no lo hacía. Hal se culpaba a sí mismo por haber vuelto a fastidiarla, y estaba llegando al punto en el que no podría soportar una más. Ese era el verdadero motivo por el que estaba allí ese día. Le parecía la única cosa que era capaz de hacer bien. La carta de Imogen había abierto puertas que él había cerrado hacía tiempo, y solo su maestría cocinando podía darle un respiro para no tener que decidir qué puertas abrir y qué puertas cerrar.

—Voy a empezar a sacar la sopa —dijo Steve mientras salía por la puerta trasera—. Volveré en diez minutos.

Hal asintió y se dio la vuelta al oír que se abría la puerta del comedor. Supo quién era antes de que hablara. Las fresas, el sonido ligeramente irregular de su respiración, la chispa de la atracción, las emociones complejas.

—¿Dónde está Steve? —preguntó en vez de saludar.

—Honeysuckle —dijo él con cordialidad—. Acaba de salir a llevarles sopa a los manifestantes. ¿Lo necesitas para algo?

Al decirlo, deseó haber usado unas palabras diferentes. No le gustaba oírle decir que necesitaba a otra persona.

—Era para la cantidad —respondió ella—. Ya hay más de setenta personas y siguen llegando. Vamos a necesitar mucha sopa.

A Hal no le preocupaba la cantidad. Había diseñado la comida de aquel día para poder alimentar a una multitud. Lo que le preocupaba más era el creciente distanciamiento entre Honey y él, y no sabía cómo salvarlo.

—Honey, sobre lo de anoche...

—¡La sopa! ¡Mucha sopa, por favor! —exclamó ella.

—No tiene por qué ser así.

—Creo que lograremos superar las cien personas —respondió Honey, que seguía junto a la puerta, preparada para huir—. Más, incluso.

—Podemos preparar sopa para todo la maldita ciudad si vienen todos, Honey. No supone ningún problema.

Oyó que tragaba saliva.

—Bien. Eso es una buena noticia —murmuró—. Entonces voy a volver fuera.

—Honey, espera un minuto, por favor —dijo él, aunque no tuviera idea de lo que iba a hacer o a decir para mejorar la situación.

Ella no lo ignoró ni se marchó. Eso tenía que significar algo.

—Ven aquí.

Necesitaba tenerla cerca. Honey se acercó en silencio, pero no lo tocó.

—Tengo que decirte algunas cosas, Honey, y no sé cómo

decirlas sin hacerte daño —dijo él, estiró el brazo para tocarle el hombro, pero en su lugar se encontró con el lateral de su cuello y posó el pulgar entre sus clavículas. Se había recogido el pelo.

—Hal, ¿de verdad tenemos que hacer esto? —preguntó ella.

—Sí, sí tenemos —respondió él—. No quiero que pienses que tenía una oferta mejor que tú. La carta no trataba de eso. Es una oferta diferente, pero no quiero volver a oírte decir que alguien es mejor que tú, ¿de acuerdo? —un mechón suelto de su pelo le acarició los dedos, él volvió a metérselo detrás de la oreja y le acarició el pelo porque no pudo evitarlo.

—¿Qué deseas, Hal? —preguntó Honey, y él oyó la pregunta que realmente estaba haciéndole. ¿A quién deseas, Hal?

—No lo sé —respondió, porque sinceramente le parecía la única forma de salir de aquello—. No lo sé. Solo sé que no podré pensar con claridad hasta que volvamos a estar bien. Ayer no debería haberme apoyado en ti, pero no puedo decir que sienta lo que ocurrió porque no me había sentido tan vivo desde el accidente. Estar contigo es como… —se detuvo y suspiró—. Resulta sencillo, Honey. Natural.

Notó que a ella se le aceleraba el pulso bajo los dedos.

—Escucharte leer esa carta de Imogen fue como arrancarme los ojos —dijo él—. ¿Qué clase de imbécil le hace eso a una mujer?

Ella suspiró.

—No importa. Alguien tenía que leértela.

—¿De verdad? Ni siquiera lo sé, pero, aun así, no tenías que ser tú. Cualquiera menos tú.

—¿Qué importa quién te la leyera, Hal? Tal vez yo fuera la persona adecuada y tal vez fuese el momento adecuado para oírlo. Podría decirse que hemos acabado, ¿no? Ya me has regalado un orgasmo y ahora puedes seguir con tu vida. Ambos ganamos.

Salvo que los ganadores no lloraban cuando daban su discurso, y en la voz de Honey se notaban las lágrimas. Y los ganados no sentían como si les hubieran dado un puñetazo en el corazón.

—Ambos sabemos que no hablas en serio —le dijo él, sabiendo que debía apartar la mano de su cara, aunque sin hacerlo.

—No creo que importe que hable en serio o no, porque el hecho es que al final vas a decidir irte a casa. Tú lo sabes y yo lo sé. Se están imprimiendo invitaciones de boda con tu nombre en ellas y hay un restaurante que espera llevar tu nombre. Tu vida está ahí fuera, esperando a que vuelvas a ella.

Tenía razón. Nunca volvería a ser lo mismo, pero podría intentar recoger los pedazos y juntarlos para formar algo parecido a lo que tenía antes. ¿Cómo había pasado de estar convencido de que en su futuro no habría romanticismo a convertirse en el amante de alguien y prácticamente en el prometido de otra mujer?

—No sé si quiero volver a tener esa vida —dijo.

—Bueno, solo tú puedes decidirlo, Hal —sonaba cansada. Resuelta.

—¿Qué crees que debería hacer? —le preguntó él, aunque supiera que no tenía ningún derecho.

Notó que Honey se encogía de hombros y respiraba temblorosa.

—Pues supongo que aquello que no puedes no hacer.

Era una respuesta típica de Honey.

—Tengo que volver ahí fuera —agregó, y Hal notó sus lágrimas calientes entre los dedos sobre su mejilla.

—Pase lo que pase ahora, sinceramente no era mi intención hacerte daño —dijo él, aspirando su aroma, resistiéndose a la descabellada necesidad de darle un beso.

Ella se rio suavemente y negó con la cabeza.

—Llamémoslo daño colateral.

Hal se acercó a la puerta trasera después de que Honey

abandonara la cocina y se quedó en el escalón durante unos minutos para sentir el calor del sol sobre la piel. ¿Cuánto daño colateral iba a causar su accidente antes de terminar con él y con todos los que le rodeaban?

Steve regresó a la cocina minutos más tarde para rellenar los termos con más sopa.
—Están devorándola —dijo alegremente—. Vamos a tener que preparar más.
—Sí. Honey acaba de estar aquí y me lo ha dicho.
—¿Honey ha estado aquí? —sonaba decepcionado, y fue entonces cuando Hal se dio cuenta. A Steve le gustaba Honey. Estaba seguro de que Honey no tenía ni idea. Era muy inocente cuando se trataba de entender el efecto que producía.
Steve se mantuvo callado mientras reunía las verduras necesarias para que Hal se pusiera a trabajar. Hizo una pausa mientras cortaban cebollas lado a lado.
—¿Alguna vez has visto fotos de Marilyn Monroe, Hal? Ya sabes, antes del accidente.
Hal asintió, consciente de que estaba a punto de confiarle algo.
—Claro que sí.
—¿Y conoces a la mujer que interpretó a Bridget Jones? Renee no sé qué.
—Creo que la conozco, sí. ¿Por qué?
Steve se detuvo.
—Porque así es Honey. Con las curvas de Marilyn y siempre metiéndose en problemas, como Bridget Jones. Es rubia, pero guerrera.
—¿Cómo Uma Thurman en Kill Bill?
—Tío, me encantaría ver a Honey con ese traje amarillo —murmuró Steve, entonces tosió y pareció recomponerse—. Sí, así.

Era curioso. Todas las mujeres que Steve había enumerado se asemejaban a la imagen que había construido de Honey en su cabeza. Desde luego tenía las curvas de Marilyn, lo sabía porque las había recorrido con las manos. Conocía sus recovecos, se le habían grabado en el cerebro con tanta nitidez que podría reproducir su cuerpo con arcilla. ¿Y en cuanto a la tendencia a meterse en problemas? Bridget Jones era una principiante comparada con Honey. Le había traído problemas desde que la conociera en el recibidor, lo que parecía haber sucedido años atrás, y los problemas la seguían como un trozo de papel higiénico pegado a la suela del zapato. Era un imán para los problemas.

¿Y guerrera? Pues sí. Ella no se daba cuenta, pero podría dominar el mundo si se lo propusiera. Estaría siempre al borde del desastre, pero conseguiría mantener el equilibrio y lograr que todos y cada uno de sus súbditos la adorasen sin ni siquiera intentarlo. Personalmente Hal podía vivir sin ese traje amarillo, pero, a modo de resumen, Steve había dado en el clavo.

—Pásame las zanahorias, Steve.

CAPÍTULO 33

—Dios, Honey, aquí hay más de doscientas personas. A este ritmo vamos a necesitar un jefe de policía —dijo Tash—. Hace tiempo que nos hemos quedado sin esposas, la gente está usando cualquier cosa que encuentra. Acabo de encadenar a cuatro hombres con el cinturón de sus pantalones. Las mujeres que tenían al lado estaban vitoreándolos pensando que iban a hacer un striptease.

Honey negó con la cabeza, abrumada con todo lo que estaba pasando aquel día. Los manifestantes rodeaban la calle encadenados a la verja, daban la vuelta a la esquina y volvían sobre sí mismos por el otro lado de la verja. Casi habían vuelto al principio, un círculo completo de residentes, amigos, familiares y lugareños que se habían enterado de la protesta y habían acudido a mostrar su apoyo. Había pancartas, camisetas con eslóganes, y el número de periodistas se había multiplicado a medida que crecía la protesta.

—¿Todos los residentes están bien? —preguntó cuando Nell se reunió con ellas en la acera.

—Por supuesto. Todos tienen sillas y mantas y nos hemos asegurado de que comieran. Además hemos tenido ayuda. Todos han tomado su medicación —señaló con la cabeza a Nikki, la cuidadora, que estaba arrodillada junto al viejo Don riéndose por algo que este había dicho. Honey miró a su alrededor y vio a otros empleados de la residencia, algunos encadenados, otros mezclados entre los residentes. Había algo en aquel acontecimiento que la tenía siempre al borde del llanto, lo cual le resultaba útil, teniendo en cuenta que estaba emocionalmente destrozada. Estaba decidida a centrarse al cien por cien en estar allí fuera haciendo todo lo posible, y no a pensar en el hombre que estaba dentro dando sustento a todos. Convertir la campaña en un éxito se había convertido en algo crucial, porque era una batalla sobre la que al menos tenía el control. Hal era un hombre independiente y tenía que tomar sus propias decisiones, aunque en el fondo Honey ya sabía hacia qué lado iba a decantarse. Pero tenía que llegar a esa decisión a su propio ritmo.

—¡Honey, cariño, ven aquí! —gritó Billy desde la verja. Le pasó el brazo libre por encima de los hombros y la giró hacia los flashes de lo que parecían docenas de cámaras.

—Sonríe a las cámaras, querida —le dijo al oído, y ella enseñó los dientes, aunque probablemente pareciera más un gruñido que una sonrisa, pero era lo mejor que podía hacer en ese momento. Sus mejillas humedecidas por las lágrimas añadirían dramatismo. ¿Quién hubiera pensado que el desengaño pudiera ser tan útil? Se quedó quieta, se sentía a miles de kilómetros de los flashes. ¿Se le habría roto el corazón? Para eso había que estar enamorada y ella no estaba enamorada de Hal, no exactamente. ¿Verdad? El hecho de que deseara estar con él siempre que no lo estaba, que soñara con él, que ansiara sus caricias, que le encantara su risa, que se preocupase más por su felicidad que por la de ella, que no soportara la idea de que se marchara de su vida, no significaba que lo amara, ¿verdad? Había sentido todas esas cosas por... pensándolo bien, se dio cuenta de que nunca había sentido esas cosas por nadie.

—¿Podrías quitarme las esposas durante unos minutos, querida? —le preguntó Billy—. Tengo un megáfono en mi habitación; creo que vamos a necesitarlo.

Honey asintió y le quitó las esposas con dedos temblorosos, sintiéndose estúpida por su secreta epifanía. No quería amar a

Hal. Era un hombre difícil y recalcitrante y además no la amaba. Era de lo más inconveniente amar a alguien que iba a casarse con otra mujer el verano siguiente.

Billy pasó por la cocina con el megáfono en la mano y encontró a Steve y a Hal preparando montañas de sándwiches.

—Voy a sacar los primeros —anunció Steve, caminando con cuidado y asomándose por encima de unas de las fuentes—. Billy, ¿conoces a Hal? Es nuestro nuevo chef y es brillante. Hal, este es Billy.

Y, sin más, Steve salió por la puerta de atrás y los dejó solos.

—Billy —dijo Hal, consciente de la presencia del anciano antes de que Steve realizara las presentaciones—. Honey me ha hablado mucho de ti.

—Ella no me ha contado gran cosa de ti, salvo que no puedes ver —respondió Billy—. ¡Qué mala suerte!

Hal tragó saliva, desconcertado por la franqueza de Billy.

—Es una manera de verlo —respondió secamente.

—Le pasó lo mismo a mi hermano —continuó Billy.

—¿De verdad?

—Era un niño. Pero eso no le detuvo, claro. Creció y se convirtió en la cruz de mi madre. Daba más problemas después, diría yo —Billy sonrió al recordar—. Ahogarse o nadar. Él era un nadador.

Hal se sentó en el taburete preguntándose si él era un nadador. La mayoría de los días no se lo parecía. Se sentía como un niño con manguitos, temeroso de alejarse del borde. Le sorprendió notar la mano de Billy en el hombro.

—Ya lo conseguirás, hijo. Aún es pronto.

Fuera había acabado por aparecer un coche de policía, alertado de la protesta gracias a la cobertura radiofónica casi constante.

—¿Quién está al mando aquí? —le preguntó el agente a Tash, que acababa de salir de la tienda con una radio y la había colocado en el suelo para que todos pudieran oírla.

Tash lo condujo hasta Honey, que se había sentado en la silla de Billy junto a Mimi y Lucille para recuperar el aliento.

—¿Usted está al mando de este acontecimiento? —preguntó el policía mientras sacaba una libreta del bolsillo y miraba a Honey. Ella se puso en pie, se secó las manos en los vaqueros y le ofreció una en un intento por parecer profesional. El rostro humedecido por las lágrimas y el pelo revuelto no servían para respaldarla, pero por suerte no se dio cuenta de que parecía una mujer que había encontrado y perdido el amor de su vida en cuestión de cinco minutos.

—Así es —respondió.

—Y supongo que tiene los permisos necesarios y habló con el ayuntamiento para cerrar esta calle.

Honey abrió la boca y volvió a cerrarla. No tenía permisos de ninguna clase. Habían contado con que el evento atrajese a cierto número de personas, claro, pero se imaginaban cuarenta o cincuenta, no cientos. Era una protesta pacífica, pero era innegablemente grande y el tráfico se había detenido cuando los conductores frenaban para ver lo que sucedía y abandonaban sus vehículos para sumarse a la protesta. Hacían sonar el claxon y al final Nell había hecho un cartel y lo había colocado al final de la calle para aconsejar educadamente a la gente que se unieran a la protesta o tomaran otro camino.

—¿Es usted agente de la ley? —preguntó una voz desde la acera, y todos se giraron para mirar a Christopher, que agitaba el brazo que tenía libre para llamar la atención—. Yo soy el director de esta residencia y exijo que...

Sin embargo sus exigencias no fueron escuchadas y quedaron ahogadas por la voz de Robin, que empezó a dar palmas y a gritar:

—¡Cinco, seis, siete, ocho!

Comenzó a agitar un lazo invisible sobre su cabeza antes de ponerse a bailar en la acera. Junto a él, sus nueve alumnos de la condicional comenzaron a imitarlo, haciendo que Christopher quedara medio escondido tras ellos. La multitud se volvió loca y comenzó a seguir el ritmo de los pasos hasta que la mitad de los manifestantes estaban bailando country en la calle mientras los residentes aplaudían y los vitoreaban desde sus asientos.

Honey se llevó las manos a la cara y las lágrimas resbalaron por sus mejillas mientras veía a Robin dar saltos con aquella melena extravagante y su condición de flautista de Hamelín se consolidaba para siempre junto con su amistad.

El agente de policía se aclaró la garganta.

—¿Y los permisos de los que hablábamos?

Honey abrió la boca para confesarlo todo y, en ese momento, comenzó a oírse la voz de Billy cuando este se acercó dando voces con el megáfono.

—Agente Nigel Thomson, pero qué ven mis ojos. ¡Te conocí cuando eras un mocoso y tu madre regentaba The Cock!

Honey vio cómo el agente de mediana edad entornaba los párpados para mirar a Billy mientras este se acercaba. Después sonrió, se guardó la libreta en el bolsillo y se olvidó de los permisos.

—¡Tío Bill! —exclamó el agente antes de darle un abrazo de oso al anciano.

—En realidad no era su tío —le aclaró Billy a Honey por encima del hombro guiñándole un ojo. Al ver a Billy acompañar al agente Thomson de vuelta hacia su coche pocos minutos más tarde, ella suspiró aliviada por haber evitado otro desastre. Cuando acabara el día, iba a necesitar unas vacaciones en algún lugar tranquilo, preferiblemente en una isla desierta con el frigorífico lleno de chocolate y de vino.

—Umm, Honeysuckle, querida —dijo Lucille, señalando con la cabeza hacia el final de la calle—. ¿Esa es una furgoneta de la tele?

Parecía que aquel billete de ida al paraíso iba a tener que esperar un poco más.

—Troy Masters puede meterme el micrófono donde quiera siempre que lo desee —murmuró Tash al ver al cámara prepararse mientras Troy Masters, un conocido presentador del canal de noticias veinticuatro horas de la BBC, hablaba amablemente con la multitud.

—Eso da igual —contestó Honey—. Quieren entrevistarme dentro de media hora y todos sabemos que voy a salir fatal.

Nell y Tash se miraron con preocupación por encima de su cabeza.

—¿Llevas por casualidad tu bolsa de maquillaje? —le preguntó Tash.

Honey negó con la cabeza. Era lo último que se le había pasado por la cabeza aquella mañana.

—¿Laca? ¿Un peine? —preguntó Nell, intentando meterle el pelo detrás de las orejas con gran optimismo.

—Nada. No tengo nada y no sé qué decir.

Nell se hizo cargo pasados unos segundos.

—¿Dónde está la llave de la tienda?

Cinco minutos más tarde, Tash había vaciado su bolsa de maquillaje sobre el mostrador de la tienda y Honey estaba sentada junto a él en un taburete. Tash caminaba de un lado a otro a su alrededor mirándola con ojo crítico.

—No es necesario —dijo Honey, que de pronto se sentía como si estuviera en medio de un centro comercial a punto de sufrir un cambio radical a manos de una ayudante de bronceado artificial y sin suficiente práctica.

—¿Hablas en serio? —preguntó Tash, directa como siempre—. Pareces la novia de Drácula. ¿Es que esta mañana te has restregado el rímel por las mejillas solo para divertirte?

Nell rebuscó en su bolso y sacó un paquete de toallitas para bebés.

—Temo que llegue el día en que tenga que dejar de comprar esto. La semana pasada las utilicé para limpiar la tele cuando la madre de Simon se presentó sin avisar.

Se mordió los labios mientras le limpiaba las mejillas a Honey con una toallita.

—Entiendo lo que quieres decir, Tash. Madre mía, Hon, ¿tanto has llorado hoy? —le frotó la piel con fuerza, Honey arrugó la cara y le quitó la toallita para hacerlo ella misma. Nell agarró un espejo de mano que utilizaban para mostrarles a las clientas cómo les quedaban los collares y se lo acercó a Honey.

La cara que vio reflejada en el espejo no era la misma que había visto aquella mañana al ponerse el rímel. Se le parecía, claro; tenía los mismos rasgos, las mismas mejillas sonrojadas, mejillas que ahora brillaban como luces de neón gracias a la delicadeza de Nell. Pero sus ojos no eran los mismos. Eran los ojos de una mujer, no los de una niña. Hal no solo la había convertido en mujer la noche anterior en el sofá; había estado convirtiéndola en mujer desde que se conocieran.

De niña, durante una época su madre los había llevado a la iglesia todos los domingos y ella recordaba un pasaje que se leía con frecuencia.

«Cuando era niño, razonaba como un niño. Cuando me convertí en un hombre, dejé atrás las cosas de niños».

Aquel día, Honeysuckle Jones por fin había dejado atrás sus cosas de niños.

Le quitó el espejo a Nell, lo dejó boca abajo en el mostrador y después le agarró la mano a Tash para detenerla mientras rebuscaba entre los cosméticos que había sacado de su bolsa.

—Olvídate del maquillaje, Tash —le dijo con suavidad—. Y de las toallitas —añadió medio riéndose mientras le agarraba también la mano a Nell—. Me da igual cómo salga por televisión. Lo que importa es lo que diga —sintió una inesperada calma en su interior—. Si encuentro las palabras adecuadas, existe la posibilidad de salvar la residencia. Eso es asombroso, ¿verdad?

Nell asintió apretándole los dedos para mostrarle su apoyo y Tash puso los ojos en blanco.

—Puede que Troy Masters sea un talentoso pianista en sus ratos libres. Eso es lo único que digo.

Honey sentía su cuerpo invadido por los nervios mientras esperaba junto a Troy Masters a que el cámara terminara de hacer las pruebas de luces y sonido. Junto a ellas estaban Lucille, Mimi y Billy y, al otro lado, el viejo Don con su silla de ruedas, luciendo con orgullo las medallas en su camiseta.

—Estaremos en el aire en cinco minutos —anunció Troy con una sonrisa para tranquilizarla. Su voz profunda era tan familiar como la de un amigo después de haber pasado años viéndolo por televisión.

Honey asintió e intentó tragar saliva con dificultad. Tenía la boca como papel de lija. El cámara había decidido filmar la entrevista junto a la tienda, con los manifestantes de fondo, lo que con suerte significaría que los televidentes podrían oírla con claridad y, al mismo tiempo, hacerse una idea de las dimensiones de la protesta. Seguían acudiendo personas, que ya llevaban sus propios métodos para encadenarse, puesto que por la radio les habían aconsejado que lo hicieran así. Las corbatas se habían vuelto muy populares, igual que los metros y metros de espumillón plateado que uno de los empleados de la residencia había encontrado en el almacén. En realidad el espumillón no servía para retener a nadie eficazmente, ni siquiera a los muchos niños que jugaban alegremente en la hierba, atados a las muñecas de sus padres. El método de encadenamiento no era lo importante; habría servido un hilo de algodón y habría tenido el mismo impacto visual. Indicaba que estaban todos unidos, desde los lazos que sujetaban el carrito de un bebé de seis meses hasta el viejo Don, atado con su colección de corbatas.

—¿Puede alguien apagar la furgoneta de los helados? —gritó el cámara, y el heladero de pelo blanco corrió por el césped para apagar la música. Se había enterado de la protesta por la radio y había aparecido hacía una hora para dar helados gratis a todos los niños. Para Honey habría sido otro momento para ensuciarse las mejillas con las lágrimas, si le hubiera quedado algo de rímel.

—Un minuto —anunció el cámara, y todos estiraron los hombros para prepararse.

Troy abrió con una presentación a cámara sobre la protesta y después se volvió hacia Honey con su micrófono en la mano.

—Señorita Jones, ¿esperaba usted que la protesta tuviera tanta acogida?

Honey sonrió.

—Teníamos esa esperanza, pero no, yo nunca imaginé que vendría tanta gente a mostrar su apoyo. Estamos tremendamente agradecidos y solo esperamos que sirva para que los dueños de la residencia se lo piensen mejor. Hay más de treinta ancianos viviendo en esta residencia y la idea de marcharse los tiene a todos aterrorizados.

Troy asintió con solemnidad y el ceño fruncido.

—¿Y su trabajo también pende de un hilo?

—El mío y el de todos los demás que trabajan aquí —contestó Honey—. La residencia tiene contratados a más de cincuenta empleados. Serían muchas pérdidas. Pero, sinceramente, esto es por los ancianos, no por los empleados. Nosotros podemos encontrar otros trabajos, pero ¿querría encontrarse usted en la calle a los noventa años? ¿O querría que les ocurriese eso a sus padres o abuelos? Honey sentía que empezaba a calentársele la sangre en las venas, todas las frustraciones del día se canalizaban hacia aquel momento importante—. Esta residencia está llena de gente asombrosa. Veteranos de guerra. Mujeres que mantuvieron sus hogares en marcha y criaron a sus bebés ellas solas. Una generación de gente que ya ha vivido más penurias de las que viviremos la mayoría de nosotros. ¿Cómo puede parecernos bien echarlos a la calle como si fueran el periódico del día anterior, o reubicarlos a lo largo y ancho del condado como si fueran perros abandonados?

La mirada de Troy indicaba que ya le había dado más de lo que había esperado de ella, pero Honey no dejaba de hablar y, peor aún, empezaban a acumulársele las lágrimas en los ojos.

—Esta gente... —miró a Lucille y a Mimi—. Esta gente nos ayudó cuando los necesitábamos y hoy nosotros los ayudamos a ellos —una lágrima resbaló por su mejilla y ella se la secó con el reverso de la mano—. Nos manifestamos con ellos y pedimos a la gente que esté viendo esto que se manifieste con nosotros también. Que se manifiesten en sus salones, que se manifiesten en Twitter, o en Facebook, o en su pub local ahora mismo.

Troy pareció alarmarse y el cámara estaba pasándose la mano por la garganta con los ojos desorbitados. Honey entendía lo que quería decir, pero le daba igual quedar como una idiota. Se quedó rígidamente junto a los demás mientras Troy devolvía la conexión al estudio, finalmente el cámara levantó la mano y apagó la luz del aparato.

Fue entonces cuando Honey se dio cuenta de que los manifestantes se habían quedado callados para escuchar lo que decía y, cuando se volvió para mirarlos, todos comenzaron a aplaudir, discretamente al principio, pero después con más fuerza mientras ella se llevaba los dedos temblorosos a la boca. Troy Masters le zarandeó la otra mano, después Billy se la agarró y le levantó el brazo por encima de la cabeza como si fuera la vencedora de un combate de boxeo. A Honey le zumbaban los oídos con el ruido y se dio cuenta de que estaba medio llorando y medio riendo a la vez. Aún no habían ganado, pero quizá, solo quizá, hubiesen dado un paso más.

En el comedor, Steve había encendido la tele para ver la entrevista y estaba sentado junto a Hal en la mesa más cercana cuando Honey apareció en la pantalla.

—Sale genial, para que lo sepas —murmuró Steve.

—Suena nerviosa —dijo Hal cuando ella empezó a hablar.

Se quedaron sentados en silencio a medida que su discurso tomaba ritmo y pasión, y oyeron a la multitud de fuera empezar a aplaudir cuando Steve apagó la tele al terminar la entrevista.

Hal se rio y negó con la cabeza. Honeysuckle Jones, cazadora de gigantes malignos, Svengali de las masas. Echó hacia atrás la silla y se levantó.

—Creo que vamos a necesitar más ayuda extra en la cocina, Steve —le dijo al muchacho.

A un kilómetro y medio de allí, en el pub The Cock, los parroquianos del domingo por la tarde observaron el apasionado discurso de Honey en directo en las noticias y todos, hasta el último de ellos, se levantaron y alzaron sus vasos.

CAPÍTULO 34

A las tres de la tarde, Nell había dejado de intentar contar el número de recién llegados y colocarlos en posición. La acera estaba llena de gente, igual que el césped, y la propia carretera albergaba también a varias filas de personas sentadas en la calzada. Los desconocidos se unían a la cadena humana de cualquier manera que pudieran; Honey incluso había visto a un grupo de niñas pequeñas atando la silla de ruedas del viejo Don a la verja con cadenas d margaritas después de que apareciera en televisión. Tash le guiñó un ojo mientras se guardaba el iPhone. Estaba grabándolo todo para que pudieran recordar aquel día cuando hubiera pasado. No era la única fotógrafa ni de lejos. La prensa estaba por todas partes ahora que el evento había salido en las noticias nacionales; sacaban fotos y entrevistaban a todos los manifestantes que podían. De vez en cuando en la radio ponían algún éxito country dedicado especialmente a Robin y a sus alumnos, y habían hecho bailar a todos los presentes para que no decayese la moral. Era una pena para Christopher estar encadenado junto a ellos, ya que de vez en cuando se veía obligado a levantarse y a bailar, agitando brazos y piernas como si fuera una marioneta escandalizada movida por hilos.

La cocina también desempeñaba un papel esencial. Hicieron un pedido a un supermercado local, que entregó los productos en media hora al darse cuenta de que obtendrían mucha publicidad gratis cuando sus furgonetas llegasen al lugar de la protesta. Incluso regalaron algunas cosas; dulces y galletas que confirió al asunto una atmósfera de picnic en el parque, sin importar el hecho de que no fuese un día excesivamente caluroso. Había buena voluntad y, a medida que la cadena de televisión siguió informando durante el día, siguió acudiendo gente.

—Creo que dentro de poco vamos a tener que empezar a rechazar a la gente —comentó Nell, preocupada.

—Ni hablar —respondió Tash—. Iremos a la vuelta de la esquina y empezaremos a llenar la otra calle cuando esta esté hasta arriba.

Honey negó con la cabeza.

—No puedo creerme que haya llegado a esto. ¡Es asombroso!

—Es colosal —convino Tash—. Y hemos conocido a Troy Masters.

Levantaron la cabeza cuando alguien se les acercó entre la multitud.

—¡Nell!

Nell sonrió abiertamente al ver a su marido.

—Simon, has venido. Sabía que vendrías —a Honey le sorprendió cuando Simon estrechó a Nell entre sus brazos y le dio un largo beso en la boca hasta que ella lo apartó riéndose.

—Buscaos una habitación de hotel —dijo Tash fingiendo náuseas.

—No quedan esposas, Simon —le explicó Honey con una cálida sonrisa antes de darle un beso en la mejilla. Simon miró a Nell, se intercambiaron una mirada privada y entonces él sacó unas esposas plateadas de su bolsillo.

—No es necesario. He venido preparado —admitió, y tuvo la decencia de sonrojarse ligeramente. Desde que Honey conocía al marido de Nell, nunca antes lo había considerado pícaro, pero en aquel momento, mientras su esposa se lo llevaba con las esposas y con aquella vergüenza infantil, esa fue la única manera que se le ocurrió de describirlo. Honey se preguntó cómo sería estar con alguien que la entendiera tan íntimamente como Simon entendía a Nell, alguien que celebrara sus puntos fuertes y la animara a llegar más lejos de lo que jamás hubiera imaginado que podría llegar.

Tash se había alejado y estaba hablando con alguien, así que Honey se abrió paso entre la gente hasta encontrar a Mimi y a Lucille. Se dejó caer agradecida en el asiento vacío de Billy entre ellas y se quedó mirándolas.

—¿Cómo es que vosotras parecéis frescas como una lechuga cuando parece que yo he corrido una maratón? —preguntó, se quitó la cinta del pelo y volvió a colocársela mejor.

—Porque nosotras hemos estado aquí sentadas mientras tú hacías todo el trabajo duro, querida —respondió Lucille con una sonrisa dándole una palmada en la rodilla.

—Algunos lo llamarían ser perezosas —contestó Honey riéndose—. ¿Qué tal va el tobillo, Mimi?

Mimi quitó importancia a la pregunta agitando la mano.

—Cuando tenía veintiún años, araba los campos y después me iba a bailar con las demás chicas por la noche. Mi tobillo está perfectamente, muchas gracias.

—Antes le ha pedido a Nikki otro analgésico. La he oído —se chivó Lucille, y Mimi la miró fijamente. Se había producido un ligerísimo cambio de poder entre las dos hermanas desde el incidente con el tobillo de Mimi; un desequilibrio que a Lucille le venía bien.

Honey miró por encima del hombro.

—¿Dónde se ha metido Billy?

—La pimpinela escarlata —gruñó Mimi—. En cuanto tiene público, se siente obligado a actuar. No ha parado quieto en todo el día.

Honey giró los hombros y estiró las piernas frente a ella,

consciente de pronto de lo mucho que le dolían los pies ahora que se había sentado. Podría perdonar a Billy por abandonar su puesto si eso significaba que podía pasar cinco minutos recargando las pilas sentada entre dos de las razones principales por las que estaba haciendo todo aquello.

Miró hacia la carretera y reparó en una pequeña mujer de pelo oscuro que empujaba una silla de ruedas en dirección a ellos. Al verla, la mujer sonrió y alzó la mano.

Junto a ella, Honey oyó que Lucille soltaba un grito ahogado y, un segundo más tarde, le agarraba la muñeca.

—Lo sé —dijo Honey, levantó la mano y sonrió a modo de saludo—. Ya los veo.

—¿A quiénes? —preguntó Mimi, y miró a su alrededor para ver a quién estaban mirando.

El parecido era tan grande que, desde la distancia, podría haber sido la propia Mimi sentada en una silla de ruedas.

Honey estiró el brazo y le estrechó la mano. Se dio cuenta de que Mimi temblaba ligeramente. Lucille le apretó la otra muñeca con más fuerza y se quedaron las tres sentadas en silencio hasta que los recién llegados se detuvieron frente a ellas.

—Bueno, no se puede negar de quién eres hermano, ¿verdad? —dijo Mimi con brusquedad poniendo los ojos en blanco.

—¡Ernie! —exclamó Lucille, se puso en pie de un brinco y le dio un beso en la mejilla.

—Os hemos visto en las noticias y teníamos que venir —explicó él sujetándole la mano—. Estáis siendo tan valientes que pensé que yo también debería serlo —miró entonces a Mimi con reticencia—. ¿Te parece bien?

Honey se puso en pie y quitó su silla de en medio.

Mimi suspiró.

—Será mejor que te pongas aquí —dijo la anciana señalando con la cabeza el hueco que acababa de quedar libre—.

Honey, será mejor que vayas a buscarle a Ernie una taza de té.

Billy no estaba actuando para su público. Con la camisa remangada y el delantal puesto, estaba trabajando junto a Hal y a Steve, recuperando la habilidad con los cuchillos que había adquirido en las cocinas del ejército. Había algo en su nuevo chef que le intrigaba. Tal vez fuese el hecho de que le recordaba en ciertos aspectos a su hermano, al que tanto añoraba. Quizá fuese que notaba una profunda melancolía en Hal, y era capaz de entenderla. Tal vez fuese puro egoísmo, que de vez en cuando Billy tuviera que dejar a un lado al artista durante un rato. O quizá simplemente deseara dar el visto bueno a Hal como posible pretendiente para Honey, porque era evidente que la chica estaba coladita por él. Tal vez fuera una mezcla de todas esas cosas la que llevó a Billy a la cocina, pero, fuera lo que fuera, Hal agradecía su ayuda y su compañía.

Otro equipo de televisión había pasado por ahí hacía media hora y la protesta había llegado a aparecer en casi todos los canales nacionales así como en los locales. Era el tipo de historia que despertaba la imaginación de todos y el apasionado discurso de Honey había revolucionado Twitter con el *hashtag* #ManifiestateConNosotros convertido en *trending topic* en todo el país. Salir ante la cámara sin maquillaje había jugado en su favor sin pretenderlo; se había convertido en la chica conmovida a la que todos deseaban ayudar.

—Quinientas velas —dijo Nell resoplando al dejar caer una enorme bolsa y frotarse los dedos después. Pronto se quedarían sin luz y nadie mostraba signos de irse a casa, así que habían decidido saltarse todas las normas de seguridad y de sanidad e iban a repartir velas.

—Las velas crean atmósfera —razonó Tash—. Hacen que las personas se pongan sentimentales. Imagina cómo quedará por televisión, Honey, como una de esas vigilias que hacen que la gente descuelgue el teléfono para dar un dinero que no tienen.

—¿Hemos sabido algo de los dueños de la residencia? —preguntó Simon de pie rodeando a Nell por los hombros.

Nell negó con la cabeza.

—Lo único que dicen en televisión es que han declinado hacer comentarios. Pero deben de ser los únicos —levantó la mirada de su teléfono móvil y sonrió—. ¡Phillip Schofield acaba de tuitear el *hashtag* #ManifiestateConNosotros a más de tres millones de seguidores!

—¡Oh, me encanta Phillip! —intervino Lucille, atusándose el pelo con la mano como si fuese a aparecer en cualquier momento—. ¿Qué es un *hashtag*?

—Oh, Dios mío, mira —dijo Tash, dio la vuelta a su pantalla y le mostró a Honey la foto de Davina McCall con esposas hechas de margaritas bajo el *hashtag* #ManifiestateConNosotros—. Si esto no marca la diferencia, no sé qué lo hará.

Steve no podía creerse que alguien quisiera entrevistarlo, y se quedó sin palabras cuando una periodista de una de las cadenas nacionales le detuvo en su camino de vuelta a la cocina con botellas de café vacías.

—Estás haciendo un trabajo fantástico hoy, enhorabuena —dijo la guapa periodista.

—Gracias —respondió Steve—. Pero no todo es gracias a mí. No habría sabido por dónde empezar si Hal no me hubiera dicho lo que tenía que hacer.

La mujer sonrió y a Steve le gustó la manera en que se iluminaron sus ojos azules.

—¿Hal? —preguntó ella.

Steve asintió.

—Es asombroso. No puedo creer que me esté enseñando a cocinar alguien tan famoso como él.

La periodista ladeó la cabeza.

—¿Crees que podríamos conocerlo a él también?

Steve frunció el ceño al darse cuenta de que tal vez hubiese hablado más de la cuenta.

—No creo. Hal no quiere que nadie sepa que está aquí —se mordió el labio—. No se lo dirás a nadie, ¿verdad?

La periodista se hizo una cruz a la altura del corazón con sus uñas pintadas de rosa.

—Te lo juro.

Se metió la mano por debajo de la camisa y sacó una tarjeta del sujetador, que después le metió a Steve en el bolsillo del delantal.

—Por si acaso se te ocurre algo más que decirme —dijo antes de alejarse subida a sus zapatos de tacón alto.

Steve suspiró aliviado y fue a por más café.

Cuando oscureció poco antes de las seis, las velas convirtieron la acera en una alfombra titilante de luz y Honey regresó a su lugar entre Lucille y Mimi.

—¿Ernie se ha ido entonces?

Lucille asintió con una pequeña sonrisa.

—Se quedó unos diez minutos, pero estaba agotado. Ha prometido volver a vernos pronto.

La expresión de Mimi era inescrutable y Honey decidió que sería mejor no insistir.

—¿Aún no hay rastro de Billy?

—Apareció hace un rato con una bandeja de rollitos de salchicha —explicó Lucille—. Muy raro.

—Con ese hombre no me sorprende nada —dijo Mimi—. Es un bala perdida.

Honey se rio.

—Desde luego.

—¿Qué tal le va a ese guapo amigo tuyo en la cocina? —preguntó Lucille con brillo en la mirada.

—Bueno, todos han comido —respondió Honey encogiéndose de hombros—, así que supongo que no le va mal.

—¿No has ido a supervisarlo? —preguntó Mimi bruscamente, y de pronto Honey se sintió como si estuviera sentada entre el poli bueno y el poli malo.

—Esta tarde no. He estado ocupada aquí, no ha habido tiempo.

—Ahora hay tiempo —razonó Lucille—. Tómate cinco minutos libres.

Honey agarró un hilo suelto que tenía en la manga.

—Quizá más tarde.

—Yo antes decía cosas como esa —dijo Mimi—. Pero entonces te haces vieja y ya no hay un «más tarde», y entonces es cuando deseas haberlo hecho antes.

—Tú no decías eso cuando conociste a Ernie —le reprochó Lucille con dolor en la voz.

Mimi le dirigió a su hermana una mirada por salirse del guion e ignoró el comentario.

—Solo estoy concediéndole a Honey el beneficio de mi sabiduría. Si hay algo que decir, no dejes que tu orgullo te impida decirlo.

Lucille asintió y le puso una mano en el hombro.

—Tiene razón, querida. Ambas creemos que te has enamorado de él. Deberías decírselo.

Honey echó la cabeza hacia atrás y se quedó mirando las estrellas.

—Es más complicado.

No se molestó en negar la verdad. Mimi y Lucille la conocían bien y, además, era un alivio poder hablar de ello.

—Es tan complicado como quieras hacerlo —dijo Lucille.

Honey suspiró.

—No son mis complicaciones, Lucille. Son las suyas. Tiene que tomar algunas decisiones y yo tengo que esperar y ver de qué lado cae la moneda.

—A mí eso no me parece justo —dijo Mimi—. Nunca le des a un hombre todo el poder, Honeysuckle. No saben qué hacer con él y probablemente les explote en las manos antes siquiera de empezar.

—Su exprometida quiere que regrese a Londres. Le envió una carta pidiéndole que volviera a su antigua vida —Honey se cruzó de brazos y siguió mirando hacia el cielo oscuro—. Se supone que se casan el año que viene.

Mimi y Lucille se quedaron calladas mientras reflexionaban sobre aquella última revelación.

—La gente cambia —dijo Lucille al fin—. Regresar no siempre es posible.

—Entra ahí ahora mismo y dile que te elija a ti —añadió Mimi con tono feroz—. ¿O quieres que lo haga yo?

Honey se rio y le frotó el brazo. Estaba segura de que, por muy feroz que pudiera ser Hal, Mimi podía serlo más.

—Creo que esta batalla tengo que librarla sola —declaró, sabiendo que Mimi y Lucille tenían razón, cada una a su manera. Tenía que actuar como una adulta y ser sincera con Hal, contarle lo que sentía antes de que tomara su decisión, o de lo contrario tal vez no tendría oportunidad de hacerlo. Sería mejor enfrentarse al rechazo y superarlo que pasarse el resto de su vida preguntándose qué podría haber pasado.

—Se lo diré. En cuanto pase lo de hoy, se lo diré.

Steve estaba apilando rollitos de salchicha en las fuentes, preparándose para volver a salir con comida.

—Intenta que esta vez no te pillen los paparazis, Stevie —le advirtió Billy.

Hal sonrió.

—¿Tú también te estás convirtiendo en una celebración, Steve? —le preguntó.

—No tiene gracia —murmuró el muchacho—. Antes he estado a punto de meter la pata contigo.

Hal se detuvo y aborreció el miedo que hizo que se le erizara el vello de los brazos.

—Pero solo a punto, ¿verdad?

—Sí, solo he dicho Hal, no tu nombre completo, y entonces me he acordado —Steve dejó los rollitos de salchicha junto a la puerta, rebuscó en el bolsillo del delantal y sacó la tarjeta de la periodista—. Alicia Caughton-Black. ¿Qué tipo de nombre es ese? —preguntó riéndose, volvió a agarrar la bandeja y negó con la cabeza mientras salía por la puerta.

—Joder.

Hal se frotó la boca con fuerza. Sabía perfectamente el tipo de nombre que era Alicia Caughton-Black, porque había visto a Alicia en varias ocasiones. Una periodista a la que le encantaba moverse entre celebridades. Había comido en su restaurante; la recordaba porque siempre alardeaba de ser vegana y pedía verlo personalmente para hablar de su plato. Ya entonces Hal se había dado cuenta de que Alicia estaba más interesada en sacarle cotilleos que en información sobre la comida, pero él no le había prestado mucha atención porque toda publicidad era buena para el restaurante.

Steve habría sido como Bambi entre sus garras de leona; el muchacho no tendría ninguna posibilidad de vencerla en una batalla dialéctica.

—¿Qué sucede, hijo?

Era Billy.

—Tengo que salir de aquí, Billy —respondió Hal, consciente de que su voz no sonaba tan firme como le hubiera gustado.

—¿Quieres decir que necesitas aire fresco? ¿Un cigarrillo? —preguntó el anciano, indeciso.

—No. Quiero decir que necesito que me pidas un taxi y no se lo digas a nadie.
—No puedes marcharte ahora, hijo. Te necesitamos.
Hal empezó a sentir la furia en el pecho y le dio una patada al armario que tenía al lado.
—¿Por qué ahora? —preguntó—. ¿Por qué ahora, joder?
—Dime qué sucede, Hal. Quizá pueda ayudarte.
Hal negó con la cabeza.
—Lo único que puedes hacer ahora es pedirme un taxi, Billy. Os diré a Steve y a ti exactamente todo lo que tenéis que hacer para que todo salga bien esta noche, pero no puedo quedarme aquí. Lo siento, pero no puedo.

CAPÍTULO 35

En ese momento, Honey, Tash y Nell estaban sentadas juntas en la hierba de fuera, después de haberse deleitado con la comida de Hal y con las canciones de la gente. Lucille y el viejo Don habían vuelto a hacerse cargo del coro, empezando con las primeras líneas de *Morning Has Broken*. Lentamente la gente había ido uniéndose a ellos. Los residentes, sus familiares y amigos cantaban, tarareaban con el rostro iluminado por las velas, que titilaban suavemente. Los chicos de la condicional aumentaron la emoción con una desgarradora interpretación de *You'll Never Walk Alone*; no eran un coro galés, pero lograron que la gente se les uniera en el estribillo.

Fue una escena que quedó grabada en el corazón de Honey para siempre, y fue un material de primera para los canales de noticias. Troy Masters había regresado al lugar con su cámara para seguir informando sobre los acontecimientos.

—Sigo pensando que deberías darle una oportunidad, Honey —dijo Tash mirándole el trasero respingón—. Ahora eres prácticamente una celebridad tú también. Podríais ser una de esas parejas tan monas de la tele que presentan *This Morning*.

—Déjalo ya —dijo Honey dándole un codazo a Tash en las costillas.

—No creo que siga necesitándonos para que le busquemos citas —intervino Nell—. ¿No te parece, Honey?

Honey sabía que sus amigas eran demasiado intuitivas como para no darse cuenta de lo que estaba sucediendo delante de sus narices.

—No lo digas —dijo Tash de pronto—. Sé que crees que lo amas, pero se te pasará.

Honey se volvió hacia ella.

—Hace no mucho me decías que lo sedujera.

—Sí. Seducirlo. Acostarte con él. Nunca te dije que te enamorases de él, ¿verdad?

—No podemos elegir de quién nos enamoramos, Tash —le dijo Nell.

—Y una mierda que no —respondió Tash—. Le traerá problemas. Ya le ha roto el corazón incluso antes de saber que ella le ama.

Se quedaron calladas.

—No creo que fuese esa su intención —dijo Honey en voz baja.

Tash se apoyó en uno de sus hombros y Nell en el otro. Se quedaron así sentadas durante un rato y Honey fue notando como se le calmaban la respiración y el corazón. Pasara lo que pasara, no estaría sola.

—¡Nell! ¡Trae a Honey aquí, deprisa! —gritó Simon algunos minutos más tarde—. ¡Troy Masters la quiere ante la cámara ahora mismo!

Simon no era dado al drama, así que su tono bastó para que las chicas se pusieran de pie y corrieran hacia Troy. El periodista le hizo un gesto a Honey para que se colocara a su lado, después puso su sonrisa de profesional y habló a la cámara.

—Gracias, Sarah —respondió a la presentadora del estudio—. Sí, estamos de nuevo en Greyacres, donde tenemos noticias exclusivas, y me acompaña una vez más Honeysuckle Jones, la líder de la protesta.

Honey sonrió de manera burlona. ¿Noticias exclusivas? Miró a Nell y a Tash, de pie junto al cámara, y ambas se encogieron de hombros. Obviamente tampoco sabían de qué se trataba. Troy miró un iPad que tenía en las manos y después miró otra vez a cámara.

—Esto ha llamado la atención del público hoy, y sobre todo en Twitter —explicó—. El *hashtag* #ManifiestateConNosotros ha sido *trending topic* durante la tarde y en los últimos diez minutos ha ocurrido algo, Sarah, está teniendo lugar una subasta de famosos —dijo dirigiendo su sonrisa perfecta hacia la cámara—. Parece ser que hay al menos tres famosos rivalizando por comprar la residencia, Honeysuckle —reveló antes de acercarle el micrófono para que ella respondiera.

—¿De verdad? —preguntó Honey, sin saber qué decir de la emoción y con los ojos llenos de lágrimas otra vez. Troy, que en esa ocasión iba preparado, le ofreció un pañuelo con una sonrisa.

—Mick Jagger ha sido el primero en pujar y después Jamie Oliver se ha unido a la batalla —explicó Troy.

Honey vio que Tash se inclinaba hacia Nell.

—Me voy a morir de la risa si el tercero es el jodido Michael Bublé —susurró.

El cámara giró la cabeza tan rápido que tuvo suerte de no romperse el cuello. Tash acababa de soltar un taco en directo en el salón de miles de telespectadores por todo el país.

Troy tosió espectacularmente para disimularlo lo mejor que pudo y devolvió la conexión a Sarah en el estudio mientras Tash y Nell abrazaban a una temblorosa Honey.

—Oh, Dios mío —susurró Honey mientras Tash sacaba su móvil y abría Twitter.

—Mira la lista de *hashtags* que son *trending topic* ahora mismo —dijo mientras deslizaba el dedo por la lista. #Manifiestate-

ConNosotros iba a la cabeza, seguido de #BienPorTiMick y #JamieSalvaLaCosa.

Honey se quedó mirando la pantalla sin apenas creérselo. Lo habían conseguido. Lo habían logrado al fin. Le dolía la cara de tanto sonreír, pero de pronto la sonrisa se le derritió en la cara como la mantequilla en una sartén caliente. Tocó la pantalla del móvil de Tash y después miró lentamente a su amiga.

—¿Por qué #BenedictHallam también es *trending topic*, Tash?

Honey corrió. Corrió entre la multitud, desesperada por llegar dentro, esquivando a gente que quería darle la enhorabuena, estrecharle la mano o abrazarla. Era evidente que algunas personas habían considerado el anochecer y las velas como la señal para abrir el vino, así que había un clarísimo espíritu festivo a su alrededor. Todos se quitaron los grilletes para celebrarlo, pero a Honey no le apetecía sumarse a la fiesta. Atravesó las puertas de la residencia y se sintió aliviada al cerrarlas tras ella y aislarse ligeramente del ruido. Tenía que pensar con rapidez y, sobre todo, tenía que ver a Hal. No tenía ni idea de lo que iba a decirle; no sabía si advertirle de que había sido descubierto, contarle que la residencia estaba salvada, o decirle que lo amaba más que a la vida misma. Tenía que decirle todas esas cosas y sentía que el corazón iba a salírsele del pecho cuando abrió la puerta de la cocina, rezando para que estuviera allí solo.

Pero en la cocina estaba Billy, solo, sentado con una botella de whisky y dos vasos vacíos sobre la encimera. Honey no se paró a pensar por qué Billy estaría en la cocina. Lo único que importaba era que Hal no estaba allí.

—¿Dónde está, Billy? —susurró.

—Ven a sentarte, Honey —respondió Billy amablemente, golpeando con la mano el taburete situado junto al suyo. Ella se quedó clavada al suelo con la mano en el corazón.

—¿Dónde está?

Billy suspiró, parecía preocupado y el tradicional brillo de su mirada había desaparecido.
—Se ha ido, cariño.
—¿Se ha ido? ¿Cómo que se ha ido? —preguntó ella—. Se va a casa conmigo. Nos vamos juntos.
—Esta vez no —explicó Billy con todo el tacto que pudo—. Hace más o menos una hora me dijo que le pidiera un taxi.
—¿Un taxi? ¿Le has pedido un taxi? —empezó a entrarle el pánico—. Por el amor de Dios, Billy, ¡él no hace eso! ¡No puede... no ha...! —se detuvo porque estaba jadeando y le faltaba el aliento.
—Sí que puede —dijo Billy—. No es un niño, Honey. Es un hombre. Déjale serlo.
Honey se quedó apoyada contra el marco de la puerta.
—¿Te ha dicho adónde iba?
Billy bajó la mirada y negó apesadumbrado con la cabeza.
—Tiene muchas cosas en la cabeza —murmuró.
Honey se pasó el reverso de la mano por las mejillas.
—Eso ya lo sé —respondió—. ¿Qué sensación te ha dado?
—Que necesitaba alejarse.
—¿Alejarse de qué? —preguntó Honey, compungida—. ¿De mí?
En ese momento le recordó a Billy a una niña abandonada que se encontraba de pronto sin la persona a la que más quería. Le rompía el corazón que su día tuviera que terminar así.

Era más de medianoche cuando los últimos manifestantes de la fiesta recogieron y se marcharon. Honey se dejó caer sobre la hierba fría y se rodeó las rodillas con los brazos. La gente había sido amable y se había llevado toda su basura a casa, salvo por algunos trozos de espumillón que brillaban bajo la luz de la luna. Pasó los dedos por la hierba y encontró una cadena de margaritas con las flores cerradas y amarillentas al no contar con la luz del sol sobre los pétalos. La recogió, se la guardó con cuidado en el bolsillo y después aceptó la mano que Tash le ofrecía para ayudarla a levantarse.

—Sacúdete el polvo, Supergirl —le dijo Tash mientras la alejaba de la residencia agarrada de la mano—. Vamos, te llevaré a casa.

CAPÍTULO 36

Alguien estaba golpeándole la cabeza. Tenía que ser eso, porque hacía ruido y le dolía. Honey se incorporó sobre el sofá, aún vestida con la ropa del día anterior y adormilada por la necesidad de dormir más. Se había tirado allí nada más entrar por la puerta la noche anterior, sin molestarse en quitarse los zapatos. El hecho de que ahora estuviese descalza y tuviera una almohada y una manta indicaban que Tash se había quedado allí el tiempo suficiente para que se quedara dormida. El mundo necesitaba más Tashes, a no ser, claro, que fuera ella la persona que estaba aporreando su puerta, porque fuera quien fuera no tenía ningún respeto.

—¡Deja de dar golpes, ya voy! —gritó mientras se levantaba y se pasaba las manos por el pelo en un intento fútil por domarlo. Aunque tampoco importaba, porque no tenía intención de ir a ninguna parte ese día, a no ser que se quedara sin vino o la casa se incendiara. Tal vez tampoco al día siguiente, ni siquiera al otro. Honey había cerrado oficialmente, había echado el cierre a su vida y había puesto un cartel en el que anunciaba que se había ido de pesca. Estaba agotada y no confiaba en que sus piernas la sujetaran o que su cerebro lograra hilar una frase que no incluyera la palabra «Hal».

—¡Hal!

Honey frunció el ceño. Los golpes no habían cesado, pero ahora que al fin estaba despierta se daba cuenta de que no era su puerta la que estaban aporreando, sino la de Hal, y a juzgar por los gritos se trataba de una mujer.

—Sé que estás ahí, Hal. Damien me ha dado tu dirección.

Honey caminó por el pasillo, como una cobra que salía de la cesta de mimbre atraída por el encantador de serpientes.

—Por favor, Hal, abre la puerta.

Fuera quien fuera no parecía que fuese a aceptar un «no» como respuesta. Obviamente la mujer no había contado con la actitud testaruda y beligerante de Hal. Abrió la puerta ligeramente con la esperanza de ver quién era antes de que se diera cuenta de que estaba allí.

Vaya. Eran unos buenos zapatos. Honey empezó por abajo y fue subiendo, olvidándose de la envidia que le producían los zapatos para fijarse en unas caderas estrechas envueltas en unos vaqueros oscuros y ajustados, y una cazadora de cuero color beige que se ajustaba al cuerpo esbelto de la mujer como si se la hubieran hecho a medida. Su melena, de color miel, le llegaba hasta los omóplatos y se agitaba violentamente mientras golpeaba la puerta con los nudillos.

—¡Por el amor de Dios, Hal! —gritó—. Sé que puedes oírme. Probablemente me esté oyendo media calle.

—No va a abrir —dijo Honey, y se sorprendió a sí misma tanto como a la visita de Hal.

La desconocida se dio la vuelta y, durante un par de segundos, ambas se quedaron mirándose. Tan estilosa por delante como por detrás, todo en ella indicaba que tenía dinero. Parecía una mujer hecha para beber champán en la cubierta del yate de un futbolista, completamente fuera de lugar en el recibidor de Honey.

Sus ojos grises la miraron con frialdad y entonces la reconoció.

—¿No eres tú la mujer que salió ayer en televisión?

Honey se encogió de hombros.

—Hal no abre su puerta. Nunca lo hace.

—Quizá no a ti —dijo la mujer cruzándose de brazos—, pero a mí me abrirá. Probablemente esté durmiendo.

—O borracho —murmuró Honey.

La mujer entornó los párpados.

—¿No tienes una llave de su puerta? —preguntó la otra, antes de añadir—: Para emergencias o cualquier cosa —para dejar claro que no esperaba que Honey tuviera una llave por cualquier otra razón.

Honey negó con la cabeza.

—¿No tienes tú? —preguntó, convencida ya de que sería Imogen. El breve brillo de incertidumbre en los ojos de Imogen no hizo que Honey se sintiera tan arrepentida como se habría sentido en un día normal—. Puedo decirle que has venido, si quieres —se apoyó en el marco de la puerta e imitó la postura de brazos cruzados de Imogen.

—No pienso ir a ninguna parte.

Honey levantó un hombro y fingió desinterés, aunque la mujer que tenía delante hubiera ido allí a llevarse a Hal. Miró distraídamente hacia su puerta, preguntándose qué estaría pasando al otro lado. Si en algo conocía a Hal, probablemente se hubiera quedado dormido después de beber demasiado whisky tras huir de la residencia la noche anterior. Por una vez se alegró de ver que su puerta permanecía cerrada.

—Entonces vas a tener que esperar sentada —le dijo a Imogen antes de dar un paso atrás para cerrar su puerta.

—Espera.

Pese a lo que le decía su instinto, Honey no cerró la puerta. Estaba cansada y de mal humor, pero no podía ser maleducada. Levantó la mirada hacia Imogen y esperó a que volviera a hablar.

—Le envié una carta —dijo Imogen, y la incertidumbre que Honey había visto en sus ojos se hizo evidente ahora en el sonido de su voz—. ¿Sabes si la recibió?

Honey deseó haber cerrado la puerta. No estaba segura de tener fuerzas para mantener aquella conversación.

—La recibió —tragó saliva con dificultad.

Imogen asintió.

—¿Qué tal está?

Honey empezaba a sentirse furiosa. Imogen no tenía derecho después de tantos meses sin preocuparse.

—Depende del día. Se siente solo.

No se sintió victoriosa en absoluto al ver la expresión atribulada de Imogen, y desde luego no contaba con que la chica se pusiera a llorar.

—Mierda —murmuró, sacó algunos pañuelos arrugados de su bata y se los ofreció.

Mientras Imogen se secaba las mejillas, Honey advirtió que no se le corría el rímel y envidió su decisión de optar por uno resistente al agua.

—No debería estar encerrado en este agujero —dijo Imogen entre sollozos, y de pronto Honey volvió a perder toda compasión hacia ella—. ¿Sabes quién es realmente? Supongo que sí, después de lo de ayer.

Honey asintió.

—Sé quién es —respondió.

Imogen negó con la cabeza.

—Antes del accidente era un hombre diferente —explicó Imogen—. Listo. Sexy. Todo el mundo hablaba de él. Estaba de moda —desgarró el pañuelo con los dedos mientras recordaba y dejó caer los pedazos al suelo como si fueran confeti de boda.

Honey miró hacia abajo e intentó que no le temblaran las rodillas al ver la enorme piedra que brillaba en la mano izquierda de Imogen.

—Deberías haberlo visto en la cocina. Era un mago —añadió Imogen—. Siempre fue un tipo con mucha clase.

Honey sentía que la rabia iba recorriendo su cuerpo lentamente.

—Ayer tomó el autobús conmigo —respondió, e Imogen soltó un grito como si la hubiera golpeado en las costillas con un palo.

—¿Hal tomó el autobús? ¿Un autobús público?

Honey asintió.

—Y sigue siendo un mago en la cocina. Lleva un tiempo dirigiendo la cocina de la residencia de ancianos. Los residentes no se cansan de su pastel de carne.

Imogen se llevó los dedos al collar que llevaba y la inclinación de su barbilla advirtió a Honey de que su oponente se había dado cuenta de que estaba siendo provocada.

—Estoy segura de que todos habéis sido muy cariñosos con él —dijo Imogen con una sonrisa de princesa—. Y todos estamos muy agradecidos, pero tiene que volver a casa y recuperar su vida.

A Honey no le cabía duda de que lo haría, pero no le daría a aquella mujer la satisfacción de reconocérselo.

—Es listo. El hombre más listo que he conocido —dijo con calma. Y también el más sexy. Sigue siendo el que más clase tiene. Pero ya no está a tu lado.

—Tú no lo conocías antes —le reprochó Imogen.

—Y tú no lo conoces ahora.

Se quedaron mirándose, la una inmaculada, la otra desaliñada y con bolsas en los ojos.

—Le quiero. Le quiero por lo que es ahora mismo —dijo Honey. Había poco que perder y nada que ganar, pero lo dijo de todas formas y vio la furia en los rasgos de Imogen.

—Va a casarse conmigo.

—Lo sé.

—Nunca podría querer a alguien como tú —contraatacó Imogen, provocada por la sinceridad de Honey.

—Eso también lo sé.

Imogen negó con la cabeza como si aquello le asqueara. Tenía motivos para estar asqueada. El hombre en quien había depositado todas sus esperanzas se había despeñado por una montaña y se había llevado consigo todos sus sueños, y ahora una rubia de pelo revuelto tenía la desfachatez de hacerla sentirse mal por querer recuperarlo.

—Le diré que has venido —repitió Honey, y en esa ocasión Imogen abandonó el recibidor con sus fabulosos tacones sin mirar atrás, dejando solo el rastro de su perfume y un mal sabor de boca para Honey.

¿Las habría oído Hal? Honey llenó la bañera y se sumergió bajo el agua, deseando poder quedarse allí para siempre. Regodearse hasta la eternidad en aquella soledad tan cálida y placentera. La vida había sido una montaña rusa últimamente y allí, bajo las burbujas, por fin parecía haber dejado de moverse. Sin la campaña. Sin las rivales en el amor. Sin las citas a ciegas. Y sin Hal. En ausencia de una isla desierta, tendría que conformarse con su bañera.

Cuando la mañana dio paso a la tarde, Honey respondió a los mensajes de Nell y de Tash para evitar que acudieran en su ayuda con vino y hombros en los que llorar. Curiosamente no necesitaba hombros aquel día. Lo que realmente necesitaba era ponerse en pie y demostrarse a sí misma, más que a nadie más, que era capaz de enfrentarse a la vida como una adulta. Estaba orgullosa del modo en que había tratado a Imogen y más que orgullosa de cómo habían salido las cosas en lo referente a la campaña.

Mucha gente había intentado darle consejos sobre Hal el día anterior, y básicamente todos le habían dicho lo mismo de manera diferente. «Díselo. Asegúrate de que sepa que le quieres antes de que se vaya». Y tenían razón. Honey no quería ser un sujeto pasivo esperando a que él tomase una decisión. Tenía un papel en aquella obra de teatro, aunque probablemente no fuese a ser la protagonista.

Estiró los hombros, abrió su puerta y atravesó el recibidor.

—Hal —susurró golpeando la puerta suavemente con los nudillos.

No le sorprendió no obtener respuesta.

—Hal —repitió, con más fuerza en esa ocasión—. Tengo que decirte una cosa y esta vez no estoy dispuesta a decírselo a una puerta.

Silencio absoluto. Honey sintió que empezaba a perder la calma.

—Abre la puerta, Hal. Hablo en serio.

Nada. Esperó un minuto, contando los segundos en su cabeza para evitar perder los nervios.

—¡Dios, Hal, me pones de los nervios! ¡Abre la maldita puerta!

De acuerdo, había perdido los nervios definitivamente. Tras un par de intentos fallidos más, empezó a sentir el pánico bajo la piel. Ni siquiera en los primeros días la había ignorado de manera tan descarada. Había maldecido, la había insultado, incluso había lanzado cosas contra la puerta en alguna ocasión, pero al menos entonces ella sabía que estaba bien. Ahora en cambio no lo sabía, y eso le inquietaba.

—No me obligues a echar la puerta abajo —gritó con fuerza, e imaginó que se reiría ante esa idea.

No había sido capaz de apagar una alarma de incendios el día que se habían conocido; sus probabilidades de echar abajo la puerta eran casi nulas. Dado que ella lo sabía, no debería haber tomado carrerilla desde su puerta para abalanzarse contra ella de todos modos. Al final acabó con un hombro magullado, la puerta seguía cerrada y ella estaba cada vez más nerviosa.

—¡Hal! —gritó aporreando la puerta con los puños. Dios. Debía de estar herido, porque estaba gritando tan fuerte como para despertar a un muerto. Abrió la puerta de entrada, salió descalza a la calle y pegó la cara a su ventana con el corazón en la boca. Las persianas de madera estaban medio abiertas y logró distinguir la habitación pulcramente ordenada. Dejó escapar el aliento y apoyó la espalda contra la ventana para no caerse, aliviada por no haberlo visto tirado en el suelo. Se dio la vuelta para volver a mirar y contempló el espacio vacío durante algunos minutos.

—Vamos, Hal —susurró—. Aparece con el pelo revuelto y el whisky en la mano. Aparece con el ceño fruncido. Pero, por Dios, aparece.

Le torturaba la posibilidad de que se hubiera caído en la ducha o se hubiera asfixiado en la cama. ¿Debería llamar a la policía? ¿Se molestarían en buscar a un hombre adulto al que habían visto hacía menos de veinticuatro horas? Rodeó el edificio hacia la parte trasera y abrió de un empujón la puerta lateral, que apenas se usaba, más asustada de lo que había estado en toda su vida.

La cortina del dormitorio de Hal estaba echada y la ventana del baño era opaca, pero el picaporte de su puerta trasera giró fácilmente cuando lo agarró.

No estaba cerrada con llave.

—Oh, Dios mío, Dios mío, Dios mío —susurró al entrar, aterrorizada como la heroína de una película de terror, a pesar de ser de día y de saber que no debía cometer el error de subir corriendo por las escaleras. Examinó el salón y la cocina y confirmó lo que ya sabía. Ambas estancias estaban vacías. Regresó al pasillo y se quedó mirando la puerta del dormitorio y la del cuarto de baño, ambas cerradas.

Colocó la mano temblorosa en el picaporte de la puerta del dormitorio, lo giró despacio y, en el último momento, la abrió de golpe y entró dando un salto para acabar cuanto antes con la agonía.

Vacío.

Honey estuvo a punto de desmayarse del alivio, tomó aire y logró ahuyentar las terribles imágenes que había evocado en su cabeza en las que Hal aparecía tendido y pálido como un fantasma sobre su cama.

Y entonces se acordó del cuarto de baño.
Volvió a salir al pasillo y se quedó de pie frente a esa última puerta.
—Por favor, que no esté ahí —dijo en voz alta—. Por favor.
Giró el picaporte y empujó la puerta lentamente, temiendo encontrar la resistencia de su cuerpo tirado en el suelo al otro lado. Se abrió con facilidad. Cuando estuvo cien por cien segura de que Hal no se encontraba allí tampoco, permitió que el aire entrara en sus pulmones de nuevo y que las lágrimas resbalaran libremente por sus mejillas.
Había pasado la última media hora con miedo a encontrarlo y, ahora que al menos sabía que no estaba muerto, tenía más miedo aún a no encontrarlo.

CAPÍTULO 37

Una furgoneta plateada aparcó frente a la residencia un par de mañanas más tarde y una trabajadora social de pelo oscuro empujó la silla de ruedas de su paciente para entrar en el edificio.

—¿Podría hablar con Lucille y Mimi, por favor? —preguntó el hombre de la silla de ruedas a la trabajadora social que pasaba por recepción.

Nikki sonrió.

—Por supuesto. ¿Quién les digo que ha venido?

El hombre estiró los hombros.

—Por favor, dígales que es su hermano.

Mimi perdió la poca rabia y reticencia que le quedaban al ver al hombre tierno y frágil que tanto se parecía a ella y, cuando él le estrechó las manos y dejó caer los párpados cansados en mitad de la conversación, ella se quedó a su lado y esperó hasta que volvió a despertarse y se disculpó por sus terribles modales.

—No eres tú quien tiene que disculparse —le dijo ella—. Soy yo. He sido una vieja idiota por no querer verte antes.

Mimi sabía que el tiempo no estaba del lado de Ernie, y eso

le entristecía. ¿En qué había estado pensando? Se avergonzaba de sí misma.

—Ayer no podía creerlo cuando os vi en las noticias —dijo él con una sonrisa—. Primero a ti, Lucille, y luego a ti, Mimi. Te habría reconocido en cualquier parte.

—Ambos os parecéis a nuestra madre —dijo Lucille.

La expresión de Ernie se volvió nostálgica.

—Nunca antes me había parecido a nadie.

—Sois como dos gotas de agua —respondió Lucille con una sonrisa mientras les servía más té.

—He venido a daros una cosa —explicó Ernie, y buscó con la mirada a Carol, que se había sentado en el otro extremo de la terraza interior con una revista. En cuanto vio que la buscaba, atravesó la estancia para darle una carpeta que sacó de la bolsa que llevaba en el respaldo de la silla. Cuando volvió a alejarse, Ernie le dio la carpeta a Lucille.

—¿Qué es? —preguntó ella, contempló la carpeta beige y deseó haberse puesto las gafas.

—Son mis ahorros. Quiero que sean para vosotras.

—Ernie, no —dijo Mimi, horrorizada—. Por favor, no queremos tu dinero. Vamos a tomarnos otra taza de té los tres juntos y volveremos a vernos. Podemos hacerlo todas las semanas, ¿verdad, Lucille?

Se volvió hacia su hermana en busca de refuerzos y ella asintió.

—Claro que sí.

Ernie suspiró.

—Hace muchos, muchos años que sé que tengo dos hermanas. Docenas de cumpleaños y de navidades sin poder daros nada. Esto es por todos esos años.

—No tienes que compensárnoslo —le aseguró Lucille—. Si hubiéramos sabido de tu existencia, Ernie, las cosas habrían sido diferentes.

—No es culpa de nadie, no te disgustes —dijo él, apretándole los dedos con cariño—. Ahora estamos aquí y no aceptaré un «no» por respuesta con lo del dinero.

—¿Y si decimos que lo hablaremos en otro momento? —sugirió Mimi, pero él negó con la cabeza.

—Ya he ido al banco esta mañana.

Lucille sabía que el hecho de que Ernie hubiera salido de casa era algo de por sí excepcional. Debía de tenerlo muy claro para haber ido también al banco.

—¿Qué está pasando, Ernie?

Sus ojos se iluminaron con una picardía que hizo que se pareciera a Mimi más que nunca.

—He vencido a Mick Jagger.

Sus hermanas fruncieron el ceño.

—Y a Jamie Oliver.

Lucille miró la carpeta sin entender nada.

Ernie la señaló con la cabeza y expresión de orgullo.

—Ahí hay dinero suficiente para comprar este lugar dos veces.

Mimi y Lucille se quedaron boquiabiertas.

—¿Cómo diablos...? —preguntó Mimi.

Ernie parecía tan contento como podía estarlo un hombre moribundo.

—Juego al póquer online —susurró su secreto con brillo en la mirada—. Contra los peces gordos de Las Vegas, pero desde la comodidad de mi salón.

—No —dijo Lucille riéndose, perpleja—. No puedo creerlo. ¡Qué excitante!

—Dios, no le digas a Billy que se pueden hacer cosas así —murmuró Mimi, sacudiendo la cabeza con asombro.

—Quiero que compréis este lugar con lo que he ganado —les pidió Ernie—. Quiero comprarles su casa a mis hermanas.

Durante unos instantes, tanto Lucille como Mimi se quedaron sin palabras por la emoción.

—Eres el mejor hermano mayor que podría tener —dijo

Lucille secándose una lágrima de la mejilla con el pañuelo que Ernie le ofreció.

—Que podríamos tener —le corrigió Mimi.

—Entonces asunto resuelto —declaró Ernie, satisfecho—. Nunca me han gustado los Rolling Stones.

CAPÍTULO 38

A Honey le sorprendió darse cuenta de que la vida continuaba y ella tenía que desempeñar su papel. ¿Dónde estaba el botón de «paren el mundo, me quiero bajar» cuando una lo necesitaba?

Había que abrir la tienda. Tash y Nell querían seguir siendo sus mejores amigas y dándole de comer, a pesar de que le costara un tremendo esfuerzo tragarse la comida. El sol seguía saliendo, los autobuses seguían circulando y, sorprendentemente, las piernas seguían funcionándole y las palabras parecían salir de su boca en el orden correcto. ¿Cómo podía ser eso posible sin Hal?

En los periódicos se comentaba que se esperaba su regreso al restaurante de Londres y en las columnas de cotilleos se rumoreaba que había sido visto por ahí. Se filtró la foto de un hombre que podía haber sido cualquier hombre con gorro de lana y gafas oscuras, acompañado de una inmaculada Imogen colgada de su brazo. Honey lo absorbía todo, intentando reconciliar la imagen de aquel desconocido con la del hombre que había tenido para ella sola durante unas maravillosas semanas.

—Me parece una zorra de primera —dijo Tash mientras giraba la revista hacia ella sobre la mesa de la cafetería para mirar la foto—. ¿Acaso es él?

Honey cerró la revista y negó con la cabeza.

—No estoy segura.

—Él se lo pierde.

Honey contempló la lluvia a través de la ventana. No era Hal el que se lo perdía. Era ella. Había perdido su tranquilidad de espíritu, junto con su estúpido e inútil corazón. Las películas y las novelas románticas no la habían preparado para el hecho de que a veces el héroe fastidia monumentalmente el final feliz. O tal vez fuera porque Hal nunca hubiera estado destinado a ser su final feliz. En cualquier caso, no volvería a ir al cine, salvo para ver algún thriller donde todos muriesen al final y nadie esperase ser feliz y comer perdices.

—¿Le diste mi número a Christian? Me llamó ayer —dijo Honey.

Tash lamió el chocolate caliente de su cuchara.

—Bien. Vuelve a subirte al caballo, es la única manera de superarlo.

—Le dije la verdad.

—Que es que te ha jodido un auténtico gilipollas y que te encantaría tener una cita con él porque es guapo y amable. Eso es lo que le dijiste, ¿verdad?

Honey miró a Tash desde el otro lado de la mesa.

—Sabes bien que no es eso lo que le dije.

—Ha pasado una semana y no se ha puesto en contacto contigo, Honey. Se ha ido y no va a volver.

No estaba preparada para la terapia de choque de Tash.

—Una semana. Siete días. No es suficiente, Tash. Necesito más tiempo.

Tash puso los ojos en blanco.

—Dios hizo el mundo en siete días. Probablemente tú no hayas hecho ni la cama.

—Es una comparación injusta —murmuró Honey.

—Sí. Tú eres real, estás aquí y esta es tu vida —Tash abrió la revista y clavó el dedo en la foto—. Y él está ahí y esa es su vida.

Cerró la revista, la tiró en una papelera cercana y se puso en pie.

—Venga, vamos a emborracharnos.

—No puedo creer que seáis mis nuevas jefas —dijo Honey sonriendo a Lucille mientras dejaba una taza de porcelana sobre el mostrador—. ¿Vais a hacer muchos cambios importantes?

—Bueno —respondió Lucille contemplando la tienda con ilusión—, pensaba que podríamos mover los libros a ese otro rincón.

Honey sonrió y dio un sorbo al té.

—Creo que podré vivir con eso.

Levantaron la mirada cuando Billy se acercó al mostrador con una camisa negra en la mano. Se la pegó al cuerpo y las miró para que le dieran su opinión.

—¿No es un poco oscura para ti? —sugirió Honey, y se fijó en los pantalones color mostaza que llevaba puestos.

—Había pensado ponerme algo oscuro y misterioso para cortejar a Mimi —dijo él—. ¿Funcionará?

Honey hizo esa cosa con la cara que antes se conocía como sonreír y esperó poder engañar a sus amigos.

—Entonces cóbramela —dijo Billy mirando la etiqueta del precio—. Mimi bien vale dos libras.

Honey dobló la camisa y se la metió en una bolsa a Billy, que la sumó a otra que ya llevaba en la mano.

—Cómprale flores.

—Los iris son sus favoritos —anunció Lucille mientras recolocaba los collares del mostrador.

—Y también bombones —añadió Honey—. A Mimi le encantan.

Billy sonrió y fingió tomar notas en su mano.

—Queda apuntado, señoritas. Ahora me retiraré a mi habitación para planearlo todo.

Hizo una reverencia y una floritura con la mano antes de tocarse el sombrero imaginario y salir de la tienda.

Pero resultó que Billy no se retiró a su habitación. Sin que nadie lo viera, se escabulló hacia la parte trasera de la residencia y recorrió el camino hasta la fila de árboles situada al final del jardín; una vez allí atravesó la arboleda hasta llegar al cobertizo situado en un rincón. Desde hacía tiempo había sido su guarida no oficial y, a lo largo de los años, había ido añadiendo pequeñas cosas abandonadas para convertirlo en un lugar cómodo en el que esconderse. Un par de sillones reclinables de los que se habían deshecho por no cumplir con la nueva normativa antiincendios. Un aparador que había resucitado de entre los muertos y una valiosa radio que le había hecho compañía muchas tardes. A pesar de su naturaleza gregaria, a veces Billy necesitaba un par de horas de paz y tranquilidad, y allí, en aquel viejo cobertizo, era donde las encontraba.

Abrió la puerta, entró y dejó el periódico sobre el aparador.

—Tranquilo, Hal. Soy yo.

Honey entró cansada en el edificio aquella tarde, cerró de un portazo para dejar atrás la lluvia y miró hacia la puerta de Hal en vez de hacia la suya. Resultaba difícil abandonar algunas costumbres.

—¿Hal? —dijo su nombre aun sabiendo perfectamente que no estaba allí. Todavía con el abrigo y la bufanda puestos, caminó hasta su puerta y apoyó la mano en ella—. Ha sido un día muy largo y gris, Hal —añadió, increíblemente cansada. ¿Cambiaba algo el hecho de que él no estuviese al otro lado de la puerta? Se había acostumbrado a las conversaciones unidireccionales y estaba tan familiarizada con el suelo de fuera que le sorprendía que no estuviese la marca de su trasero sobre las baldosas.

Se sentó en su sitio y se rodeó las rodillas con los brazos, temblando. No había sentido calor propiamente dicho desde el día en que él se había marchado; sentía un frío en los huesos que nada tenía que ver con el tiempo.

—¿Puedes creerte que al final Ernie ha comprado la residencia? —preguntó apoyándose contra su puerta—. Me alegro mucho por Lucille y por Mimi. Bueno, por todos los ancianos, claro, pero por ellas especialmente. Creo que desde entonces Lucille no ha pronunciado una sola frase que no incluyera el nombre de Ernie —una leve sonrisa iluminó sus labios al pensar en Mimi y en Lucille como las nuevas jefas de la residencia. Estaba bastante segura de que su trabajo estaba a salvo siempre y cuando lo deseara, aunque Mimi y Lucille ya hubieran barajado otras posibilidades—. Hoy me han preguntado si me gustaría ocupar el antiguo puesto de Christopher —dijo, imaginando qué habría pensado Hal si realmente hubiera estado sentado al otro lado de la puerta. Sin duda habría soltado algún taco—. Hoy te he echado de menos. Te he echado de menos cuando he abierto los ojos. Te he echado de menos en el autobús camino del trabajo, y de nuevo al volver a casa. ¿Cuándo dejaré de echarte de menos, Hal?

Lo peor era que ni siquiera estaba segura de querer dejar de echarle de menos, porque eso significaría seguir con su vida, y la idea de alejarse de él le dolía como si le clavaran un cristal en el corazón. Cerró los ojos, apoyó la cabeza en la puerta e ignoró la lágrima que se abrió paso entre sus pestañas y resbaló por su mejilla.

Un ruido, un crujido. Honey se llevó las manos a las mejillas apresuradamente, el corazón se le disparó y después volvió a deprimirse al darse cuenta de que los ruidos procedían de fuera y no de detrás de la puerta de Hal. Reconoció las voces de Nell y de Tash junto a la entrada, captó retazos de su conversación mientras llamaban a la puerta, pero no respondió. No tenía energía.

—Espera —oyó decir a Nell—. Creo que tengo una llave.

—¿Por qué tú tienes una llave y yo no?

—Quizá porque confía en que no voy a dar una fiesta salvaje en su piso cuando está fuera —respondió Nell y, segundos más tarde, debió de encontrar la llave, porque la puerta se abrió.

—Maldita lluvia —masculló Tash mientras se peleaba con su paraguas, después dio un respingo al ver a Honey sentada junto a la puerta de Hal—. ¡Joder, Hon, casi me da un ataque al corazón!

Nell atravesó el recibidor y se puso en cuclillas junto a Honey con cara de preocupación.

—¿Qué estás haciendo aquí fuera, cariño? —preguntó alisándole el pelo con la mano.

Honey negó con la cabeza y se encogió de hombros mientras los ojos se le llenaban de lágrimas.

—Hablar con Hal —respondió.

Nell miró rápidamente a Tash, que frunció el ceño y se acercó para sentarse junto a Honey en el suelo.

—No está aquí, Hon. Lo sabes, ¿verdad?

Honey asintió.

—En cualquier caso tampoco solía responderme —dijo—. No es tan diferente ahora. Simplemente… —se detuvo a mitad de la frase para intentar tragarse el nudo que sentía en la garganta—. Simplemente me siento cercana a él estando aquí.

Nell se sentó a su otro lado.

—Entonces nos quedaremos aquí sentadas contigo un rato. ¿Te parece bien?

Tash rebuscó en su enorme bolso de ante y sacó una botella de vino.

—Habíamos pensado bebernos esto en copas como la gente normal, pero, oye, el suelo también nos vale —quitó el tapón, dio un trago y le pasó la botella.

Honey la aceptó con un profundo suspiró y se la llevó a los labios. ¿Tan malo sería bebérsela entera para intentar olvidar?
—¿Qué voy a hacer? —preguntó, y Nell le frotó el brazo.
—Vas a hacer exactamente lo que haces siempre. Levantarte. Ir a trabajar. Seguir respirando. Es lo único que puedes hacer, Honey, y entonces un día te irás a la cama y te darás cuenta de que no has pensado en él en absoluto.

—Pienso en él todo el tiempo —susurró Honey, dio un segundo trago y le pasó la botella a Nell—. Todo me recuerda a él. Es todo lo que diría que no deseo en un hombre y sin embargo le quiero tanto que siento como si alguien me hubiera arrancado el corazón y me lo hubiera vuelto a meter del revés —dijo, y su voz de niña pequeña resonó en el recibidor—. Me duele, justo aquí —se llevó la mano al pecho y apoyó la cabeza en el hombro de Tash—. De hecho, me duele por todas partes. Me duele tanto que siento que me pesan demasiado los huesos como para levantarme de la cama por las mañanas.

—Me gustaría darle un puñetazo en su bonita cara —murmuró Tash con odio—. Puede que sea una celebridad, pero no merece tus lágrimas.

—Creo que no lo conocía en absoluto —dijo Honey, tratando de entender cómo el hombre solitario que había vivido allí podía ser un hombre famoso que hubiera regresado a su vida de antes.

¿Qué habría significado para él aquel interludio? ¿Unas vacaciones para alejarse de la realidad, y ella, su aventura de las vacaciones? Sabía que no le escribiría. Había desaparecido de su vida con la misma rapidez con la que había aparecido; en un abrir y cerrar de ojos, solo que en esa ocasión se había llevado consigo su corazón.

—Estoy segura de que sí —respondió Nell pasándole el vino—. Por lo que has dicho de él, a mí me parece que estaba aprendiendo contigo a saber quién es ahora.

—¿Eso crees? —preguntó Honey, dispuesta a aferrarse a

cualquier cosa que indicase que Hal no era un egoísta insensible y superficial. El vino había empezado a circular por sus venas y se relajó entre sus dos mejores amigas en el mundo.

—Puede que simplemente no fuese el momento adecuado para que os conocierais —dijo Tash, filosófica, al otro lado—. A veces pasa eso. Conoces a tu alma gemela en tu luna de miel, o tu mejor amiga trae a casa al amor de su vida y resulta que de hecho es el amor de la tuya. Es inoportuno, pero tal vez en otro lugar, en otro momento, lo habríais logrado. A veces el amor funciona así de mal.

—En realidad eso no hace que me sienta mucho mejor —admitió Honey medio riéndose, sabiendo que Tash estaba haciendo todo lo posible por ayudar. Y además tenía razón; tal vez Hal fuese el hombre adecuado en el momento equivocado. La idea de lo que podría haber sido volvió a romperle el corazón.

—¿Y cómo se supera algo así?

—Con el tiempo —respondió Nell—. Suena trillado, pero es lo único que podrá ayudarte. Entonces un día, cuando menos lo esperes, conocerás a otra persona y esa persona volverá a colocarte el corazón en su sitio. Te prometo que no siempre vas a sentirte así.

Se quedaron calladas pasándose el vino entre ellas.

—¿Cuándo os habéis vuelto tan sabias, por cierto? —preguntó Honey.

—A mí también me han roto el corazón a veces —respondió Tash—. Aunque...

—¿Qué? —Honey y Nell se volvieron para mirarla.

Una sonrisa extrañamente tímida iluminó su cara.

—Anoche Yusef me pidió que me casara con él.

—Vaya —dijo Honey apretándole la mano a su amiga.

—Eso es muy fuerte, Tash —agregó Nell con una sonrisa desde el otro lado.

—Lo sé —respondió Tash riéndose.

—¿Le has dicho que sí? —preguntó Honey, aunque le parecía casi innecesario a juzgar por el brillo de felicidad que había en la mirada de su amiga. Tash asintió.

—En Dubái, el verano que viene —se quedó mirándolas—. ¿Queréis ser mis damas de honor?

—No hay nada que me apetezca menos en este momento —respondió Honey, sonriendo por Tash y llorando por ella misma—. Pero no me lo perdería por nada del mundo.

Nell dio un trago a la botella de vino con las mejillas sonrosadas.

—No sé si Simon y yo lograremos pasar las aduanas sin que nos arresten —dijo riéndose de un modo atípico en ella—. ¿Se puede llevar a Dubái una maleta llena de juguetes sexuales?

Tash estiró el brazo por delante de Honey y le chocó los cinco a Nell.

—Me quito el sombrero, Nell. En las últimas semanas, ha crecido mi admiración por Simon.

—Intenta no enamorarte del marido de tu mejor amiga —murmuró Honey, repitiendo las anteriores palabras de Tash.

—O del prometido de otra —dijo una voz sarcástica desde la entrada, e Imogen entró por la puerta que Tash y Nell habían dejado entreabierta—. ¿Es una fiesta privada o puede unirse alguien?

Las tres mujeres sentadas en el suelo se quedaron mirando a la amazona rubia en silencio durante unos segundos. Nell estaba intentando ubicarla, Tash se quedó momentáneamente deslumbrada por la llegada de alguien salida de las páginas de cotilleos y Honey se quedó sin aire al ver a la mujer que nunca podría amar a Hal como lo amaba ella, pero que había ganado la batalla de todos modos. Mirándola ahora, con sus piernas largas y su melena resplandeciente, Honey supo que nunca había sido una competición igualada. Un purasangre siempre vencería frente a un poni.

—¿Qué estás haciendo aquí, Imogen? —preguntó Honey mientras escondía la botella vacía detrás de ella. No quería darle a Imogen la oportunidad de mirarlas con desprecio como si fueran tres borrachas en el banco de un parque. Oyó que Nell soltaba un grito ahogado junto a ella al reconocerla y notó que Tash le agarraba la mano con fuerza.

—Tienes exactamente treinta segundos antes de que te dé una paliza —dijo Tash.

Imogen pareció desconcertada por un momento.

—¿Está aquí? —preguntó mirando hacia la puerta de Hal.

Honey entornó los párpados. Imogen tenía que saber dónde estaba. La mezcla del vino, las noches en vela y el dolor hacían que le resultara difícil pensar con claridad.

Tash se cruzó de brazos.

—¿Ya lo has perdido? —preguntó.

Imogen se quedó mirándolas, molesta, después pasó por encima de sus piernas y aporreó la puerta de Hal.

—¡Hal! —gritó con desesperación en la voz—. ¡Hal, soy yo, cariño! Por favor, déjame entrar.

—No está ahí —dijo Honey secamente mirando las botas de tacón de aguja de Imogen—. Hace días que no está.

Y entonces se quedaron todas calladas y se volvieron a la vez hacia la puerta de Hal, porque se oyó el pestillo y, segundos más tarde, muy lentamente, la puerta se abrió.

Las tres mujeres del suelo se pusieron en pie.

—Hal —murmuró Honey—. Has vuelto —se quedó mirándolo, con miedo a apartar la mirada de él por si acaso volvía a desaparecer.

—Dios —oyó murmurar a Tash junto a ella. Honey la entendía. Hal había tenido el mismo efecto en ella la primera vez que lo viera en aquel mismo lugar, y había seguido dejándola sin aliento desde entonces.

—¿A qué has venido, Imogen? —preguntó él.

Honey casi se había olvidado de que Imogen estaba allí, y se sintió herida al ver que Hal se dirigía a ella primero.

—He venido a verte —respondió Imogen, con más seguridad en presencia de Hal—. ¿Podemos hablar dentro?

Hal no se echó a un lado. En su lugar, se dio la vuelta, levantó una bolsa de viaje del suelo, salió y cerró su puerta.

—Vete a casa, Immie —dijo con suavidad—. No deberías haber venido.

Honey vio que Imogen estiraba el brazo y colocaba una mano de uñas perfectas en el brazo de Hal.

—Me iré solo si vienes conmigo.

Hal suspiró y se zafó de ella.

—No voy a volver a Londres.

Imogen miró a Honey.

—Bueno, pues aquí no puedes quedarte —dijo.

—Puedo hacer lo que me dé la jodida gana —respondió Hal—. Pero no, no voy a quedarme aquí tampoco.

Honey se preguntaba cuánto podría soportar un corazón humano antes de dejar de funcionar. Hal estaba allí. No estaba en Londres con Imogen. Iba a marcharse de nuevo. Y ni siquiera se había dirigido a ella aún.

—Podrías —dijo al encontrar al fin su voz—. Podrías quedarte aquí. Si quisieras.

—Honey —respondió Hal volviéndose hacia ella, y cada célula de su cuerpo reaccionó al oír su nombre en sus labios.

—Me alegro de verte —susurró Honey, deseando que las demás se marcharan y temiendo que lo hiciera él.

—No puedo quedarme —dijo él—. Sabes que no puedo.

—Sí. Sí que puedes —respondió ella con pánico—. Quédate aquí conmigo.

Él tomó aire y entonces se volvió hacia Imogen.

—Immie, te debo algo mejor que hacer esto aquí, pero parece que es así como han salido las cosas —dijo acercándose más a su prometida.

—He cambiado, Imogen. Tenía que hacerlo. Tienes razón, probablemente podríamos volver a nuestras antiguas vidas en Londres, intentar retomarlo donde lo dejamos. Podríamos, pero no deseo hacerlo —parecía horriblemente sombrío—. No puedo decir esto sin que duela, así que lo diré de la única manera que sé. La manera sincera. Tuvimos una vida maravillosa juntos, pero ya no deseo esa vida. No deseo estar en Londres, ni llevar la vida de un famoso. Imogen, lo siento, pero tampoco deseo ser tu marido. Ni tu prometido. Ni tu nada —tomó aliento—. Se acabó, Immie. Se acabó el día en que dejé de ver.

Honey se quedó mirando al suelo. No se sentía victoriosa ante la derrota de Imogen. Sentía las palabras de Hal como si fueran dirigidas a ella, y reconoció su propia pérdida en el rostro compungido de Imogen. Ambas lo amaban a su manera, y el hecho de que el primer golpe hubiera sido para Imogen no significaba que no tuviera otro preparado para ella.

—Entonces supongo que os dejaré con vuestra fiestecita —dijo Imogen mirando a Honey.

Honey le devolvió la mirada con la barbilla levantada pese a tener el ánimo por los suelos. Vio marcharse a la otra mujer y se quedó mirando la puerta cerrada sabiendo que ella no sería la única que se marcharía aquella noche.

Se volvió hacia Tash y Nell y les estrechó la mano.

—¿Deberíamos irnos? —preguntó Nell mirándola con preocupación.

—Podemos quedarnos si quieres —agregó Tash.

Honey negó con la cabeza y les dio un beso a ambas.

—Gracias por venir esta noche. Sois las mejores amigas del mundo.

—Lucha por él —murmuró Tash mientras le daba un beso en la mejilla.

—Haz que luche él por ti —susurró Nell y, con una sonrisa triste, Honey las acompañó hasta la puerta.

—Aquí estamos otra vez —dijo Hal después de que Honey cerrara la puerta detrás de sus amigas—. Solos los dos en este recibidor.

Honey se apoyó contra la puerta.

—Aquí empezamos. Supongo que es lo lógico que acabemos aquí también —dijo porque, a pesar del último consejo de Nell y de Tash, sabía que era inevitable que Hal se marchara de allí esa noche—. Bueno, me llevas ventaja —agregó—. Supongo que has oído todo lo que he dicho antes.

Su silencio confirmó lo que sus palabras no podían.

—Así que sí —continuó ella con una risa temblorosa, un sonido triste que resonó en el recibidor—. Te quiero, a pesar de que seas la persona más difícil y grosera que conozco. No has hecho nada para ganártelo y sin embargo mi amor es tuyo —se encogió de hombros—. Tómalo. Quédatelo. Tíralo. Haz lo que quieras con él, porque ya no me pertenece.

Él pareció angustiado, no como un hombre que se alegrara de oír una declaración de amor.

—Nunca pretendí que las cosas llegaran tan lejos —dijo—. Intenté decírtelo. Intenté detenerlo. No me quieras, Honey. Yo no me quiero a mí mismo. Joder, si apenas me conozco, es imposible que tú sí puedas.

Oh, no iba a dejar que saliera con esas.

—Te equivocas. Sí que te conozco. Probablemente te conozca mejor de lo que te conoces a ti mismo en este momento. Tal vez no hayas renunciado al viejo Hal, pero yo solo conozco al nuevo, y es el hombre al que amo —dijo ella—. ¿Es que no soy suficiente, Hal? ¿Es eso? ¿La vida aquí es aburrida en comparación con la deslumbrante vida londinense? No puedo competir con eso. Ni siquiera voy a intentarlo.

Hal se acercó más, estiró los brazos y la agarró por los hombros.

—Honey, no hay ninguna competición. Tú ganas. Ganas de lejos, ¿de acuerdo? La vida contigo no es aburrida. Es un jodido arcoíris en technicolor.

¿Qué estaba diciendo? Honey intentaba filtrar sus palabras, más aún cuando él le acarició la clavícula con el pulgar.

—No eres mi segunda opción. Eres la primera. La mejor. La chica más excepcional que he conocido en toda mi vida.

—Entonces, ¿por qué no te quedas conmigo? —susurró ella, porque, a pesar de todo lo que había dicho, sabía que aun así iba a abandonarla.

Hal negó con la cabeza, después se quitó lentamente las gafas de sol y se las guardó en el bolsillo del abrigo.

—Por esto —dijo con frialdad—. No quiero esta vida para ti. Es mi vida, pero no dejaré que sea también la tuya.

Honey sentía la frustración quemándole en el pecho.

—¿Sabes una cosa? No creo que hubiera amado al hombre que eras antes. Te amo como eres ahora. ¿Por qué no puedes ser valiente y amarme, Hal?

—Porque este no es lugar para chicas excepcionales rodeadas de arcoíris —respondió él tocándose la sien—. Este es un lugar oscuro, Honey. Yo soy oscuro y te corromperé si te quedas conmigo.

—Eso es una estupidez, Hal.

Él negó con la cabeza.

—Tus amigas tienes razón. Conocerás a otra persona. Alguien divertido y alegre, alguien que pueda amarte en condiciones, que pueda ser el marido que mereces, darte unos hijos locos y preciosos. Yo no soy ese hombre.

—Tú me has amado en condiciones —dijo ella con lágrimas en las mejillas—. Nadie me ha amado mejor que tú.

Él cerró los ojos y apoyó la frente en la suya; estaba tan cerca que podía sentir su aliento en los labios. Seguía con las manos puestas en sus hombros y el pulgar acariciándole la piel entre las clavículas.

—Pronto me iré —dijo lentamente.

—¡No! —la desesperación se aferraba a su voz—. Por favor, Hal, no te vayas para no regresar nunca.

—No me iré sin despedirme, ¿de acuerdo? —prometió mientras se apartaba de ella—. No estoy intentando hacerte daño, Honey. Si me quedo, te haré más daño.

Honey estiró los brazos y le agarró las solapas del abrigo.

—Soy una mujer adulta, Hal. Tomo mis propias decisiones y decido que te elijo a ti.

Para cualquiera que pasara por ahí, aquello habría parecido una escena romántica, como el abrazo de una pareja en una estación de tren.

—Y yo tomo las mías, Honey —respondió Hal acercándose a la puerta—. Y no te elijo a ti.

Le habría dolido menos si le hubiese dado un puñetazo en el estómago.

CAPÍTULO 39

Unas pocas semanas viviendo en un cobertizo resultaron ser las más reflexivas de la vida de Hal. Al principio se había mostrado reticente cuando Billy se lo había sugerido como alternativa a pedir un taxi el día de la protesta, pero esa decisión precipitada había sido justo lo que necesitaba. Había salido de allí solo una vez para ir a casa a recoger sus cosas, pero el resto de los días los había pasado aislado, recostado en el sillón escuchando la radio, sin molestarse en cambiar la emisora que Billy tenía sintonizada; Radio Cuatro. Escuchaba las historias de fantasmas por las noches, se familiarizó con los residentes de Ambridge en *The Archers* y descubrió que le relajaba escuchar las previsiones marítimas en las madrugadas. Era como si su vida en el piso frente a Honey hubiera sido un buen entrenamiento para aquella versión más extrema de lo mismo.

—Queso Stilton y uvas para hoy, amigo —dijo Billy—. Y he conseguido hacerme con un poquito de oporto para acompañarlo.

—Eso es muy sofisticado —respondió Hal con una sonrisa, incorporándose mientras se ponía las gafas de sol.

Dobló la manta para guardarla mientras escuchaba a Billy desenvolver la comida.

—Acabo de ir a ver a Honey —anunció el anciano.
Hal vivía esperando y temiendo aquel informe diario.
—¿Qué tal está hoy?
Se puso nervioso cuando Billy no contestó de inmediato.
—La pobre parece que necesite una buena cena. Tiene las mejillas pálidas.
—Pero ¿está bien?
Hal buscaba cada día consuelo en las palabras de Billy, pero nunca lo encontraba. «Está aguantando», o «está callada», o «está pálida». ¿Cuánto tiempo pasaría hasta que Billy le dijera que había vuelto a reír, o que estaba metiéndose en el tipo de apuros en los que Honey se metía?
—Creo que estaría mucho mejor si supiera que estás aquí —sugirió Billy.
—No creo —respondió Hal mientras aceptaba el plato que Billy le puso en las manos. Había llevado una dieta ecléctica desde que se mudara al cobertizo y casi se había acostumbrado a colarse por la ventana del cuarto de baño de Billy para darse una ducha a medianoche.
—Yo nunca me casé, Hal —dijo Billy de pronto—. Nunca senté la cabeza.
—Pareces feliz —respondió Hal.
—Lo aproveché al máximo, hijo, como hacemos todos. Eso no significa que no me arrepienta de algunas de las decisiones que tomé a lo largo de los años.
Hal oyó el gluglú del oporto cuando Billy lo sirvió en los vasos de plástico.
—Pero no puedo dar marcha atrás y cambiarlas —reflexionó Billy—. Y puedes pasarte el resto de la vida deseando ser capaz de hacerlo.
—¿Es una manera indirecta de decirme que crees que estoy tomando una decisión equivocada, Billy?
Hal se llevó el vaso de oporto a los labios y dejó que el agradable calor le llenara la boca.

—Soy viejo, Hal. Cuando llegas a esta edad, sabes lo que importa.
—¿Y qué es lo que importa?
Billy resopló.
—La gente. Mantenerte junto a los que te hacen feliz.
Hal dejó el vaso en la mesa.
—Haces que parezca muy fácil.
Al oír el crujido, supo que Billy se había recostado en su sillón.
—Eso es porque lo es, hijo. Pan comido. Descubres quién te hace feliz y entonces te desvives para hacerle feliz también.
—Somos demasiado diferentes, Billy —respondió Hal con un suspiro—. Honey... es amable, suave y se ríe más que nadie que conozco.
—Ya no —dijo Billy.
—Pero lo hará.
—¿Has perdido la cabeza además de la vista, muchacho? —preguntó Billy con brusquedad—. No es obligatorio pasar por la vida con tristeza, y no le estás haciendo ningún favor al negarle, y al negarle a ella, la posibilidad de ser feliz.
A Hal no le ofendieron las palabras de Billy. Necesitaba oírlas. Había estado viviendo en una especie de burbuja desde que abandonara a Honey hacía más de una semana, sabiendo que debía marcharse, aunque sin hacer nada al respecto. No podía vivir para siempre en el cobertizo de Billy, pero no estaba seguro tampoco de poder vivir para siempre sin Honey.
Billy se aclaró la garganta.
—Ya te has regodeado bastante, hijo. Es hora de ahogarse o nadar.
—¿Y si se ahoga conmigo, Billy?
—No lo hará, Hal. Es tu chaleco salvavidas.

CAPÍTULO 40

—¿Billy va a dar una fiesta de Halloween? —preguntó Honey algunos días más tarde, mirando a Mimi con cara de fastidio. Cualquier cosa que incluyera la palabra «fiesta» no era una opción en aquel momento. No podía ir a fiestas. Las fiestas obligaban a divertirse, y eso era difícil cuando a una le habían arrancado el corazón hacía menos de tres semanas. Tenía suerte de estar viva.

—Solo será una hora cuando cierre la tienda —dijo Mimi—. Hazle ese favor, de lo contrario no dejará de quejarse.

Lucille apareció con un vestido negro de encaje de telarañas que había encontrado entre la mercancía que estaba examinando en la trastienda.

—Podrías ponerte esto —dijo sacudiéndolo.

—Por favor, no me digáis que es una fiesta de disfraces —se quejó Honey.

—No exactamente, aunque Billy dijo que le apetecía disfrazarse de Dick Turpin, el famoso bandolero —explicó Mimi.

Honey se fijó en sus vaqueros y su camiseta rosa. No iba vestida para una fiesta de Halloween de jubilados, pero ¿quién iba vestido para una cosa así? Se suponía que iba a reunirse con Nell y con Tash después del trabajo para ir a ver una película de terror, que era una excusa válida para decir que no. O al menos lo habría sido si su móvil no hubiera vibrado sobre el mostrador cuando abrió la boca. Miró la pantalla y vio el mensaje de Tash en el que cancelaba el plan. Casi al instante recibió la respuesta de Nell. Fantástico.

—Una hora y me voy a casa —masculló—. Será mejor que me pases ese vestido.

Honey cerró la tienda a las cinco en punto y se encontró caminando por la hierba mojada entre Lucille y Mimi, dos brujas poco creíbles con sus leotardos de rayas negras y rojas y sus sombreros altos.

—Una hora —les recordó mientras se bajaba el vestido de encaje hasta una altura decente, lo que hizo que dejara al descubierto más escote—. ¿Dónde vamos? —les preguntó cuando la desviaron por el lateral de la residencia en vez de entrar por la puerta.

—A la fiesta —respondió Mimi.

—¿Una fiesta en el jardín? Estamos casi en noviembre —dijo Honey, que deseaba con todas sus fuerzas estar en el autobús de camino a casa.

—No es en el jardín —aclaró Lucille riéndose, le apretó el brazo y tiró de ella en la oscuridad.

—Ahí no hay nada —dijo Honey, y dejó de andar cuando una figura silenciosa y sombría situada al otro extremo del jardín encendió farolillos para guiarlas, o tal vez para atraerlas.

—De acuerdo. Eso ha dado un poco de miedo —admitió Honey—. ¿Cuál va a ser el siguiente truco?

Resultó ser un trato más que un truco. Un sinfín de lucecitas blancas se encendieron en los árboles del rincón y arrojaron suficiente luz para iluminar un viejo cobertizo oculto bajo las ramas.

—¿Va a dar una fiesta en el cobertizo? —murmuró Honey, perpleja a medida que se acercaban. La figura sombría apareció en el camino junto a ellas. Billy, o Billy el bandolero, a juzgar por su atuendo y su antifaz.

—Señoritas —dijo inclinando la cabeza cordialmente hacia Mimi y Lucille, que soltaron a Honey e inclinaron sus sombreros de bruja para saludar a Billy—. Estás divina, cariño —le dijo a Honey, y ni siquiera su antifaz logró disimular su manera de mirarla de arriba abajo. Ella puso los ojos en blanco cuando Billy le ofreció el brazo, después suspiró y se acercó para permitirle guiarla hacia su extraña fiesta en el cobertizo. Iba a necesitar una copa cuando llegara a casa; parecía que los residentes estaban empezando a perder la cabeza.

Al entrar en el cobertizo, Honey se agachó automáticamente por si acaso había telarañas. No hacía falta. Aquel no era el polvoriento cobertizo de su padre que recordaba de la infancia. Aquello era... como un salón del oeste, o como un vagón comedor en una película de época de los años treinta. De fondo sonaba la música de un piano, y había alguien detrás de una barra improvisada con un viejo aparador. Honey tuvo que mirar dos veces para darse cuenta de que los glamurosos rizos pelirrojos de la bruja no eran una peluca.

—¡Tash! —exclamó, le soltó el brazo a Billy y prácticamente corrió hasta la barra.

—¿Una copa, señora? —preguntó Tash, metida en el personaje, salvo por un guiño que le dirigió mientras le ponía en la mano una bebida gaseosa de color verde.

—Su mesa está lista —dijo una voz junto a ella, se dio la vuelta y encontró a su camarera zombi impecablemente ataviada con un vestido negro y un delantal blanco. Los tornillos que atravesaban el cuello de Nell y sus ojos pintados de negro habrían causado una impresión terrorífica, de no haber sido porque su amiga estaba resplandeciente.

—Nell, ¿qué pasa aquí? —preguntó Honey agarrándola del brazo.

Nell consultó el reloj invisible que llevaba en la muñeca.

—Llega justo a tiempo, señora. Por aquí, por favor.

Condujo a Honey hasta una pequeña mesa que habían preparado para la cena con copas de cristal y cubiertos relucientes.

Nell le ofreció una silla y ella tomó asiento; se sentía como si estuviera teniendo una experiencia extrasensorial. Había velas encendidas por todas partes en el interior del cobertizo, así como más bombillitas blancas enganchadas a las vigas.

—Enseguida vuelvo, señora —murmuró Nell y, al oír cerrarse la puerta, Honey se dio cuenta de que todos los demás también se habían marchado.

Dios, aquello era muy raro. ¿Estaría borracha y se lo habría imaginado todo?

La música había cesado al marcharse Nell y, mientras Honey esperaba allí sentada, demasiado asustada para moverse, comenzó a sonar de nuevo. Eran notas sencillas, una vieja melodía que Honey no lograba identificar. Al oír una nota desafinada, se dio cuenta de que no era una grabación. Era música en directo. Había alguien sentado al viejo piano ubicado en un rincón del cobertizo y, a juzgar por cómo sonaba, alguien no excesivamente ducho en la materia.

Honey se levantó y atravesó lentamente la estancia hasta llegar al piano. Quería rodearlo para mirar, pero al mismo tiempo no quería porque tal vez no sobreviviera a la decepción.

La música cesó, ella contuvo la respiración y el tiempo se detuvo hasta que él habló al fin.

—Billy me ha enseñado.

Hal.

Hal se levantó, rodeó el piano y ella se llevó las manos al corazón y lo miró con los ojos y con el corazón. Se dio cuenta de que la camisa negra que llevaba era la misma que Billy había comprado hacía unos días.

Había aprendido a tocar aquella canción al piano solo para ella. Pensar en ello, imaginárselo, le provocó un nudo en la garganta.

—¿Dónde habías ido, Hal? —murmuró ella con suavidad, intentando entender qué pasaba.

Él se acercó más, le puso una mano en la cadera y, a cambio, ella apoyó la palma de la mano sobre su pecho.

—No había ido a ninguna parte, Honey.

—¿Has estado aquí todo el tiempo?

Le parecía imposible que hubiera estado tan cerca de ella y no lo hubiera sabido. Aun así, asintió.

—Siento haberte abandonado así —dijo acariciándole la mejilla—. Necesitaba tiempo para pensar.

—Piensas demasiado —susurró ella cuando la estrechó contra su cuerpo y le besó el pelo—. ¿Has llegado a alguna conclusión?

La mantuvo pegada a él, como dos bailarines al final de la noche.

—Sí —respondió Hal, y ella acarició con los labios su piel caliente a la altura del cuello abierto de la camisa. Sabía a hogar.

—Yo también te elijo a ti, si aún me quieres. Soy un hombre egoísta. Tu alocada vida de arcoíris ilumina la mía y no puedo marcharme sin más. Me gusta tu pelo de fresa, tus bragas con el día de la semana y tu precioso trasero de la talla cuarenta y uno que tanto me gusta tocar —deslizó la mano por su espalda y ella se inclinó sobre él, anhelante—. Me haces reír y me pones furioso. Eres temeraria, Honey —al fin hizo una pausa y tomó aliento—. No podré ser feliz a no ser que estés conmigo —continuó—. Quiero intentar hacerte feliz, si tú quieres.

Enredó la mano en su pelo, le levantó la cara y al fin agachó la cabeza y la besó. Honey oyó su suspiro y suspiró también al rodearle el cuello con los brazos y cerrar los ojos. La besó lenta y profundamente, con el tipo de beso que alimentaba a los soldados que se iban a la guerra. Salvo que aquel no era un beso de despedida. Era un beso de bienvenida, un beso de para siempre, largo y duradero, un beso de agradecimiento.

—Te he echado mucho de menos —susurró ella contra sus labios—. ¿Volverás a desaparecer si te digo que te quiero?

—Solo si tú desapareces conmigo —Hal le echó la cabeza hacia atrás y la besó en el cuello—. Yo también te quiero, Chica con Olor a Fresa. Hasta el último pedacito de ti, joder.

Honey se rio, porque sus palabrotas constantes nunca le habían parecido tan sexys, y después suspiró al notar que él bajaba la mano por su cuello.

—Creo que no podré vivir siempre en el cobertizo de Billy —murmuró—. Llévame a casa, Hal.

Agradecimientos

Todo mi agradecimiento a la gente de Avon, sois brillantes y me siento muy afortunada de formar parte de la familia de Avon. Muchas gracias a mi maravillosa editora Katy Loftus por ser tan paciente, por apoyarme y por alentarme durante mis diversos problemas de salud mientras escribía este libro, y por querer a Hal tanto como yo. ¡Al final lo hemos conseguido!

Gracias también a Sabah Khan, de LightBrigade, por ayudar a hacer circular por todas partes las noticias sobre este libro.

Todo mi cariño a los blogueros y a los comentarios de twitter y Facebook, sois asombrosos. Charlar con vosotros me alegra mucho la jornada laboral y siempre agradezco vuestra ayuda con mis múltiples preguntas.

Tampoco habría logrado superar mis días de trabajo sin mis amigas de la escritura, las chicas del romance.

Por último, aunque no por ello menos importante, gracias por supuesto a los míos, a mis amigos y a mi familia.

www.ingramcontent.com/pod-product-compliance
Lightning Source LLC
LaVergne TN
LVHW030335070526
838199LV00067B/6294